Charles Carillo
Das Wunder kam beim Rasenmähen

Zu diesem Buch

Wenn man mit 38 Jahren die kalifornische Sonne hinter sich lässt, um in einem kleinen Ort namens Little Neck wieder sein Kinderzimmer zu beziehen, ist etwas gründlich schiefgelaufen. Gerade 18 war Mickey DeFalco, als sein Song »Sweet Days« zum Hit wurde und ihn zum Star machte. Doch die »süßen Tage« sind längst vorbei, und Mickey hat alles verloren, außer der Sehnsucht nach der Liebe seines Lebens: Lynn Mahoney, dem Mädchen mit den grünsten Augen, die er je gesehen hat, das einst über Nacht aus Little Neck verschwand. Als Mickey seinen alten Rasenmäherjob wieder antritt, scheint sich seit diesen trüben Tagen kaum etwas verändert zu haben. Doch dann zeigt ihm ein unerwartetes familiäres Ereignis, dass eine schmähliche Rückkehr auch zu einer zweiten Chance werden kann.

Charles Carillo arbeitete bei der New York Post und ist seit 2006 freier Journalist und Produzent. Seiner Zeit als Klatschreporter verdankt er einen unvergleichlichen Sinn für Humor und seiner Familie die Liebe zum Leben, was seine Geschichten zum unwiderstehlichen Erlebnis macht. Seine Leser bezauberte er auch mit den Romanen »Sag bloß Mama nichts davon« und »Einmal Brooklyn und nicht zurück«.

Charles Carillo

DAS WUNDER KAM BEIM RASENMÄHEN

Roman

Aus dem Englischen von
Julika Brandestini

Piper München Zürich

Mehr über unsere Autoren und Bücher:
www.piper.de

Von Charles Carillo liegen bei Piper vor vor:
Sag bloß Mama nichts davon
Das Wunder kam beim Rasenmähen
Einmal Brooklyn und nicht zurück

Einmal mehr für Kim

FSC
www.fsc.org
MIX
Papier aus verantwortungsvollen Quellen
FSC® C083411

Ungekürzte Taschenbuchausgabe
August 2012

Titel der amerikanischen Originalausgabe:
»One Hit Wonder«, Kensington Books,
New York 2010

erschienen im Verlagsprogramm Pendo
Umschlaggestaltung: Hauptmann und Kompanie Werbeagentur, Zürich,
unter Verwendung eines Fotos von Sean Murphy / Getty Images
Umschlagfoto bzw. Umschlagabbildung
Satz: Satz für Satz. Barbara Reischmann, Leutkirch
Gesetzt aus der Aldus
Papier: Munken Print von Arctic Paper Munkedals AB, Schweden
Druck und Bindung: CPI – Clausen & Bosse, Leck
Printed in Germany ISBN 978-3-492-27467-8

KAPITEL 1

Die Frau, die in dieser Nacht im Flugzeug neben mir saß, hatte mich erkannt. Sie saß am Fenster und ich am Gang. Ich habe versucht zu schlafen, aber in Flugzeugen konnte ich noch nie schlafen, nicht einmal zu der Zeit, als ich noch erster Klasse geflogen bin.

Sie war genau in dem richtigen Alter, um zu wissen, wer ich war, eine leicht übergewichtige Frau in den Dreißigern mit wuscheligem braunem Haar und tiefen dunklen Augen. Sie wirkte wie jemand, der seinen Beruf sehr ernst nimmt, was auch immer sie machte. Sie fixierte mich, halb überzeugt, mich erkannt zu haben, halb verunsichert – sie befürchtete wohl, sich lächerlich zu machen, wenn sie mich anspräche.

So ist das, ein ehemaliger Star zu sein: Die Leute starren dich an, erst mit weit aufgerissenen, dann mit zusammengekniffenen Augen. Sie fragen sich, ob du derjenige sein könntest, für den sie dich halten. Sie fragen sich, ob du nicht vielleicht schon tot bist. Sie gucken dich an wie eine Geistererscheinung.

Dann zögern sie, ringen mit sich, ob es denn überhaupt die Mühe wert ist, weiter nachzuforschen. Die Frau neben mir hatte sich entschieden, ihr Glück zu versuchen.

»Entschuldigung, sind Sie Mickey DeFalco?«

Man stelle sich vor, wie das ist, wenn man sich schämt, zuzugeben, wer man ist, im Bewusstsein, dass wer immer dich erkannt hat, alles über die vergeudeten Jahre wissen will, seit du von der Bildfläche verschwunden bist.

Ich antwortete nicht sofort. Die Frau starrte mich weiter an, voller Hoffnung, dass sie richtiglag. Ich seufzte, nickte und zuckte mit den Schultern.

»Ja, Ma'am, ich bin's.«

Sie schlug die Hand vor den Mund, wie um einen begeisterten Aufschrei zu unterdrücken. Dann fiel ihre Hand herunter und gab ihren offen stehenden Mund frei. Für ein paar magische Augenblicke hörte sie auf, die ernsthafte Angestellte in mittleren Jahren zu sein. Sie war ein Groupie.

»Oh mein Gott, ich kann nicht glauben, dass ich Sie treffe!«

»Es freut mich, Sie kennenzulernen.«

»Mein Gott, ich habe *Sweet Days* geliebt!«

»Vielen Dank!«

»Ich war sechzehn, als es rauskam. Ich habe es so oft gehört, dass die Kassette schließlich kaputtgegangen ist! So lange ist das schon her – ich hatte das Lied auf einer Kassette. Erinnern Sie sich noch an Kassetten?«

»Ja, ich erinnere mich.«

»Gütiger Himmel, Mickey DeFalco!«

Sie wurde laut. Und ich bekam langsam Panik. Ich musste sie irgendwie beruhigen. Das Letzte, was ich gebrauchen konnte, war, dass jeder in diesem Flugzeug mitbekam, wer ich war.

Und wenn ich sage, ›war‹, dann meine ich ›war‹.

Sweet Days ist der Name eines Teenie-Lovesongs, den ich 1988 geschrieben und aufgenommen habe. Wer in diesem Jahr irgendwo auch nur in die Nähe eines Radios gekommen ist, wird sich erinnern. Zwei Wochen lang war mein Song die Nummer eins in den Charts.

In den darauffolgenden tausend Wochen – es mögen ein paar mehr oder weniger gewesen sein – ist es für mich dann leider nicht mehr so gut gelaufen.

Mit achtzehn war ich schwer angesagt. Ich schwamm auf der Erfolgswelle meines Hits, zog bei meinen Eltern aus und ging von Little Neck, Queens, nach Los Angeles, um in einer Fernsehserie namens *Sweet Days* mitzuspielen. Nach drei Folgen flog ich raus.

Das wäre gar nicht so schlimm gewesen, wenn nicht auch mein Nachfolgealbum *Sweeter Days* ein Griff ins Klo gewesen wäre.

Und auch das hätte ich noch verkraftet, wenn ich nicht mit zwanzig vor den Altar getreten und mit zwanzigeinhalb wieder geschieden worden wäre, wobei ich die Hälfte meines Vermögens an meine Exfrau abtreten musste, wie in Los Angeles üblich.

Dann hat man mich überredet, in eine Eiscafé-Kette namens *Sweet Days* zu investieren, ein Projekt, das genau sechs Monate lang lief und die andere Hälfte meines Vermögens verschlang.

Danach wurde es eng.

Ich versuchte, mit der Musik weiterzumachen, aber als die Jahre ins Land zogen, wurde mir allmählich klar, dass ich wohl ein One-Hit-Wonder bleiben würde. Ab und zu spielte ich meinen Song am Klavier auf Volksfesten, Geburtstagspartys und Bar-Mizwas (bei diesen Festen war es üblicherweise auch meine Aufgabe, die Gewinner der Tombola anzusagen, und manchmal zog ich die Bingo-Zahlen).

Eine Zeit lang habe ich Autos verkauft, und oft genug setzte ich dabei meine verblassende Berühmtheit ein, um Verkäufe abzuschließen, denn ich arbeitete auf Provisionsbasis.

Als der Autohändler pleiteging, begann ich, Pools zu reinigen (Ja, meine Damen und Herren, nur zu, lassen Sie Mickey DeFalco den PH-Wert Ihres Wassers messen und die toten Libellen aus Ihrem Pool fischen!).

Fast niemand wusste, wer ich war, wenn ich dort in meinem weißen Overall herumturnte, was bedeutet, dass die anlehnungsbedürftigen Hausfrauen, die mich ins Schlafzimmer zerrten – in den drei Jahren, die ich den Job gemacht habe, vielleicht ein halbes Dutzend –, ganz einfach einsam und nicht auf eine Nummer mit einem Star aus waren (oder einem ehemaligen Star. Wie auch immer).

Dieses Kapitel meines Lebens endete abrupt, als ich einmal

zu viel Chlor in einen Pool schüttete, der dummerweise dem Vizepräsidenten von Warner Brothers gehörte. Seine viel jüngere Frau sprang als Brünette hinein und stieg blond wieder raus, woraufhin sie den Kopf desjenigen Idioten forderte, der für dieses Schlamassel verantwortlich war. Dabei habe ich den Job als Poolreiniger nur gemacht, weil ich hoffte, so an Leute aus dem Showbiz heranzukommen. Denn so weit war es mit mir gekommen: Anders gelang es mir nicht mehr, in diese Kreise vorzudringen. Niemand aus der Musikindustrie beantwortet mehr meine Anrufe.

Natürlich wurde ich gefeuert, und das war das Ende meines letzten regulären Jobs in der Stadt der Engel.

Danach nahm ich jede Art von Gelegenheitsjob an, den ich kriegen konnte. Ich hatte nichts mehr – keine Frau, keine Zukunft, keine Hoffnung. Mein *California dream* war zu einem absoluten Albtraum geworden.

Als ich das Flugzeug von Los Angeles nach New York bestieg, war ich achtunddreißig Jahre alt, und ich zog zurück nach Hause zu Mom und Dad. Die beiden wussten noch nichts davon. Bis zwei Stunden vor Abflug hatte ich es nicht einmal selbst gewusst.

Wenn man verzweifelt ist, denkt man nicht lange nach.

Natürlich erzählte ich der Frau im Flugzeug nichts von alledem. Ich sagte nur, dass ich eine Menge verschiedener Dinge gemacht hatte und dass ich jetzt zurück an die Ostküste zog, um näher bei meiner Familie zu sein.

Ich hatte Glück, dass sie über sich selbst reden wollte. Sie war Firmenanwältin, und sie sah aus, als gehöre sie eigentlich in die Business Class – gute Schuhe, ein eleganter schwarzer Hosenanzug, eine braune, lederne Aktentasche, die wahrscheinlich mehr kostete als mein Flugticket.

Ich trug Jeans und ein graues T-Shirt. Sie runzelte die Stirn, als sie etwas an meinem Ellenbogen entdeckte.

»Hey, was ist das denn?«

Ich sah nach. Es war ein weißer Farbklecks. Mein Herzschlag setzte einen Moment aus.

»Das ist Farbe«, erklärte ich.

»Farbe?«

Ich zögerte. Je weniger ich darüber sagte, desto besser. Andererseits wollte ich auch nicht so aussehen, als hätte ich etwas zu verbergen.

»Ich habe heute ein Haus angestrichen«, sagte ich endlich.

Sie konnte es nicht glauben.

»Mickey DeFalco als Maler?«

»Ich habe einem Freund einen Gefallen getan.«

Sie war baff und schüttelte langsam den Kopf, mit einem traurigen Lächeln im Gesicht.

»Mann, wenn mir jemand gesagt hätte, dass ich mit Mickey DeFalco nach Hause fliegen würde und dass er inzwischen Maler ist …«

»Hey! Ich hab doch gesagt, es war ein Gefallen für einen Freund!«

Sie war überrascht von meinem Tonfall, aber ich konnte nicht anders. Seinen Stolz kann man nicht einfach so herunterschlucken. Ich hatte genug von Fremden, die enttäuscht von meinem Leben waren. Wer zum Teufel waren sie, dass sie glaubten, sie hätten das Recht dazu?

»Hey, nichts für ungut«, sagte sie.

»Tut mir leid. Ich bin einfach müde.«

»In Ordnung.«

Sie rief die Stewardess. Ich dachte, sie wolle den Platz wechseln, und das wäre mir ganz recht gewesen, doch stattdessen bestellte sie eine Flasche Champagner, als wäre es das Normalste von der Welt. Die Stewardess ging, um die Flasche zu holen, und die Frau wandte sich wieder an mich.

»Ich möchte mich gerne entschuldigen. Würden Sie mit mir anstoßen?«, fragte sie. »Ihr Lied hat mir damals viel bedeutet.«

Wir stießen an. Der Champagner war so gut, wie ein Flugzeug-Champagner eben schmecken kann in einer Höhe von

10 000 Metern. Wir leerten die Flasche, während sie von ihrer Geschäftsreise erzählte, wie erfolgreich sie gewesen sei, wie begeistert die Leute in L. A. von ihrer Arbeit waren, wie sehr sie sich wünschten, sie würde an die Ostküste ziehen. Wie schön musste es sein, gebraucht zu werden …

Es war mitten in der Nacht, und wir befanden uns irgendwo über Kansas. Alle anderen Passagiere schienen zu schlafen. Sie lehnte sich zu mir herüber, nicht um mich zu küssen, sondern um etwas in mein Ohr zu flüstern. Ihr Atem war heiß auf meiner Wange. Es war die perfekte Gelegenheit für eine Karrierefrau wie sie, mal in eine völlig andere Rolle zu schlüpfen, eine Person zu sein, die sie schnell wieder vergessen würde, sobald das Flugzeug gelandet war.

»Ich wette«, begann sie, stockte, kicherte und musste von vorn beginnen: »Ich wette, Sie sind Mitglied im Mile High Club.«

Oh je. Ich hätte es ahnen müssen. Einmal Groupie, immer Groupie.

»Ja, bin ich«, seufzte ich. »Aber das ist schon lange her«, fügte ich wahrheitsgemäß hinzu. »Sehr lange.«

»Wissen Sie noch, wie es geht?«

»Da gibt es nicht viel zu wissen.«

Sie schaute mich ernst an. »Ich bin kein Mitglied, Mickey, aber ich wäre es gern.«

Ich hörte ein Knistern und schaute hinunter. Sie hielt ein Kondom in der Hand.

Ich schloss die Augen. Auch verblasster Ruhm zählte also etwas. Und nun verschaffte er mir die Gelegenheit zu einem Quickie in der Flugzeugtoilette, mit einer Frau, die nicht schlecht aussah und die mich zu einer Flasche Champagner eingeladen hatte.

»Mickey?«

Ich öffnete die Augen. Sie schaute mich erwartungsvoll an. Also gestikulierte ich Richtung Vorderseite des Flugzeugs.

»Gehen Sie in die linke Toilette«, sagte ich, »lassen Sie die

Tür einschnappen, aber schließen Sie nicht ab. Ich komme in fünf Minuten nach.«

Sie machte sich auf den Weg, taumelte dabei gegen ein paar Sitzlehnen. Einige Tropfen Champagner waren noch übrig. Ich hob die Flasche an die Lippen und trank sie leer. Dann stand ich auf, um die Popstar-Fantasien einer Anwältin in den Dreißigern wahr werden zu lassen. Ich wusste nicht einmal ihren Namen und fühlte mich in die Achtziger zurückversetzt.

Als sie fertig war, tastete sie mit den Füßen nach dem Boden und stand auf. Sie warf die Haare zurück und begann, sich anzuziehen. Sie betrachtete kurz ihre Reflektion im Spiegel, bevor sie die Toilette als Erste verließ.

Ich schloss die Tür hinter ihr ab, setzte mich auf den Toilettendeckel und vergrub das Gesicht in den Händen. Ich überlegte, ob ich den Rest des Fluges hier drinnen verbringen sollte, aber der chemische Geruch war unerträglich.

Wie viele Frauen hatte ich gehabt, seit *Sweet Days* die Charts gestürmt hatte? Ich konnte sie nicht zählen. Sie verschwammen vor meinen Augen wie Schneeflocken in einem Blizzard. Anders als Schneeflocken jedoch, waren all diese Frauen gleich gewesen, alle außer einer, derjenigen, für die ich den Song geschrieben hatte. Leider war sie nicht diejenige, die ich geheiratet hatte.

Sie war diejenige, die weggelaufen war und mein Herz gebrochen hatte. Doch langsam wurde es besser. Inzwischen, zwanzig Jahre später, dachte ich nur noch ein oder zwei Mal in der Stunde an sie.

Es klopfte an der Toilettentür. Eine Stewardess forderte mich auf, doch bitte auf meinen Platz zurückzukehren und den Sicherheitsgurt anzulegen, da der Kapitän Turbulenzen erwarte.

Ich zog meine Jeans an und ging zurück zu meinem Platz. Als ich dort ankam, sah ich, dass sie tief und fest schlief. Ihr Kopf lehnte gegen das Fenster, sie trug eine Flugzeug-Schlafbrille und hatte die Decke bis unters Kinn hochgezogen.

Ganz schön schlau. Offenbar wollte sie so tun, als wäre das

Ganze nur ein Traum gewesen. Sie schlief den ganzen Rest der Strecke bis nach New York, und als sie aufwachte, grüßte sie mich höflich.

Das war in Ordnung. Warum sollte man das Ganze verkomplizieren.

Wir stiegen aus dem Flugzeug und gingen zusammen eine lange Rampe hinunter zum Gepäckband. Sie hatte Gepäck aufgegeben, ich hatte nichts weiter bei mir als mein Handgepäck, also war das der ideale Zeitpunkt, sich zu verabschieden. Wir blieben stehen und schüttelten uns die Hand, so als hätte einer von uns beiden dem anderen gerade eine Lebensversicherung verkauft.

»Es hat mich gefreut, Sie kennenzulernen«, sagte ich.

Sie zögerte, bevor sie mir ihre Karte reichte.

»Wenn Sie irgendwann mal Lust auf ein Wiedersehen haben …«, begann sie, und ohne den Satz zu vollenden, drehte sie sich um und ging hinüber zum Gepäckband.

Ich sah ihr nach, dann fiel mein Blick auf ihre Karte. Rosalind Pomer, Rechtsanwältin. Jetzt wusste ich, wie sie hieß.

In New York war es lange nach Mitternacht, und ich war völlig erschöpft. Außerdem konnte ich nicht einfach so unangemeldet bei meinen Eltern auftauchen. Daher beschloss ich, in einem dieser billigen Motels am Flughafen zu bleiben, an denen man normalerweise vorbeifährt und sich fragt, wer wohl in so einer Kaschemme absteigt.

Das Zimmer kostete nur achtundvierzig Dollar. Zum ersten Mal seit Langem hatte ich Geld, viel Geld, also zahlte ich bar. Ich bekam ein kleines Zimmer in der Nähe der Eismaschine, und zwischen dem Rasseln der Eiswürfel und dem Dröhnen der Flugzeuge hatte ich keine besonders erholsame Nacht.

Aber es gab eine gute Dusche mit einem starken Strahl, und ich verbrachte bestimmt zwanzig Minuten unter dem heißen Wasser, bis ich die Farbreste, Rosalind Pomer und, wie ich hoffte, all die Sünden, die ich in der Stadt der Engel begangen hatte, von mir abgewaschen hatte.

KAPITEL 2

Als ich aufwachte, war es schon spät, beinahe spät genug, dass man mich für einen weiteren Tag bezahlen lassen würde. Es war Sonntagnachmittag, kurz nach zwei. Ich zog mich an, packte meine Sachen und ging zur Rezeption, um auszuchecken. An der Rezeption warteten noch ein paar traurige Überreste des Frühstücks auf mich: Kaffee in Styroporbechern und ein einsamer Donut in einem Haufen Krümel.

Ich nahm eine Tasse schwarzen Kaffee, ließ mir von dem Mann an der Rezeption ein bisschen Kleingeld geben und ging hinüber zum Münztelefon. Der Kaffee schmeckte nach Batteriesäure, aber er gab mir den Kick, den ich brauchte. Nach zwei Schlucken war ich hellwach und bereit, zu tun, was ich tun musste. Die Telefonnummer hatte sich seit meiner Kindheit nicht geändert.

»Hallo?«

»Mama, ich bin's, Mickey.«

»Mein Gott, du klingst so nah!«

Ich schluckte. »Ich bin in New York.«

»Gütiger Gott!«

»Mama …«

»Geht es dir gut? Ist was passiert?«

»Warum fragst du, ob etwas passiert ist?«

»Na ja, du tauchst hier einfach so auf, und da soll ich mich nicht wundern?«

»Ich würde gerne für eine Weile nach Hause kommen, wäre das in Ordnung?«

Sie machte ein seltsames Geräusch, es war ein Laut zwischen Weinen und Lachen. »Du brauchst doch keine Erlaubnis, um nach Hause zu kommen!«

»Danke.«

»Wo bist du?«

»Am Flughafen.«

»An welchem denn? Soll dein Vater dich abholen?«

»Ich nehme ein Taxi.«

»Aber das ist doch viel zu teuer!«

»Ich bin gleich bei euch, Mama.«

Sie wollte noch etwas sagen, aber ich hängte auf, beinahe bereute ich schon, sie angerufen zu haben. Jetzt konnte ich nicht mehr zurück. Meine Mutter wartete auf mich.

Ich hielt ein Taxi an, und der Fahrer war natürlich alles andere als erfreut über eine Fahrt an den Rand von Queens, denn er wusste, dass er wahrscheinlich keinen Fahrgast für die Rücktour bekommen würde. Als ich ausstieg, gab ich ihm vier Dollar Trinkgeld, und er brauste davon. Dann stand ich vor dem Haus meiner Kindheit und starrte wie verzaubert auf das kleine grüne, schindelgedeckte Gebäude in der Glenwood Street.

Ich war seit zwanzig Jahren nicht mehr hier gewesen. Denn wenn ich zu Beginn meiner Karriere in New York gewesen war, hatte ich in Hotels wie dem Plaza geschlafen (manchmal konnte ich auch ein Zimmer für meine Eltern rausschlagen). Meinen Heimatort hatte ich gemieden, bis jetzt, bis ich keinen anderen Ausweg mehr sah.

Das Haus schien über die Jahre geschrumpft zu sein. Aber so klein es auch sein mochte, es war komplett abbezahlt, dank mir. Als mir *Sweet Days* plötzlich so viel Geld einbrachte, hatte ich den Rest der Hypothek meines Vaters abbezahlt, 22 000 Dollar. Das war wohl das einzig Vernünftige, was ich mit diesem Geld angefangen habe.

Also hatte ich ein Recht darauf, hier zu sein. Meine Knie zitterten, als ich auf die Eingangstür zuging, die drei Zementstufen hinaufstieg bis zur Terrasse – und erstarrte.

Ich wusste nicht, ob ich einfach hineingehen oder an die Tür klopfen sollte. Das war doch lächerlich! Wie viele tausend Mal war ich nach der Schule hier hineingestürmt, hatte meine Bücher auf den Küchentisch fallen lassen und war direkt auf die Schokoladenmilch im Kühlschrank zugesteuert?

Aber das war lange her. Jetzt war alles anders.

Ich klopfte an die Tür wie ein schüchterner Vertreter, beinahe lautlos, doch meine Mutter hörte es trotzdem. Die Tür ging auf, und da stand sie. Sie blinzelte zu mir hoch, als wäre ich ein Stern im Nachthimmel, den sie zu erkennen versuchte.

Ich hatte vergessen, wie klein sie war. Doch ihre weit auseinanderstehenden Augen waren noch genau so, wie ich sie in Erinnerung hatte, leuchtend, unter einer hohen Stirn. Ihr kurzes Haar war von vielen grauen Strähnen durchzogen, doch sie kämmte es immer noch streng nach hinten, wie eine Erzieherin in einem britischen Internat.

»Michael«, sagte sie, dann umarmte sie mich, kurz, aber fest, so als hätte sie mich gerade vor einem Fall in einen Abgrund gerettet. Sie hat mich nicht ein einziges Mal »Mickey« genannt, und sie fand es schrecklich, als die Promoter beschlossen, dass ich mit diesem Spitznamen mehr Platten verkaufen würde als mit meinem richtigen Namen.

Ihre Haare rochen nach dem Hackbraten, den sie im Ofen hatte, und als sie mich wieder losließ, fragte sie, mit dem Blick auf mein Gepäck: »Ist das alles?«

Ich nickte und ließ den grünen Seesack auf den Boden gleiten.

»Ja, das ist alles.«

»Lässt du den Rest nachschicken?«

»Nein, es gibt keinen Rest. Das ist alles.«

Sie sog scharf die Luft ein, so wie früher, wenn ich eine schlechte Note im Mathetest nach Hause brachte. Es war irgendwie beruhigend zu wissen, dass ich sie nach all der Zeit immer noch enttäuschen konnte, und wer wäre wohl nicht enttäuscht gewesen von einem Sohn, der nach achtunddreißig

Reisen um die Sonne nichts weiter besaß als ein paar Socken, Unterwäsche und T-Shirts?

»Na, dann komm mal rein. Das Abendessen ist fertig«, sagte sie.

Meine Mutter nannte das Essen am Sonntagnachmittag »Abendessen«, obwohl es schon um vier Uhr eingenommen wurde. Ich merkte, dass ich noch immer auf der Terrasse stand, holte tief Luft, nahm meine Tasche und betrat das Haus.

Mein Vater stand neben dem kleinen Gasherd, den sie nie benutzten, und seine Hände hingen über den Taschen seiner Jeans. Er sah aus wie ein Westernheld, der jederzeit bereit ist, seine Colts zu ziehen.

»Hallo, Papa.«

»Mick.«

Wir gingen aufeinander zu und blieben dann ein paar Schritte voneinander entfernt wieder stehen. Er schien kleiner geworden und korpulenter, doch seine Unterarme sahen immer noch aus wie die von Popeye. Er ist Automechaniker und hatte schon immer diese erstaunlich kräftigen Unterarme. In seinem ganzen Leben hat er keinen einzigen Tag Arbeit versäumt, darum nannte man ihn in Little Neck »Steady Eddie«.

Sein Haar war komplett ergraut, aber noch voll, und die braunen Augen brannten noch genauso eigenartig traurig in seinem Gesicht wie früher, mit dem Kummer eines enttäuschten Mannes, der sich nicht einmal daran erinnern kann, was es ist, das er gewollt und nie bekommen hat.

»Ich hätte dich abholen können, weißt du.«

»Es war kein Problem, mit dem Taxi zu fahren.«

»Ja, aber die nehmen's von den Lebendigen.«

»So schlimm war es nicht.«

»Wie viel?«

»Achtundzwanzig.«

»Verdammte Blutsauger!«

»Eddie!«

Er ignorierte den Zwischenruf meiner Mutter.

»Die Fahrt dauert zwanzig Minuten, man verfährt Benzin für einen Dollar. Wie können sie dir da achtundzwanzig Dollar abknöpfen?«

»Weiß ich auch nicht.«

»Ist da wenigstens das Trinkgeld mit drin?«

»Nein.«

»Ich hoffe, du hast ihm nicht mehr als drei gegeben?«

»Vier.«

»Du bist wohl 'ne ganz große Nummer, was?«

»Das war ich mal.«

»Jetzt umarm doch endlich deinen Sohn!«, befahl meine Mutter.

Ein betretenes Grinsen stahl sich auf das Gesicht meines Vaters. Er trat auf mich zu, als wollte er mich umarmen, doch stattdessen griff er nach den Ellenbogen meiner herabhängenden Arme und drückte sie so fest, dass sie zu kribbeln begannen.

»Gut, jetzt setzen wir uns mal«, sagte meine Mutter. »Es steht alles schon auf dem Tisch. Michael, vielleicht willst du dir noch die Hände waschen?«

Ich war wieder zu Hause. Dieser Gedanke überwältigte mich, als ich meine Hände im Badezimmer des Erdgeschosses wusch, wo sich über die Jahre unter dem Warmwasserhahn eine blau-grüne Zunge von mineralischen Ablagerungen auf dem Porzellan gebildet hatte.

Ich erinnerte mich an die Zeit, als das Waschbecken noch schneeweiß gewesen war. So lange war ich weg gewesen.

Wir aßen am Küchentisch, an dem einzigen Tisch, an dem in diesem Haus je gegessen wurde. Es hatte sich kaum etwas verändert. Auf dem Boden lag ein neuer Linoleumbelag, und meine Mutter hatte ihre Leidenschaft für Kühlschrankmagneten entdeckt. Aber der Kühlschrank, an dem sie hingen, war noch immer derselbe, den ich nach der Schule geplündert hatte – nur anstatt meiner Rechtschreibtests hingen jetzt Einkaufscoupons daran. Damals hatte der Kühlschrank noch keine Geräusche gemacht, jetzt ging von ihm ein eigenartiges Summen aus, wie eine Warnung, dass es nur noch Tage, Stunden, Minuten dauern konnte, bis er den Geist aufgab …

»Wie war dein Flug?«

Meine Mutter versuchte, ein Gespräch anzukurbeln. Wir hatten zu dritt schweigend dagesessen und Hackbraten mit Stampfkartoffeln gegessen, ein weiches, breiiges Gericht, das beim Kauen keinerlei Geräusche machte und die allgemein herrschende Stille spürbar werden ließ.

Ich schluckte einen Bissen Hackbraten hinunter, der scharf mit Paprika gewürzt war. »Er war ganz okay.«

»Hast du einen Jetlag?«

»In Kalifornien ist es nur drei Stunden früher.«

»Na ja, du weißt schon, was ich meine. Bist du erschöpft?«

Wenn sie wüssten, dass ich eine Nacht im Motel verbracht hatte, würden sie einen Anfall kriegen. Gutes Geld zu bezahlen, nur um zu schlafen! Was für eine Verschwendung!

»Nein, es geht mir gut.«

Ich beobachtete meinen Vater, wie er einen Bissen von seinem Hackbraten schnitt und in den Mund steckte. Er hatte tadellose Tischmanieren, mein Vater. Ich habe ihn nie ein Getränk hinunterschütten oder sein Essen schlingen sehen, und er sprach nie mit vollem Mund.

»Das mit den Pools hat wohl nicht geklappt, was?«

In den sporadischen Gesprächen mit meinen Eltern über mein Arbeitsleben hatte ich ein wenig übertrieben. Ich hatte ihnen erzählt, dass ich eine Poolreinigungsfirma gegründet hätte, die dann pleitegegangen wäre. Sie hatten keine Ahnung, dass ich nur die Insekten aus dem Wasser gefischt hatte.

Ich zuckte mit den Schultern. »Ein großer Konzern hat mir die Aufträge weggeschnappt. Die machen allen die Preise kaputt.«

»Diese Schweine!«

»Eddie!«

»Das ist doch furchtbar. Was soll das? Warum müssen die den Kleinen das Genick brechen?«

»Das ist eben Business, Eddie.«

»Das ist nicht Business, Donna. Wenn man jemandem die Lebensgrundlage raubt, ist das fast wie Mord.«

»Business ist Business.«

Mein Vater erwiderte nichts mehr. Er ließ sie immer das letzte Wort haben, solange er sicher war, dass seine Worte gehört worden waren. Ich bewunderte ihn dafür, mir selbst ist das nie gelungen. Ich habe gerne das letzte Wort. Ich habe auch gerne das erste Wort und alle Wörter in der Mitte. In der Hinsicht bin ich wie meine Mutter.

Sie sah mich an. »Willst du Kaffee, Michael?«

»Nein, danke, Mama.«

»Er ist schon fertig.« (Was so viel hieß wie: Ich habe ihn gemacht, und du willst ihn doch hoffentlich nicht verschwenden, denk an all die gähnenden, koffeinhungrigen Kinder in Afrika.)

»Gut, dann nehme ich eine Tasse.«

Sie räumte die Teller ab und stellte vor mich und meinen Vater eine Kaffeetasse, schon gefüllt und mit Milch und Zucker. So machte sie es immer. Man bekam jegliches Essen und Trinken immer verzehrfertig serviert. Niemand hat bei uns je darum gebeten, die grünen Bohnen oder den Kartoffelbrei gereicht zu bekommen, denn meine Mutter lud die Teller am Herd voll und trug sie hinüber zum Tisch.

Es war wie in einem Diner. Als ich sechzehn war, habe ich ihr mal ein Trinkgeld unter den Teller gelegt, das fand sie überhaupt nicht komisch.

Während meine Mutter dann das Geschirr spülte, saß ich mit dem Mann, der mich gezeugt hatte, da und nippte am Kaffee, der irgendwie fad schmeckte.

»Ist der koffeinfrei?«

»Willst du anderen? Wir trinken den normalen nicht.«

»Nein, nein, schon gut.«

»Es gibt jetzt einen Starbucks auf dem Northern Boulevard«, sagte mein Vater. »Da stehen die Kids immer in Massen an für ihren Caffè Latte. Drei Dollar!«

Meine Mutter zog die Augenbrauen hoch. »Woher weißt du denn, wie viel der kostet?«

»Ich habe mal nachgesehen. Drei Dollar, und sogar mehr, wenn du einen großen willst.«

»Du hast einen Caffè Latte getrunken?«

»Nein, habe ich nicht. Du kannst dich beruhigen. Ich sagte, ich habe nachgesehen, das ist alles.«

»Von Maxwell House kostet eine ganze Dose nur neunundachtzig Cent«, rief meine Mutter vom Waschbecken herüber.

Mein Vater nickte und wandte sich wieder zu mir. »Hast du das gehört?«

»Allerdings.«

»Eine ganze Dose kostet weniger als eine Tasse. Verrückt.«

Als das Kaffeethema durch war, saßen wir uns gegenüber und schauten uns an. Irgendetwas war anders an meinem Vater, und dann endlich begriff ich, was es war. Ich hatte noch nie erlebt, dass er so lange durchhielt, ohne sich eine Zigarette anzuzünden.

»Hast du aufgehört zu rauchen, Papa?«

Er lachte laut auf, es klang ein bisschen bitter. Dann zog er ein Päckchen Camel aus seiner Hemdtasche hervor, nur so weit, dass ich einen Blick darauf erhaschen konnte, und schob es zurück.

»Ich habe aufgehört, drinnen zu rauchen. Deine Mutter erlaubt es mir nicht mehr.«

»Warum soll ich immer deinen Rauch einatmen?«

»Da fällt mir kein guter Grund ein.«

Sie drehte sich zu mir um. »Es tut ihm gut. Er raucht seitdem viel weniger.«

»Ja, neunzehn am Tag statt zwanzig. Das sollte die Tumore fernhalten.«

Er stand auf, schüttelte eine Zigarette aus der Packung, steckte sie zwischen die Lippen und ging zur Tür.

»Willkommen zu Hause, Mick«, sagte er, bevor er nach draußen trat.

Zu Hause. Das ist ein Wort, das eigentlich behaglich klingen sollte, oder? Alle möchten gerne ein Zuhause haben. Zu Hause ist, wo sie dich nicht finden können. Zu Hause bedeutet Sicherheit.

Also warum ließ mich der Klang dieses Wortes meine Kaffeetasse umwerfen?

Im Bruchteil einer Sekunde war meine Mutter zur Stelle, um die Lache aufzuwischen, so als habe sie vorhergesehen, dass das passieren würde. Sie war so schnell, dass kein einziger Tropfen Kaffee auf den Boden lief.

»Tut mir leid, Mama.«

»Das macht nichts, du hast einen Jetlag.«

»Ich habe keinen Jetlag.«

Sie warf das Knäuel Küchentücher in den Mülleimer und streckte die Hand nach meiner leeren Tasse aus.

»Ich gieße dir eine neue Tasse ein.«

»Nein, nein, ich glaube, ich bringe jetzt mal meine Sachen nach oben.«

»Dein Zimmer ist fertig!«, rief meine Mutter mir nach, während ich die Treppe hinaufging.

In meinem Zimmer roch es scharf nach einem Zitrus-Putzmittel. Meine Mutter war offenbar hier gewesen und hatte kurz durchgeputzt, gleich nach meinem Anruf vom Flughafen.

Da stand mein Bett, schmal wie im Kloster, darauf noch immer derselbe rote Überwurf, dessen Muster einen Abdruck wie Kieselsteine auf der Wange hinterließ, wenn man darauf einschlief. Meine *Hardy-Boys*-Bücher standen immer noch in einer Reihe auf dem Fensterbrett, davor der kleine Schreibtisch, an dem ich meine Hausaufgaben gemacht hatte – im Schein einer verstellbaren schwarzen Schreibtischlampe, die natürlich ebenfalls noch da war. Am Fußende meines Bettes lagen saubere Handtücher, wie im Hotel.

Ich schloss die Zimmertür und wünschte, ich könnte sie irgendwie abschließen. Ich vergewisserte mich, dass meine Eltern beide unten waren, dann öffnete ich meinen Seesack.

Zwischen meinen Anziehsachen lag eine alte Kaffeebüchse mit zugeklebtem Deckel. Ich zog die Klebestreifen ab und schüttete den Inhalt auf mein Bett.

Es waren mehrere Rollen Banknoten, sauber zu Bündeln zusammengerollt, ein obszöner Anblick. Ich wusste nicht einmal genau, wie viel es insgesamt war.

Ich betete, dass meine Eltern nicht hochkommen würden, zog die Gummis von den Bündeln und begann, das Geld zu zählen. Es waren fünftausendsiebenhundertvierzig Dollar.

An das Geld war ich durch eine komische Geschichte gekommen. Ich hatte es nicht wirklich gestohlen, aber es gehörte mir auch nicht. Daher musste ich gut überlegen, was ich damit anstellen würde.

Mir wurde klar, wie leichtsinnig ich gewesen war. Meine Tasche war am Flughafen durchleuchtet worden. Was, wenn der Sicherheitsbeamte Alarm geschlagen hätte, weil die Kaffeedose aussah wie eine Bombe? Ich hatte Glück gehabt, problemlos durchzukommen. Und ich hatte Glück gehabt, dass in dem drittklassigen Flughafenhotel, wo ich die Nacht verbracht hatte, niemand auf die Idee gekommen war, mich auszurauben.

Nun ja, bisher hatte ich mich immer auf mein Glück verlassen können.

Die schwierigste Aufgabe stand mir noch bevor: einen Ort zu finden, an dem ich das Geld verstecken konnte.

Ich wusste nicht, ob sich die Putzgewohnheiten meiner Mutter geändert hatten, aber früher hatte sie mein Zimmer zwei Mal pro Woche gründlich durchkämmt. Wie sollte ich diese Kaffeedose voller Geld erklären? Sie würde glauben, ihr Sohn wäre zum Drogendealer verkommen, und wer könnte es ihr verdenken, bei der Art, wie ich bei ihnen eingefallen war: ohne Ankündigung, auf der Suche nach einem Dach über dem Kopf, einer Rasur und menschlicher Wärme – nicht unbedingt in dieser Reihenfolge?

Dann fiel mir etwas ein, und ich wusste, was ich zu tun hatte: Ich stopfte das Geld zurück in die Kaffeedose, klebte den

Deckel wieder fest und schob den Schreibtischstuhl an den Kleiderschrank heran.

Ganz oben, noch über dem obersten Schrankboden, war in der Wand ein Loch, eine tiefe Ritze zwischen den Steinen, wo ich früher meine *Playboy*-Magazine versteckt hatte. Ich musste auf den Stuhl steigen und mich auf die Zehenspitzen stellen, um da ranzukommen, was bedeutete, dass es völlig außerhalb der Reichweite meiner Mutter lag.

Ich streckte mich, schob die Dose in das Loch und sagte mir, dass sie sie dort niemals finden würde. Dann packte ich meine Tasche aus und legte alle Anziehsachen ordentlich in die Schubladen.

Dann passierte etwas Seltsames: Ich war plötzlich so erschöpft, als hätte ich seit Wochen kein Auge zugetan.

Die Nacht war lau. Ich öffnete das Fenster, zog mich bis auf die Unterwäsche aus und legte mich aufs Bett. Von dort sah ich etwas, was über dem Fußende meines Bettes an der Wand hing und mir bisher nicht aufgefallen war. Es war die Hülle meiner einzigen Hitsingle, in einem goldenen Rahmen, wie eine religiöse Ikone. Auf dem Foto hatte ich eine punkige Stoppelfrisur mit schrägen Koteletten und sehr viel Haargel. Es sah aus, als stünde mein Kopf in Flammen, denn das Bild war so aufgenommen, dass direkt hinter mir die untergehende Sonne im Meer versank. Ich stand an einem Strand, die Arme vor der Brust verschränkt, die obersten Knöpfe meines weiten schwarzen Seidenhemdes aufgeknöpft (»Lass das Brusthaar herausgucken!«, hatte der Fotograf gerufen).

Ich starrte meinem zwanzig Jahre jüngeren und zwanzig Pfund leichteren Selbst ins Gesicht. Mein junges Ebenbild starrte genauso penetrant zurück und grinste dabei, als hätte Gott ihm gerade ins Ohr geflüstert, der Rest seines Lebens würde eine endlose Schlittenfahrt auf einem riesigen Sahneberg sein.

»Was zum Teufel guckst du so?«, fragte ich die Plattenhülle, aber ich bekam keine Antwort.

Als ich gerade eingeschlafen war, ließ ein Husten mich hochfahren. Ich stand auf, ging hinüber zum Fenster und schaute hinunter in den Garten, wo mein Vater sich gerade eine weitere Zigarette anzündete. Er trat von einem Bein aufs andere wie jemand, der auf einen Bus wartet.

Ich ging zurück ins Bett und schloss die Augen. Ich konnte den Zigarettenrauch riechen und das Klappern der Töpfe hören, die meine Mutter in der Küche schrubbte.

Zigarettenrauch und Topfklappern. Ja, ich war wirklich wieder zu Hause.

KAPITEL 3

Es ist wohl so, dass die entscheidenden Momente unseres Lebens an uns vorüberziehen, ohne dass wir sie bemerken. Was die Musik betrifft, gab es für mich genau einen großen Tag der Inspiration. Genau genommen war es nur eine Stunde.

Ich schrieb *Sweet Days* an einem verträumten Septembernachmittag des Jahres 1987 auf die Innenseite des Umschlags meines Heftes für Amerikanische Geschichte. Während Mr Malecki einen langatmigen Vortrag über den Bürgerkrieg hielt, notierte ich die ersten Worte des Songs, der mein Leben verändern sollte.

Sweet days …
Feels like a haze …
A summertime craze …
But it ain't just a phase …

Als ich an diesem Nachmittag nach Hause kam, setzte ich mich direkt ans Klavier, das meine Mutter unbedingt hatte anschaffen wollen, damit ich Unterricht bei einer gewissen Dot Molloy nehmen konnte, einer verrückten Nachbarin, die behauptete, schon in der Carnegie Hall gespielt zu haben. Mrs Molloy war schon seit langer Zeit Witwe, und viele Mütter in Little Neck schickten ihre Söhne zum Klavierunterricht zu ihr, weil sie eine so niedrige Rente hatte. Sie war über sechzig, aber sie hatte wildes, wasserstoffblondes Haar und eine Vorliebe für knallroten Lippenstift, mit dem sie ihre Lippen größer malte, als sie waren. Sie sah aus wie ein Clown, aber wenn es um Musik ging, wurde sie todernst.

Mrs Molloy meinte, ich hätte Talent, aber keine Disziplin, sie sagte, sie merke genau, dass ich zwischen den Stunden nie übe. Und das stimmte. An diesem Nachmittag allerdings setzte ich mich freiwillig auf die Klavierbank, um die Melodie zu fixieren, die mir im Kopf herumschwirrte.

»Was machst du da?«

Meine Mutter blieb verwundert stehen, mit dem Staublappen in der einen und einer Flasche Putzmittel in der anderen Hand. Ich nahm schon lange keine Stunden mehr bei Mrs Molloy, und meine Mutter war die Einzige in diesem Haus, die ab und zu Klavier spielte. Als Kind hatte sie klassisches Klavier gelernt, und die Mozart-Töne, die sie aus der Kiste herausholte, klangen ein bisschen manieriert, aber ansonsten gar nicht schlecht.

»Nichts, Mama.«

»Was war das denn für ein Lied?«

»Das ist kein Lied. Ich spiele nur so ein bisschen herum.«

»Das gibt es ja nicht, nach all den Jahren spielst du plötzlich freiwillig Klavier?«

»Mrs Molloy hatte eben eine guten Einfluss auf mich. Es hat nur eine Weile gedauert, bis er zu mir durchdrang.«

»Du mit deinen Sprüchen!«

»Das ist mein irisches Erbe. Das Klugschwätzer-Gen habe ich eindeutig von dir.«

Sie schüttelte den Kopf. »Wie du mit mir redest, Michael.«

»Wolltest du ans Klavier, Mama? Bin ich dir im Weg?«

Sie beugte sich über die Tasten, sprühte eine Ladung Putzmittel darauf und wischte eine Tonleiter. Dann machte sie auf dem Absatz kehrt und ging hinüber ins Esszimmer, um dort weiter mit Sprühflasche und Staublappen zu hantieren.

In der nächsten Stunde probierte ich ein wenig mit der Melodie herum und sang leise dazu. Es fühlte sich gar nicht so an, als hätte ich den Song geschrieben, eher so, als sei ich durch

Zufall über ihn gestolpert. Ein schmerzliches, melancholisches Lied über etwas, das für immer verloren war.

Am Abend, nachdem wir gegessen hatten und meine Mutter ausgegangen war, um bei einem Senioren-Bingoturnier in der Sankt-Anastasia-Kirche auszuhelfen, sang und spielte ich die erste Strophe des Liedes meinem Vater vor. Er saß mit einer Dose Budweiser in der Hand da und hörte zu. Es schien, als warte er auf einen schrecklichen Text, der ihm Dinge vorwarf, die er mir angetan hatte, und als ich fertig war, schien er eher erleichtert als beeindruckt.

»Und das hast du geschrieben, ja?«

»Ja.«

»Erzähl mir doch nichts!«

»Ich schwöre!«

»Es ist sehr ...« Er nippte an seinem Bier, schluckte, dann hatte er das Wort gefunden, nach dem er suchte: »Professionell.«

»Das war nur die erste Strophe.«

»Es ist ein bisschen so, als ob du ... ich weiß nicht ... um etwas trauern würdest, oder?«

»Wie meinst du das?«

Er wurde rot und nahm noch einen Schluck Bier. »Ich weiß nicht. Das mit den *Sweet Days*, das ist gleichzeitig schön und traurig. Die Worte erzählen von den guten Zeiten, aber die Musik klingt, als ob sie unwiederbringlich verloren wären. Verstehst du, was ich meine?«

Meine Haut kribbelte. Plötzlich überfiel mich eine unbestimmte Panik, die wohl alle Teenager erfasst, wenn sie einen plötzlichen Moment der Verständigung mit ihrem Vater erleben, mit dem sie normalerweise zwar unter demselben Dach, aber aneinander vorbeileben.

»Ja, verstehe ich«, brachte ich flüsternd hervor.

Auch ihm war es unheimlich – ich konnte einen Anflug von Furcht in seinen dunklen Augen lesen, als mache ihm seine eigene Hellsichtigkeit Angst. Um davon abzulenken, trank er in einem Zug sein Bier aus und drückte die Dose mit einem einzigen starken Händedruck zusammen. »Wie auch immer, die Yanks spielen in Cleveland.«

»Ach ja?«

»Komm rüber, wenn du fertig mit dem Geklimper bist, Mozart, dann können wir zusammen gucken.«

Am nächsten Tag spielte ich den ganzen Song in der Schule auf dem verzogenen, verwitterten alten Klavier, das ohne besonderen Grund vor der Cafeteria der Holy-Cross-Highschool herumstand. Meine Klassenkameraden glaubten mir nicht, dass ich das Lied geschrieben hatte. Ein dicker deutscher Junge namens Hans Merkle, der immer durch den Mund atmete, ließ sich nicht davon abbringen, dass er das Lied vor einigen Jahren in der Fernsehshow *American Bandstand* gehört hatte, gespielt von den Herman's Hermits. Ich konnte ihnen noch so oft versichern, dass der Song von mir war, irgendwann waren sie alle gegangen, alle bis auf einen Jungen, einen Schleimer namens Ronald Robinski. Er hatte die dicksten Brillengläser der ganzen Jahrgangsstufe.

»Ist das wirklich dein Lied, Michael?«

Ich zuckte mit den Schultern. »Ist doch egal, von wem es ist?«

»Es gefällt mir.«

Robinski war ein trotteliger Exzentriker mit einer Quietschstimme, Zielscheibe endloser Streiche, einfach weil es unendlich komisch war, seine quiekenden Schreckensschreie durch die Gänge hallen zu hören. Es war keine gute Idee, sich mit so jemandem anzufreunden. Andererseits war er der Einzige, der die Sache mit dem Song ernst nahm.

»Was verstehst du schon davon«, sagte ich nach einer kurzen Pause.

»Spiel es noch mal.«

»Auf Aufforderung mache ich das nicht.«

»Komm schon, wir haben nur noch fünf Minuten bis zum Klingeln. Alle anderen sind schon weg.«

Es stimmte. Nur noch wir beide waren da, also spielte und sang ich *Sweet Days* ein letztes Mal, ein wenig langsamer diesmal und mit mehr Gefühl.

Robinski schaute sehr ernst, während ich spielte, und als ich fertig war, kräuselten sich seine Lippen zu einem Lächeln. »Das wird ein Hit werden.«

Ich lachte laut auf. »Na klar, Ronald, du musst es ja wissen.«

Er nahm seine Brille ab und putzte sie mit einem schneeweißen Taschentuch. Als er die jetzt glänzend sauberen Gläser wieder auf der Nase hatte, sagte er: »Du weißt nicht, wer mein Vater ist, oder?«

Es stellte sich heraus, dass Ronald Robinskis Vater Richard Robinski Manager einer Plattenfirma war, der eine Nase für junge Talente hatte und eine Vorliebe für kitschige Lovesongs, die bei den Coolen Würgereiz auslösten und die Uncoolen dahinschmelzen ließen.

Am nächsten Tag nahm Ronald mich nach der Schule mit zu sich nach Hause, wo ich den Song seinem Vater vorspielen sollte. Ich war erstaunt, als ich hörte, dass sie in Manhattan lebten. Niemand sonst von der Holy-Cross-Highschool wohnte in der Innenstadt. Ronald fuhr jeden Tag mit Bus und U-Bahn von der 72nd Street, die mitten durch den Central Park führte, zur Schule und zurück.

Er lebte direkt im Dakota Building, wo sieben Jahre zuvor John Lennon erschossen wurde! Als wir auf die riesigen schmiedeeisernen Eingangstore zugingen, keimte in mir ein neuer Respekt für Ronald auf. Der Wachmann nickte ihm freundlich zu, und als wir über das Kopfsteinpflaster gingen, auf dem John Lennon gestorben war, wurde mir ganz anders. Wir fuhren mit dem Aufzug in die sechste Etage und gingen durch einen langen, dunklen Flur.

»Mann«, sagte ich, »das ist ja so cool!«

Ronald zuckte mit den Schultern und steckte den Schlüssel ins Schloss. »Ich bin daran gewöhnt, ich habe noch nie woanders gewohnt. Hallo, Papa!«

Sein Begrüßungsruf ließ mich zusammenfahren. Die Wohnung hatte einen spektakulären Ausblick auf den Central Park, und zum ersten Mal in meinen siebzehn Jahren spürte ich, wie meine Nase an die Mauer stieß, die die Welt in Reich und Arm teilte.

Ich verstand, dass es dabei neben vielen anderen Dingen auch um Licht und Luft ging. Das breite, hohe Fenster des Wohnzimmers der Robinskis schaute direkt hinaus auf die schier endlosen Grünflächen.

»Mickey, das ist mein Vater.«

Ich stellte überrascht fest, dass meine Füße mich ganz ohne mein Zutun hinüber zum Fenster getragen hatten, mein Atem beschlug die Scheibe. Ich drehte mich um und sah Ronald, der neben einem kleinen, rundlichen Mann stand, den er um einiges überragte. Aus dessen Kranz leuchtend weißen Haars schaute oben eine blanke Glatze heraus. Er kam mit ausgestreckter Hand auf mich zu, an seinem kleinen Finger glitzerte ein Diamantring.

Wir schüttelten uns die Hände, und sein Händedruck war so kräftig, dass er mir beinahe die Knöchel zermalmte.

»Du bist also der Junge mit dem Lied.«

Der Mann gab sich keine Mühe, seinen polnischen Akzent zu verbergen.

Ich nickte. »Ich habe ein Lied geschrieben, ja.«

»Dann lass schon hören«, sagte er, als hätte ich ihn seit Stunden warten lassen.

Er zeigte auf ein riesiges Steinway-Klavier, das ich bis dahin noch gar nicht bemerkt hatte. Ich schlüpfte auf die Bank, krümmte und streckte ein paar Mal meine Finger.

»Das Lied, das du spielst, ist das ein Rocksong?«

»Eher ein Lovesong, Papa«, antwortete Ronald für mich. »Los, Mick.«

Der Klang des Klaviers war überwältigend. Ich konnte es kaum glauben, dass ich es war, der diese Klänge mit meinen zitternden Händen erzeugte.

Ich wusste nicht, wo ich hinschauen sollte, während ich sang, also hielt ich die Augen die meiste Zeit geschlossen und blickte nur ab und zu nach rechts hinaus in den Park. Die untergehende Sonne verwandelte ihn in einen wundersamen goldenen Blätterwald, und durch meine Panik hindurch spürte ich, dass ich nie zuvor etwas so Schönes gesehen hatte. Erst als der Song zu Ende war, schaute ich Mr Robinski an, der mit verschränkten Armen dastand und mich fixierte.

»Noch mal, bitte.«

Er sagte das ohne jeglichen Enthusiasmus, aber Ronald, der hinter ihm stand, strahlte und hielt den Daumen hoch. Ich schloss die Augen und spielte den Song noch einmal, und als ich sie wieder öffnete, stand Mr Robinski direkt neben meiner Schulter und schaute mich finster an wie einen Verdächtigen bei einer polizeilichen Gegenüberstellung.

»Dieses Lied, hast du das ganz alleine geschrieben?«

»Ja, Sir.«

»Niemand hat dir geholfen?«

»Nein, Sir.«

»In Ordnung.« Er ließ sich zu einem Lächeln hinreißen. »In Ordnung.« Er klopfte mir auf die Schulter. »Ich rufe dich an, okay?«

Bevor ich antworten konnte, verließ er ohne ein weiteres Wort das Zimmer. Ronald legte seinen knochigen Arm um meine Schultern und brachte mich zur Tür.

»Was habe ich dir gesagt? Hab ich nicht gesagt, dass der Song ein Hit wird?«

Ich schüttelte seinen Arm ab. »Dein Vater ist ganz schön seltsam, Ronald.«

»Oh ja, total. Aber er versteht was vom Geschäft. Und ich auch. Ich habe dich schließlich entdeckt.«

Ich nickte, ich hatte keine Lust, weiter in Ronalds Fantasien vom Robinski&Sohn-Musikimperium einzusteigen, und plötzlich stand ich wieder draußen auf der West 72nd Street, ohne einen blassen Schimmer, wie ich von dort nach Hause kommen sollte. Ich stieg in eine U-Bahn, die allerdings nach Uptown fuhr anstatt nach Downtown, und als ich meinen Fehler bemerkte, waren wir schon an Harlem vorbei. So kam ich erst nach acht Uhr in Little Neck an, zwei Stunden nach der Abendessenszeit.

Meine Mutter war ganz krank vor Sorge. Ich hatte sie nicht angerufen, weil ich einfach nicht daran gedacht hatte. Ich hatte nicht wirklich damit gerechnet, dass ich an diesem Nachmittag tatsächlich mit Ronald zu ihm nach Hause fahren würde, und schon gar nicht damit, dass er in Manhattan wohnte und dass sein Vater das Lied nicht nur einmal, sondern gleich zwei Mal hören wollte.

Das Ganze schien mir so irreal wie ein Traum, und wer denkt schon beim Träumen daran, seine Eltern anzurufen?

»Wir dachten, du wärst tot«, jammerte meine Mutter.

Mein Vater rollte mit den Augen. »Nein, das dachten wir nicht. Warum sagst du so was? Willst du, dass der Junge Angst vor dem Leben bekommt?«

»Ich will, dass er vernünftig wird.«

»Wenn er überängstlich ist, hat er erst recht keine Chance!«

»Nein, wenn er tot ist, hat er keine Chance!«

»Ich bin aber nicht tot«, lenkte ich vorsichtig ein, aber ich glaube, keiner von beiden hat mich gehört. Während sie aufeinander losgingen, war ich für ein paar Minuten ausgeblendet, doch noch während ihres Streits nahm mich meine Mutter bei den Schultern und führte mich hinüber zum Küchentisch, wo ein Teller mit dem Abendessen auf mich wartete. An der Glasglocke, die die Hühnerkroketten mit Stampfkartoffeln bedeckte, hatte sich Kondenswasser gebildet, von dem Dampf, der zwei Stunden zuvor aus dem Essen aufgestiegen war. Siehst du, wie lange wir dich vermisst haben? So lange, dass sich schon der Dampf in Wasser verwandelt hat.

Ich schaufelte das Essen in mich hinein, ich war so hungrig wie noch nie.

»Ich kann es aufwärmen, wenn es zu kalt ist.«

»Es geht schon, Mama.«

Als ich endlich von meinem Teller aufschaute, saßen mir die beiden gegenüber, sie beobachteten mich und warteten auf eine Erklärung.

»Ich war in Manhattan.«

Meine Mutter fuhr sich mit der Hand an den Hals. Für sie stand Manhattan für Sex, Drogen, Kriminalität und Gewalt.

»Und was hast du da gemacht?«

»Ronald Robinski wohnt da. Ich bin mit zu ihm gegangen, um seinem Vater mein Lied vorzuspielen. Er ist im Musikbusiness.«

Mein Vater riss die Augen auf, und meine Mutter kniff ihre zusammen.

»Dieses kleine Lied, das du gestern gespielt hast?«

»Ja, Mama, das kleine Lied.«

»Was willst du damit sagen. Hast du dort vorgespielt?«

»Ich hab keine Ahnung, was ich gemacht habe. Ich habe das Lied auf dem Klavier in der Schule gespielt, und Ronald hat es gefallen, darum bin ich mit zu ihm nach Hause gegangen und habe es für seinen Vater gespielt.«

»Wo wohnen sie denn?«

»Im Dakota Building.«

Sie drehte sich zu meinem Vater. »Da wurde dieser Beatle erschossen.«

»Ja, ich weiß, Donna, ich lese auch Zeitung.«

»Und du machst dich noch über mich lustig, weil ich mir Sorgen mache, dabei war er an einem Ort, wo die Kugeln fliegen!«

»Das war vor sieben Jahren«, sagte ich. »Jetzt fliegen da keine Kugeln mehr.«

»Hey«, sagte mein Vater und gab mir eine Kopfnuss. »Pass auf, wie du mit deiner Mutter redest.«

»Meine Güte, es ist jetzt sicher dort! Es wimmelt nur so von Wachleuten!«

Meine Mutter schlug die Hände vors Gesicht. »So redet er

immer mit mir«, presste sie durch die Finger hervor, »er lässt keine Gelegenheit aus, frech zu werden.«

Ich grinste ironisch. Meine Mutter wollte zu weiteren Klagen ansetzen, und ich hatte auch schon eine Erwiderung parat, doch dann schlug mein Vater mit der Faust auf den Tisch, so doll, dass mein Teller einen Satz machte. Wir schwiegen verblüfft. Als er sprach, tat er es fast flüsternd: »Hat ihm der Song gefallen, Mick?«

Sein Gesicht drückte Verwunderung aus bei dem Gedanken, dass sein Sohn ein Lied geschrieben hatte, das es, wenn auch nur vielleicht, bald auf Platte geben würde.

Ich zuckte mit den Schultern, meine Hände kribbelten noch vom Vibrieren des Tisches nach dem Faustschlag. »Er hat gesagt, er würde mich anrufen.«

»Das ist kein gutes Zeichen«, bemerkte meine Mutter.

»Ach wirklich? Ronald meinte das Gegenteil.«

Meine Mutter machte eine kurze Pause, ein überhebliches Lächeln auf dem Gesicht, als wolle sie uns bedeuten, dass das alles nichts Neues für sie sei.

»Ich hatte früher öfter Vorspiele«, sagte sie schließlich. »Wenn sie dich wollen, dann sagen sie es gleich.«

»Donna, warum musst du ihn so entmutigen?«

»Das tue ich nicht. Ich spreche nur aus Erfahrung. Das ist ein knallhartes Business.«

»Jedes Business ist ein hartes Business.«

»Dieses mehr als andere.« Sie streichelte mir übers Haar. »Wir werden ja sehen, was passiert.«

»Ja, das werden wir, Mama.«

Es war eine komische Situation. Einerseits versuchte meine Mutter die Enttäuschung abzufedern, die meine beinahe sichere Ablehnung bedeuten würde. Andererseits hatte ich den Eindruck, dass sie insgeheim hoffte, dass es in die Hose ging.

Sie sahen mich an diesem Tag mit neuen Augen, wie einen Fremden, der plötzlich in ihr Leben getreten war. In all den Jahren war ich nur ein durchschnittlicher Schüler und relativ schlechter Sportler gewesen, ein braver Sohn und gewissenhafter Müllbeutel-Raustrager, nichts Besonderes, ein ganz normaler Teenager mit einer großen Klappe am Rande von Queens.

Aber ich war auch ihr einziger Sohn, ihr einziges Kind. Es gab keine Geschwister, die Lücken füllen oder die Aufmerksamkeit von mir ablenken konnten. Enttäuschung oder Stolz: Alles hing von mir ab, und bisher hatte die Zukunft für mich bestenfalls neblig ausgesehen. Mit viel Glück würde ich es auf eine staatliche Universität schaffen, wo die Studiengebühren uns nicht das letzte Hemd kosten würden, um … ja, um was zu werden?

Das war die große Frage. Für mich genau wie für alle anderen Jugendlichen in der Nachbarschaft. Anwalt? Wohl kaum. Arzt? Überhaupt keine Chance mit meinen schlechten Noten in Mathe und Naturwissenschaften. Wahrscheinlich würde es auf irgendeine Art von Beamtenjob hinauslaufen …

Aber vielleicht konnte ich Lieder schreiben und davon leben. Wie wäre das? Bei der Vorstellung wurde mir schwindelig, und ich begann, kindisch zu kichern.

»Was ist so komisch?«

»Nichts, Mama.«

»Aber du lachst doch über irgendetwas.«

»Ich bin einfach ein bisschen aufgeregt. Mir wird erst jetzt so langsam klar, was passiert ist.«

»So was realisiert man oft erst später«, sagte mein Vater.

Meine Mutter zögerte einen Moment. »Wie war denn die Wohnung?«, fragte sie dann.

Sie würde es nie zugeben, aber trotz ihrer Ängste hatte sie sich ihr ganzes Leben lang gefragt, wie es wohl sein musste, in der Stadt zu leben.

»Die Wohnung ist toll«, sagte ich. »Große Fenster, die direkt auf den Central Park rausgehen.«

»Laut?«

»Nein, mir schien es ziemlich ruhig. Man hört Verkehrsgeräusche, aber oben im sechsten Stock nur noch ganz leise.«

Sie war fasziniert, musste aber gleichzeitig eine Möglichkeit finden, besser zu sein als die Robinskis. Und dann fiel ihr etwas ein.

»Hast du was zu essen bekommen, als du da warst?«

»Nein.«

»Was zu trinken?«

»Ich habe nur zweimal mein Lied gespielt und bin dann wieder gegangen.«

Ihre Augen leuchteten. »Hörst du das? Diese Bonzen aus Manhattan bieten ihren Gästen nicht mal ein Glas Wasser an. Was für ein Benehmen!«

Sie warf meinem Vater einen triumphierenden Blick zu, bevor sie nach oben ging, um ein Bad zu nehmen. Mein Vater zündete sich eine Zigarette an und blies den Rauch bedachtsam nach oben an die Decke.

»Spiel mir mal das ganze Lied vor«, sagte er, als ich aufgegessen hatte.

Das tat ich. Der Song war erst zwei Tage alt, aber es fühlte sich an, als spielte ich *Sweet Days* schon seit Jahren, und als ich fertig war, lächelte er.

»Da geht's um Lynn, oder?«

Ich spürte, wie ich rot wurde. »Ja, ich schätze schon. Ich habe nicht wirklich darüber nachgedacht.«

»So, so, du hast also nicht darüber nachgedacht.«

Er wusste, dass ich ihn anlog, durch die zusammengebissenen Zähne, die zu richten ihn so viele Tausend Dollar gekostet hatte.

KAPITEL 4

Lynn Mahoney. Meine Liebe. Mein Leben. Meine Obsession. Ich war fünfzehn Jahre alt und so schüchtern, wie ein Junge nur sein konnte, ohne sich in Nichts aufzulösen. Und ich hatte für einen Jungen mit meinem Temperament genau den richtigen Nachmittagsjob: Ich lieferte die *New York Daily News* aus. Dabei trug ich eine große Segeltuchtasche auf dem Rücken, in der die zusammengerollten Zeitungen steckten, und ging von Haus zu Haus. Ich war sehr gewissenhaft und warf sie nie vom Bürgersteig aus zur Haustür hinüber, weil sonst die Titelseite einreißen konnte. Ich hatte mehr als fünfzig Kunden auf meiner Route, und jeder einzelne von ihnen bekam seine Zeitung in tadellosem Zustand, von Montag bis Samstag, bei Regen und bei Sonnenschein.

Ich war schnell, und es dauerte nicht länger als eine Stunde, die Strecke abzulaufen. Es war der perfekte Job für mich – abgesehen von einer Sache: dem Zahltag.

Jeden Freitag musste ich an die Türen klopfen und das Geld für die vergangene Woche eintreiben. Natürlich hielt sich die Freude der Leute, mich zu sehen, in Grenzen.

»Das Zeitungsgeld«, murmelte ich. Das war alles, was ich sagte. Bob Piellusch, der Junge, der den Job an mich übergeben hatte (im Januar, direkt nachdem er die Weihnachtstrinkgelder von seinen Kunden kassiert hatte), hatte gesagt, es würde helfen, wenn ich dabei lächelte, aber es schien keinen Unterschied zu machen.

Oft weckte ich die Leute aus dem Mittagsschlaf oder unterbrach sie bei den Vorbereitungen für das Abendessen. Sie taten dann, als wäre es eine Frechheit, dass ich das Geld haben wollte.

Aber das war es nicht. So funktionierte es eben. Ich musste jede Woche mein eigenes Geld vorstrecken, um die Zeitungen zu kaufen. Die Gewinnspanne war nicht besonders groß, darum konnte ich mir nicht erlauben, Kunden zu haben, die nicht zahlten.

Und eine Familie auf meiner Route war zu einem wahren Albtraum für mich geworden.

Ich war nervös, als ich mich an diesem kühlen Freitag im April dem Haus der Mahoneys näherte. Ich konnte mir nicht erklären, was geschehen war, denn lange Zeit war dies die beste Station auf meiner Route gewesen. Mit Mrs Mahoney hatte es nie Probleme gegeben. Sie kam sofort an die Tür, hatte das Geld schon in der Hand, gab mir immer einen halben Dollar Trinkgeld und oft noch ein paar Kekse.

Irgendwann öffnete sie plötzlich nicht mehr die Tür. Niemand öffnete. Ich machte eine rotes Kreuz auf meine Liste neben den Namen »Mahoney« und ging weiter.

In der darauffolgenden Woche wiederholte sich das Ganze. Ein weiteres rotes Kreuz, und dann noch zwei mehr. Die Mahoneys waren mit der Zahlung inzwischen einen Monat im Rückstand. Man durfte Kunden anrufen, die sich über eine längere Zeit als säumige Zahler erwiesen hatten, aber ich traute mich nicht. Eher war ich bereit, die Verluste hinzunehmen.

Am folgenden Freitag hätte ich beinahe gar nicht mehr bei den Mahoneys geklopft. Der Grund, warum ich es doch tat, war, dass die Zeitungen nicht auf der Veranda liegen blieben. Irgendjemand holte sie herein, also musste auch jemand da sein. Vielleicht würde ich diesmal mehr Glück haben …

Und das hatte ich. Die Mahoneys hatten eine Tür, die sehr laut quietschte, und an diesem Nachmittag wurde sie von dem angsteinflößendsten Mann geöffnet, den ich je gesehen hatte. Seine Schultern füllten den ganzen Türrahmen aus, und seine wütenden blauen Augen starrten mich aus einem riesigen

Schädel heraus an, mit einem Blick, der mich beinahe zu einer Pfütze zerschmelzen ließ.

Offenbar hatte ich ihn beim Mittagsschlaf gestört. Sein stahlgraues Haar lag auf einer Seite des Kopfes platt an, seine Socken hingen halb heruntergezogen an seinen Knöcheln, und ein Paar roter Hosenträger baumelte lose an den Seiten herab.

»Was zum Teufel willst du«, grollte er.

Ich schluckte. »Geld einsammeln.«

»Und wofür?«

Anstelle einer Antwort reichte ich ihm eine zusammengefaltete Zeitung. Er nahm sie und rieb sich mit der anderen Hand übers Gesicht.

»Was schulde ich dir, Zeitungsjunge?«

Ich bereitete mich innerlich auf den bevorstehenden Ausbruch vor. »Fünfzehn Dollar, Sir.«

»Fünfzehn Dollar! Soll das ein Witz sein?«

»Es ist für fünf Wochen, Sir.«

Er legte den großen Kopf zur Seite und kniff ein Auge zusammen. »Und da bist du dir sicher?«

»Ja, Sir. Es sind drei Dollar pro Woche. In den letzten vier Wochen war nie jemand zu Hause. Sehen Sie?«

Ich zeigte ihm mein Notizbuch mit den roten Kreuzen neben seinem Namen. So ganz schien ihn das noch nicht zu überzeugen, es war offensichtlich, dass er mir nicht traute.

»Meine Frau war krank«, murmelte er.

»Oh, das tut mir leid.«

»Fünfzehn, hast du gesagt?«

»Hm-hm.«

Er steckte die Hand in die Hosentasche und zog einen Zwanziger heraus. »Hast du Wechselgeld, Junge?«

»Ja, Sir.«

So viel zum Trinkgeld. Ich nahm den Zwanziger und gab fünf Dollar raus. Er steckte sie ein und schlug mir ohne ein weiteres Wort die Tür vor der Nase zu.

Ich zog meinen blauen Stift heraus und strich die roten

Kreuze sorgfältig aus. Das Konto der Mahoneys war wieder auf null. Und die wenigen Minuten, die ich dort für die Buchführung stehen blieb, sollten mein Leben für immer verändern.

Während ich noch beschäftigt war, öffnete sich die Haustür von Neuem, und da stand sie, in abgeschnittenen Bluejeans und einem roten T-Shirt, das Haar zu einem Pferdeschwanz gebunden, und schaute mich aus den größten grünsten Augen an, die ich je gesehen hatte.

Vielleicht ist es nicht möglich, einen Fremden auf den ersten Blick zu lieben, aber es ist sicher möglich, von der Schönheit eines Mädchens so sehr überwältigt zu sein, dass man das Gefühl hat, das Herz würde einem zerspringen. Denn das ist es, was mir an diesem Tag passierte, als ich bei den Mahoneys auf der Veranda stand.

»Hier«, sagte sie, »das ist für dich.«

Sie hielt mir drei Dollarscheine hin, aber ich war so ergriffen vom Klang ihrer Stimme, dass ich mich nicht rühren konnte. Wenn ein Bach sprechen könnte, würde er so klingen wie sie: wohltuend, kühl und ruhig. Ihr Anblick und ihre Stimme wären schon genug gewesen, um mir die Sprache zu verschlagen, doch dann roch ich ihr Parfüm.

Später erfuhr ich, dass es kein Parfüm gewesen war, was ich gerochen hatte, sondern der Geruch des Mädchens selbst, wie eine Sommerblume, die der Wind übers Meer treibt, süß und salzig zugleich.

Irgendwie gelang es mir, mich zu räuspern. »Ich bin schon bezahlt worden«, krächzte ich.

»Ja, aber du hast kein Trinkgeld bekommen.« Sie schaute nach links und rechts, dann sagte sie mit leiser Stimme: »Mein Vater ist zu geizig, um Trinkgeld zu geben. Los, nimm schon.«

Sie wollte nicht, dass ihr Vater sie dabei erwischte, wie sie mir Geld gab. Daher blickte sie immer wieder über die Schulter, während sie mir die Scheine hinhielt.

»Los, jetzt nimm es endlich.«

»Wie heißt du?«

»Wie bitte?«

»Ich habe gefragt, wie du heißt.«

Sie rollte mit den Augen. »Ich heiße Lynn.«

»Ich bin Mickey.«

»Nimm das Geld, Mickey.«

»Hör zu«, sagte ich, »willst du heute Abend mit mir Pizza essen gehen?«

Sie legte verwundert den Kopf schief. »Du fragst mich, ob ich mit dir ausgehen will?«

»Ich … äh … ja, genau.«

»Du scheinst dir deiner Sache ja nicht besonders sicher zu sein.«

»Habe ich es falsch gemacht? Ich habe noch nie ein Mädchen gefragt, ob sie mit mir ausgeht. Ich weiß nicht, wie man das richtig macht.«

Sie kicherte, nicht bösartig, einfach weil die Situation so komisch war. Endlich ließ sie die Hand mit den Dollarscheinen sinken.

»Gut, warum nicht. Wann?«

»Um acht?«

Sie nickte. »In Ordnung. Aber bitte, jetzt nimm endlich das Geld.«

Wieder hielt sie mir die Scheine vor die Nase. Ich schüttelte den Kopf.

»Behalte es, du kannst die Getränke bezahlen.«

Sie lächelte, ging zurück ins Haus und schloss die Tür. Ich schwebte wie auf Wolken, während ich den Rest meiner Zeitungsroute absolvierte. Das Geld von den anderen Kunden einzusammeln schien mir an diesem Nachmittag plötzlich kinderleicht. Alle zahlten, niemand machte Probleme.

Zum ersten Mal in meinem Leben fühlte ich mich eins mit der Welt, fühlte mich zugehörig, akzeptiert. Aber es war nicht nur das.

Plötzlich fühlte ich mich nicht mehr allein.

Um acht Uhr stand sie draußen vor dem Haus und wartete auf mich. Bis zu Ponti's Pizza waren es zu Fuß nur wenige Minuten. Es war ein altmodischer Laden. Auf den roten Resopaltischen standen Behälter mit muffigem Oregano und staubigem Parmesankäse. Wir setzten uns mit unseren Pizzas und den Getränken auf eine der Bänke, und ich freute mich zu sehen, dass Lynn wusste, wie man ein Stück Pizza zusammenlegte, damit es nicht umklappte, wenn man davon abbiss. Ich bemerkte in dem Moment zum ersten Mal etwas an ihr, das mich immer wieder faszinieren sollte – ich habe Lynn nie unbeholfen erlebt. Ich selbst stolperte dauernd über irgendetwas oder warf Gläser um, aber sie glitt durchs Leben wie ein Schwan, ein Pizza knabbernder Schwan, und es schien, als gefalle ihr unser erstes Date.

Für einen Moment stockte unsere Unterhaltung. Ich hatte das Gefühl, dass ich etwas sagen musste, und was ich sagte, hätte dümmer nicht sein können, wenn man bedenkt, wo wir waren.

»Magst du Pizza?«

Lynn nickte. »Wer mag die nicht?«

Ich bekam Panik. »Ich weiß nicht, vielleicht gibt es Leute, die dagegen allergisch sind.«

»Allergisch gegen Pizza? Wer denn?«

»Keine Ahnung. Vielleicht Leute, die allergisch gegen Tomaten sind.«

»Es gibt Leute, die allergisch gegen Tomaten sind?«

»Bestimmt gibt es die ...«

Ich brach ab. Was redete ich da für einen Blödsinn! In dem Moment ging die Tür auf, und drei italienische Jungs mit zurückgegeltem Haar kamen herein, jeder eine Zigarette im Mund. Einen von ihnen kannte ich aus der Grundschule, ein uninteressierter Schüler namens Enrico Boccabella. Unsere Wege hatten sich vor einigen Jahren getrennt, als seine Eltern beschlossen, kein Geld für eine katholische Highschool zu verschwenden. Er grüßte mich mit einem stummen Nicken.

Rico war der Anführer der Gruppe, er bestellte drei Stück

Pizza und drei Colas. Jimmy Ponti schien erleichtert, als Rico am Tresen bezahlte. Die anderen beiden trugen das Essen zu einem der kleinen runden Tische, dann setzten sie sich, beugten ihre glänzenden Köpfe über den Tisch und aßen. Die goldenen Kreuze, die sie um den Hals trugen, pendelten ihnen unter dem Kinn hin und her, als sie begannen, sich gedämpft und aufgeregt zu unterhalten.

Es gingen Gerüchte, dass Rico der Boss eines Einbrecherringes sei, der die Häuser reicher Leute in Great Neck ausraubte, der stinkvornehmen Nachbarstadt an der Grenze zwischen Nassau County und Queens. Möglicherweise planten sie gerade ihren nächsten Raubzug. Ab und zu sahen sie zu Lynn herüber, und sie schaute furchtlos zurück, mit einem Blick, der einen knurrenden Hund vertrieben hätte.

Ich war beeindruckt und froh, dass wir nun außer Pizza-Allergien noch ein Gesprächsthema hatten.

»Meine italienischen Landsleute«, sagte ich entschuldigend.

»Oh, ich finde Italiener toll.«

»Findest du? Ich bin mir da nicht so sicher.«

Wie um meine Worte zu unterstreichen, rülpste Rico in dem Moment laut und vernehmlich, sehr zur Freude seiner Begleiter. Lynn rollte mit den Augen.

»Ich meine nicht solche Typen wie die«, fuhr sie fort, »ich meine die Italiener in Italien. Ohne sie wäre die Welt ein ganzes Stück hässlicher.«

»Ach ja?«

»Na klar, die Gemälde, die Skulpturen … ich kann es kaum erwarten, das zu sehen.«

»Was denn zu sehen?«

»Italien. Ich spare für eine Reise dahin.«

Ich war baff. Mit ihren fünfzehn Jahren plante sie eine Reise ans andere Ende der Welt. Die weiteste Entfernung, die ich bisher allein von zu Hause aus zurückgelegt hatte, war die zum Stadion der Yankees, und auf dem Nachhauseweg hatte ich mich verlaufen.

»Ich will Florenz sehen und Venedig und Mailand«, schwärmte Lynn und malte die Route mit dem Finger auf einer imaginären Landkarte nach. »Und natürlich Rom. Die Sixtinische Kapelle.«

»Und wann willst du fahren?«

»Sobald ich genug Geld zusammenhabe. An den Wochenenden arbeite ich im Supermarkt an der Kasse. Davon habe ich schon einiges gespart … willst du denn nicht nach Italien?«

Ich zuckte mit den Schultern. »Weiß nicht.«

»Du weißt es nicht? Bist du denn nicht neugierig? Du bist doch Italiener, oder?«

»Zur Hälfte.«

»Dann ist das doch dein kulturelles Erbe! Interessiert dich das nicht?«

»Was ist denn daran so toll?«

»Hast du schon mal von Venedig gehört? Die Stadt ist komplett ins Wasser gebaut, überall fahren die Leute in Gondeln herum. Würdest du das nicht auch gern mal machen?«

»Ich schätze schon.«

Sie kicherte. »Du schätzt schon? Das ist die einzigartigste Stadt der Welt! Glaubst du, in Little Neck wirst du je in einer Gondel fahren?«

»Vielleicht wenn es mal eine Überschwemmung gibt.«

Sie lehnte sich zurück und fixierte mich. »Du bist schlau«, sagte sie. »Aber sei doch nicht so altklug, Mickey.«

Ich schämte mich. »Woher weißt du denn so viel über Italien?«

»Aus Büchern.«

»Aber du bist doch gar keine Italienerin.«

»Stimmt, meine Eltern sind beide irisch.«

»Aber nach Irland willst du nicht fahren?«

»Nein.«

»Aber das ist doch dein Erbe.«

Lynn machte eine wegwerfende Handbewegung. »Die Iren saufen und singen traurige Lieder. Wer will schon für so was quer über den Ozean fliegen?«

Unsere Stimmen waren immer lauter geworden, es war als stritten wir über eine Urlaubsplanung und könnten uns nicht einigen, wohin wir fahren sollten, dabei waren wir doch nur zwei Fünfzehnjährige bei ihrem ersten Date in Ponti's Pizzeria.

Lynn schaute mir in die Augen. »Hör zu, hast du morgen schon was vor?«, fragte sie. »Ich will dir was zeigen.«

»Was denn?«

»Hast du nun was vor, oder nicht?«

»Ich … nein, ich habe nichts vor. Außer meiner Zeitungsroute, aber die kann ich früh machen.«

»Gut, also treffen wir uns?«

Das Glänzen in ihren Augen war umwerfend, es machte mich beinahe schwindelig.

»Ja, machen wir«, sagte ich nach einer kurzen Pause. »Was soll ich anziehen?«

»Anziehsachen?« Lynn kicherte. »Es wär schon gut, wenn du was anhättest.«

Am nächsten Tag fuhr ich mit Lynn nach Manhattan, mit Bus und U-Bahn, wir fuhren durch Tunnel, wechselten die Linien, und immer noch wollte sie mir nicht sagen, wohin die Reise ging. Ich musste neben ihr hertrotten, bis wir schließlich an der Ecke 83rd Street und Fifth Avenue stehen blieben.

»Wir sind da«, verkündete Lynn, und dann stiegen wir die Treppen zum Metropolitan Museum of Art hinauf. Ich war noch nie dort gewesen.

Lynn übernahm die Führung. Es gab eine Renaissance-Ausstellung von Statuen und Gemälden meiner und Enrico Boccabellas Vorfahren, Italienern, die schon lange tot waren und deren Talent sich offenbar nicht auf ihre Nachfahren in der Neuen Welt übertragen hatte.

Lynn war Feuer und Flamme, als sie über die einzelnen Künstler sprach.

»Bist du auch eine Künstlerin?«, fragte ich sie.

Sie lachte. »Nein, mein Bruder Brendan ist der Künstler in

der Familie. Er ist acht Jahre alt, und du solltest die Bilder sehen, die er mit seinen Wasserfarben malt! Aber ich liebe Kunst. Ich will mal Kunstgeschichte studieren und es dann später unterrichten.«

Sie sah mich an. »Was willst du denn mal werden?«

»Keine Ahnung.«

»Hast du schon mal gemalt?«

»Nicht mehr seit den Fingerfarben im Kindergarten. Ich war nie besonders gut darin.«

»Hm, vielleicht bist du ja eher ein Wörtermensch.«

Ein Wörtermensch. Was zum Teufel sollte das denn sein?

Wir setzten unseren Rundgang durch das Museum fort; ich lief ihr hinterher wie ein treuer Hund.

»Es gibt Leute in Little Neck, die ihr ganzes Leben nie hier gewesen sind«, sagte sie verwundert. »Obwohl es nur vierundzwanzig Kilometer weit weg ist. Das finde ich traurig.«

»Warte mal kurz, Lynn.«

Eines der Gemälde hatte meine Aufmerksamkeit geweckt. Wir waren im amerikanische Flügel, und ich stand vor einem Werk aus dem neunzehnten Jahrhundert von Winslow Homer. Darauf war eine Gruppe barfüßiger Jungen auf einem Feld zu sehen, die ein Spiel spielten, eine Art Polonaise. Sie schienen viel Spaß dabei zu haben. Die perfekte Darstellung einer idyllischen Kindheit, der Art von Kindheit, die es in Wirklichkeit nicht gab. Man schaute sie an, und man wünschte sich, man wäre dort.

»Unglaublich«, flüsterte ich.

»Ja«, pflichtete Lynn mir bei, »Winslow Homer war ein guter Maler.«

»Ist«, korrigierte ich sie.

Sie lachte. »Guck doch mal auf die Plakette, Mickey, er ist 1910 gestorben.«

»Nein, ist er nicht. Sein Gemälde lebt doch in unseren Köpfen, also bleibt der Maler durch uns lebendig. Weißt du, was ich meine? Dieser Winslow Homer wird niemals wirklich sterben.«

Ich konnte nicht glauben, was ich gerade gesagt hatte. Ein absurder Gedanke war plötzlich ohne mein Zutun zu Sätzen geworden.

Lynn schwieg eine Weile. »Ich wusste, du würdest es verstehen«, sagte sie dann. »Und vielleicht hatte ich recht, vielleicht bist du wirklich ein Wörtermensch.«

Wir verließen das Museum und gingen in Richtung Süden durch den Central Park. Unsere Handrücken stießen immer wieder aneinander, und plötzlich hielten wir uns an der Hand. Wir näherten uns dem Zoo, als Lynn unvermittelt stehen blieb.

»Das wäre ein guter Ort«, verkündete sie, so als hätten wir gerade einen guten Platz erreicht, um ein Zeltlager aufzuschlagen.

Ich war verwirrt. »Ein guter Ort wofür?«

»Für unseren ersten Kuss.«

Mein Herz machte einen Sprung. Ich hatte noch nie vorher ein Mädchen geküsst. Lynn zeigte hoch zur Delacorte Music Clock, einer Uhr mit einem Glockenspiel aus musizierenden Tierfiguren. Es war eine Minute vor drei. Ich machte eine Schritt auf Lynn zu, doch sie stoppte mich.

»Warte, Mickey, noch nicht. Gleich schlägt es zur vollen Stunde.«

Als die Tiere begannen, im Kreis herumzufahren, und eine Zirkusmelodie ertönte, küssten Lynn Mahoney und ich uns zum ersten Mal. Und von dem Zeitpunkt an war nichts mehr so wie vorher.

Es war wie ein Stromstoß, der mich durchfloss, von meinen Lippen hinunter zu den Zehen, dann den Rücken hinauf bis in den Kopf und zurück zu den Lippen. Ich hätte zerspringen können vor Glück, und ich war sicher, niemand vor mir hatte diese Sache je so intensiv empfunden wie ich.

Wir küssten uns so lange, wie die Musik spielte. Als es plötzlich wieder still war, lösten wir uns voneinander und sahen uns in die Augen.

»Wow«, keuchte ich.

»Ja«, stimmte sie mir zu. »Ich wollte, dass unser erster Kuss etwas Besonderes ist, sodass wir beide uns daran erinnern. Ich wollte nicht, dass es auf dem Northern Boulevard vor Ponti's Pizza passiert. Bist du nicht auch froh, dass wir gewartet haben?«

Das war ich. Und noch froher war ich darüber, dass sie von unserem »ersten« Kuss gesprochen hatte.

Hand in Hand gingen wir weiter in Richtung Süden. Was Lynn und ich da unter der Uhr erlebt hatten, das war etwas Großes, das Einzige in diesem Universum, das man nicht kaufen konnte, das undefinierbar und unersetzlich war. Ich hatte Angst, darüber zu sprechen, also tastete ich mich vorsichtig darum herum.

»Ich muss sagen, Lynn, ich bin wirklich froh ...«

»Froh worüber?«

»Dass dein Vater mir kein Trinkgeld gegeben hat. Denn sonst hätte ich dich nicht getroffen.«

Als ich ihren Vater erwähnte, huschte ein kurzer Schatten über ihr Gesicht. Ich fragte mich, ob ich ihn mir vielleicht nur eingebildet hatte, so schnell war er wieder verschwunden.

Es sollte noch einige Zeit dauern, bis ich herausfand, dass der Schatten keine Einbildung gewesen war.

KAPITEL 5

Lynn Mahoney ging auf eine katholische Mädchenschule, nicht weit von der katholischen Jungenschule, die ich besuchte. Sie lebte drei Blocks von uns entfernt mit ihren Eltern und ihren vier Brüdern. Die Mengen an Lebensmitteln, die in dieses Haus geschleppt wurden, waren unvorstellbar. Ein ganzes Fach im Kühlschrank war nur voll mit Milch, ein Karton neben dem anderen. Richtige Vollmilch, nicht dieses fettarme Zeug, das war was für Weicheier. Sie schütteten jeden Tag literweise davon in sich hinein.

Lynns Vater war eine Legende bei der Feuerwehr von New York City, er war weit und breit bekannt als der *Burning Angel*, der *Brennende Engel*. Das kam daher, dass es ein berühmtes Foto von ihm als jungem Feuerwehrmann gab, auf dem er mit einem kleinen Kind in den Armen aus einer brennenden Baracke stürmt. Die Flammen an seinen Schultern sehen aus wie Flügel. Nachdem das Foto gemacht worden war, hatte er das Kind abgesetzt und sich im Schnee gewälzt, um das Feuer zu ersticken. Der Fotograf erhielt den Pulitzer-Preis, und Walter Mahoney wurde zum Helden.

Alle seine Söhne waren entweder bereits bei der Feuerwehr oder auf dem Weg dahin. Sie trainierten ständig für die mörderischen Fitnessprüfungen, die man dafür absolvieren musste, machten kilometerlange Läufe und stemmten Gewichte. Ihre Mutter war eine hübsche Frau, scheu wie ein Vogel, und es fiel schwer zu glauben, dass all diese kräftigen Jungs tatsächlich aus ihr herausgekommen waren. Sie war ständig damit beschäftigt, schweißgetränkte Schmutzwäsche die Kellertreppe hinunterzutragen und frische Sachen wieder nach oben zu bringen. Jedes Mal, wenn man das Haus der Mahoneys betrat, hörte man die Waschmaschine im Keller rumpeln. Die Frau schuftete ohne Pause.

Mrs Mahoney mochte mich ganz gerne, aber ihr Mann konnte mich nicht ausstehen. Ich glaube, alles begann damit, dass er mich fragte, ob ich die Prüfung zum Feuerwehrmann machen würde, und ich ihm antwortete, dass ich kein Feuerwehrmann werden wolle.

»Was willst du denn dann werden?«

»Das weiß ich noch nicht, Sir.«

»Vielleicht würde es dir ja gefallen, Feuerwehrmann zu sein.«

»Ich mag nicht mal Grillpartys, Sir.«

Ich versuchte, mich mit einem Witz aus der Affäre zu ziehen, aber er dachte, ich wolle mich über ihn lustig machen, und es war nicht besonders klug, den Kapitän zu verärgern. Er war knapp zwei Meter groß und musste um die hundertzwanzig Kilo wiegen, jedes Kilo davon stahlhart wie ein Feuerhydrant. Er hatte helle Haut, die die Farbe von blutigem Steak annahm, wenn er wütend wurde. Und wenn er dann so finster zu einem herunterblickte, hatte man das Gefühl, den Herrgott persönlich erzürnt zu haben.

Er liebte Wettbewerbe, jede Art von Wettstreit, bei dem er seine Söhne gegeneinander antreten lassen konnte. Den Ältesten und den Jüngsten zusammen gegen die beiden Mittleren beim Football, beim Wrestling … der Rasen vor diesem Haus hatte nie eine Chance, sich zu erholen.

Es gab Boxkämpfe, wobei der Kapitän an der Seitenlinie stand und Anweisungen oder Beleidigungen bellte, während seine Söhne mit kopfkissengroßen Handschuhen aufeinander losgingen. Er und seine drei ältesten Söhne waren gerade mitten in einem Boxkampf, als ich eines Sonntagnachmittags den Weg entlangkam, um Lynn ins Kino auszuführen.

»Hey, Mick, boxt du?«

Ich wusste, dass so etwas irgendwann passieren würde. Bevor ich antworten konnte, warf er mir ein Paar Handschuhe zu. Ich fing sie vor der Brust. Seine Söhne standen da und starrten mich an, dabei keuchten sie so laut wie Kutschpferde.

»Zieh sie an«, kommandierte der Kapitän, dann zog er die Handschuhe von den Fäusten seines ältesten Sohnes, um sie selbst anzuziehen.

»Eigentlich bin ich mit Lynn fürs Kino verabredet.«

»Dann wirst du aber ganz schön was verpassen. Komm schon.«

Ich hatte keine Chance, da herauszukommen. Also zog ich die Handschuhe an, die nicht zugebunden, sondern einfach wie Fäustlinge übergestreift wurden. Ich fühlte mich damit ein bisschen lächerlich, aber nur so lange, bis ich dem Kapitän ins Gesicht schaute. Er hatte lange auf diesen Moment gewartet, und in seinem irren Grinsen lag keine Spur von Mitgefühl.

Die Fäuste erhoben, das Kinn auf der Brust, so umkreisten wir einander in dem Ring, den die gespreizten Beine seiner Söhne begrenzten. Er schlug einmal zu, ich wehrte ihn ab. Er kicherte.

»Hey, nicht schlecht. Hat Eddie dir das beigebracht?«

»Nein.«

»Hat Eddie dir nie beigebracht, wie man boxt?«

»Nein, Sir.«

»Das hätt ich mir denken können. Ihr Italiener steht mehr auf Revolver, was?«

»Wenn Sie meinen, Sir.«

»Und ihr seid ganz groß im Kapitulieren. Die weiße Fahne schwenken, das konnten die Italiener im Zweiten Weltkrieg ziemlich gut.«

Bei dem Wort »gut« schlug er erneut zu, und diesmal sah ich es nicht kommen. Er traf mich am Kinn, und ich fiel nach hinten über. Ich landete mit ausgebreiteten Armen auf dem Boden wie ein Kind, das an einem Wintermorgen einen Schnee-Engel machen will. Ich weiß nicht, wie lange ich bewusstlos war, aber ich hörte Lynn mitten in meine Ohnmacht hinein schreien, und als ich die Augen öffnete, hatte sie mir schon die Handschuhe von den Händen gezogen und einen davon als Kissen unter meinen Kopf gelegt. Sie kniete sich neben mich und streichelte meine Stirn, während der Kapitän von weit oben mit vor Anstrengung geblähten Nasenflügeln auf mich herunterschaute.

»Du hast die Linke fallen lassen, Mickey«, sagte er ungerührt. »Lass niemals die Linke fallen.«

»Ich werde es mir merken, Sir.«

Lynn schaute hoch zu ihrem Vater, ihre Kehle war wie zugeschnürt mit Worten, die sie nicht herausbekam. Also half er ihr.

»Los, sag's schon«, forderte er sie auf.

Sie sprach ruhig und sachlich wie ein Arzt, der eine Diagnose stellt.

»Du bist ein Tyrann, Papa. Du hast ihn absichtlich niedergeschlagen, weil du ein brutaler Mensch bist.«

Die Jungen traten einen Schritt zurück, um ihrem Vater Raum zu geben für das, was auch immer er als Antwort zu tun gedachte, aber das war nicht nötig. Sie hatte ihn direkt in der Herz-Lungen-Gegend getroffen.

Nach einer Weile schüttelte er den Kopf, als wollte er sich von einem Schwindel befreien, und zeigte mit seiner immer noch behandschuhten Hand auf mich.

»Ich habe ihm eine wertvolle Lektion in puncto Selbstverteidigung erteilt, das ist alles.«

»Nein, das hast du nicht, Papa. Du bist grausam. So bist du eben. Wahrscheinlich bist du schon so auf die Welt gekommen.«

Diese Worte waren noch schlimmer als alles, was sie vorher gesagt hatte. Sie hatte ihm die Verantwortung für sein Verhalten abgesprochen, hatte es einen Geburtsfehler genannt. Sie hatte behauptet, seine Seele sei deformiert.

Ihm blieb nichts anderes übrig, als dazustehen und einzustecken. Plötzlich sah er lächerlich aus, wie eine Zeichentrickfigur, mit seiner pumpenden Brust und den riesigen Handschuhen.

Lynn drehte sich zu mir um, und so entging ihr das bösartige Glitzern, das in die Augen ihres Vaters trat, genauso wie die verängstigten Gesichter ihrer Brüder. Hätte einer von ihnen etwas Derartiges zu ihrem Vater gesagt, wäre er enthauptet worden.

»Alles okay, Mickey?«

»Ja, alles in Ordnung.« Ich drückte mich hoch in eine sitzende Position. »Komm, lass uns ins Kino gehen.«

»Willst du?«

»Na klar.«

Ich stand auf und klopfte mir den Staub von den Kleidern. Mit beiden Händen griff ich die rechte Hand des Kapitäns, die immer noch im Handschuh steckte, und schüttelte sie.

»Danke für die Boxstunde, Sir.«

»Hau ab, zum Teufel.«

Wir machten, dass wir wegkamen, und hielten uns auf dem ganzen Weg bis zum Little-Neck-Theater an der Hand.

»Meine Güte, Lynn, ich kann nicht glauben, was du da zu ihm gesagt hast.«

»Es ist die Wahrheit.«

»Trotzdem, dass du dich das traust.«

»Er ist ein grausamer Mann, man kann es nicht anders sagen. Du glaubst doch nicht wirklich, dass er dir das Boxen beibringen wollte?«

»Ich weiß jetzt, dass ich nie meine Linke fallen lassen darf.«

»Jetzt verteidige ihn doch nicht auch noch!«

»Das tue ich nicht! Ich möchte nur gerne glauben … ich weiß auch nicht … dass er auch positive Seiten hat.«

»Er weiß, was zu tun ist, wenn's brennt. Darin ist er gut. Aber wenn das Feuer erst mal gelöscht ist, wird er zu einer Gefahr für alle Lebewesen.«

»Mein Gott, Lynn!«

»Mich mag er auch nicht besonders, und das ist ganz in Ordnung so, wir können uns meist aus dem Weg gehen.«

»Und was ist mit deiner Mutter?«

»Sie ist abgehärtet. Die einzige Hoffnung, die ihr bleibt, ist, den Bastard zu überleben. Ich hoffe, das wird sie. Sie hat ein paar friedliche Jahre verdient.«

Sie schloss die Augen und legte den Arm um meine Hüften. »Mickey, fährst du mit mir nach Italien?«

»Klar, Baby.«

»Ich meine es ernst. Wir müssen beide Geld dafür sparen. Ich will die Reise nicht erst machen, wenn wir alt und klapperig sind.«

»Alles klar.«

»Versprichst du es?«

»Ja, ich verspreche es. Eines Tages …«

Zwischen mir und dem Kapitän wurde es von diesem Tag an immer schlimmer. Er hatte es schon immer genossen, italienerfeindliche Witze zu reißen, und ich hatte meinen Mund gehalten, aber damit war es jetzt vorbei. Als wir aus dem Kino zurückkamen, hatte er geduscht und ein paar Bier getrunken, und er war bereit, da weiterzumachen, wo wir aufgehört hatten.

»Ist zwischen uns alles in Ordnung, Mick?«

»Ja, Sir.«

»Gut, gut. Hey, ich hab einen Witz für dich: Warum sind Italiener so klein? Wenn sie groß sind, müssen sie arbeiten!«

Er grölte vor Lachen, dann schlug er die Hand vor den Mund. »Ups, sorry, Michael. Du nimmst mir das nicht übel, oder?«

Ich war gewappnet und bereit, zurückzuschlagen.

»Kein Problem, Kapitän Mahoney, als Halb-Ire bin ich sowieso zu dumm, den Witz zu verstehen.«

Seine Augen verengten sich zu Schlitzen, und von dem Tag an wartete ich immer draußen auf dem Bürgersteig auf Lynn.

»Ich will dieses Halbblut nicht mehr in meinem Haus sehen«, hatte er angeblich zu seiner Frau gesagt. (So war das damals am Rand von Queens. Die Iren waren die Weißen und die Italiener die Schwarzen. Und war man beides auf einmal, war man von Unannehmlichkeiten immer nur ein Sonnenbad weit entfernt.)

Aber der alte Mahoney konnte Lynn nicht daran hindern, mit mir auszugehen. Wir waren jung, wir waren verliebt, und wir nutzten jede Gelegenheit zum Lachen.

»Warum wirst du nicht Feuerwehrmann?«, neckte sie mich.

»Warum wirst du es nicht?«, konterte ich.

Sie schüttelte den Kopf. »Damit verdient man nicht genug Geld.«

»Du bist aufs Geld aus?«

»Oh ja, ich will haufenweise Geld.«

»Und wie willst du da rankommen?«

»Ich plane, reich zu heiraten.«

»Oh, dann sollte ich mich wohl besser anstrengen, mit irgendetwas Erfolg zu haben, was?«

»Das würde ich an deiner Stelle tun.«

»Wie viel Geld willst du denn?«

Sie dachte darüber nach. »Eine Schubkarre voll.«

»Voll mit Dollarscheinen?«

»Nein, mindestens mit Hundertern. Mit einer Schubkarre voller Hunderter würde ich mich zufriedengeben.«

Ich zog einen Fünfdollarschein aus der Tasche. »Mehr habe ich nicht.«

»Na gut.« Sie nahm meine Hand und zog mich zu sich heran. »Was soll's, es wäre sowieso unpraktisch, die Schubkarre überall mit hinzunehmen. Los, lad mich ins Kino ein, du Großverdiener.«

Zwischen Michael Anthony DeFalco und Lynn Ann Mahoney lief nie mehr als küssen und ein bisschen fummeln. Einmal waren wir kurz davor gewesen, miteinander zu schlafen, doch irgendetwas hatte uns gestört …

Ich machte mir deswegen keine Gedanken. Ich hatte immer das Gefühl, dass unser Zusammensein unvermeidlich war, dass es eines Tages irgendwie geschehen würde. Diese Unvermeidlichkeit war wie ein Fels in der Brandung, ein Fels, der auch vom donnernden Strudel der Hormone nicht fortgerissen werden konnte.

Wir hatten Zeit, will ich damit sagen, bis uns ganz plötzlich die Zeit ausging, eines Augusttages am Jones Beach.

Ich muss sie wirklich geliebt haben, denn um im Sommer ein paar Dollar extra zu verdienen, schob ich den ganzen Tag Rasenmäher durch die glühende Sonne, und das Letzte, was ich am Wochenende gebraucht hätte, war ein Ausflug zum Meer. Aber Lynn hockte die ganze Woche an der Supermarktkasse, und sie hungerte nach ein bisschen Sonne.

Also fuhren wir hin. Wir wollten den Bus nehmen und den ganzen Tag dort verbringen, schwimmen gehen, rumliegen und Hotdogs essen.

Wir hatten immer einen Riesenspaß dabei, außer bei diesem letzten Mal. Sie war nervös und gereizt. Ich überlegte, ob sie vielleicht ihre Regel bekam oder ob sie einen anderen hatte. Aber ich traute mich nicht, sie zu fragen.

»Wir müssen die Ränder auf deiner Haut wegkriegen, Mickey!«

»Was meinst du?«

»Schau dich doch mal an, von den Ellenbogen abwärts ganz braun, der restliche Oberkörper käseweiß! Das ist eine Arbeiter-Bräune.«

Ich zuckte mit den Schultern. »Ich bin ein Arbeiter. Was soll ich machen?«

»Weiß ich auch nicht.«

Ich kannte sie so gut wie mich selbst, vielleicht noch besser. Es war nicht meine Bräune, die sie störte. Irgendetwas anderes beschäftigte sie.

»Hey, Baby, was ist denn los?«

Sie schüttelte den Kopf und stupste mit dem Finger an meine Oberlippe. Das tat sie oft. Ich habe eine dicke Oberlippe, die ein bisschen vorsteht, noch heute. So ist eben mein Gesicht geformt, aber es sieht immer ein bisschen so aus, als schmollte ich. Lynn versuchte immer wieder, sie zurückzuschieben, damit sie aussehe wie eine »normale« Lippe.

»Ich bin so geboren worden. Die kannst du nicht reindrücken«, sagte ich nicht zum ersten Mal.

»Ich will ja gar nicht, dass sie drinbleibt. Es ist lustig, zuzugucken, wie sie wieder rausspringt.«

»Dann drück darauf, so oft du willst.«

»Stimmt mit mir was nicht, Mickey?«

Das traf mich völlig unvorbereitet. Ich war entsetzt. Ich hatte immer gedacht, Lynn sei das selbstbewussteste Mädchen, das ich je getroffen hatte, der letzte Mensch, von dem ich so eine Frage erwartet hätte.

»Du bist toll, Lynn.«

Sie drückte wieder auf meine Oberlippe und zog dann die Hand zurück. »Findest du mich nicht eigenartig oder sonderbar?«

»Du bist ... einzigartig. Aber das ist gut so.«

»Wie bin ich einzigartig?«

»Ich weiß nicht ... du bist das einzige Mädchen, mit dem ich je reden konnte. Du bist der einzige Mensch, mit dem ich je reden konnte.«

Erst als ich es aussprach, wurde mir klar, dass es tatsächlich so war. Lynn sah aus, als würde sie jeden Moment in Tränen ausbrechen, aber dann verzog sich ihr Gesicht zu einem seltsamen Lächeln, dem Lächeln eines fröhlichen Menschen, der gerade in eine Zitrone gebissen hat.

»Weißt du was, Mick? Dein Vater ist ein netter Mann.«

Das kam überraschend. Wie war sie jetzt auf dieses Thema gekommen?

»Eddie ist ein netter Mann? Eddie ist eine frustrierte, unglückliche Nervensäge!«

»Ja, manchmal schon, aber eigentlich ist er ganz in Ordnung.«

»Lynn, was soll das alles, was ist los?«

Sie blinzelte, um die Tränen zurückzuhalten. »Ich schätze, ich wünsche mir einfach nur einen Vater wie deinen statt dem, den ich habe.«

»Na ja, wenn wir irgendwann heiraten, dann bekommst du Steadie Eddie als Schwiegervater. Das ist doch schon mal was, oder?«

Meine eigenen Worte erschreckten mich. Ich hatte mit Lynn nie über Heiraten gesprochen. Ich konnte mir ein Leben ohne sie nicht vorstellen, aber es war mir bisher nie in den Sinn gekommen, sie zu heiraten. Alle Ehen, die ich kannte, waren ein einziges Fiasko.

Sie sah mich mit großen Augen an, hob eine Muschelschale auf und warf sie ins Wasser.

»Wow, Mickey DeFalco spricht das H-Wort.«

»Ich meinte das nicht so, Lynn. Ich meine, ich wollte dich damit nicht ärgern.«

»Ich ärgere mich doch nicht deswegen.«

»Glaubst du, dass du eines Tages heiraten willst?«

»Ich würde lieber erst mal mit dir nach Italien fahren.«

Wir standen am Ufer und beobachteten die gefräßigen Möwen, die sich auf alle essbaren Überreste stürzten, die sie finden konnten.

»Wenn wir doch nur ein Segelboot hätten und wüssten, wie man segelt, dann könnten wir von hier aus losfahren«, sagte ich.

Lynn war überrascht. »Wohin?«

Ich zeigte auf den Horizont. »Nach Italien.«

Sie sah mich an, und wieder dachte ich für einen Moment, sie würde in Tränen ausbrechen.

»Das ist eine süße Idee, Mickey.«

Ich ließ meine Gedanken schweifen, wie man es macht, wenn man mit jemandem zusammen ist, dem man vollkommen vertraut.

»Das könnte man schaffen, oder? Einmal quer rüber über

den Atlantik. Wenn wir ein Boot hätten, das groß genug ist, und genügend Verpflegung, und wenn wir nicht mitten auf dem Ozean in irgendeinen großen Sturm kämen …«

Mehr »Wenns« fielen mir nicht ein.

»Jedenfalls sehe ich keinen Grund, warum wir es nicht schaffen sollten«, fuhr ich fort. »Wir müssten nur dafür sorgen, dass wir genügend Essen hätten, haltbares Zeug, Sachen in Dosen und so, denn es würde vermutlich ein paar Wochen dauern, und vielleicht würden wir Regenwasser trinken müssen …«

Sie umarmte mich, fester und länger, als sie es je zuvor getan hatte. Aber ich war noch nicht fertig.

»Wir würden nach Genua segeln oder nach Neapel«, fantasierte ich weiter über ihre Schulter hinweg. »Ich glaube, das sind die größten Häfen in Italien. Sie müssten uns aufnehmen, auch wenn wir keine Pässe dabeihätten … Hey, wie bekommt man eigentlich einen Pass?«

Ich war siebzehn Jahre alt, hatte noch nicht mal einen Führerschein, und da stand ich und plante einen Segeltrip über den Atlantik, um in Italien ein neues Leben mit Lynn Mahoney zu beginnen.

Die Sonne ging unter. Wer schon einmal genau einen Sonnenuntergang beobachtet hat, der weiß, das die Sonne am Ende ziemlich schnell versinkt, und an diesem Abend schien sie sich in die Wellen zu stürzen, als ertränke sie und würde nie wieder aufgehen. Auf der anderen Seite des Himmels wurde der Mond heller und größer, er hatte den Kampf gegen die untergehende Sonne gewonnen. Es war wie eine traurige Hochzeit von Feuer und Wasser, und als das letzte bisschen Orange vom Nachthimmel verschluckt worden war, stand Lynn mit verschränkten Armen und ernsten, großen Augen neben mir.

»Diese Nacht könnte ewig dauern«, sagte sie mehr zu sich selbst als zu mir. Genau das, was ich auch kurz zuvor gedacht hatte. Von einer Sekunde auf die andere überfiel mich eine plötzliche Angst, sie zu verlieren.

Das durfte nicht passieren. Ich durfte es nicht geschehen lassen.

»Ich liebe dich«, platzte ich heraus. »Ich möchte dich heiraten. Ich meine, nicht jetzt, aber irgendwann. So, jetzt ist es raus. Ich bin froh, dass ich es gesagt habe. Tut mir leid, wenn dir das Angst macht, aber so ist es.«

Sie starrte mich an, in ihren Augen glänzten Tränen.

»Ich weiß, das klingt verrückt, ich wollte dir wirklich keine Angst machen.«

»Ich habe keine Angst.«

»Aber du weinst.«

»Ja«, sagte sie und wischte sich über die Augen. Ein Schauer durchlief sie.

Ich machte einen Schritt auf sie zu, doch sie drehte sich weg und bedeutete mir, Abstand zu halten.

»Lynn?«

»Ich schätze, meine Eltern haben sich mal geliebt.« Ihre Stimme klang eigenartig, gleichzeitig verletzlich und distanziert. Sie machte ein Geräusch zwischen einem Schluchzen und einem Lachen. »Kaum zu glauben, was? Mein Vater, der dich nicht mal mehr ins Haus lässt, war in meine Mutter verliebt.«

»Lynn.«

»Und du siehst ja, was aus ihnen geworden ist. Sie fassen sich nicht mehr an. Sie reden nicht einmal mehr miteinander.«

Ich schluckte und fühlte Panik in mir aufsteigen. »Das würde uns nicht passieren, Baby. Bei uns wäre das anders.«

Sie begann zu schluchzen. Ich legte meinen Arm um ihre Schulten und führte sie über den plötzlich kühlen Sand zur Bushaltestelle, wo wir gerade noch den letzten Bus erwischten.

Auf der ganzen Fahrt sagte sie kein Wort, sie war wach, hielt aber die Augen geschlossen. Auf dem kurzen Fußweg von der Bushaltestelle zu ihrem Haus ging sie einen Schritt vor mir, egal, wie sehr ich mich anstrengte, sie einzuholen. Sie blieb erst stehen, als wir das Gartentor erreicht hatten, und dann war es Zeit für unsere, wie sich herausstellen sollte, letzte Verabschiedung.

»Hör zu, Lynn, ich meinte nicht, dass wir jetzt heiraten müssen. Ich meinte, irgendwann. Wenn ich diese Schubkarre voller Mäuse zusammenhabe, du weißt schon.«

Sie rang sich ein Lächeln ab. »Du weißt aber, dass das mit der Schubkarre nur ein Scherz war, oder?«

»Ja, ich weiß. Aber trotzdem. Vielleicht bekomme ich das Geld ja zusammen. Dann fahren wir nach Italien, tauschen alles in Lire um und leben wie die Könige.«

Sie nickte. »Vielleicht. Aber auch wenn das nicht klappen sollte, hatten wir doch viele schöne Tage zusammen, oder, Mick? Mehr als die meisten Leute, so viel ist sicher.«

Ich wollte nicht glauben, was sie da sagte. Es hörte sich an wie das Ende, wie eine Grabrede.

»Ja, wir hatten schöne Tage, und wir werden noch viel mehr davon haben!«

Sie zögerte, dann stellte sie sich auf die Zehenspitzen und küsste mich auf die Stirn. »Bis dann, Mickey DeFalco.«

Sie drehte sich um und beeilte sich, ins Haus zu kommen, und an der Art, wie sie meinen Namen gesagt hatte, merkte ich, dass etwas Schreckliches passieren würde.

Und so war es. Mitten in der Nacht verschwand Lynn, niemand wusste, wohin. Keine Nachricht, nichts. Die ganze Nachbarschaft war entsetzt. Sie war doch so ein nettes Mädchen, hatte immer gute Noten, ging auf eine gute katholische Schule. Sie hatte eine intakte Familie und einen Freund, der sie vergötterte. Und dann ist sie einfach so abgehauen.

Aber das war noch nicht alles. In den frühen Morgenstunden nach Lynns Verschwinden tobte ein betrunkener Walter Mahoney durchs Haus. Er fiel die steile hölzerne Kellertreppe hinunter, brach sich die Wirbelsäule und war seitdem von der Hüfte abwärts gelähmt. Den Rest seines Lebens musste er im Rollstuhl verbringen. Die Feuerwehr von New York City baute dem Kapitän eine Rampe vor dem Haus, es gab sogar eine Einweihungszeremonie.

»Der *Brennende Engel* tauscht seine Flügel gegen Räder«, lautete die Bildunterschrift in der *New York Post*.

Es war der Anfang vom Ende für die gesamte Mahoney-Familie. Die Tochter durchgebrannt, der Vater gelähmt … und dann, zehn Jahre später, starben alle vier Söhne der Mahoneys bei einem Feuerwehreinsatz in einer brennenden Lagerhalle in der Bronx.

Zu der Zeit war ich natürlich schon lange an der Westküste, aber ich werde nie den Anruf meiner Mutter vergessen, bei dem sie mir von der Zeremonie für die vier Brüder in Eruziones Bestattungsinstitut erzählte. Beinahe alle aus Little Neck waren dagewesen und Fernsehteams von drei Sendern. Alle vier Söhne des Brennenden Engels wurden auf einmal beigesetzt! Wer hätte sich das entgehen lassen?

Eine Person gab es.

»Nun«, informierte mich meine Mutter, »von Lynn keine Spur.«

»Vielleicht weiß sie nicht, was passiert ist.«

»Wie könnte sie es nicht wissen, sie reden doch dauernd im Fernsehen davon!«

»Vielleicht hat sie keinen Fernseher.«

»Es gibt keine Entschuldigung für ihr Wegbleiben, außer, wenn sie tot ist.«

Ich schluckte. »Du glaubst, dass Lynn tot ist?«

»Das habe ich nicht gesagt. Ich habe gesagt, dass das die einzig geltende Entschuldigung wäre, nicht gekommen zu sein.«

Ich legte den Hörer auf. Die Idee, dass Lynn tot sein könnte, war unerträglich. Ich wollte es nicht glauben. Ich konnte es nicht glauben. Seit sie von zu Hause weggelaufen war, hatte ich immer noch diesen letzten Funken Hoffnung gehabt, der plötzlich zu verglühen drohte.

Meine Eltern hatten nichts mit den Mahoneys zu tun, aber meine Mutter erstattete über die Jahre immer wieder Bericht über sie, wie ein Kriegsreporter.

Der Tod seiner Söhne hat dem Kapitän den letzten Lebenswillen geraubt, berichtete sie. Seine Muskeln begannen zu verkümmern, er schrumpfte immer mehr zusammen, sowohl physisch als auch psychisch. Lynns Mutter musste ihn überallhin schieben, bis er schließlich an Herzversagen starb, neun Jahre nach dem Tod seiner Söhne, neunzehn Jahre nach dem Sturz auf der Treppe.

Auch diese Beerdigung verpasste Lynn, wie meine Mutter mich bei einem ihrer letzten Anrufe in Los Angeles eifrig informierte.

Da dachte ich, dass meine Mutter vielleicht recht hatte. Vielleicht war Lynn wirklich tot. Vielleicht war es an der Zeit, dass ich endlich aufhörte, an sie zu denken, ein für alle Mal.

Vielleicht.

Ein paar Wochen nachdem Lynn verschwunden war, verlor ich meine Unschuld auf dem Sitz eines rostigen Ford Pinto, an ein Mädchen namens Rosie Gambardello, die neben Lynn an der Supermarktkasse gearbeitet hatte und immer mit mir flirtete, wenn ich den Laden betrat. Wir hatten uns mit einem Krug voll selbst gemachtem Rotwein aus dem Keller ihres Vaters betrunken, kein besonders edles Zeug, es hinterließ einen säuerlichen Belag auf der Zunge. Wenn es nicht der Geschmack von Rosie war, der ihn verursacht hatte.

Es war schnell und wild, und es bedeutete mir nichts. Wir hatten uns nicht einmal ausgezogen. Nur die nötigen Reißverschlüsse und Knöpfe aufgemacht, um es tun zu können, wie zwei Artischocken. Sie hob die Hüfte, ich war wieder draußen und rollte mich zurück auf meine Seite des Autos. Es war, als hätte ich kurz zum Tanken angehalten. Sie setzte sich auf und zündete eine Zigarette an.

»Du vermisst sie immer noch, oder?«

So ist das in Little Neck. Jeder weiß alles.

»Ja, ich vermisse sie.«

»Hat sie dich mal rangelassen?«

»Halt den Mund, Rosie.«

»Ich wusste es. Ich wusste es! Man musste sie nur anschauen, um das zu kapieren. Sie war sich zu gut für die Jungs aus Little Neck, darum ist sie abgehauen!«

»Rosie, du hast keine Ahnung, wovon du redest.«

»Na ja, kann sein. Aber ich weiß genau, dass dir das gerade Spaß gemacht hat.« Ich sah ihr Lächeln im Schein der Zigarettenglut, ein scheußliches Grinsen, bei dem man ihre Zahnlücken sah. »Das war doch was, oder, Mick?«

Ich stolperte aus dem Auto und ging nach Hause, um mich zu übergeben. All der Rotwein sprudelte wie eine wütende Fontäne aus mir heraus. Dabei liefen mir Tränen über die Wangen, und das war das einzige Mal, dass ich je wegen Lynn geweint habe.

Ein paar Wochen später schrieb ich *Sweet Days*, und der Text sprach von meinem letzten Abend mit Lynn.

Spoke too soon …
Between the Sun and the Moon …
Words you could not stand …
While we stood in the sand …
Took the last bus home …
And I knew … I knew …
Ich knew that you were gonna roam …

Was soll ich sagen? Ich weiß, ich bin nicht Shakespeare, aber irgendwie hatte das Lied einen Nerv getroffen. Und alles, was es mich gekostet hatte, war ein irreparabel gebrochenes Herz.

Ich glaube, mein Erfolg war dem Zusammenspiel verschiedener Dinge geschuldet. Eine eingängige Melodie, Glück, ein Text, der von Herzen kam, Glück, gutes Timing, Glück, ein tolles Management, Glück, cleveres Marketing, Glück, ein niedliches Gesicht, plus Glück, Glück und nochmals Glück.

Wenn ich das alles noch einmal machen müsste, dann hätte ich mir wahrscheinlich lieber ein bisschen mehr Glück für den Rest meines Lebens aufgespart, anstatt mein ganzes Kapital für diesen einen verdammten Song zu verschießen.

KAPITEL 6

Als ich aufwachte, wunderte ich mich, dass es nicht heller im Zimmer war. Dann stellte ich fest, dass der Setzling, den mein Vater vor meinem Fenster gepflanzt hatte, als ich klein war, inzwischen zu einem großen schattenspendenden Ahorn mit herabhängenden Blättern geworden war.

Als ich geduscht und mich rasiert hatte, war es beinahe neun Uhr. Meine Mutter war in der Küche, und als ich hereinkam, schlug sie zwei Eier in eine Schüssel und begann, sie zu schlagen.

»Du hast aber lange geschlafen. Gestern bist du einfach zu Bett gegangen, ohne gute Nacht zu sagen.«

»Ja, tut mir leid.«

»Es ist Kaffee da, wenn du willst.«

»Danke, Mama.«

»Diesmal kein koffeinfreier, ich habe dir richtigen Kaffee besorgt.«

Ich schenkte mir eine Tasse ein und wunderte mich, wie sehr meine Hände zitterten. Unser Haus war immer voller Unruhe gewesen, die Nervosität war überall zu spüren. Die Streits, das Schweigen, das Schmollen, mit alldem hatten sich die Poren der Wände und Böden vollgesogen, sie lagen über allem wie eine dicke Wachsschicht.

»Ist Papa bei der Arbeit?«

»Wo sollte er denn sonst sein?«

»Stimmt, Steady Eddie eben.«

»In mancherlei Hinsicht ist er das, ja.«

Sie goss die Eier in eine Pfanne, und ich trank in kleinen Schlucken meinen Kaffee. »Geht er nicht bald mal in Rente?«

»In Rente gehen? Und was soll er dann mit sich anfangen?«

»Ich weiß nicht. Sich ausruhen.«

»Warum willst du unbedingt, dass dein Vater in Rente geht?«

Aus dem Nichts heraus drohte unsere Unterhaltung zum Streit zu werden. Ich hob die Hände. »Mama, ich will es nicht unbedingt. Ich habe mich nur gefragt, ob er darüber nachdenkt.«

Sie traktierte die Eier mit einem Pfannenwender. »Er ist erst neunundfünfzig, Michael, er ist doch kein alter Mann!«

»Wenn er glücklich ist mit seiner Arbeit, dann ist es ja auch gut so.«

»Wer hat gesagt, er sei glücklich?«

»Ist er nicht glücklich?«

»Arbeit ist Arbeit, Michael. Sie ist nicht dazu da, dich glücklich zu machen.«

»Ach nein?«

»Michael. Setz dich und iss.«

Ich gehorchte. Ich wusste, dass ich das Problem war, der Eindringling. Ich war in das prekäre Gleichgewicht hineingeplatzt, das meine Eltern die letzten zwanzig Jahre über entwickelt hatten, wie ein verrückt gewordener Lachs, der plötzlich stromaufwärts schwimmt, um sich mit seinen erschöpften Eltern wiederzuvereinen. Ich saß dort und zog die Ellenbogen an den Körper, um mich möglichst klein zu machen.

»Ich habe inzwischen auch einen Job.«

Die Worte sprudelten schnell aus ihr hervor, dann schaute sie mich an, als erwarte sie, ich würde sie auslachen. Das tat ich nicht. Vor Verwunderung stand mir der Mund offen. Schließlich sagte ich: »Das ist nicht dein Ernst, oder?«

»So was Ungewöhnliches ist das nun auch nicht.«

»Und was machst du?«

»Ich helfe zweimal die Woche bei Eruzione's aus. Und jetzt

muss ich los, ich bin nur geblieben, um dir Frühstück zu machen.«

Sie schüttete den Inhalt der Pfanne auf einen Teller und stellte die fluffigen gelben Eier vor mich hin. Ich versuchte mich zu erinnern, wann ich zuletzt Eier gegessen hatte – dem ganze Wellness-Food-Wahnsinn in Los Angeles kann man sich nicht entziehen, selbst wenn man nicht daran glaubt –, aber am meisten beschäftigte mich die Vorstellung, dass meine Mutter jetzt bei Eruzione's Bestattungsinstitut arbeitete, das schon seit über fünfzig Jahren alle Leute beerdigte, die in Little Neck starben. Erst jetzt fiel mir auf, dass sie schwarz gekleidet war.

»Magst du keine Eier mehr?«

»Doch, sehr.« Ich schob mir eine große Gabel voll in den Mund. »Ich kann nicht glauben, dass du bei Eruzione's arbeitest.«

»Warum nicht?«

»Na ja, das ist ziemlich deprimierend, oder nicht? Diese ganzen Toten.«

»Wir alle müssen einmal sterben, Michael.«

»Ich schätze, das ist wohl so.«

»Du schätzt?«

Ich nahm noch eine Gabel voll Eier. »Geh ruhig, Mama, tut mir leid, dass ich dich aufgehalten habe.« Ich wollte bestimmt nicht dafür verantwortlich sein, dass sie die Toten warten ließ.

Sie band sich ein schwarzes Tuch um den Kopf. »Erinnerst du dich an Ralph Mackell?«

»Wen?«

»Den alten Mann, den wir immer an der Bushaltestelle gesehen haben?«

Ich hatte keine Ahnung, von wem sie sprach.

»Den hinkenden alten Mann? Er hatte so einen schwarzen Gehstock.«

Ich wusste immer noch nicht, wen sie meinte. Sie wurde ungeduldig. »Du weißt schon, der alte Mann, der immer zu spät in die Kirche kam und sich dann in die erste Reihe gesetzt hat.«

Da erinnerte ich mich endlich. »Der weißhaarige Typ, der immer gehustet hat?«

»Ja, genau!«

»Was ist mit ihm?«

»Er ist gestorben.«

Ich ließ meine Gabel sinken. »Der Mann ist jetzt erst gestorben? Der stand doch schon vor zwanzig Jahren mit einem Bein im Grab!«

»Lungenkrebs. Er war achtundachtzig, Raucher wie dein Vater. Wir bahren ihn heute auf. Wahrscheinlich werden nicht viele Leute kommen. Er hatte nicht viele Freunde in dieser Welt.«

In dieser Welt? Seit wann redete meine Mutter Beerdigungssprache?

»Ich muss los, Michael. Fühl dich …« Sie brach ab und wurde rot. »Du weißt schon.«

»Wie zu Hause.«

»Ja, natürlich, das ist ja dein Zuhause. Oh, gut, dass ich daran denke.«

Sie übergab mir einen glänzenden Messingschlüssel, der an einem Schlüsselanhänger von Eruzione's Bestattungsinstitut hing. Es war ein kleiner roter Plastiksarg.

»Der Haustürschlüssel.«

Sie beugte sich vor, um mich auf die Stirn zu küssen, dann war sie weg, auf dem Weg zur Show für Ralph Mackells letzten Abschied.

Es war eine Erleichterung, allein zu bleiben, eine Erleichterung, nicht nach meinen Plänen gefragt worden zu sein.

Aber ich fühlte mich auch erschreckend einsam. Vielleicht ging es nur mir so, aber vielleicht wurden ja alle achtunddreißigjährigen Männer von derartigen Gefühlen überwältigt, wenn sie sich plötzlich arbeitslos und mutterseelenallein an einem Werktag in der Küche ihrer Eltern wiederfanden.

Ich kratzte die restlichen Eier in den Mülleimer, wusch meinen Teller ab (die Pfanne hatte meine Mutter natürlich schon gespült) und verließ das Haus, meinen neuen glänzenden Schlüssel in der Jeanstasche.

Wenn man die Straßen seiner Kindheit entlanggeht, sieht man vor allem das, was sich verändert hat. Es ist unglaublich, was für Nebensächlichkeiten man sich merkt. Die McElhennys hatten eine neue Veranda gebaut. Der Anstrich der Spellanes war jetzt apfelgrün statt mitternachtsblau. Und natürlich hatten die Lomuscios weitere zwei Räume angebaut, einen oben und einen seitlich, sodass jetzt auch das letzte bisschen Garten zugebaut war.

Als ich ein Kind war, war das Haus der Lomuscios eins der kleinsten im ganzen Block gewesen, aber jedes Mal, wenn sie ein paar Dollar übrig hatten, bauten sie an und traktierten ihre Nachbarn an den Samstagen bei Sonnenaufgang mit dem Klopfen von Hämmern und dem Röhren der Elektrosägen.

Jedes Mal, wenn ein Sägeblatt kreischend auf einen Kiefernknoten traf, hatte meine Mutter sich die Ohren zugehalten.

»Wenn sie ein größeres Haus wollen, warum ziehen sie dann nicht einfach um?«

»Das ist es nicht«, sagte mein Vater. »Manche Italiener können einfach nicht die Finger von ihren Häusern lassen. Sie müssen dauernd irgendwo anbauen.«

»Aber du nicht.«

»Ich bin das, was man den wunschlos glücklichen Menschen nennt.«

»Allerdings, das bist du.«

Ich ging weiter, vorbei an der P. S. 94, der Public School Nummer 94, einer öffentlichen Schule, die ich nie besucht hatte. Aber auf dem Schulhof der P. S. 94 hatte ich eines Samstagabends mit fünfzehn mein erstes Bier getrunken, drüben bei den Wippen, zusammen mit Jimmy Nailer und Tommy Gordon, der drei Dosen Rheingold aus dem Kühlschrank im Keller seines Vaters gemopst hatte.

Ich hatte das Bier getrunken, war benommen nach Hause gegangen und hatte eine dreifache Ladung Double-Bubble-Weintraubenkaugummis gekaut, um meine Fahne zu überdecken.

»Meine Güte, Mickey, bist du das?«

Ich drehte mich um und sah eine Frau, die ihr Haar in Lockenwicklern unter einem Kopftuch trug; ihre faltige Hand versuchte einen angeleinten Cockerspaniel daran zu hindern, hinter einem Eichhörnchen herzujagen. Es war Eileen Kavanagh, deren Fenster ich früher geputzt hatte, um mir ein bisschen Taschengeld zu verdienen.

Ich streckte die Hand aus. »Schön, Sie zu sehen, Mrs Kavanagh.«

Sie griff mit der freien Linken nach meiner Hand, ein rosafarbenes Lippenstiftlächeln breitete sich auf ihrem habichtartigen Gesicht aus. Dann verschwand das Lächeln plötzlich wieder.

»Warum bist du hier?«

»Wie bitte?«

»Ist jemand gestorben?«

»Oh! Nein, niemand ist gestorben. Ich bin nur zu Besuch hier.«

Nach Little Neck kam nie jemand zurück, außer um einen geliebten Menschen zu Grabe zu tragen. So jedenfalls sah das Mrs Kavanagh. Sie war Immobilienmaklerin, und wäre einer meiner Eltern gestorben, wäre möglicherweise unser Haus auf den Markt gekommen. Da wollte sie den anderen Anbietern zuvorkommen.

Sie zog an der Leine und befahl dem Hund, sich hinzusetzen. »Bleibst du länger?«

»Eine Weile.«

»Davon hat deine Mutter gar nichts gesagt.«

»Es war eine spontane Idee, sie wusste nicht, dass ich komme.«

»Hmmm.«

Die Mühlen waren angelaufen. Sobald sie zu Hause ankam, würde sie anfangen, herumzutelefonieren und zu erzählen, dass sie Mickey DeFalco gesehen hatte, in der Hoffnung, die wahre Geschichte herauszubekommen. Ich musste sie ablenken, damit sie mich nicht weiter ausfragte.

»Wie geht es Mr Kavanagh?«

Ihr Gesicht fiel zusammen, als hätte man ihr gerade einen extrem geschmacklosen Witz erzählt. »Er ist vor sechs Monaten gestorben.«

»Oh, mein Gott, das tut mir leid.«

»Hat deine Mutter dir das nicht erzählt?«

»Ich bin sicher, das hat sie, aber ...« Ich klopfte mir an die Stirn, wie um ihr zu beweisen, wie hohl es da drinnen war. »Ich habe es vergessen, tut mir wirklich leid.«

»Gott sei Dank war deine Mutter da.«

»Meine Mutter?«

»Bei Eruzione's. Weißt du, Mickey, deine Mutter kann wirklich gut mit Leuten umgehen, die einen geliebten Menschen verloren haben. Sie weiß einfach, was sie sagen muss. Das ist eine Gabe, eine große Gabe. Nur wenige finden in dieser Situation die richtigen Worte. Und deine Mutter gehört dazu.«

Ich wusste, dass Mrs Kavanagh recht hatte. Meine Mutter war gut in Situationen, die mit Toten zu tun hatten. Es waren die Lebenden, die ihr Schwierigkeiten bereiteten.

Der Hund kauerte sich hin, um aufs Gras zu pinkeln. Mrs Kavanagh riss wieder an der Leine, um ihn herunter an den Randstein zu ziehen, und ich nutzte diesen Moment zur Flucht.

»Es hat mich gefreut, Sie zu sehen, Mrs Kavanagh.«

»Willkommen zu Hause«, sagte sie, und aus ihrem Mund klang das beinahe wie eine Drohung.

Ich musste raus aus der Nachbarschaft. Ich beschleunigte meine Schritte, als ich den Northern Boulevard erreichte, und war geschockt, wie sehr sich alles verändert hatte. Die Asiaten waren in Little Neck angekommen – es gab Nagelstudios und Nackenmassage-Salons und sogar ein Akupunkturstudio, dessen Werbeplakat Abhilfe bei jeglicher Art von Gesundheitsproblemen versprach, von Haarausfall bis hin zu schlechtem Atem. Ponti's Pizza war jetzt Teil der Domino's-Pizza-Kette geworden, und der alte Eisladen von Carvel war inzwischen ein Tattoo-Studio. In dem Kino, in das Lynn und ich immer gegangen waren, tauschte man heute Schecks, hinter der Plexiglasscheibe saß ein missmutiger Angestellter. Bernstein's Getränke- und Süßigkeitenladen war verschwunden, dort war jetzt das Starbucks, über das mein Vater so geschimpft hatte.

Bald würde ich die Grenze von Queens nach Nassau County und Great Neck überqueren. Hier hatten die Leute größere Häuser, größere Vorgärten, zahlten höhere Steuern und trugen die Nasen höher. Das Brummen von Rasenmähern ließ mich in eine Sackgasse einbiegen, die ich noch nie entlanggegangen war, aber ich hatte so ein Gefühl …

Mit jedem Schritt wurde das Geräusch der Rasenmäher lauter, und dann sah ich ihn, den ramponierten roten Wagen mit der Aufschrift »J. P. Flynn Landschaftsgärtnerei« in weißer Schablonenschrift auf der rostigen Fahrertür. An dem Wagen hing ein ebenso ramponierter grüner Anhänger, der mit Gärtnereiwerkzeugen vollgestopft war. Zwei Typen, die ich nicht kannte, waren damit beschäftigt, Rasenmäher über ein großes Stück Wiese zu schieben, während ein weißhaariger Mann, den ich sehr wohl kannte, auf dem Boden hockte und Öl in das Kurbelgehäuse eines Heckenschneiders goss. Er hatte eine Zigarette zwischen den Lippen, wie früher. Es war mein alter Chef, John P. Flynn, für den ich während meiner Highschoolzeit zwei Sommer lang geschuftet hatte. Er hatte mich nicht kommen gehört.

»Meine Güte, das sind ja immer noch dieselben Rasenmäher, die ich durch die Gegend geschoben hab. Sie sollten mal ein bisschen in neues Equipment investieren!«

Er blinzelte zu mir hoch, dann weiteten sich seine Augen. »Mein Gott! Sieh mal einer an!«

Er stand auf, um mich zu begrüßen, und wischte seine Hand

an einem Lappen ab, bevor er sie mir hinstreckte. »Was zum Teufel machst du hier, Superstar?«

»Ich bin zu Besuch.«

»Ja? Und wie lebt es sich so mit den Filmstars?«

»Ehrlich gesagt, Mr Flynn, habe ich nie wirklich welche kennengelernt.«

»Na ja, was soll's.«

Er streckte noch einmal die Hand aus und drückte meine Schulter. »Du bist es wirklich! Der einzige Rockstar, der je bei mir gearbeitet hat!«

Er freute sich wirklich, mich zu sehen. Ich nickte und zuckte mit den Schultern. *Sweet Days* war zwar kein Rocksong, aber was machte das schon.

»Du siehst gut aus, Mick, du hast ein bisschen zugelegt, aber das steht dir.«

»Sie sehen auch gut aus, Mr Flynn.«

Das entsprach nicht ganz der Wahrheit. Sein Gesicht war faltig geworden und sein Bauch, der mal so groß gewesen war wie ein kleineres Erkerfenster, sah jetzt aus wie ein prall gefüllter Reifen. Er wusste, dass ich nur höflich sein wollte, und winkte ab.

»Ich bin froh, dass ich es bald geschafft habe. Das ist mein letzter Sommer mit den Rasenmähern, Mick. Im November ziehen Charlotte und ich nach Florida.«

»Das freut mich für Sie.«

»Carmine Eruzione bekommt von mir keinen Heller. Nichts gegen deine Mutter, ich habe gehört, dass sie den Job sehr gut macht.«

Er spuckte seinen Zigarettenstummel auf den Bürgersteig und zeigte auf einen spanischen Jungen, der sich abmühte, seinen Rasenmäher durch das hohe Gras zu schieben. Sein rotes Kopftuch war schweißgetränkt, und er atmete schwer durch den Mund.

»Siehst du den da? Der macht die Nacht zum Tag. Ein netter Junge, aber man kann nicht nachts ausgehen und am nächsten Tag für mich arbeiten. Er hat ständig einen Kater, ist notorisch dehydriert und greift nach jedem Wasserschlauch, der irgendwo rumliegt. Es tut mir leid für ihn, aber ich muss ihn rauswerfen.«

»Könnte ich stattdessen für Sie arbeiten?«

Die Worte hatten meinen Mund verlassen, bevor ich darüber nachdenken konnte. Flynn grinste, doch als er merkte, dass es kein Witz war, wurde sein Gesicht plötzlich ernst.

»Hey Mickey. Ist alles in Ordnung?«

»Ja, es geht mir gut, alles in Ordnung. Aber was ich vorhin über den Besuch gesagt habe … na ja, es wird ein sehr langer Besuch werden. Wissen Sie, ich bin aus L. A. weggegangen, weil es einfach nichts für mich ist.«

Er starrte mich an, als hätte ich gerade einen schweren Autounfall gehabt, und aus irgendeinem Grund war der Blick, den ich von ihm erntete, schlimmer für mich als der meiner Eltern. Von all den Jungs, die in den vergangenen dreißig Jahren für diesen Mann einen Rasenmäher geschoben hatten, war ich derjenige, der es geschafft hatte, der von hier weggegangen war, und plötzlich stand ich wieder mit leeren Händen vor ihm.

Mein Auftauchen stellte alles in Frage, woran dieser Mann glaubte. Flynn war ein Kriegsveteran, in Korea verwundet worden, und er liebte sein Land von ganzem Herzen. Ich war die symbolträchtige Erfolgsgeschichte, die er seinen Arbeitern in der Mittagspause erzählen konnte, wenn sie unter den Eichen im Schatten saßen. Ich war der Junge, der eine Hit-Single gelandet hatte, ohne je die Highschool beendet zu haben …

Ich war der Held in seiner Geschichte über Amerika als Land voller unbegrenzter Möglichkeiten, und jetzt plötzlich taugte ich nur noch zur Pointe in einem schlechten Witz.

Seine Augen wurden tatsächlich ein bisschen feucht. Ich hatte ganz vergessen, was für ein gefühlvoller Mann er war. Jeden Sonntagmorgen saß er in der Sieben-Uhr-Messe in der ersten Bank, und laut meiner Mutter hielten Charlotte und er die ganze Messe hindurch Händchen.

»Willst du den Job wirklich?«

»Nur, wenn Sie mich brauchen können.«

Er nickte. »Klar, Mick. Sei morgen um acht an der Garage.«

»Ja, ich weiß noch, wie's läuft.«

»Hast du richtige Schuhe? In diesen Turnschuhfähnchen kannst du nicht arbeiten!«

»Meine Mutter wirft nie etwas weg. Ich bin sicher, dass meine Arbeitsschuhe noch irgendwo auf dem Dachboden liegen.«

»Gut, dann bis morgen.« Er streckte mir wieder seine Hand hin, aber diesmal wollte er mich nicht nur verabschieden, sondern gleichzeitig meine Hände prüfen. Ein boshaftes Lächeln huschte über sein Gesicht.

»Zieh Handschuhe an, Mick. Kein Stück Hornhaut mehr.«

»Ja, ja, ich weiß.«

Ich beobachtete ihn, wie er zum Wagen hinüberhumpelte. Er hatte in Korea eine Kugel in die Hüfte bekommen, und dadurch war eines seiner Beine kürzer als das andere. Eigentlich hätte ihm eine staatlich finanzierte künstliche Hüfte zugestanden, aber er wollte keine. Er war stolz auf sein Hinken. Er wollte, dass die Leute sahen, dass es noch Männer wie ihn gab, Männer, die taten, was zu tun war, und die Konsequenzen dafür auf sich nahmen.

Beim Abendbrot erzählte ich von meinem neuen Job, und sagen wir so: Meine Eltern brachen nicht gerade in Jubelgeschrei aus.

Steady Eddie starrte mich an. Meiner Mutter stand der Mund offen. Dann schloss sie ihn, schluckte und seufzte.

»Du bist zurückgekommen, um Rasen zu mähen?«

Ich schob meinen Teller mit Käse-Makkaroni in die Mitte des Tisches. »So würde ich das nicht sagen.«

»Und wie würdest du es sagen?«

»Ich brauche Arbeit. Und das ist eine Arbeit.«

»John Flynn zieht in ein paar Monaten nach Florida. Weißt du das?«

»Ja, das weiß ich.«

»Was willst du machen, wenn er weg ist?«

»Einen anderen Job suchen, wahrscheinlich.«

»Und wo?«

»Warum gehst du ihm denn so auf die Eier?«

Mein Vater sagte das, um meine Mutter mundtot zu machen. Nur mit Vulgarität konnte er sich gegen sie behaupten. Sie zog sich dann zumindest lange genug von der Attacke zurück, dass er seine Sicht der Dinge darlegen konnte.

»Es ist gut, dass er das macht, Donna. Lass ihn.«

Sie rollte mit den Augen. »Für sieben Dollar die Stunde einen Rasenmäher zu schieben, das soll gut sein?«

»Acht, Mama. Mehr als doppelt so viel wie früher.«

»Na, das ist ja großartig.«

»Was zahlen sie dir denn im Leichenkeller?«

Ihre Augen wurden so groß wie Basebälle. »Michael!«

»Wenn der Job bei Flynn ausläuft, dann könntest du vielleicht deine Beziehungen spielen lassen und mich als Juniorbestatter einstellen. Die Kunden können sich ja nicht mehr beschweren, was?«

Sie streckte mir wütend einen Zeigefinger ins Gesicht. »Wag es nicht, dich über die Toten lustig zu machen.«

»Das mache ich nicht! Ich mache mich über die Lebenden lustig, die ihren Lebensunterhalt mit den Toten verdienen!«

»Das reicht!«

Mein Vater war aufgestanden und hatte die Arme ausgebreitet. Er funkelte erst mich an, dann seine Frau, und dann setzte er sich wieder.

»Er arbeitet an der frischen Luft. Er kann den Kopf freikriegen. Bei so einem Job kann man gut nachdenken, Donna.«

»Nachdenken worüber?«

»Über … Dinge. Oder über gar nichts. Vielleicht will er ja auch einfach nur einen Job, der ihn müde genug macht, damit er nachts schlafen kann. Es ist eine Weile her, dass du richtig gut geschlafen hast, habe ich recht, Mick?«

Ich war geschockt. Mein Vater hatte den Nagel auf den Kopf getroffen. Er schüttelte eine Zigarette aus der Schachtel und klopfte sie auf den Tisch. Das tat er, um die losen Tabakkrümel festzustampfen, aber auch um meine Mutter mit der Angst zu quälen, er könne sie im nächsten Moment anstecken.

»Habe ich recht?«, wiederholte er.

Ich nickte.

Meine Mutter löste den Blick von der Zigarette und drehte sich zu mir. »Willst du diesen Job wirklich deshalb machen?«

Ich musste lachen. »Vor allem finde ich, je eher ich ein bisschen Geld verdiene, desto besser!«

Das Geld in der Kaffeedose wollte ich nicht anrühren. Ich wusste noch nicht, was ich damit anstellen würde, aber ich wusste, ich würde es nicht einfach so ausgeben.

Das Gesicht meiner Mutter entspannte sich. Sie war wütend auf mich, und gleichzeitig tat ich ihr leid. Diese zwei Emotionen kämpften kurzzeitig in ihr um die Vorherrschaft, und danach war ihr Gesicht schlaff und abgespannt.

»Arbeit ist Arbeit, Mama«, sagte ich. »Sie ist nicht dazu da, einen glücklich zu machen, oder?«

Sie lächelte kaum merklich, dann brach es aus ihr heraus: »Du hattest diesen Job, als du in der Highschool warst!«

Ich nickte. »Ja, richtig. Und da wir schon von der Schule sprechen, du wirst dich sicher erinnern, dass ich sie nie beendet habe? Das schränkt meine Möglichkeiten ziemlich ein, weißt du. Und hier schließt sich der Kreis.«

Mein Vater steckte sich die Zigarette in den Mund, streckte die Hand nach ihrem Unterarm aus und drückte ihn. »Komm schon, Donna, mach dir keine Sorgen. Lass die Wunden verheilen.«

Er fing meinen Blick auf, zwinkerte mir zu, ging hinüber zur Küchentür und öffnete sie. Noch auf der Türschwelle zündete er sich die Zigarette an und trat dann erst auf den Hof hinaus. Wir rochen eine leichte Tabakfahne, bevor die Tür hinter ihm zufiel, genug, dass meine Mutter es bemerkte, aber zu wenig, als dass sie sich darüber hätte beschweren können. Mein Vater war ein Meister.

Ich stand vom Tisch auf. »Tut mir leid, dass ich Witze über das Beerdigungsinstitut gemacht habe«, murmelte ich, dann küsste ich sie ungeschickt aufs Haar und ging hinauf in mein Zimmer.

Am Abend holte sie meine alten Arbeitsschuhe vom Dachboden. Ich stellte sie in mein Zimmer und legte ein Paar Arbeitshandschuhe dazu, das ich in der Garage gefunden hatte. Noch vor zehn Uhr war ich im Bett, um für meinen ersten Arbeitstag fit und ausgeruht zu sein.

Es war derselbe Job, den ich gehabt hatte, als ich Lynn Mahoney verlor.

KAPITEL 7

Wenn ich schon so viel von dem Mädchen erzähle, das ich verloren habe, dann sollte ich wohl auch meine Exfrau erwähnen.

Ihr Name ist Lois Butler, und ich bezweifle sehr, dass ich sie heute noch aus einer Reihe von polizeilich Verdächtigen identifizieren könnte. Zu viel Zeit ist vergangen, und sicher hat sie eine Menge Schönheitsoperationen über sich ergehen lassen, seit wir uns getrennt haben.

Ich traf Lois am Set für die von vornherein zum Scheitern verurteilte Fernsehserie *Sweet Days*. Darin ging es darum, dass sich ein aufstrebender Singer-Songwriter (leicht zu erraten, wer das war), der als Tellerwäscher arbeitet, in eine Kellnerin (Lois) verliebt, die davon träumt, Schauspielerin zu werden. Spät in der Nacht sitzen sie zusammen in der verlassenen Küche des Restaurants, trinken Kaffee, erzählen sich von ihren Träumen, verlieben sich, erreichen ihre Ziele, heiraten, bekommen Kinder, werden gemeinsam alt, und am Ende werden sie in nebeneinanderliegenden Gräbern bestattet.

Nein, ganz so weit ging das Ganze nicht, denn wie gesagt, gerade mal drei Episoden wurden ausgestrahlt, und das war das Ende von *Sweet Days* als Fernsehshow. Die Kritiker zerrissen sie, einer von ihnen ging sogar so weit zu sagen, ich sei als Tellerwäscher nicht überzeugend.

Und wahrscheinlich hatte er recht. Meine Mutter hatte mich in der Küche nie in die Nähe der Spüle gelassen, aus Angst, ich könnte beim Abwaschen eine Überschwemmung verursachen, und so war es am Set von *Sweet Days*, als der Regisseur »Action!« rief, tatsächlich das erste Mal, dass ich meine Hände in einem Becken voller Seifenschaum versenkte. Vielleicht wäre die Sendung besser gelaufen, wenn ich einen Gärtner gespielt hätte …

Lois war als Kellnerin gar nicht schlecht, sie hatte auch tatsächlich eine Weile damit ihren Lebensunterhalt verdient. Sie war groß und drahtig, ein Mädchen mit flammend rotem Haar und einem prominenten Kinn, einem Kinn, wie man es auf einer Gedenkmünze abgebildet erwarten würde, die irgendeine wegweisende Feministin ehrt.

Lois allerdings war keine Feministin. Schon bald nachdem wir die Arbeit an der Serie begonnen hatten, gingen wir miteinander ins Bett (man ist dort sechzehn Stunden am Tag zusammen, da ist das beinahe unvermeidlich), und von Anfang an stellte sie klar, dass sie von ihrem Freund erwartete, dass er ihr Zigaretten anzündete, Autotüren aufhielt und bezahlte.

Also tat ich es. Warum auch nicht? Sie war willig und wild im Bett, eine perfekte Ablenkung von meinem gebrochenen Herzen. Wir waren entweder bei der Arbeit und drehten Szenen, die der Drehbuchautor immer wieder umschrieb, oder wir lagen in meiner Wohnung und ruhten uns aus für den nächsten Tag.

Neun Tage, nachdem die Serie gefloppt war, starb Richard Robinski, mein treuer Agent, an einem Herzinfarkt. Plötzlich hatte ich keine Arbeit mehr und niemanden, der mich managte. Lois hatte Albträume von ihrer Rückkehr nach West Virginia und davon, ihr Leben wieder als Kellnerin fristen zu müssen. Ihre Karriere schien vor dem Ende, ihr Selbstvertrauen nicht mehr vorhanden, und da war noch etwas anderes: »Mickey, ich bin schwanger.«

Sie verkündete die Nachricht, als wir an dem Abend, als die Show endgültig abgesetzt worden war, zusammengekuschelt im Bett lagen. Sie wohnte inzwischen bei mir, obwohl ich mich nicht erinnern kann, ihr das vorgeschlagen zu haben. Jedes

Mal, wenn sie zu mir kam, hatte sie einfach ein weiteres Möbelstück und ein paar Kleider mitgebracht, aber richtig ernst genommen habe ich es erst, als sie auch die Pflanzen brachte.

Und nun wurde es plötzlich wirklich ernst. Todernst.

Ich erinnere mich, wie meine Lippen trocken wurden und meine Beine kribbelten. Wäre ich in dem Moment aufgestanden, hätten sie mich sicher nicht getragen. Lois schaute mir aufmerksam in die Augen, um darin Wahrheiten zu erkennen, die ich zu verstecken suchte.

»Und du bist sicher, dass es von mir ist?«

»Oh, Mickey, wie kannst du das überhaupt fragen!«

Ich umarmte sie, hauptsächlich, um diesem Blick auszuweichen, wie ein verlierender Boxer seinen Gegner umarmt, um einen Hagel von Faustschlägen zu stoppen.

»Was sollen wir machen, Mickey?«

»Ich weiß es nicht.«

»Freust du dich?«

»Meine Güte, Lois …«

Ihr war klar, dass meine Umarmung nicht von Herzen kam, und so schob sie mich weg, um mir in die Augen zu schauen. »Das ist auch nicht das Tollste, was mir passieren konnte, weißt du. Meine Karriere ist im Eimer.«

»Schon gut, Lois.«

»Wenn eine Schauspielerin hier ein Baby bekommt, dann war's das für sie.«

Ich zögerte. »Es gibt ja auch noch andere Wege …«

Komisch, wie ich selbst es nicht über mich bringen konnte, das Wort »Abtreibung« in den Mund zu nehmen. Stattdessen nannte ich es einen »anderen Weg«, und ich bin ziemlich sicher, dass der Begriff aus dem Katechismus stammt, den sie uns in der Saint-Anastasia-Schule auswendig lernen ließen.

Lois schnappte nach Luft. »Das könnte ich niemals tun, Mickey!«

»Schon gut, schon gut. Vergiss es.«

Ich fühlte mich benommen. Damals war ich noch überzeugt, kein One-Hit-Wonder zu sein, und versuchte weiter, Lieder zu schreiben, obwohl mein zweiter Song geﬂoppt war. Ich dachte, ich könnte vielleicht ein weiteres Lied schreiben, das die Charts stürmen und mir ein weiteres Vermögen einspielen würde.

Ihr Blick wurde weich. »Ich will dich heiraten, Mickey.«

»Wirklich?«

»Willst du mich denn nicht heiraten?«

Ich schluckte. »Darüber habe ich noch nie nachgedacht, Lois. Wir sind noch ziemlich jung.«

»Na ja, jetzt müssen wir wohl mal darüber nachdenken, meinst du nicht?«

»Sieht so aus.«

»Willst du mich heiraten, Mickey?«

Ich schwöre, sie hat mich einfach so gefragt, in meinem Bett, nackt auf dem Rücken liegend.

Ich weiß nicht, was in mich gefahren war. Zum Teil war es wohl das Alter, ich war zwanzig, zwanzig und einsam, und hatte eine Riesenangst vor dem Abgrund, vor dem ich nach dem Misserfolg meiner Fernsehserie stand.

»Ja, Lois, ich will dich heiraten«, antwortete ich. Noch in derselben Nacht fuhren wir nach Las Vegas und ließen uns in einer Kapelle von einem Geistlichen im limonengrünen Smoking, der aussah wie ein Hochstapler, trauen. Dass unsere Heirat an diesem Tag durchaus rechtskräftig geworden war, stellte ich sechs Monate später fest, als Lois mir die Scheidungspapiere vorlegte.

Die Hochzeit war echt. Anders sah es mit der Schwangerschaft aus. Lois behauptete, sie habe das Baby nach ein paar Monaten verloren, aber ich kann mich nicht erinnern, je irgendeine Veränderung an ihrem Körper oder einen Anflug von Morgenübelkeit bei ihr beobachtet zu haben, geschweige denn irgendeine Art von mütterlichem Verhalten bei der Frau, die darauf bestand, dass es gut für den Fötus wäre, jeden Abend einen Joint zu rauchen, weil es die Mutter entspannte.

Damals war ich eine halbe Million Dollar wert, und als die recht unkomplizierten Scheidungsformalitäten erledigt waren (wir hatten keinen Ehevertrag, also galt die kalifornische Fünfzig-Fünfzig-Regelung), nahm mein Anwalt mich zur Seite.

»Die Sitzung ist vorbei, Junge, und diesen Ratschlag bekommst du von mir gratis, du kannst ihn beherzigen oder auch nicht.« Väterlich legte er seine pummelige Hand auf meine Schulter. »Das nächste Mal, wenn ein Mädchen dir sagt, sie wäre schwanger, lass sie in einen Plastikbecher pinkeln. Und lass sie dabei nicht aus den Augen.«

Meine Eltern haben Lois genau einmal getroffen, kurz nachdem wir geheiratet hatten. Ich ließ die beiden einfliegen, und meine Mutter verbrachte ein langes Wochenende damit, prüfend die Luft unserer Wohnung einzusaugen, auf der Suche nach Marihuana-Spuren, die ich mit Raumspray zu übertünchen versucht hatte. Sie zuckte zusammen, wenn Lois sie »Mom« nannte, und mein Vater fragte unablässig nach der Fernsehserie.

Ich belog sie, als ich sagte, dass ich an einer neuen Serie arbeitete. Und ich log noch einmal, als ich ihnen sagte, dass ich Lois liebte, und die vermeintlich dritte Lüge erzählte ich, als meine Mutter mich zur Rede stellte und ohne Umschweife fragte, ob Lois schwanger sei.

»Nein, Mama, da liegst du völlig falsch.«

Wie auch immer, ich musste meine Wohnung verkaufen, um meiner Ex ihren Anteil am Vermögen auszahlen zu können. Das war schmerzhaft, aber längst nicht so schmerzhaft wie das, was Lois zu mir sagte, als sich unsere Wege auf den Stufen des Gerichtsgebäudes endgültig trennten. Es war einer dieser strahlenden Tage in Los Angeles, an denen die Sonne so hell scheint, dass man die Augen zusammenkneifen muss, sogar wenn man zu Boden schaut. Lois nahm meine Hand und zog mich zu sich heran, nicht aus Zuneigung, sondern um mir forschend ins Gesicht zu schauen. Sie schob ihre Sonnenbrille runter und guckte mir in die Augen, diese Frau, die ich seit weniger als einem Jahr kannte und die mich gerade um eine Viertelmillion Dollar erleichtert hatte.

Ich erwartete tatsächlich, dass sie sich für meine Großzügigkeit bedanken würde, doch stattdessen kniff sie die Augen zusammen und schürzte die Lippen, was sie immer tat, wenn sie kurz davor stand, in Tränen auszubrechen.

»Du hast mich nie geliebt, oder, Mickey?«

Ich zögerte, was für Lois schon so gut wie eine Antwort hätte sein können. Sie hatte mein Geld, aber was sie jetzt anscheinend noch wollte, war die ganze Wahrheit. Also sagte ich sie ihr, mitten ins Gesicht.

Ich schüttelte den Kopf. »Nicht so, wie ein Mann seine Frau eigentlich lieben sollte, Lois.«

Es fühlte sich gut an, das auszusprechen, aber nur so lange, bis das letzte Wort meine Lippen verlassen hatte. Ihr Blick flackerte, aber sie war stark. Sie atmete tief ein.

»Willst du wissen, ob ich dich geliebt habe?«

»Willst du es mir sagen?«

»Das habe ich. Ich tue es immer noch.«

»Wirklich?«

»Ja, verdammt noch mal, das tue ich.« In ihren Augen glitzerten Tränen, echte Tränen, andere als die, die sie vor der Kamera herauspressen konnte.

Die stickige Hitze setzte mir zu, mir war schwindelig, und ich lachte. »Lois. Erinnere dich bitte daran, was hier gerade passiert ist. Du hast dich von mir scheiden lassen.«

»Ja, das habe ich. Weil ich wusste, dass du dich niemals scheiden lassen würdest. Emotional hattest du mich schon längst verlassen, aber du wärst niemals auf die Idee gekommen auszuziehen.«

»Interessant, dass du die Wohnung erwähnst. Ich muss sie jetzt verkaufen, wie du wahrscheinlich weißt.«

Diese Worte drangen zu Lois gar nicht durch. Sie bohrte mir den Zeigefinger in die Brust. »Tu das bloß nicht noch mal einer Frau an.«

»Was denn? Mein Vermögen mit ihr teilen?«

»Jemandem eine Zukunft versprechen, wenn du dich nicht von der Vergangenheit lösen kannst.«

Mein Herz klopfte wild. Lois war nicht dumm, aber ihre Intelligenz war eher intuitiv, sie hatte es nicht so mit Worten. Einen solchen Satz aus ihrem Mund zu hören war ungewöhnlich, er klang beinahe wie eine Zeile aus einem Country-Song. Ich überlegte, ob sie das irgendwo gehört hatte oder ob sie selbst darauf gekommen war, doch Lois unterbrach meine Gedanken und fragte wie beiläufig: »Wie heißt sie?«

Ich seufzte und ließ die Schultern sinken. Ich musste es ihr sagen. So viel war ich ihr schuldig.

»Lynn.«

Als ich ihren Namen laut aussprach, durchlief mich ein Schauer. Ich konnte mich nicht erinnern, wann ich es zum letzten Mal getan hatte. Ich fühlte mich, als beginge ich ein Sakrileg.

Lois atmete schwer.

»Ist sie hübscher als ich?«

Ich seufzte, erschöpft und ungeduldig, angesichts ihrer Weigerung, mich vom Haken zu lassen.

Hübscher? Meine Güte, es war keine Frage des Vergleichens. In meinem Kopf gab es nur Lynn. Es gab Lynn, und dann gab es die anderen.

Aber das konnte ich wohl schlecht meiner frischgebackenen Exfrau erläutern.

»Nein, sie war nicht hübscher als du.«

»Wo ist sie, in New York?«

»Ich habe keine Ahnung. Sie ist als Teenager von zu Hause weggelaufen.«

»Wie dramatisch.«

»Ja, allerdings, das war ziemlich dramatisch!«

»Und du liebst sie.«

»Ich habe sie geliebt, ja.«

»Nein, ich meine, du liebst sie. Immer noch.«

Ich rieb mir übers Gesicht und sprach den nächsten Satz durch meine verschränkten Finger. »Wir sind seit zwanzig Minuten geschieden, Lois. Warum reden wir überhaupt darüber?«

»Weil jetzt alles vorbei ist und mir klar wird, dass ich dich nie wirklich gekannt habe, Mickey. Mein Gott. Was bist du eigentlich? Schauspieler? Sänger? Songwriter? Oder vielleicht einfach eine verlorene Seele.«

»Das Letzte. Das klingt zutreffend.«

»Ja, mach nur deine Witze. Aber ich will, dass du verstehst, dass ich kein Witz bin.« Sie schrie jetzt fast und schob sich die Sonnenbrille wieder über die Augen. »Ich musste das alles wissen, bevor ich dich ein für alle Mal hinter mir lassen kann, Mickey. Jetzt weiß ich es, okay? Danke. Danke vielmals. Wir sind jetzt fertig, Mickey. Ich weiß, dass es nicht mein Fehler war. Ich musste gegen ein Gespenst konkurrieren, da konnte ich nicht gewinnen.«

Sie drehte sich um und ging hinüber zu ihrem Auto. Ich setzte mich auf die Stufen vor dem Gerichtsgebäude und schaute diesem eigentlich so anmutigen Mädchen nach, das vor Wut unbeholfen davonstakste. Als Lois im Auto saß, brauste sie mit einer Geschwindigkeit davon, die mich fürchten ließ, dass sie sich selbst und vielleicht noch ein paar andere Leute umbringen würde, bevor sie das Hotelzimmer erreichte, das zu zahlen ich von der Stadt der Engel verdonnert worden war.

Zwei Monate später war der Verkauf meiner Wohnung perfekt, und ich schickte Lois einen Scheck über zweihundertfünfzigtausend Mäuse.

Ich habe es ihr nicht übel genommen, dass sie die Hälfte des Geldes bekam. Ansonsten hätte sie nicht den Hauch einer Chance gehabt, einen zweiten Ehemann zu finden. Eine verzweifelte Frau kriegt in Los Angeles keinen Fuß in die Tür.

Aber es ist doch eigenartig, dass Lois diese Schubkarre voll Geld bekam, die ich eigentlich Lynn versprochen hatte. Und ich schob jetzt wieder Rasenmäher durch die Gegend, um mich über Wasser zu halten.

Ich verdiente dreihundertzwanzig Dollar brutto die Woche. Und auf diese Weise würde ich hundert Jahre brauchen, um eine Schubkarre zu füllen und die auch nur mit Eindollarnoten und nur, wenn es mir gelänge, so lange am Leben zu bleiben.

KAPITEL 8

Ich hatte beinahe vergessen, wie es ist, eine röhrende Maschine, die einem ihre Auspuffgase direkt ins Gesicht bläst, durch die glühende Sonne zu schieben. Und nun war ich dazu noch gut zwanzig Jahre älter.

Gras mähen, Kanten schneiden, schnell einmal durch die Beete harken, und zack, alles wieder auf den Wagen laden (das allein ist schon eine knochenbrecherische Aufgabe), und auf zum nächsten Garten.

Die J. P.-Flynn-Gärtnertruppe machte keine kunstvollen Sachen. Wir waren das McDonald's der Gärtnereien, wir fertigten einen Garten nach dem nächsten ab wie eine endlose Reihe von Happy Meals.

Um zehn Uhr morgens schmerzten meine Knie, und ich war so erschöpft, wie ich es nicht mehr gewesen war, seit ich diesen Job das letzte Mal gemacht hatte. Als Flynns schriller Pfiff ertönte, hätte ich vor Freude weinen können, und mir lief tatsächlich das Wasser im Mund zusammen. Wie ein Pavlovscher Hund erinnerte ich mich, dass das Flynns Art war, sich über das Röhren der Rasenmäher hinweg Gehör zu verschaffen und seine Leute zur Kaffeepause zusammenzurufen.

Wir schnitten gerade das Gras auf einem großen Anwesen in Great Neck, einem langen Vorgarten an einem Hügel, der genau in der Mitte von einem Weg aus Schieferplatten durchtrennt wurde. Ich hatte nicht einmal die Hälfte meiner Seite fertig, mein Kollege dagegen schon drei Viertel.

Er war ein ernsthafter Junge, ein großer, breitschultriger

Achtzehnjähriger namens Patrick Wagner, und ich wusste, ich würde das Ende des Tages nicht erleben, wenn ich versuchte, mit ihm Schritt zu halten. Wir setzten uns zu Flynn in den Schatten einer Eiche, wo er mir einen Styroporbecher voll Kaffee reichte.

»Milch mit zwei Stück Zucker, richtig?«

»Unglaublich, das wissen Sie noch?«

»Hey, Mickey.« Er zwinkerte. »Ich bin nicht nur wegen meines hübschen Gesichts so weit gekommen.« Er reichte Patrick eine Flasche mit knallroter Flüssigkeit.

»Für Patrick eine Gatorade.«

»Danke, Mr Flynn.«

»Ich kann doch nicht zulassen, dass mein Starathlet dehydriert, oder?«

Flynn lachte, als er sah, wie Patrick rot wurde. »Patrick wird ab Herbst Football für die Purdue University spielen. Los, erzähl mal, Patrick.«

»Das haben Sie doch gerade getan, Mr Flynn«, erwiderte Patrick leise.

»Kein Scherz, Mick, er hat ein Vollstipendium.«

Ich erhob meine Kaffeetasse auf den Jungen, der der berühmteste Little Necker sein würde, seit … nun ja, seit mir. »Herzlichen Glückwunsch, Patrick.«

»Vierzig Riesen pro Jahr spart er seinem alten Herrn. Tolles Land, was, Patrick?«

Patrick zuckte mit den Schultern, Mr Flynns Lobhudelei war ihm sichtlich unangenehm. Aber jetzt ergab alles einen Sinn: der pralle Bizeps, die baumstammdicken Schenkel, sogar der blonde Bürstenhaarschnitt, der seine abstehenden Ohren betonte. Ich musste es mit Captain Marvel aufnehmen.

»Er arbeitet diesen Sommer bei mir, um fit fürs Football zu bleiben. Will nicht mal 'ne Bezahlung.«

»Das stimmt nicht ganz, Mr Flynn.«

Flynn breitete die Arme aus, sein Gesicht ein Ausdruck ungläubigen Erstaunens. »Wofür brauchst du denn Geld? Du hast doch 'nen Freifahrtschein in der Tasche!«

Patrick schluckte. »Na ja, nicht wirklich.« Er zählte die Dinge eins nach dem anderen an seinen mächtigen Fingern ab. »Ich muss meine Bücher bezahlen und Flugtickets, wenn ich aus Indiana mal nach Hause kommen will …«

Flynn brüllte vor Lachen und beugte sich vor, um mir aufs Knie zu schlagen. »Kannst du das glauben, Mick? Er nimmt mich tatsächlich ernst! Er arbeitet seit einem Monat bei mir und nimmt mich immer noch ernst! Patrick, Patrick, wach auf, sonst kannst du in dieser Welt nicht überleben.«

Flynn streckte sich, gähnte und stand auf. Das war das Zeichen für seine Leute, wieder an die Arbeit zu gehen. Patrick und ich sprangen auf wie zwei Messdiener beim Klang der Glocken.

»Gut, Patrick, zurück an den Rasenmäher mit dir«, bellte Flynn. »Tu so, als wäre er ein Blockschlitten.«

Auf dem Weg zurück zu den Rasenmähern hatte ich das Gefühl, etwas sagen zu müssen.

»Tut mir leid, dass ich ein bisschen langsam bin, Patrick. Es wird ein paar Tage dauern, bis ich mich wieder an die Arbeit gewöhnt habe.«

»Mr Flynn hat gesagt, dass du der beste Mann bist, den er je hatte.«

Ich war überrascht und gerührt, das zu hören. Es war lange her, dass ich mal bei irgendetwas der Beste gewesen war.

»Hat er das wirklich gesagt?«

»Ja.«

»Na ja, vielleicht war ich das, bis du aufgetaucht bist, Patrick.«

In der Mittagspause ging ich in einen Sandwich-Laden auf dem Northern Boulevard, um drei Frikadellenbrötchen zu kaufen. Es war ein schmaler, kleiner Laden, praktisch ein Tunnel mit einem Fenster. Ein lächelnder rundlicher Italiener in einer dreckigen Schürze, der seine wenigen verbliebenen Haare streng zurückgegelt trug, nahm meine Bestellung entgegen.

»Ay, Mickey, bist du das?«

Es dauerte eine Weile, bis ich Enrico Boccabella erkannte, den ehemaligen Bandenchef aus Ponti's Pizzeria.

»Was gibt's Neues, Rico?«

»Nicht viel.« Er zeigte mit dem Kinn auf Flynns Laster, der draußen in zweiter Reihe stand. »Wieder bei Flynn?«

»Für eine Weile.«

»Wow. Wohl ein bisschen Pech gehabt?«

»Ja, ein bisschen.«

»Na ja, du bist gesund, das ist die Hauptsache.«

Was zum Teufel wusste der schon über meine Gesundheit? Er tat den ganzen Tag nichts anderes, als Fleischbällchen auf italienisches Brot zu klatschen. »Hey, wirf doch mal 'nen Blick auf meine ›Wall of Fame‹.«

Ich guckte. An der Wand hingen Fotos von italienischen Stars wie Frank Sinatra, Robert De Niro und Al Pacino, dazwischen eines von mir.

»Wie find'st du das, hm? Hey, tu mir 'nen Gefallen und signier es, ja?«

Es gibt nichts Schlimmeres, als ein Autogramm zu geben, wenn es zwanzig Jahre her ist, das man etwas getan hat, was autogrammwürdig gewesen wäre, und so versuchte ich, es abzubiegen.

»Mensch, Rico, du hast es gerahmt und alles.«

»Ja, du kannst einfach auf der Glasplatte unterschreiben. Ich hab 'nen Edding da.«

Er reichte ihn mir. Ich nahm mein Foto von der Wand und wischte Staub und Fett mit einer Papierserviette ab, bevor ich schrieb: »Für Rico, mit den besten Wünschen, Mickey DeFalco«.

Ich hängte es zurück an die Wand.

»Das wird Kundschaft anziehen, was?«, sagte Rico lachend. Er wickelte die Brötchen ein, nahm das Geld und schüttelte meine Hand. »Hey, Mickey, Gott segne dich, schön, dass du wieder da bist.«

Als ich später im Laster saß, erklärte Flynn:

»Rico hat fünf Jahre wegen Einbruch gesessen. Er ist mit

einem Heiligenschein wieder rausgekommen, wie diese Wiedergeborenen Christen. Aber seine Sandwiches sind gut.«

Von dem Tag an brachte ich mein Essen von zu Hause mit.

Irgendwann war der Arbeitstag dann endlich vorbei. Trotz der Handschuhe hatte ich an beiden Händen blutige Blasen. Mein Nacken brannte von der vielen Sonne, und mein linkes Knie machte auf dem Nachhauseweg ein eigenartig knackendes Geräusch, als ob sich irgendwelche Knorpel gelöst hätten. Patrick ging einen Teil des Weges mit mir, und plötzlich fiel ihm etwas ein.

»Hey, Mr Flynn hat gesagt, du hättest einen tollen Song geschrieben.«

»Ja, aber das ist lange her.«

»Mr Flynn meinte, es war ein Hit.«

»Wie gesagt, das ist lange her. Das war, bevor du geboren wurdest.«

»Das ist so cool. Kann ich das Lied irgendwann mal hören?«

»Ich glaube nicht, dass es das im Laden noch gibt.«

»Aber du hast doch bestimmt noch eine Aufnahme?«

»Ehrlich gesagt, Patrick, nein, das habe ich nicht.«

Als wir zu der Straße kamen, in die Patrick einbiegen musste, schüttelte er mir die Hand und sagte, es sei ein Vergnügen gewesen, mit mir zu arbeiten.

»Bis morgen, Patrick, ruh dich aus.«

»Na ja, ich gehe jetzt noch ein bisschen laufen, ich muss meine Muskeln geschmeidig halten für den Football.«

Hätte ich noch ein letztes bisschen Kraft übrig gehabt, hätte ich ihm dafür vielleicht eine verpasst.

Im Hause DeFalco wurde das Abendessen um halb sieben serviert. Meine Mutter sah gerne die Sechs-Uhr-Nachrichten, bevor wir uns zum Essen setzten. Das Chaos und der Irrsinn der Welt machten ihr Appetit, und sie kommentierte laufend alles, was berichtet wurde.

»Gott steh ihm bei«, sagte sie, wenn über jemanden berichtet wurde, der eine Nierentransplantation brauchte.

»Gott segne ihn«, sagte sie über den Verwandten, der die Niere spenden würde.

»Gott vergib ihm«, sagte sie beim Anblick eines in Handschellen abgeführten Mordverdächtigen.

Mit jeder Anrufung Gottes erntete sie ein Augenrollen meines alten Herrn.

»Können wir jetzt essen, bevor Gott wegen deiner dauernden Einmischung noch sauer wird?«, fragte er dann.

An diesem Abend sahen wir gerade die Nachrichten, als ein Bericht über ein Kreuzfahrtschiff kam, das vor der kalifornischen Küste gesunken war. Es gab Bilder von Menschen, die in Rettungsbooten zu einem Kutter der Küstenwache hinüberruderten. Und es gab Archivbilder von dem Schiff selbst, einem edlen Kreuzer mit dem Namen *Barca d'Amore*, der in schnörkeliger Schrift an der Seite des Schiffes stand.

Als der Nachrichtensprecher den Namen des Schiffes nannte, richtete ich mich ruckartig auf. Gerade war davon die Rede, dass noch immer Leute vermisst wurden nach diesem mysteriösen Untergang, der offenbar durch die Explosion einer Maschine ausgelöst worden war.

Meine Mutter starrte mich an. »Du grinst ja«, sagte sie verwundert. »Was um Himmels willen gibt es denn da zu lachen?«

»Ich lache gar nicht.«

»Ich schaue dich an, und da sehe ich, dass du über eine Geschichte lachst, in der es um vier Tote geht!«

»Vermisste«, korrigierte mein Vater. »Sie sind vermisst, nicht tot.«

»Wahrscheinlich sind sie tot, und unser Sohn findet das lustig!«

»Ich finde das nicht lustig, Mama.«

»Vielleicht lacht er über etwas anderes«, schlug mein Vater vor.

Es war an der Zeit, diese Unterhaltung zu beenden.

»Ich habe mal auf diesem Schiff gearbeitet«, platzte ich heraus.

Beide starrten mich an. Meine Mutter wurde blass.

»Oh mein Gott«, sagte sie und bekreuzigte sich. »Du könntest tot sein!«

»Mama. Das war vor über einem Jahr.«

»Oh mein Gott, oh mein Gott.«

»Donna«, sagte mein Vater, »er sitzt hier bei uns im Wohnzimmer, wohlauf und trocken. Beruhige dich bitte.«

Meine Mutter stand auf und umarmte mich. »Gott sei Dank warst du nicht auf diesem Schiff«, rief sie und hielt mich fest umklammert.

Mein Vater war weit weniger beeindruckt davon, dass ich die *Barca D'Amore* überlebt hatte.

»Was zum Teufel hast du denn auf dem Schiff gemacht, Mick?«

»Musik«, sagte ich. »Das war mein letztes Engagement.«

»Im Ernst? Wird so was gut bezahlt?«

»Geht so.«

Wir sahen den Rest der Nachrichten, die mit der Bekanntmachung endeten, dass die vier vermissten Passagiere gerettet werden konnten.

»Gott sei Dank«, sagte meine Mutter.

Es war Essenszeit. Meine Mutter war so erleichtert, dass ich nicht auf der *Barca D'Amore* gestorben war, dass sie ganz vergessen hatte, weiter nachzuforschen, was es mit meinem Grinsen bei den Nachrichten auf sich hatte.

Ich hatte bei der Erinnerung an eine Passagierin namens Sharon Sherman gelächelt.

KAPITEL 9

Der Job war mir ziemlich überraschend angeboten worden. Die *Barca D'Amore,* die im Hafen von Los Angeles ablegen sollte, brauchte einen Ersatzpianisten, als der angeheuerte Pianist in der Nacht vor der Abfahrt eine Blinddarmentzündung bekam. Sieben Tage und sechs Nächte für zweihundert Dollar die Nacht, plus Kabine und Mahlzeiten.

Ich sagte zu, denn noch hatte ich keine Ahnung, dass zu meinen Aufgaben an Bord auch viel heuchlerisches Händeschütteln und Preisverleihungen für die Tischtennis- und Shuffleboard-Turniere gehörten. So machen sie es immer, sie drücken dir eine zusätzliche Aufgabe nach der anderen auf, nachdem das Schiff ausgelaufen ist. Sie wissen genau, dass es schwerfällt, den Job hinzuwerfen, wenn man sich auf hoher See befindet.

Die Kreuzfahrt war eine sogenannte »Cruise to Nowhere«, das heißt, wir legten immer mal wieder zum Tanken und Provianteinladen an, ankerten aber in keinem Hafen über Nacht. Die meisten Leute an Bord waren zehn oder fünfzehn Jahre älter als ich, und erst als wir auf offener See waren, fiel mir auf, dass überhaupt keine Kinder auf dem Schiff waren. Kinder waren nicht erlaubt. Dies war wirklich ein »Liebesboot«, eine Kreuzfahrt, auf der alte Romanzen neu entfacht wurden, alte Versprechen erneuert. Viel Händchenhalten, viele innige Gespräche und vermutlich eine Menge mittäglicher Schäferstündchen dank Viagra.

Konnte es eine bessere Begleitung für solch eine romantische Fahrt geben als einen Klimperfritzen, der *Sweet Days* sang?

Ich spielte den Song zwei Mal täglich, einmal zur Frühabendshow, dann noch einmal am späten Abend. Mein restliches Repertoire bestand aus Liedern der Carpenters, von Captain& Tennille, den Commodores ... Liebesliedern, nichts als Liebesliedern, eines schrecklicher als das andere.

In der Branche sind diese Engagements als »Insulin-Sets« bekannt, weil man nach dem Auftritt und all den süßlichen Klängen ohne eine Injektion von dem Zeug Gefahr läuft, in ein diabetisches Koma zu fallen.

Trotzdem versuchte ich meine Sache gut zu machen, und die Leute schienen zufrieden mit dem, was sie bekamen.

Alle, außer einer Dame. Nacht um Nacht saß sie allein an einem Zweiertisch und trank Scotch mit Soda. Ihr Tisch stand nicht weit von dem Klavier entfernt, und sie saß direkt in meiner Blickrichtung, sodass ich sehen konnte, wie sie die ganze Zeit mit ausdruckslosem Gesicht in meine Richtung starrte. Sie war um die vierzig, und das sollte niemand merken, besonders sie selbst nicht. Aber alles, was sie tat, um jünger zu wirken, schlug fehl.

Ihr Haar war blondiert, und sie trug es kurz, was ihren dicken krummen Nacken zur Schau stellte. Und sie hatte offenbar vor der Kreuzfahrt einige Zeit im Bräunungsstudio verbracht, sodass die Faltennester um ihre Augen herum gut zu sehen waren. Bemerkenswert an ihr aber waren die Augen selbst. Sie waren groß und violett und unglaublich traurig. In ihnen lag der Ausdruck eines Menschen, der sich im Leben stets von seinem Herzen hatte in die Irre führen lassen.

Die Reiseleiterin, eine schmallippige Frau mit einem strengen Dutt, erzählte mir die Geschichte der geheimnisvollen Unbekannten. Sie hatte diese Kreuzfahrt zusammen mit einem Mann unternehmen wollen, mit dem sie die letzten fünf Jahren zusammengewesen war, doch er hatte sich kurz vor dem Besteigen des Schiffes auf der Hafenmole von ihr getrennt. Direkt an der Mole! Er hatte gesagt, dass es vorbei sei, seinen Koffer genommen, war wieder in das Taxi gestiegen, das die beiden zum Hafen gebracht hatte, und war davongebraust.

Wahrscheinlich war er davon ausgegangen, dass auch sie wieder zurück in die Stadt fahren würde, doch das tat sie nicht. Sie erklomm die Gangway und stellte das Gepäck in der Kabine ab, bevor sie sich beim Ablegen zu den anderen Passagieren an Deck gesellte und eifrig den Fremden auf der Mole zuwinkte, bevor das Schiff seine Fahrt ins Nirgendwo aufnahm.

Wie kann man unter derartigen Umständen eine Urlaubsreise antreten? Vielleicht ertrug sie den Gedanken nicht, in ihre Wohnung zurückzukehren, in der große Schüsseln mit Trockenfutter für die Tigerkatze herumstanden und überwässerte Pflanzen in überlaufenden Untersetzern. Vielleicht lockte sie auch die irrwitzige Hoffnung, auf der Kreuzfahrt jemand Neuen kennenzulernen, aber wen? Auf dem Schiff waren ausschließlich Paare. Alle waren in festen Händen.

Alle außer dem Pianisten.

Es schien, dass sie sich jede Nacht ein wenig dichter ans Klavier setzte, sie schlich sich heran wie eine Katze an ein Rotkehlchen. In der vierten Nacht saß sie praktisch neben mir.

Ich sang zur Einstimmung immer sechs oder sieben Lieder, machte eine Pause, während das Abendessen serviert wurde, und kam dann zurück, um mit den kitschigsten Liedern meines Repertoires den Abend abzurunden.

Natürlich baten mich in der zweiten Hälfte viele Paare, »ihr Lied« für sie zu spielen. Dann tanzten sie dazu, auf einer kleinen hölzernen Tanzfläche unter einer rotierenden Discokugel.

In der fünften Nacht sprach mich die Frau mit den traurigen Augen schließlich an, als ich gerade den ersten Teil des Programms beendet hatte.

»Setzen Sie sich her«, sagte sie.

Es war keine Bitte. Auch nicht wirklich eine Forderung. Ich kümmerte sie viel zu wenig, als dass sie meine Anwesenheit eingefordert hätte. Es schien eher, als wolle sie austesten, ob sie ihren Willen bekam.

Sie bekam ihn.

Ich setzte mich ihr gegenüber an einen kleinen runden Tisch für zwei. Sie hatte getrunken, aber ihre Augen waren fokussiert und klar, und von Nahem sahen sie aus, als wären sie von innen beleuchtet, als züngelten darin zwei violette Flammen.

»Würden Sie mit mir essen?«

Ich wusste nicht einmal, ob das erlaubt war. Eigentlich mochten sie es nicht, wenn sich die Angestellten mit den Gästen mischten, aber das war eine besondere Situation, und ich hatte keine Lust, erst die Chefin zu fragen, ob ich mit einem Gast essen durfte.

»Ja«, sagte ich, »sehr gerne.«

»Wollen Sie einen Drink?«

»Lieber nicht.«

»Warum nicht?«

»Na ja, ich muss noch den zweiten Teil des Programms spielen.«

Sie legte den Kopf schief. »Wollen Sie mir erzählen, dass Sie für diese Übung nüchtern bleiben müssen?«

Was sie sagte, war ziemlich beleidigend. Und es war absolut zutreffend und witzig. Ich musste laut lachen. Ich lachte immer noch, als sie die Hand ausstreckte und sagte: »Ich bin Sharon Sherman.«

»Mickey DeFalco.«

»Ja, ich weiß. Ich habe Ihren Namen auf dem allabendlichen Veranstaltungsplakat gelesen.«

Ihr Händedruck war kräftig, und sie hielt meine Hand länger als nötig; erst als der Kellner kam, um die Bestellungen aufzunehmen, ließ sie los. Sie bestellte einen Scotch mit Soda, und ich sagte, er solle zwei bringen. Zum Essen wählten wir beide gebratenes Huhn. Als der Kellner gegangen war, sagte Sharon Sherman: »Und, was haben die Leute so über mich erzählt?«

»Nichts weiter.«

»Oh, bitte, verarschen Sie mich nicht. Das ist ein kleines Schiff. Die Leute reden.«

»Na ja, man erzählt sich, dass Ihr Freund Sie an der Hafenmole sitzen gelassen hat.«

Sie wollte eine ehrliche Antwort, aber das war vielleicht doch ein bisschen zu direkt gewesen. »Ja, so kann man es zusammenfassen. Kurz und knapp. Für einen Moment hatte ich vergessen, dass ich es mit einem Songtexter zu tun habe.«

»Tut mir leid, Sharon.«

»Das muss Ihnen nicht leid tun. Es stimmt ja. Genau das ist passiert.«

Der Kellner brachte unsere Getränke. Ich nahm einen Schluck und stellte fest, dass dies der laschste Drink war, den ich je zu mir genommen hatte. Im Soda war praktisch nur eine Note von Scotch, und man brauchte mindestens zehn davon, um einen ordentlichen Schwips zu bekommen.

Sharon stürzte die Hälfte des Drinks in einem Zug hinunter und erzählte dann: »Er hat gesagt, dass er mich nicht mehr liebt.«

»Das tut mir leid.«

»Nein. Moment.« Sie schloss die Augen, um sich zu erinnern. »Er hat gesagt, dass er mich immer noch liebt, aber nicht mehr in mich verliebt ist. Als ob das irgendeinen Unterschied macht.«

»Das heißt, dass er immer noch Gefühle für Sie hat.«

»Oh ja, genug Gefühl, um mich an der Mole sitzen zu lassen.«

»Ich meine ja nur …«

»Verteidigen Sie ihn nicht!«

»Das tue ich nicht.«

»Doch, das haben Sie! Ausgerechnet Sie! Der Mann, der den ultimativen Schmachtfetzen über das Verlassenwerden geschrieben hat!«

»Nehmen Sie es nicht so schwer, Sharon.«

»Ach, ist auch egal.« Sie stand auf, und ich sah, dass ihre Beine für den molligen Oberkörper, den sie trugen, erstaunlich schlank waren. »Ich muss mal auf die Toilette. Sagen Sie Bescheid, dass die sich mit dem Essen beeilen sollen, ich brauche was im Magen.«

Sie verließ den Tisch und torkelte unter dem Geraune der übrigen Gäste zur Toilette. Ich fragte mich, wie sie es geschafft hatte, von derart labberigen Drinks betrunken zu werden, und plötzlich wusste ich es.

Ich nahm einen Schluck aus ihrem Glas, und es zog mir fast die Schuhe aus. Die wässrigen Drinks waren nur für den Entertainer, um sicherzugehen, dass er fit war für die After-Dinner-Show. Die Chefin hatte nichts dem Zufall überlassen.

Ich sah sie am anderen Ende des Raumes stehen, winkte hinüber und hob mein Glas. Sie eilte zu mir, mit dem falschesten Lächeln, zu dem ein menschliches Wesen in der Lage war.

»Seien Sie vorsichtig, Mr DeFalco.«

»Miss Sherman hat mich eingeladen, mit ihr zu essen.«

»Wie schön. Bitte tun Sie nichts, was sie unglücklich macht.«

»Ich würde sagen, sie ist schon so unglücklich, wie man überhaupt nur sein kann.«

Das Lächeln der Chefin wurde immer breiter, je unwirscher sie wurde. »Bitte bedenken Sie, dass wir uns auf einem Schiff befinden«, flötete sie. »Wenn das schiefläuft, kann man sich nirgendwo verstecken.«

Sie wollte noch etwas sagen, doch genau in dem Augenblick kam Sharon Sherman zurück an den Tisch, also blieb ihr nichts anderes übrig, als mir auf die Schulter zu klopfen und Sharon zu fragen, ob alles zu ihrer Zufriedenheit sei. Sharon bejahte, und die Kreuzfahrtdirektorin verließ lächelnd den Tisch.

Sharon setzte sich und sagte: »Hat sie Angst, dass wir vögeln könnten?«

Zum zweiten Mal an diesem Abend lachte ich laut auf. Ich versuchte mich zu erinnern, wann eine Frau es zuletzt geschafft hatte, mich an einem Abend zweimal zum Lachen zu bringen, oder wenigstens einmal.

»Sie hat Angst, dass ich Sie unglücklich mache«, erklärte ich.

»Ich bin schon unglücklich.«

»Das habe ich ihr auch gesagt.«

»Ich kann mich an keine Kein-Geschlechtsverkehr-mit-dem-Sänger-Klausel im Regelwerk erinnern. Habe ich die übersehen?«

Bevor ich antworten konnte, kam der Kellner mit dem Hühnchen. Sharon stürzte sich ohne Umschweife darauf, mit dem Appetit einer Frau, die nicht länger auf ihre Linie achten musste. Sie aß ihren ganzen Teller leer und dazu noch meine Ofenkartoffel.

»Keine Sorge, Mickey, zwischen uns wird nichts passieren«, sagte sie dann. »Ich habe Sie nur an meinen Tisch gebeten, weil Sie genauso gelangweilt und einsam aussahen, wie ich mich fühle. In Ordnung? Jetzt essen Sie Ihr Hühnchen auf. Für Kreuzfahrtessen ist das gar nicht schlecht. Sie werden für den zweiten Teil Ihres Programms noch Ihre Kräfte brauchen. Ich werde mir eine Menge Lieder wünschen. Können Sie *Let's talk about Sex* spielen?«

Ich lachte so sehr, dass mir ein Stück Hühnchen aus dem Mund fiel.

Sharon Sherman leitete das Büro einer Versicherungsfirma in Pasadena; den Job machte sie seit siebzehn Jahren. Sie erfuhr immer als Erste, wenn Leute kurz vor der Scheidung oder Hochzeit standen oder wenn sie dachten, dass sie bald sterben mussten, denn dann fingen sie an, Versorgungsleistungen und Leistungsempfänger herumzuschieben. Ein interessanter Job, wenn man sich dafür interessierte, welche tieferen Motivationen die Leute bewegten. Dann wurde er zu einer faszinierenden Studie der dunklen Seite menschlichen Verhaltens.

Für Sharon Sherman gab es überhaupt keine positive Seite des menschlichen Verhaltens, besonders im Schatten dessen, was ihr kürzlich widerfahren war.

Sie war zweiundvierzig Jahre alt. Sie war nie verheiratet gewesen, hatte nie mit jemandem zusammengelebt. Sie hatte erwartet, dass ihr neunundvierzig Jahre alter Freund Benny auf diesem Trip die entscheidende Frage stellen würde, doch alle wussten, was stattdessen geschehen war. Es dauerte ein paar Tage, bis sie den ersten Schock verwunden hatte, und als es so weit war, musste sich Sharon etwas Schreckliches eingestehen – sie war erleichtert.

Wir saßen nebeneinander auf dem Promenadendeck, mit Decken über den Beinen, zwei dampfende Tassen Brühe in der Hand. Auf der anderen Seite des Schiffes war gerade ein Shuffleboard-Spiel in vollem Gange, was Sharon völlig gleichgültig war. Ihr reichte es, in den unendlichen Raum des Pazifik hinauszuschauen, in dem ihre Gedanken endlos umherschweifen konnten.

»Wenn ich ehrlich bin, Mickey, habe ich es in dem Moment kapiert, als ich ihn weggehen sah. Er ging wie eine Ente, beide Füße nach außen gedreht, und es war wie das Ende eines Charlie-Chaplin-Films, wenn der Vagabund in den Sonnenuntergang läuft. Und ich fragte mich, wie konnte ich nur fünf Jahre meines Lebens mit diesem Clown vergeuden? Wie?«

Sie starrte mich an und erwartete offensichtlich eine Antwort. Was sollte ich sagen?

»Sie waren verliebt?«, schlug ich vor.

»Das war ich ganz bestimmt nicht!«

»Aber irgendetwas müssen Sie gefühlt haben, wenn Sie diese *Cruise to Nowhere* gebucht haben.«

Sie schnaubte. »Was ich eigentlich hatte, war ein Leben, das ins Nichts führt. Man bleibt mit irgendjemandem zusammen und macht aus Gewohnheit immer weiter. Man bleibt dabei, weil immer irgendetwas ansteht, Weihnachten, ein Geburtstag oder ein Urlaub. Und die Jahre … vergehen einfach, wissen Sie?«

Sie nahm einen Schluck von ihrer Brühe und betrachtete mich durch halb geschlossene Augen. »Vielleicht merkt man das nicht auf Anhieb, aber ich bin manchmal ein ziemlich schwieriger Mensch.«

»So eine Überraschung.«

»*Fuck you*, DeFalco«, sagte sie liebenswürdig.

Von der anderen Seite des Schiffes drang Beifallsgeschrei zu uns herüber.

»Irgendjemand muss da einen Wahnsinns-Shuffleboard-Schuss hingelegt haben«, sagte ich.

»Ja, die steigern sich ganz schön rein in ihre kleinen Turniere, was? Benny hätte diesen Wettbewerb geliebt. Er spielt tatsächlich gerne Shuffleboard.« Sie nahm einen weiteren Schluck Brühe und schüttelte verwundert den Kopf. »Wie zum Teufel konnte ich meine Zeit mit so einem Mann verschwenden?«

»Na ja, die können ziemlich charmant sein, diese Shuffleboarder. Und sie haben tolle durchtrainierte Handgelenke.«

Sharon boxte spielerisch meine Schulter. »Hey, Mickey, was meinen Sie, wollen wir rübergehen und all ihre Shuffleboard-Scheiben ins Wasser schmeißen?« Sie kicherte, begeistert von ihrer eigenen Idee. »Los. Einmal richtig auf den Putz hauen!«

»Ich glaube nicht, dass das so eine gute Idee ist, Sharon.«

»Warum nicht?«

»Na, sie würden Sie vermutlich das Equipment bezahlen lassen und mich rausschmeißen.«

»Wie könnten die Sie denn rausschmeißen? Wir sind mitten im Nirgendwo, die Passagiere säßen an ihrem letzten Abend ohne Unterhaltung da.«

»Sharon …«

»Vielleicht werfen sie uns in den Kerker! Hat dieses Schiff einen Kerker?«

»Das bezweifle ich sehr.«

»Sie lassen sich nicht leicht aus der Ruhe bringen, was? Ich führe mich hier auf wie eine Verrückte, und Sie sind die Ruhe selbst.«

»Das Meer hat irgendwas an sich, das mich beruhigt.«

»Nein, das ist es nicht. Es ist Ihnen einfach egal. Ist es nicht so?«

»Was denn?«

»Alles. Seit dem Tag, an dem Ihr Herz gebrochen wurde.«

Ich schaute sie lange und aufmerksam an, so wie man es tut, wenn man sich von jemandem erkannt fühlt als das, was man wirklich ist, wenn man keinen Ort mehr hat, um sich zu verstecken, außer man spränge über die Reling. Und das hatte ich nicht vor.

»Das stimmt wohl, Sharon.«

»Wenn Ihnen alles egal ist, warum kommen Sie dann nicht jetzt mit und helfen mir, diesem Shuffleboard-Wahnsinn endlich ein Ende zu bereiten?«

Ich schaute an Sharon vorbei zum anderen Ende des Schiffes. Die Kreuzfahrtdirektorin stand dort und schaute zu mir herüber, sie nickte mir fast unmerklich zu, um mich wissen zu lassen, dass sie ein Auge auf mich hatte.

Das war es, was letztlich den Ausschlag gab.

Ich nahm einen Schluck von meiner Brühe und lehnte mich hinüber zu Sharon. »Jetzt ist nicht der richtige Zeitpunkt. Wir machen es heute Nacht, nach meiner letzten Show, so treffen wir sie richtig hart.« Ich zwinkerte ihr zu. »Morgen sollen die Endausscheidungen des Turniers stattfinden. Wir werden ja sehen.«

Sharons Augen leuchteten vor Freude. Langsam bekam ich eine Ahnung davon, was Benny in ihr gesehen hatte, damals, als sie noch Träume hatte.

Der Vollmond leuchtete so hell, dass wir tatsächlich scharf gezeichnete Schatten auf das Deck warfen. Es war nach Mitternacht, und alle waren schon in ihren Betten, während das Schiff unbeirrt seine sinnlose Reise fortsetzte. Man hörte nichts als das Brummen der Motoren und das Gurgeln des Kielwassers.

Wir hatten beide getrunken, doch wir waren auf unsere Mission konzentriert. Nach dem Ende meiner Show servierten sie mir normal starke Drinks, also hatte ich ganz gut einen sitzen.

Das Shuffleboard-Feld war direkt auf das Deck gemalt, rote Lackfarbe auf den Holzplanken.

Die Schläger und die Scheiben befanden sich in einem hohen hölzernen Schrank, der an einer Seite des Spielfeldes stand. Sharon öffnete den Schrank, nahm einen Schläger heraus, schulterte ihn wie einen Speer, nahm ein paar Schritte Anlauf in Richtung der Reling und warf ihn hinüber. Wir konnten den Aufschlag nicht sehen, aber wir hörten ein Platschen weit unter uns.

»Das war die Nummer eins, Mickey.«

Es gab ein halbes Dutzend Schläger, und jeder von uns warf drei davon über Bord. Ich warf viel weiter als sie, und ich fragte mich, ob sie wohl schwimmen oder untergehen würden. Es waren Metallröhren, innen hohl, an einer Seite hatten sie einen Holzgriff und auf der anderen einen Halbmond als Schlagfläche. Sharon warf ihren letzten Schläger und sank in einen Stuhl, erschöpft von der Anstrengung.

»Sie werfen die Scheiben, Mickey, ich bin zu betrunken.«

Da waren zwölf Scheiben, halb rot und halb schwarz, wie riesige Damespielsteine aus irgendeinem harten Material. Die konnten unmöglich schwimmen. Ich entledigte mich ihrer einer nach der anderen wie ein Diskuswerfer, drehte mich einmal um mich selbst, machte dabei einen Schritt in Richtung Reling und ließ los. Sie flogen einige Sekunden lang unsichtbar durch die Nacht, dann fielen sie mit einem lauten Klatschen ins Wasser.

Nach der zwölften Scheibe war ich erledigt. Mein T-Shirt war schweißgetränkt, Sharon Sherman legte ihre Hand auf meine Schulter.

»Das war toll.«

»Ja, hat mir auch Spaß gemacht.«

»Können Sie sich vorstellen, was die morgen dazu sagen werden? Die werden sich ärgern wie verrückt!«

»Verrückt?«

»Das habe ich gesagt, ja.«

Sie umfasste meine Wangen, zog mein Gesicht an ihres heran und küsste mich leidenschaftlich. Sie kickte ihre Schuhe von den Füßen, stieg aus Hose und Unterhose, wobei sie mich weiterhin intensiv küsste.

Dann machte Sharon Sherman einige Schritte rückwärts zur Reling am Schiffsbug. Von der Taille abwärts war sie nackt, oben vollständig angezogen. Sie umfasste das Geländer mit der einen Hand und stand dort mit gespreizten Beinen, wie ein Surfer.

»Komm, Mickey, genau hier«, sagte sie.

Ich ließ die Hosen fallen. Sie war bereit für mich. Unser Shuffleboard-Verbrechen hatte uns beiden als Vorspiel gereicht.

»Gute Nacht«, war alles, was sie sagte, als wir uns wieder voneinander lösten, und es klang wie ein »Leb wohl«. Es war einer der Momente, in denen man am besten nichts sagt, und so sagte ich nichts, und ich bin sicher, dass sie dafür dankbar war. Das war keine Liebe, nicht einmal wirkliche Leidenschaft. Eher ein politischer Akt, eine unvermeidliche Fortsetzung der Missetat, die wir begangen hatten, etwas, das man auf einer *Cruise to Nowhere* tun konnte, außer verrückt zu werden.

Sharon Sherman zog ihre Hose und die Unterwäsche wieder an, ihre Schuhe trug sie in den Händen, als sie barfuß zurück in die Kabine ging.

Sie schaute sich nicht noch einmal nach mir um.

Am nächsten Morgen schlief ich lange, und ich hätte noch länger geschlafen, wenn mich nicht eine dringende Durchsage über das allgemeine Lautsprechersystem aus dem Schlaf gerissen hätte.

»Achtung, wir bitten um Ihre Aufmerksamkeit! Jeder, der Informationen über den Verbleib des Shuffleboard-Equipments hat, soll sich bitte im Büro der Kreuzfahrtleitung melden.«

Ich setzte mich im Bett auf und lachte, obwohl ich einen Kater hatte und mein Kopf hämmerte. Es war also kein Traum gewesen! Diese verrückte Sache war wirklich passiert!

Am Frühstücksbüffet war unsere Aktion ein großes Thema. Während ich Rühreier auf meinen Teller häufte, tat die Kreuzfahrtdirektorin ihr Bestes, einen pummeligen Typen mit Überkämmer zu beschwichtigen. Wie es schien, war er einer der Finalisten des Shuffleboard-Turniers, und er verlangte zu erfahren, was man denn nun zu tun gedenke?

Die Direktorin versuchte mit allen erdenklichen Mitteln, das Problem zu lösen. Sie funkte sogar ein Schiff in der Nähe an, um dort ein Shuffleboard-Equipment auszuleihen, doch der Kapitän des Schiffes weigerte sich, anzuhalten und uns auszuhelfen.

Am Ende vergab ich zwei Medaillen für den ersten Platz, eine an den Typen mit dem Überkämmer und eine an seinen gleichsam wenig erfreuten Mitfinalisten, einen Ungarn mit rot gefärbten Haaren, der bei jedem Atemzug pfiff und keuchte wie eine Mundharmonika. Laut Vertrag musste ich während des späten Mittagessens, das, kurz bevor das Kreuzfahrtschiff in den Hafen von Los Angeles einlief, serviert wurde, noch ein letztes Mal singen und spielen.

Sharon Sherman erschien weder zum Frühstück noch zum Mittagessen. Sie musste in ihrer Kabine geblieben sein, bis das Schiff die Mole erreicht hatte, und es dann sofort verlassen haben. Ich habe sie nie wieder gesehen und nie wieder etwas von ihr gehört.

Die Kreuzfahrtdirektorin der *Barca D'Amore* hat mir nie wieder einen Job angeboten. Möglicherweise ahnte sie, dass ich an dem Shuffleboard-Fiasko nicht ganz unschuldig war.

Und das war für mich der Anfang vom Ende in Los Angeles. Wenn ich als Sänger auf Kreuzfahrtschiffen gut im Geschäft gewesen wäre, wäre ich wahrscheinlich an der Westküste geblieben und nie nach Little Neck zurückgekehrt. Und die schockierenden Neuigkeiten, die mich am nächsten Tag erwarteten, wären mir nie zu Ohren gekommen.

KAPITEL 10

Es begann ganz harmlos damit, dass Flynn den armen Patrick mit seiner Freundin aufzog, Scarlett, die in einem Kaufhaus in Little Neck an der Mittagstheke arbeitete.

Wir machten gerade Pause und saßen im Schatten eines Sumpfahorns. Patrick wurde rot, seine Ohren glühten, und Flynn schoss einen Pfeil nach dem anderen auf ihn ab.

»Wie läuft's denn gerade mit Scarlett, Patrick? Die Konkurrenz schläft nicht. Da gehen ziemlich viele junge Kerle zum Mittagessen hin, oder? Und was wird sie im September machen, wenn du weg bist?«

Die letzte Bemerkung traf ihn ziemlich hart. Er stürzte den Rest seiner Gatorade in einem Zug runter und zerdrückte die leere Flasche in der Hand.

»Wir werden uns E-Mails schreiben«, sagte er leise. »Und wir können telefonieren. Wir lieben uns, Mr Flynn.«

Bei diesem magischen Wort ließ der alte Ire endlich von ihm ab und prostete Patrick mit seiner Kaffeetasse zu. »Schön für dich, Patrick. Liebe ist etwas Wunderbares. Frag Mickey hier. Ist die Liebe nicht etwas Wunderbares?«

»So sagt man, ja.«

»Sie regiert die Welt, nicht wahr?«

»So heißt es.«

»Na ja, Mick muss es wissen. Manche sagen, er habe den ultimativen Lovesong geschrieben.«

»Ich würde das Lied wirklich gerne mal hören«, sagte Patrick ernsthaft. »Im Internet hab ich es nicht gefunden.«

»Damals haben sie es im Radio rauf und runter gespielt.«

In ein paar Minuten würde die Mittagspause zu Ende sein. Patrick rückte näher an mich heran.

»Kann ich dich was fragen?«

»Na klar.«

»Hast du das Lied für ein Mädchen geschrieben?«

Ich aß gerade ein Erdnussbuttersandwich, das in meinem trockenen Mund plötzlich zu Kleister wurde.

»Ja«, war alles, was ich hervorbrachte.

»Ihr Name war Lynn«, kam Flynn mir zu Hilfe, »Lynn Mahoney.«

»Lynn Ann Mahoney«, ergänzte ich

Patrick hob erstaunt die Augenbrauen. »Mahoney wie die Feuerwehr-Familie?«

»Ja, genau die«, sagte Flynn. »Sie war das einzige Mädchen. Gott stehe ihnen bei. Was für eine Tragödie, nicht? Was ... für ... eine ... Tragödie!« Flynn seufzte. Dann lächelte er.

»Jedenfalls war Mickey verrückt nach diesem Mädchen, genauso wie du nach Scarlett.«

»Das stimmt«, räumte ich ein. »Und der Boss hat mich immer damit aufgezogen, genauso wie er dich mit Scarlett aufzieht.«

Patrick machte große Augen. »Was ist denn aus ihr geworden, Mickey?«

»Sie ist vor langer Zeit von hier weggezogen.«

»Weggelaufen«, berichtete Flynn. »Tut mir leid, Mickey, aber so war es.«

Ich rollte mit den Augen. »In Ordnung, sie ist weggelaufen. Sie ist weggelaufen und nie wieder zurückgekommen.«

Flynn hob erstaunt die Augenbrauen. »Was erzählst du denn jetzt?«

»Was meinen Sie?«

»Mickey, du Blödmann ... sie ist doch wieder hier!«

Für einen Moment blieb mein Herz stehen, dann begann es, wild zu klopfen. Ich hatte das Gefühl, ich würde jeden Moment ohnmächtig. »Was soll das heißen: ›Sie ist wieder hier‹?«

»Meine Güte, Mickey, sie ist vor ein paar Monaten zurück zu ihrer Mutter gezogen. Das wusstest du nicht? Wie kannst du das nicht wissen?«

Flynn kannte auch keine Details. Lynns Mutter hatte einen Schlaganfall gehabt und konnte nicht länger allein leben, also war ihre Tochter – ihr einziges noch lebendes Kind! – zu ihr nach Little Neck gezogen, um sich um sie zu kümmern.

Laut Flynn war das vor zwei Monaten gewesen, was bedeutete, dass Lynn noch vor mir in unsere Heimatstadt zurückgekehrt war.

Den Rest des Arbeitstages verbrachte ich in einem Zustand absoluter Taubheit und schob den Rasenmäher durch die Gegend wie ein Besessener. Es grenzt an ein Wunder, dass ich an diesem Tag nicht sämtliche Blumenbeete in Great Neck verwüstete. Ausnahmsweise konnte ich es nicht erwarten, zum Abendessen nach Hause zu kommen, wo an diesem Tag ein Thunfischeintopf mit viel Nudeln auf mich warten würde.

Ich wartete, bis meine Mutter alle drei Teller auf den Tisch gestellt und sich hingesetzt hatte, bevor ich mich räusperte, um zur Ruhe zu kommen. Es funktionierte nicht. Meine Ohren waren heißer als der Motor meines Rasenmähers in der Mittagshitze.

»Wieso hast du mir nie gesagt, dass Lynn wieder da ist?«

Die Gabel meines Vaters verharrte auf halbem Weg zu seinem Mund in der Luft, die Nudeln hingen auf den Teller herunter. »Ist sie das?«

»Komm schon, Papa. Du wusstest es.«

»Ich schwöre, dass ich es nicht wusste.«

Ich glaubte ihm. Für einen Bluff sah er zu erstaunt aus. Meine Mutter dagegen hielt den Blick auf den Teller gerichtet.

»Mama. Warum hast du es mir nicht gesagt?«

»Warum glaubst du, dass ich es wusste?«

»Weil du alles weißt, was in diesem verdammten Kaff vor sich geht.«

»Ich weiß nicht alles.«

»Du weißt alles, was in Little Neck passiert. Wenn Flynn davon wusste, dann wusstest du es auch. Möglicherweise weiß er es sogar von dir!«

Sie hob den Blick und schaute mich an. Bei einer Lüge ertappt zu werden schien sie keinesfalls aus der Bahn zu werfen.

»Ist das denn wirklich eine so große Neuigkeit? Ihrer Mutter geht es nicht gut. Sie ist zurück nach Hause gekommen, um für sie zu sorgen. Das ist alles.«

»Als sie nicht aufgetaucht ist, um ihren Vater und ihre Brüder zu beerdigen, war das aber schon eine große Neuigkeit! Damals konntest du es gar nicht erwarten, es mir zu erzählen!«

Ein eiserner Griff, der mir das Blut abschnürte, umschloss mein linkes Handgelenk. Die jahrelange Arbeit mit schweren Geräten hatte die Hände meines Vaters kräftig gemacht.

»Mickey. Reiß dich zusammen.«

»Papa, lass mich bitte los.«

»Das mache ich, aber erst beruhigst du dich.«

Er zog die Hand zurück. Ich rieb mein Handgelenk und spürte, wie das Blut langsam kribbelnd in meine Finger zurückfloss.

»Ich finde es nur seltsam, dass du es mir nicht erzählt hast, Mama«, sagte ich so ruhig wie möglich. »Du berichtest von jeder Krankheit, jedem Todesfall, jeder Biopsie, jedem Tumor, jedem Schatten auf jedem Röntgenbild, aber eine Nachricht wie diese lässt du einfach unter den Tisch fallen.«

»Was interessiert es dich denn, ob sie zurück ist«, zischte sie.

Ich lachte. »Wie könnte es mich nicht interessieren? Ich habe das Mädchen geliebt!«

»Sie hat dich kaputt gemacht.«

Eine Ohrfeige hätte mich nicht mehr überraschen können als diese fünf Worte. Ich zuckte zusammen, als hätte sie mir tatsächlich einen Schlag versetzt.

»Mich kaputt gemacht?«

»Sie hat dir das Herz gebrochen, Michael.« Meine Mutter

beugte sich zu mir herüber, und ihre Bluse hing dabei gefährlich nahe über dem Thunfischeintopf. »Hast du gehört, was ich gesagt habe? Das Mädchen hat dir das Herz gebrochen, aber das ist noch nicht alles. Sie hat noch etwas anderes zerbrochen, was nie wieder heil werden kann. Du bist seitdem nicht mehr derselbe.«

Es erschreckte mich, Tränen in ihren Augen zu sehen, Tränen der Trauer. Meine Mutter trauerte um den Jungen, der ich einmal gewesen war. Sie tupfte sich die Tränen mit einer Papierserviette ab, seufzte und sammelte sich zum nächsten Angriff, ihre Augen waren jetzt gerötet, aber trocken. Sie hatte lange darauf gewartet, diese Dinge loszuwerden, und jetzt war der Augenblick endlich gekommen.

»Sie hat dich so sehr verletzt, Michael. Das werde ich ihr nie vergessen. Ich erinnere mich an dich, bevor du sie kanntest, und daran, was aus dir wurde. Sie hat dich hart gemacht.« Ein wehmütiges Lächeln umspielte ihre Lippen. »Glaubst du, ich weiß nicht mehr, was für ein lieber Junge du warst?«

Ich schluckte und hatte einen bitteren Geschmack im Mund. »Jeder hat mal ein gebrochenes Herz, Mama.«

»Nicht so wie du. Wie sie damals einfach verschwunden ist ... mit diesem Mädchen stimmt etwas nicht, Michael. Kein normaler Mensch würde so etwas tun. Einfach so weglaufen. Nicht zu den Beerdigungen kommen.«

»Das mit den Beerdigungen kannst du so nicht sagen. Manche Leute können Beerdigungen einfach nicht ertragen. Das verstehst du nicht, du bist da anders.«

Sie schaute zu meinem Vater. »Siehst du, wie er alles verdreht?«

»Sie geht zu zehn Beerdigungen die Woche«, sagte ich zu ihm, »für sie ist das wie ein Kinobesuch. Und die Todkranken, für die sie in der Kirche beten, sind die Filmvorschauen.«

»Mickey. Sprich nicht so über deine Mutter.«

»Nein«, sagte sie und hob die Hand, »lass nur. Lass ihn spotten. Mit mir kann er es ja machen. Weißt du auch, warum du immer glaubst, mit mir könntest du alles machen, Michael? Weil du ganz tief drinnen weißt, dass ich dich immer lieben werde, egal, was passiert. Ich werde immer für dich da sein. Darum kannst du dir mir gegenüber alles erlauben.«

Sie zeigte mit dem Finger auf mich. »Als du nicht wusstest, wohin du gehen solltest, bist du hierhergekommen. Nicht zu Lynn Mahoney. Denk daran.«

»Ich wusste ja nicht, wo sie war.«

»Nun, jetzt weißt du es. Sie ist wieder zu Hause bei ihrer Mutter, genau wie du. Sie arbeitet als Kassiererin bei der Bank. Jetzt weißt du alles, bist zu glücklich?«

»Ich kann mich nicht erinnern, wann ich zuletzt glücklich gewesen bin, Mama.«

»Und wir wissen ja alle, wer daran schuld ist. Miss Freigeist höchstpersönlich.«

Sie stand auf. »Ich gehe jetzt zur Arbeit. Ja, Michael, schon wieder eine Beerdigung. Willst du mitkommen? Nein? Na, dann räume ich nur noch den Tisch ab, bevor ich gehe.«

Sie nahm die drei beinahe unberührten Teller vom Tisch und warf sie in die Spüle, zusammen mit dem ganzen Essen. Das war bei Weitem das Heftigste, was sie je getan hatte, und sogar mein Vater war entsetzt.

»Donna, um Himmels willen. Was zum Teufel ist in dich gefahren?«

»Ja, schon gut. Schlag dich nur auf die Seite deines Sohnes. Das kenne ich ja.«

Sie stürmte in den Garten und schlug die Tür mit einem lauten Knall hinter sich zu. Wir saßen einen Moment lang reglos, dann stand ich auf, um das Nudel-Desaster zu besichtigen. Erstaunlicherweise waren die Teller alle heil geblieben, sogar wenn sie in Rage war, war meine Mutter noch achtsam. Ich begann, aufzuräumen.

»Was zum Teufel machst du?«

»Ich mache das hier sauber.«

»Nein, lass das liegen. Das ist doch ihre Schweinerei. Sie

wird das saubermachen, wenn sie zurückkommt. Wir beide gehen jetzt mal ein bisschen raus.«

»Raus?«

»Raus.«

»Papa, ich muss zu Lynn, sonst nichts.«

»Warte noch ein bisschen, beruhige dich erst mal. Jetzt würdest du nur Dummheiten machen. Komm mit mir.«

»Wohin denn?«

»Hey, ich bin dein Vater. Tu einfach, was ich sage.«

Das war eine ziemlich lächerliche Ansage. Seit ich achtzehn war, war ich auf mich allein gestellt gewesen, und zwanzig Jahre später wollte er mir plötzlich sagen, was ich zu tun hatte.

Das Komische war, ich gehorchte ihm gerne. Ich ging mit ihm zum Auto, und wir rasten los, als hätten wir gerade eine Bank überfallen.

Wir waren schon ein ganzes Stück gefahren, bevor ich wagte zu fragen: »Wo fahren wir denn hin?«

Er schüttelte eine Camel aus der Packung und zündete sie mit dem Zigarettenanzünder an. »Belmont.«

»Auf die Rennbahn?«

»Ich denke, es könnte dir gefallen.«

Ich war nie zuvor mit meinem alten Herrn auf der Rennbahn gewesen. Rennpferde interessierten mich überhaupt nicht und auch kein anderes Glücksspiel. Ich hatte in meinem Leben noch nicht ein Lotterielos gekauft. Glücksspiele langweilten mich, aber mein Vater war verrückt danach. Ich war damit aufgewachsen, dass immer ein Rennschein in der Küche herumlag, den Steady Eddie mit einem Bleistift in der Hand studierte und auf dessen Ränder er mysteriöse Notizen kritzelte, die nur er entziffern konnte.

Als er zum ersten Mal beim Pferderennen gewesen war, war das Schlimmste passiert, was laut meiner Mutter passieren konnte: Er hatte gewonnen. Viel Geld. Er hatte auf fünf Gewinnerpferde gesetzt. Das war, bevor ich geboren wurde, und offenbar versuchte er noch immer, an diesen einen glorreichen Tag anzuknüpfen. Wenn es beim ersten Mal so einfach gewesen war, warum sollte es nicht noch einmal so sein?

Plötzlich überfiel mich der Gedanke, dass ich doch einiges von meinem Vater hatte. Auch ich hatte auf Anhieb und ohne Anstrengung einen Volltreffer gelandet. Doch wir beide hatten im Anschluss unsere Lektion nicht gelernt – er nicht von seinen Pferden und ich nicht von der Musik. Der Erfolg war eine Hure, die sich jedem von uns einmal hingegeben hatte und dann verschwunden war, ohne eine Nachricht auf dem Kopfkissen zu hinterlassen.

»Erinnerst du dich noch daran, dass du mal mit dem Fahrrad fast gegen einen Laternenpfahl gefahren bist?«

Die Worte meines Vaters ließen mich zusammenfahren. Ich brauchte einen Moment, um zu verstehen, wovon er sprach.

»Meinst du, als du mir das Radfahren beigebracht hast?«

»Genau.«

»Klar erinnere ich mich. Du hast mich im letzten Moment abgefangen. Du hast gerade noch rechtzeitig meinen Sattel erwischt.«

Er nickte und zog an seiner Zigarette. »Letzte Nacht habe ich geträumt, du wärst gegen den Pfahl gefahren. Ich hatte dich nicht rechtzeitig erwischt.«

»Das hast du letzte Nacht geträumt?«

»Komisch, oder? Du hast deinen Kopf angeschlagen. Damals gab's ja noch keine Fahrradhelme. Ich musste dich ins Krankenhaus bringen.«

Ein Schauer durchlief mich, doch ich versuchte, der Geschichte ihren Schrecken zu nehmen. »Es war nur ein Traum, Papa. Wahrscheinlich bedeutet das gar nichts.«

»Es bedeutet, dass ich besser auf dich hätte aufpassen müssen, als du noch ein Kind warst und dich da in Kalifornien rumgetrieben hast, das bedeutet es. Vielleicht hätte ich dich gar nicht gehen lassen sollen.«

Er versuchte, sich für mein verpfuschtes Leben zu entschuldigen. Weil er Auto fuhr, musste er mich dabei nicht anschauen.

»Papa, das ist schon in Ordnung.«

»Nein, ist es nicht.«

Jetzt sah er mich an. Doch wir wussten beide nicht, was wir sagen sollten, und die Stille war quälend. In diesem Moment schnitt uns irgend so ein Arschloch auf dem Highway, mein Vater stieg auf die Bremse und hielt schützend einen Arm vor meine Brust.

»Hast du diesen Vollidioten gesehen, Mickey? Der war am Telefon! Immer mit ihren Handys beschäftigt, diese Rowdies.«

»Schon in Ordnung, Papa, alles in Ordnung.«

»Handys! Diese verdammten Handys! Warum zum Teufel müssen die Leute vierundzwanzig Stunden am Tag miteinander in Verbindung stehen? Worüber zur Hölle redet dieses Arschloch, was so wichtig ist?«

»Ganz ruhig, Papa.«

Er hielt immer noch seinen Arm schützend vor meine Brust. Als er es bemerkte, ließ er ihn peinlich berührt sinken.

»Danke«, sagte ich.

»Wofür denn?«

»Dafür, dass du mich aufgenommen hast, als ich sonst nirgendwo hinkonnte.«

Er schaute mich an, kurbelte das Fenster runter, warf seinen Zigarettenstummel hinaus und richtete seine Aufmerksamkeit wieder auf die Straße, auf der Hut vor weiteren Verkehrsrowdies.

»Du hast den Kredit abbezahlt«, sagte er zur Windschutzscheibe, »ich sollte mich bei dir bedanken.«

Auf der Rennbahn war ich plötzlich wieder sein kleiner Junge. Er kaufte mir eine Brezel und ein Bier, und wenn dort jemand Teddybären verkauft hätte, hätte er mir vermutlich auch davon einen gekauft.

Er stieß mit dem Plastikrand seines Bierbechers gegen meinen. »Cheers, Mick. Wir haben noch nie zusammen ein Bier getrunken, oder? Ganz schön traurig!«

»Besser spät als nie.«

Ich folgte ihm auf Schritt und Tritt, als wäre ich wieder fünf Jahre alt, ein Kind, das seinen Daddy im Büro besuchen durfte. Er ging voran zu einem Platz, auf dem die Jockeys ihre Pferde für das Rennen vorbereiteten. Hier konnten die Spieler einen letzten Blick auf die Ware werfen, bevor sie ihre Wetten abgaben. Das war ein ernstes Geschäft, beinahe verbissen, und ziemlich deprimierend. Diese wunderschönen, perfekt gezüchteten, ernährten und gestriegelten Tiere wurden von einer Horde schwabbelbäuchiger Männer mit Dreitagebärten, abgewetzten Schuhen und schlabberigen, unter den Bäuchen zugeknöpften Hosen beglotzt.

Einer von ihnen, ein kahl werdender Typ mit einem Ganzkopf-Überkämmer, stellte sich neben meinen Vater und fragte ihn, wer ihm im ersten Rennen gefallen habe. Mein Vater zuckte mit den Schultern und umklammerte seinen zusammengerollten Wettschein in der Hand. Er würde sein Wissen nicht teilen.

»Du bist echt ein Blödmann, Steady Eddie«, sagte der Typ, ohne wirklich beleidigt zu sein. Er schlurfte davon, und mein Vater zwinkerte mir zu. Ich war überrascht und eigenartig berührt von dieser Geste. Ich glaube nicht, dass mein Vater mir jemals zuvor zugezwinkert hatte.

Er tippte mir mit dem zusammengerollten Wettschein auf die Schulter, zeigte mit dem Kinn auf einen kastanienbraunen Hengst und flüsterte mir zu: »Das ist er.«

Wieder war ich überrascht, denn in mein Ohr geflüstert hatte mein Vater auch noch nie.

Ich wusste nicht, was ich sagen sollte, und als ich endlich den Mund aufmachte, sagte ich etwas ziemlich Dummes: »Bist du sicher?«

»Sicher? Ob ich sicher bin? Du bist gut, Mick. Wenn man sich bei diesem Mist sicher sein könnte, würden wir in einer Villa auf Long Island wohnen.«

»Ich meine …«

»Die Bahn ist ein bisschen schlammig. Der hier läuft gut im Schlamm.« Er zeigte auf die Tafel. »Die Quote ist zwölf zu eins. Ich setze auf ihn.«

»Und was ist mit dem da? Hat der was drauf?«

Ich zeigte auf ein kleines graues Pferd mit kräftig aussehenden Beinen. Es schien mir vor Energie nur so zu strotzen, es war stark und quicklebendig. Dazu lief es mit der Nummer drei, meiner Glückszahl.

Mein Vater kicherte. »Zuerst mal, das ist eine Sie. Eine junge Stute. Und nein, sie ist nicht besonders gut. Sie haben sie wahrscheinlich nur dazugenommen, um den Platz vollzukriegen.«

»Ich finde, sie sieht gut aus.«

»Sie hat keine Chance, Mick. Verschwende nicht dein Geld.«

»Vielleicht nur zwei Dollar. Nicht auf Gewinn, darauf, dass sie Dritte wird.«

»Das nennen wir ›Show‹.«

»Gut, also dann wette ich auf ›Show‹. Was soll's.«

Mein Vater schüttelte den Kopf. »Du bist ein echter Träumer, nicht wahr?«

»Das hat Lynn auch immer gesagt.«

»Du träumst nachts von ihr, oder?«

Ich schluckte. »Jede Nacht, seit zwanzig Jahren.«

Er nickte, kein bisschen erstaunt. »Ich sage dir jetzt mal, was ich denke. Morgen bekommst du deinen Lohn, richtig? Dann nimmst du das Geld und gehst damit zur Bank, um ein Konto zu eröffnen. Ich habe gehört, sie haben dort eine sehr nette Kassiererin. Du gehst zu ihrem Schalter und wartest ab, was passiert.«

Ich war zu überrascht, um etwas zu sagen. Ich schluckte den Rest meines Biers hinunter, während mein Vater mich erwartungsvoll ansah.

»Wenn du heute Nacht an ihre Tür klopfst, machst du dich zum Affen«, fuhr er fort. »Du solltest dich beruhigen, bevor du was unternimmst. Und du solltest sie auch nicht in ihrem Revier treffen. Die Bank ist neutraler Boden. Da hast du bessere Chancen.«

»Hast du mich deshalb heute Abend hierher entführt?«

»Entführt? Das klingt ein bisschen hart.«

»Aber das ist der Grund, warum du mich hergebracht hast, oder?«

»Was meinst du?«

»Dieser Ort. Das ist dein Revier, oder? Du dachtest, dass es dir in deinem Revier besser gelingen würde, mich zu überzeugen.«

Er bemühte sich, ein Lächeln zu verstecken. »Ich habe dich hergebracht, damit wir ein bisschen Geld gewinnen können, Junge. Komm schon, lass uns rüber zum Wettschalter gehen.«

Mein Vater gab seine Wette zuerst ab. Ich erschrak, als ich hörte, wie er sagte: »Fünfzig auf den Sieg von Mahogany Flesh.«

Fünfzig Dollar! Wusste meine Mutter, dass er so hohe Summen wettete? Er beantwortete meine unausgesprochene Frage, indem er den Kopf drehte und murmelte: »Erzähl das bloß nicht deiner Mutter.«

Immer noch wie betäubt von seinem hohen Wetteinsatz, schob ich zwei Ein-Dollar-Noten unter dem Fenster hindurch und wettete auf ›Show‹ für Merry Legs. Sogar der Angestellte schien sich angesichts meiner Unwissenheit ein Grinsen nicht verkneifen zu können. Das Pferd war ein Außenseiter mit einer Wettquote von eins zu fünfundsiebzig. Ich verschwendete zwei Dollar – ein U-Bahn-Ticket oder ein Hotdog.

Als die Wettannahme geschlossen wurde, war die Quote für mein Pferd auf zweiundachtzig zu eins gestiegen, während eine Reihe von Last-Minute-Wetten die Quote des Pferdes, auf das mein Vater gewettet hatte, auf zehn zu eins hatte sinken lassen. Wenn er gewann, hätten wir fünfhundert Dollar.

Das Rennen begann. Alle um mich herum waren aufgesprungen und schrien, am lautesten mein Vater. Mir fiel auf, dass ich ihn noch nie richtig begeistert erlebt hatte, und jetzt sprang er auf und ab und feuerte ein dummes Tier an, damit es schneller lief.

Ich schaute kaum auf die Rennstrecke. Ich konnte die Augen nicht von meinem Vater wenden. Er war lebendig. Er sah zwanzig Jahre jünger aus, stark, leidenschaftlich und voller Elan.

Ich spürte, wie mir Tränen in die Augen stiegen. Es tat mir weh, dass er sich nur hier so fühlen konnte. Er hatte etwas Wichtiges im Leben verpasst. Er hatte nie eine echte Leidenschaft für irgendetwas entwickelt. Er tat, was er tun musste, der gute alte Steady Eddie, und er verschwendete sein Feuer und seine Kohle an die Pferde.

Im Vergleich zu ihm konnte ich mich glücklich schätzen. Wenigstens hatte ich meinen Song geschrieben und versucht, weitere zu schreiben. Sein einziger Kick bestand darin, Wetten auf überzüchtete Kreaturen abzuschließen, die geschlachtet wurden, wenn sie sich ein Bein brachen. Wie konnte es so weit kommen?

Es war so traurig, dass ich am liebsten davongelaufen wäre, doch plötzlich umfasste er mich in einer bärenhaften Umarmung und wirbelte mich durch die Luft. Ganz Belmont Park war ein einziger Schrei, und seine stoppeligen Wangen kratzten auf meinem Gesicht wie Sandpapier.

»Wir haben es geschafft, Mick, wir haben es geschafft!«

»Wir?«

Er wies auf die Anzeigetafel. Mahogany Flesh hatte gewonnen, und niemand Geringeres als ein Außenseiter-Loser namens Marry Legs war Dritter geworden.

Mein Vater hatte fünfhundert Dollar gewonnen für seine Fünfzig, und ich konnte achtundsechzig Dollar einstecken.

Ich war noch immer in seiner Umarmung gefangen. Es fühlte sich an, als wolle er mich nie mehr loslassen.

»Die DeFalcos sind die Besten!«, schrie er zum Himmel. »Die Allerbesten!«

Und für diese wenigen Minuten hatte er wahrscheinlich recht. Wenn das seine ganze Freude war, wollte ich, dass er sie voll auskostete.

Wir blieben noch für drei andere Rennen. Ich wettete nicht

mehr. Mein Vater verlor die nächsten beiden Wetten, aber gewann die dritte, und am Ende hatte er hundert Dollar gewonnen, als wir uns auf den Heimweg machten.

Als wir nach Hause kamen, war die Küche makellos sauber, und meine Mutter schlief.

»Habe ich nicht gesagt, dass sie saubermachen würde?« Er tätschelte meine Wange. »Und, das war lustig heute Abend, oder?«

»Ja, war es, Papa. Danke.«

»Morgen nach der Arbeit gehst du, um sie zu treffen. Ganz entspannt und ruhig.«

»In Ordnung.«

»Sei vorsichtig, dass du bei der Arbeit nicht zu viel an sie denkst. Tagträumen ist gefährlich, wenn man mit schweren Maschinen arbeitet.«

»Gute Nacht, Papa.«

Er trat hinaus, um die letzte Zigarette des Tages zu rauchen.

Ich ging in mein Zimmer, legte mich aufs Bett und dachte über die Einzahlung nach, die ich am nächsten Tag an Lynns Schalter vornehmen würde. Es würden achtundsechzig Dollar mehr sein als erwartet, dank eines Außenseiters namens Merry Legs.

Doch im Vergleich zu den Chancen, die ich mir für meine folgende Unternehmung ausrechnete, hatten die Chancen für diesen Außenseiter noch ziemlich gut gestanden.

KAPITEL 11

Die Bank befand sich in einem niedlichen Gebäude, einem kleinen Lebkuchenhäuschen mit vergitterten Fenstern. Als ich ein Kind war, hatte es die Gitter noch nicht gegeben. Genau zu dieser Bank hatte ich als Schuljunge meine ersten mageren Ersparnisse gebracht, in einem Umschlag mit einer zwinkernden weisen Eule darauf. Spare in der Jugend, genieße das Alter…

Was war mit diesem Konto eigentlich geschehen?, fragte ich mich, während ich zwischen kniehohen Hecken und einem makellos gemähten Stückchen Rasen den Weg hinauflief.

Beim Betreten des Gebäudes fühlte ich den Schock der Klimaanlage auf meiner schweißnassen Haut. Es waren nur wenige Kunden in der Bank. In fünfzehn Minuten würde sie schließen.

Und da war sie.

Sie saß an einem vergitterten Schalterfenster, da es der Bank an Misstrauen und Bedeutung fehlte, um auf schussicheres Glas umzustellen. Sie war mit der Abrechnung beschäftigt und hatte mich noch nicht gesehen. Ihr Haar trug sie genau wie früher zu einem Pferdeschwanz zurückgebunden.

Dort, wo vorher meine Kniescheiben gesessen hatten, war jetzt Pudding. Irgendwie trugen mich diese Beine dennoch hinüber zu ihrem Schalter. Da stand ich vor den Gitterstäben wie ein Mann, der seine Frau im Gefängnis besucht.

»Was kann ich für Sie tun?«, fragte sie, ohne den Blick zu heben.

Diese Stimme! Wenn ein Bach sprechen könnte, genau so würde er klingen.

Mit zitternden Händen schob ich den Umschlag mit meinem Gehalt unter der Glasscheibe hindurch.

»Ich möchte gerne ein Konto eröffnen. Oder vielleicht könnten Sie das Geld für mich in einer Schubkarre sammeln.«

Endlich schaute sie auf, und der Anblick dieser meergrünen Augen ließ mich beinahe laut aufschluchzen. Sie kniff die Augen verwundert zusammen, dann riss sie sie ungläubig auf, und schließlich leuchteten sie wieder so grün und frech wie die Augen, die mich in meinen Träumen verfolgten.

»Oh mein Gott. Du.«

»Hey Lynn. Lang nicht gesehen.«

Sie setzte sich kerzengerade auf und schüttelte den Kopf, ihr Pferdeschwanz flog dabei von Schulter zu Schulter.

»Diese Fernsehserie, die du gemacht hast«, sagte sie, »war mit Abstand die schlechteste Sendung, die ich je gesehen habe.«

Ich war perplex, verblüfft, erstaunt und doch nicht überrascht. Damals hatte ich auch nie gewusst, was sie als Nächstes sagen würde, außer dass sie immer die Wahrheit sagte. Nichts hatte sich geändert.

Ich nickte. »Darum sind auch nur drei Folgen gelaufen.«

»Drei zu viel, wenn du mich fragst.«

»Zum Glück habe ich nicht gefragt.«

Sie lächelte, dann lachte sie. Ich lachte auch, aus tiefstem Herzen. Gelächter in einer Bank klingt eigenartig, wenn es von den Wänden und feuerfesten Türen zurückgeworfen wird, und für eine gefühlte Ewigkeit konnten wir beide nicht aufhören zu lachen.

In Wirklichkeit waren es nur Minuten. Und in ein paar weiteren Minuten würde die Bank zumachen. Lynn nutzte sie, um ein Konto für mich zu eröffnen. Professionell schob sie mir das glänzende grüne Sparbuch unter dem Schalter hindurch, meine eingezahlte Summe war ordentlich auf der ersten Seite eingetragen.

»Kann ich dich nach Hause bringen, Lynn?«

Sie nickte, in ihren Augen standen plötzlich Tränen. »Klar, Mickey. Es ist lange her, dass mich jemand nach Hause gebracht hat.«

Als ich dann, zum ersten Mal seit 1988, neben Lynn Mahoney durch die Straßen von Little Neck ging, hielt ich meine Ellenbogen fest an den Körper gepresst, um den Schweißgeruch meiner Achselhöhlen nach der Arbeit zu verdecken. Wir gingen einen Weg, den ich millionenmal in meinen Träumen gegangen war und von dem ich nie gedacht hätte, ihn noch einmal gehen zu dürfen.

Als Neil Armstrong den Mond betrat, kann sein Herz kaum wilder geklopft haben als meines in diesem Moment.

Ich war idiotisch, lächerlich, atemlos glücklich. Erstaunlich, wenn man bedenkt, dass wir nichts weiter getan hatten, als uns die Hände zu schütteln. Bisher fühlte es sich an wie ein weiterer in einer endlosen Serie von Träumen. In diesen Träumen rannte ich immer auf sie zu und nahm sie in meine Arme, in der Realität aber hatte ich Angst, sie zu berühren, Angst, dass sie zerplatzen und sich in Luft auflösen könnte wie eine Seifenblase.

Lynn war sogar noch hübscher als früher, sie war schlanker, was ihre hohen Wangenknochen heraustreten ließ. Ich war erfreut zu sehen, dass sie zu ihrem schwarzen Hosenanzug ein Paar schwarze Crosstrainer-Turnschuhe von Reebok trug. Sie gehörte jetzt vielleicht zu der Gruppe der konservativen Banker, aber sie konnte immer noch jederzeit losrennen.

Was sollte ich sagen? In meinem Kopf stauten sich die Gedanken, und meine Lippen zitterten so, als würde ich jeden Moment in Tränen ausbrechen.

»Das mit deinen Brüdern tut mir leid«, sagte ich schließlich. »Und das mit deinem Vater.«

Sie nickte, ohne stehen zu bleiben oder auch nur ihren Schritt zu verlangsamen. »Die gute Donna hat dir sicher erzählt, dass ich nicht zur Beerdigung da war.«

»Sie hat so was gesagt, ja.«

»Nun«, Lynn breitete die Arme aus, um die Weite des Northern Boulevard zu bedeuten, »jetzt bin ich ja hier.«

Mein Herz sank. Ich hatte sie noch nie zuvor etwas auch nur im Geringsten Sarkastisches sagen hören.

»Ja«, antwortet ich benommen, »ich auch.«

»Ich kann nicht glauben, dass du wieder bei Mr Flynn arbeitest.«

»Er war es, der mir gesagt hat, dass du wieder da bist.«

»Tja, nichts hat sich hier verändert, nicht mal die Gerüchteküche. Und dafür bin ich ein gefundenes Fressen, nicht wahr? Die kaltherzige Schlampe, die ihren Eltern weggelaufen ist, endlich wieder zu Hause.«

»Niemand sagt so etwas.«

»Aber sie denken es, Mickey. Und ich kann es ihnen nicht verübeln.«

»Sie denken auch so einiges über ein One-Hit-Wonder, das jetzt wieder in seinem alten Kinderzimmer schläft.«

Wir gingen die nächsten zwei Blocks, ohne ein weiteres Wort zu wechseln. Wie war es möglich, dass wir uns sonst nichts zu sagen hatten? Ich musste etwas sagen, irgendetwas, egal, was. Und ich tat es.

»Warst du in Italien?«

Lynn schien überrascht. »Italien?«

»Damals wollten wir dafür sparen, eines Tages nach Italien zu fahren. Du wolltest die Museen besuchen …«

»Oh Gott, das hatte ich ganz vergessen!«

Mein Herz sank. Wie konnte sie ihre Italien-Pläne vergessen? Unter anderem deswegen hatten wir uns damals ineinander verliebt!

»Florenz und Rom und Venedig«, beharrte ich. »Du wolltest …«

Sie machte eine Handbewegung, als wollte sie eine lästige Fliege verscheuchen. »Ja, jetzt weiß ich es wieder. Nein, ich habe es nie nach Italien geschafft. Ich habe nicht einmal einen Pass.«

»Und wohin …«

Ich beendete die Frage nicht, denn ich merkte, dass sie nicht darüber reden wollte, was sie gemacht hatte, seit sie Little Neck verlassen hatte.

»Warst du mal in Italien?«, fragte Lynn.

»Nein, aber ob du es glaubst oder nicht, mein Song hat es bis dahin geschafft. *Giorni di Zucchero* heißt er dort.«

»Ist das die italienische Übersetzung von *Sweet Days*?«

»Wörtlich heißt es *zuckerige Tage*. Sie haben irgendeinen Italo-Schnulzensänger dafür gewonnen, es zu covern. Klang gar nicht schlecht.«

»Ist ja auch eine wunderschöne Sprache. Wahrscheinlich die schönste auf der Welt.«

»Warum hast du mich einfach so sitzen lassen?«

Ich musste sie so direkt fragen. Sie beschleunigte ihren Schritt, und ich tat das Gleiche, um an ihrer Seite zu bleiben.

»Antwortest du mir, oder nicht?«

»Es hat dir immerhin einen ziemlich guten Song beschert, DeFalco.«

»Ich scheiße auf den Song. Warum bist du abgehauen?«

»Das hatte nichts mit dir zu tun.«

»Oh, na das ist aber eine Erleichterung.«

»Mickey. Bitte, sei nicht so.«

»Nein? Und wie dann? Du bist von einem Tag auf den anderen verschwunden vor zwanzig Jahren, und jetzt soll ich nicht so sein?«

Wir liefen jetzt beinahe, Lynn schwieg.

»Weißt du«, sagte ich, »jedes Mal, wenn ich das Lied gesungen habe, egal, wo ich war, habe ich im Publikum nach deinem Gesicht gesucht.«

Sie verlangsamte auf Schritttempo und brauchte einen Moment, um zu verschnaufen.

»Das ist verrückt.«

»Vielleicht, aber es ist wahr. Ich hatte diese dumme Vorstellung, dass du kommen würdest, um mich zu sehen, wenn ich irgendwo in der Nähe von dem Ort auftrat, an dem du dich versteckt hattest.«

»Ich habe mich nicht versteckt.«

»Was auch immer es ist, was du getan hast, ich habe immer gehofft, du würdest kommen, um mich singen zu hören.«

Sie schüttelte den Kopf. »Ich gehe nicht gerne auf Konzerte.«

»Komisch, ich auch nicht. Aber da ich der Sänger war, musste ich hin, weißt du?«

Sie trat gegen einen Kieselstein. »Mit deinen anderen Songs hattest du nicht viel Glück, oder?«

»Nein, die waren nichts. Ich hatte nur eine große Liebe, also hatte ich auch nur einen großen Song.«

»Dann waren Mick Jagger und Bruce Springsteen aber oft verliebt?«

»Das sind Profis, Lynn. Ich bin nur ein Typ, der sein gebrochenes Herz in einem Song verewigt hat. Es hat mich für eine kleine Weile reich gemacht und für ein paar Monate berühmt, aber es hat dich nicht zurückgebracht. Denn das war es wohl, was ich mir erhofft hatte.«

Das war eine Wahrheit, die ich selbst erst begriff, als ich sie aussprach.

Lynn seufzte. »Du bist unglaublich.«

»Warum?«

»Weil du so hartnäckig bist.«

»Ich habe dich geliebt, Lynn.«

Sie zog eine Augenbraue hoch, die linke. Ich hatte vergessen, dass sie das konnte.

»Korrigier mich, wenn ich falschliege, aber habe ich nicht gehört, dass du geheiratet hast?«

Ich fühlte, wie ich rot wurde, und versuchte, ihre Worte mit einer flüchtigen Handbewegung zu verscheuchen wie einen Schwarm Mücken.

»Das war ein Fehler.«

»Aha.«

»Hast du je geheiratet?«

»Mickey, komm schon, ich ertrage mich ja selbst kaum.«

Wir gingen die Straße hinunter, die zum Haus der Mahoneys führte, eine Straße, die ich seit meiner Rückkehr nach Little Neck bewusst vermieden hatte. Es gab noch einiges, was ich wissen musste, bevor wir das verdammte Haus erreichten.

»Du wirst mir nicht sagen, warum du es getan hast, oder, Lynn?«

Sie ließ die Schultern sinken. »Oh, Mickey, bitte. Ich kann es dir nicht erklären. Ich war noch ein Kind. Ich war voller Unruhe. Ich musste einfach raus in die Welt.«

»Komm schon. Irgendetwas ist passiert. Erzähl mir, was passiert ist.«

»Nichts ist passiert. Ich war es leid, in einem Haus zu leben, in dem meine Eltern sich nicht einmal mehr anschauten. Diese Atmosphäre von Trostlosigkeit kann man nicht endlos ertragen, weißt du? Also bin ich gegangen.«

»Wohin? Wohin bist du gegangen? Warum hast du mich verlassen?«

Sie zögerte. »Ich war hier und dort«, sagte sie schließlich. »Maine, Seattle, San Francisco.«

»Und wie bist du zurechtgekommen?«

»Ich bin zurechtgekommen.«

»Du wolltest mal Kunstgeschichte unterrichten.«

Sie schloss die Augen und schüttelte den Kopf. »Meine Güte, ich kann nicht glauben, dass du dich daran noch erinnerst.«

»Ich erinnere mich an alles. Und das tust du auch.«

»Ja. Das ist das Problem. Es wäre toll, wenn man bestimmte Dinge vergessen könnte, oder?«

»Ich will nicht vergessen, was wir hatten!«

»Mickey. Schhh.« Sie legte einen Finger an ihre Lippen, als wäre ich ein aufgeregter Schuljunge, der im Unterricht zu laut geworden war. Mit dem Daumen zeigte sie auf das Haus in ihrem Rücken. »Du weckst meine Mutter.«

Wir standen vor dem Haus der Mahoneys, einem großen, hässlichen Ziegelbau mit Vorgarten, in dem der Kapitän mich damals umgepustet hatte. Jetzt standen die Gräser im Vorgarten hüfthoch, und die Holzrampe, die die Stadt für den Rollstuhl des Kapitäns gebaut hatte, war verzogen von der Witterung.

»Herrje, Lynn, hier muss aber mal ein bisschen Ordnung geschafft werden.«

»Meinst du? Ich finde es eigentlich gut so, wie es ist.«

»Warum?«

»Weil es die Nachbarn aufregt.« Ein Lächeln überzog für einen kurzen Moment ihr Gesicht, und ich erkannte darin ein Aufblitzen ihres alten Selbst, wunderbar frech, aber nie boshaft.

Wir standen an ihrer Gartentür, genau dort hatten wir uns immer zum Abschied geküsst, jetzt aber berührten wir uns nicht einmal. Wir waren wie zwei Archäologen, die die Ruinen eines antiken Liebestempels besichtigten.

»Wie geht es deiner Mutter?«, brachte ich mühsam heraus.

Sie zuckte mit den Schultern. »Es war ein ziemlich schlimmer Schlaganfall.« Sie schaute auf die Uhr. »Ich muss die Tagesschwester ablösen, Mickey. Sie wird sauer, wenn sie ihren Bus verpasst.«

Höflich streckte sie mir die Hand zur Verabschiedung hin, den Arm bis in die Fingerspitzen gestreckt. Ich hätte heulen können. Doch es war auch eine Gelegenheit, noch einmal ihre Hand zu halten.

Also verabschiedeten wir uns wie zwei Anwälte, ein formeller Druck zweier Hände, die sich früher im Kino umschlungen gehalten hatten.

Gerade als ich glaubte, mein Herz würde jede Sekunde in eine Million Einzelteile zerspringen, löste sie ihren Griff und zögerte, bevor sie die Hand hob und meine Oberlippe zurückschob.

»Macht immer noch, was sie will, diese Lippe«, murmelte sie.

Die Stelle, wo sie mich berührt hatte, kribbelte. Ich erlaubte mir einen kleinen Hoffnungsschimmer. »Sehen wir uns wieder, Lynn?«

»Das werden wir. Ich bin eine Weile hier. Solange meine Mutter noch lebt …« Ihr gelang ein müdes Lächeln. »Wir sind wieder Nachbarn, Mickey.«

»Das meine ich aber nicht.«

Sie seufzte. »Weißt du, sogar nach all diesen Jahren bist du immer noch …«

»Stopp. Rede nicht weiter. Wenn du jetzt sagst, dass ich immer noch ein netter Junge bin, dann muss ich dich umbringen.«

Sie zuckte mit den Schultern. »Dann nicht. Aber das bist du.«

»Frag Rosalind Pomer, ob ich ein netter Junge bin. Sie wird dir etwas anderes erzählen.«

»Wer ist Rosalind Pomer?«

»Niemand.«

»Dann wird es ziemlich schwierig sein, sie zu fragen, oder?«

Ich wusste nicht, was ich darauf antworten sollte. Sie hob die Hand und winkte mir zu, als stünde sie in einem Zug, der gerade den Bahnhof verlässt.

»Wir sehen uns, Mickey.«

»Ja? Wir sehen uns also?«

»Mickey. Ich habe gerade viel um die Ohren, verstehst du? Ich rufe dich an, wenn ich bereit bin, aber bitte dräng mich nicht. In Ordnung? Ist das ein Deal?«

Ein Deal. Ich machte jetzt Deals mit ihr.

»Rufst du wirklich an?«

»Ja, versprochen.«

»Okay, dann ist das ein Deal.«

Sie öffnete die Gartenpforte und ging über den bemoosten Ziegelsteinweg zum Haus. Ich rief ihren Namen, wie ich ihn damals, in dieser lang vergangenen Sommernacht hätte rufen sollen. Sie blieb stehen und drehte sich zu mir um.

»Wie zum Teufel ist jemand wie du Banker geworden?«

Eine einfache Frage. Sie war so erleichtert, dass sie kicherte. »Ich schätze, ich habe wohl ein Gesicht, dem die Leute trauen.«

»Ich habe ihm getraut«, sagte ich, und das saß. Sie wurde blass, bevor sie sich umdrehte, um ins Haus zu gehen. Augenblicke später kam die Tagesschwester heraus, eine magere Frau mit grauen, kurz geschnittenen Haaren, die mich musterte, als sie an mir vorbeiging. Auf dem Weg in Richtung Northern Boulvard drehte sie sich immer wieder um, um nach mir zu sehen. Sie dachte wahrscheinlich, ich wäre ein Stalker. Und wenn sie das dachte, war sie gar nicht so weit von der Realität entfernt.

Ich stand dort und starrte auf das Haus der Mahoneys. Ich erwartete nicht, dass Lynn herauskäme und mir in die Arme flöge. Ich wusste, dass das nicht passieren würde.

Ich dachte an das letzte Mal, als ich hier gestanden und gehofft hatte, Lynn würde kommen.

KAPITEL 12

An jenem Tag hatte es geregnet. Der Regen bildete einen dichten Nebel wie manchmal im November, wenn der Herbst noch nicht ganz zum Winter und das Wasser noch nicht ganz zu Eis geworden ist. Es war erst vier Uhr nachmittags, aber es wurde schon dunkel.

Lynn war seit drei Monaten verschwunden, und seitdem mied ich ihre Straße, aber auf dem Nachhauseweg von der Schule hatte ich plötzlich die verrückte Idee gehabt, dass sie vielleicht, ganz vielleicht, wieder zurück sein könnte.

Sie würde da sein, weil es mein Geburtstag war, und alles, was ich mir zum Geburtstag wünschte, war Lynns Rückkehr.

Es war eine dumme Fantasie, das wusste ich schon in dem Moment, als ich die Straße zum Haus der Mahoneys entlangging. Aber ich wollte die Hoffnung nicht aufgeben. Eine falsche Hoffnung ist besser als die totale Hoffnungslosigkeit, schätze ich. Im Garten der Mahoneys lagen große gelbe Blätter. Das Haus war dunkel und sah beinahe verlassen aus, und dann machte mein Herz einen Sprung beim Anblick einer Silhouette, die sich am Ende des Weges bewegte. Doch es erstarrte sofort wieder, als ich erkannte, wer es war. Der Kapitän in seinem Rollstuhl, der versuchte, alleine die Rampe hinaufzufahren, die die Stadt ihm gebaut hatte.

Ich stand wie vom Donner gerührt. In diesen wenigen Monaten, seit er die Kellertreppe hinuntergefallen war, war er schockierend schnell abgemagert. Seine Schultern sahen knochig aus unter den Falten der Windjacke, die ihm jetzt viel zu groß war.

Der Regen hatte sein dichtes weißes Haar an den Schädel geklatscht, und seine von der Kälte geröteten Hände umklammerten die Räder seines Rollstuhls. Er war in Schwierigkeiten. Er schaffte es, die Rampe etwa einen Meter hinaufzufahren, kam dort keuchend zum Stehen und rollte wieder an den Ausgangspunkt zurück.

Es war ein Schock, diesen Mann in solch einem geschwächten Zustand zu sehen. Er musste nach diesem bisschen Anstrengung tatsächlich eine Pause einlegen und verschnaufen. Ich kam mir vor, als sähe ich einem Menschen beim Sterben zu, aber es war sogar noch schlimmer als das. Es war, als sähe ich einem Mann zu, der sterben wollte, es aber nicht konnte, denn dafür fehlte der letzte Schritt, der seiner Schmach ein Ende bereiten würde.

Er musste meinen Atem gehört haben, denn er drehte den Kopf und sah mich dort dumm im Regen stehen. Als er mich erkannte, kniff er die Augen zusammen, riss sie dann weit auf, um sie gleich wieder zu prüfenden Schlitzen zu verengen.

»Du«, sagte er, und weitere Worte waren nicht nötig.

Ich wollte weglaufen, aber ich konnte nicht. Ich hasste den Mann, aber er brauchte mich. Er brauchte irgendjemanden, der ihm half, und an diesem regnerischen, schnell dämmernden Novembernachmittag war niemand anderes in der Nähe außer mir.

Der Regen hatte meine Schuljacke inzwischen vollständig durchnässt. Ich zitterte, aber nicht wegen der Kälte. Ich ging die paar Schritte hinüber zum Kapitän und stand vor ihm wie ein Geldeintreiber.

Er hob nicht den Kopf, sondern hielt ihn in derselben Position und rollte nur die Augen nach oben, um mich anzuschauen. Er sah aus wie ein wütender Ministrant.

Seine Beine schienen sogar noch dünner als seine Arme, so dünn, dass die Schuhe an seinen Füßen, da auf der Fußstütze seines Rollstuhls, riesig aussahen wie Clownsschuhe. Die Griffe seines Rollstuhls schienen direkt aus seinen Schulterblättern herausgewachsen wie zwei Hörner.

Ich räusperte mich. »Soll ich Sie schieben, Sir?«

»Was zum Teufel machst du hier?«

»Ich bin ... zufällig vorbeigekommen.«

»Quatsch.«

»Soll ich Sie nun schieben, Sir, oder nicht?«

Er dachte einen endlosen Moment darüber nach. »Die Räder sind nass«, sagte er endlich. »Ich kriege sie nicht gut zu fassen.«

Das war eine Lüge. In Wirklichkeit hatte er nicht genug Kraft, sich allein die Rampe hinaufzurollen. Der Kapitän, der unzählige Leute aus brennenden Gebäuden getragen hatte, war zu schwach, um sein eigenes Gewicht zu bewegen. Das konnte er nicht einmal sich selbst eingestehen und noch viel weniger mir.

Da sah ich, dass er eine braune Papiertüte in den Händen hielt, die der Regen langsam aufweichte. Er hob die Tüte an den Mund und machte ein glucksendes Geräusch. Ich roch Whiskey.

Es war nicht schwer, sich vorzustellen, wie er in diese Lage geraten war. Der Kapitän war in seinem Zustand nun komplett von seiner Frau abhängig. Und für sie war das eine perfekte Gelegenheit, ihm das Trinken abzugewöhnen – sie kaufte Essen und Getränke für ihn ein, aber keinen Alkohol.

Im Moment war sie sicher irgendwo unterwegs, und er hatte beschlossen, selbst das Haus zu verlassen und zu Little Neck Liquors hinüberzurollen. Ein perfekter Plan, den die Rampe vereitelt hatte.

Ich wartete immer noch auf die Beantwortung meiner Frage.

»Soll ich Sie nun schieben, Sir?«

»Jetzt fahr mich schon endlich diese beschissene Rampe hoch.«

Ich stellte mich hinter ihn und schob ihn die Rampe hinauf.

»Das reicht«, sagte er, als wir den flachen Teil erreichten. »Ab hier geht es alleine.«

»In Ordnung, Sir.«

Zurück nahm ich die Treppe, und als ich unten war, rief er nach mir.

»Hey, warte mal 'ne Minute.«

Ich drehte mich zu ihm um. Jetzt konnte er wieder auf mich herabschauen, genau wie er es immer getan hatte. Er musterte mich voller Geringschätzung, so als suche er nach einem Weg, mir nicht dafür danken zu müssen, dass ich ihn die Rampe hinaufgeschoben hatte. Dann fiel ihm etwas ein.

»Du wohnst doch gar nicht in dieser Richtung. Was zum Teufel machst du also in meiner Straße?«

Seine Straße. Gütiger Himmel.

»Das habe ich doch schon gesagt, ich bin zufällig vorbeigekommen.«

»Erzähl mir keinen Scheiß, Junge.« Er nahm einen Schluck Whiskey, um sich Mut zu machen. Ich sah, wie ihn ein Schauer durchlief, von den Füßen bis hinauf ins Gesicht, als wäre er auf einen Elektrozaun getreten. Er räusperte sich und zögerte einen Moment, bevor er weitersprach.

»Kommt sie wieder nach Hause? Bist du darum hier?«

»Ich weiß nicht, wo sie ist, Sir.«

»Und wenn du es wüsstest, würdest du es mir nicht sagen, oder?«

»Wenn ich es wüsste, dann wäre ich bei ihr.«

»Ich schätze, sie hat dich wohl nicht so geliebt wie du sie, was?«

Er kicherte, es war das gleiche grausame Kichern, das ich von dem Tag in Erinnerung hatte, als er mich zu der Boxstunde aufforderte, und von jedem Mal, wenn er seinem Sohn Brendan das Leben schwer machte, weil er so ein zarter Junge war. Vielleicht war dieses boshafte Kichern das Einzige, was an diesem Mann noch wie vorher war, bevor er die Kellertreppe hinuntergestürzt war.

Ich stieg drei der fünf Stufen wieder hinauf, sodass ich mit dem Kapitän auf Augenhöhe war. Seine Augen waren glasig vom Alkohol, aber er war immer noch gefährlich wie eine in die Enge getriebene Ratte. Ich überlegte fieberhaft, was ich sagen konnte, das ihn verletzen würde, und dann fiel es mir ein.

»Soll ich die Tür für Sie aufmachen, Sir?«

»Ich kann die Scheißtür alleine aufmachen, vielen Dank, Makkaronifresser.«

»Na gut. Es war nett, Sie zu treffen, Kapitän Mahoney.«

»Ich bin nicht mehr Kapitän, ich bin nur noch ein Krüppel im Ruhestand.«

Einen Moment lang tat er mir fast leid, doch das ging schnell vorbei. »Dann genießen Sie Ihren Ruhestand«, sagte ich, was mehr oder weniger bedeutete, dass ich ihm nicht mehr viel Zeit gab.

Ich stieg die Stufen wieder hinunter, dabei trat ich extra fest auf, um den Mann sehen und hören zu lassen, wie simpel diese elementare Bewegung war, die er nun nicht länger ausführen konnte.

»Mickey!«

Er hatte mich so gut wie nie bei meinem Namen genannt. Ich blieb stehen und drehte mich noch einmal zu ihm um. Die Tränen auf seinem Gesicht mischten sich mit den Regentropfen, und ich sah, dass dieser Mann durch die Hölle ging. Er schluckte und räusperte sich.

»Du weißt wirklich nicht, wo sie ist, oder?«

Ich schüttelte den Kopf.

»Hat sie sich nicht bei dir gemeldet?«

»Nein.«

Er schien diese Antwort als Wahrheit zu akzeptieren. Er drehte seinen Rollstuhl zur Eingangstür und suchte in der Tasche seiner Windjacke nach dem Schlüssel. Ich nahm diese Kehrtwendung als Verabschiedung und ging weiter, und dann sagte er die Worte, die ich zuallerletzt aus dem Mund dieses

Mannes erwartete hätte. »Wenn du etwas von ihr hörst, dann sag ihr …«

Ich blieb stehen und starrte ihn in Erwartung der Fortsetzung an.

»Sag ihr, sie soll nach Hause kommen«, brachte er mit bebender Stimme hervor. »Sag ihr, dass alles vergeben ist.«

Ich bin sicher, dass der Kapitän in seinem ganzen Leben unter keinen Umständen jemals zuvor irgendjemandem Vergebung versprochen hatte. Jetzt, zum abgemagerten Krüppel geworden, entdeckte er Mitgefühl in seinem Herzen und die Bereitschaft, seiner Tochter zu vergeben, dass sie von zu Hause weggelaufen war.

Ich räusperte mich, bevor ich fragte: »Warum hat sie es getan, Sir?«

Er biss die Zähne zusammen. Dann schüttelte er den Kopf.

»Sie ist ein verrücktes Kind, eigensinnig«, sagte der Kapitän. »Nicht wie meine Jungs. Meine Jungs gehorchen mir. Aber dieses … Mädchen …«

Weiter kam er nicht, und es war deutlich, dass er bereute, überhaupt so viel gesagt zu haben. Er schloss den Mund und zog den Kopf ein. Ich öffnete den Mund, um etwas zu sagen, aber ehe ich mich versah, war er schon im Haus verschwunden und warf die Tür hinter sich mit einem lauten Knall ins Schloss.

Endlich fand ich meine Sprache wieder.

»Ich habe heute Geburtstag«, sagte ich zur leeren Veranda, dann ging ich nach Hause, trocknete mich ab und zog mich um, bevor ich mich zum Abendessen an den Tisch setzte. Es gab Spaghetti mit Fleischklößchen, gefolgt von einer Eistorte als Nachtisch, mit der wir den achtzehnten Jahrestag meiner Ankunft in dieser einsamen, beschissenen Welt feierten.

KAPITEL 13

Jetzt hatte ich also eine Abmachung, einen Deal, mit dem Mädchen, das ich liebte. Ich durfte sie nicht anrufen, sie würde sich bei mir melden. Anders ausgedrückt, sie hatte mir ein Kontaktverbot erteilt.

Beim Abendessen erzählte ich meinen Eltern die Neuigkeiten. Meine Mutter presste die Lippen zusammen und sagte nichts. Mein Vater zuckte mit den Schultern.

»In Ordnung, dann wartest du eben ein bisschen«, meinte er. »Das wird dich nicht umbringen.«

Plötzlich sagte meine Mutter doch etwas, und tat so, als erinnere sie mich an etwas, von dem ich längst wissen müsste.

»Hör zu«, begann sie, »du singst morgen auf der Geburtstagsparty von Eileen Kavanaghs Enkel, der todkrank ist.«

Es war unglaublich. Es klang wie ein kranker Witz, aber ich wusste, dass es keiner war. Ihr Tonfall war der einer Mutter, die ihrem Sohn aufträgt, den Müll rauszutragen. Es war, als hätten die letzten zwanzig Jahre nicht stattgefunden. Ich war der älteste Achtzehnjährige der Welt, ein ewiger Junge, den man beliebig herumschicken konnte.

Was war das für ein Scheiß?

»Mama, wovon redest du?«

»Die Feier ist um drei. Du hast doch keine anderen Pläne, oder?«

»Pläne? Anscheinend bist du es ja, die für mich die Pläne macht.«

»Ist das denn wirklich zu viel verlangt«, sagte sie gekränkt,

»ein oder zwei Lieder für einen armen, kranken Jungen zu singen?«

Ich fasste mir mit beiden Händen an den Kopf, damit er mir nicht explodierte.

»Das kommt jetzt aber schon ein bisschen plötzlich für ihn, Donna«, sagte mein Vater.

Sie legte eine Hand auf die Brust. »Was hätte ich denn machen sollen? Eileen hat mich gefragt! Sie war in Tränen aufgelöst! Der Junge würde dich so gerne singen hören. Konnte ich da denn Nein sagen?«

»Ich kann nicht mehr singen, Mama. Seit die *Barca D'Amore* gesunken ist, habe ich ein Trauma.«

»Sei nicht so frech!«

»Es wäre nett gewesen, wenn du mich gefragt hättest, Mama.«

»Es wäre nett gewesen, wenn du dich daran erinnert hättest, dass Eileens Mann gestorben ist, Michael.«

Oh mein Gott. »Es tut mir leid, Mama. Ich kann mir nicht alle merken, die in Little Neck gestorben sind.«

»Es war mir so peinlich, als Eileen mir erzählt hat, du hättest sie gefragt, wie es ihrem Mann geht. So unglaublich peinlich.«

Mein Vater lachte und klopfte mir anerkennend auf den Rücken. »Das hast du gemacht? Das ist ziemlich komisch.«

»Oh ja, Eddie, wirklich wahnsinnig lustig.«

»Mach dir keine Gedanken, Mick. Der arme Mann war schon jahrelang tot, bevor sie ihn begraben haben.«

Ich nahm die Hände vom Kopf. »Und woran soll der Junge angeblich sterben?«

»Angeblich?«

»Tut mir leid. Du hast recht.« In einer solchen Angelegenheit würde wohl niemand lügen. Ich räusperte mich, bevor ich versöhnlich fragte: »Welche Krankheit hat er?«

»Er hat Leukämie. Er ist elf Jahre alt.«

»Mein Gott.«

»Ohne Knochenmarkstransplantation wird er sterben. Und bisher haben sie keinen geeigneten Spender gefunden.«

»Und er will mich singen hören.«

»Ja, genau.«

Ich dachte einen Moment darüber nach. Dann sagte ich vorsichtig: »Wenn der Junge elf Jahre alt ist, dann hat er garantiert noch nie von mir gehört.«

»Michael!«

»Das kann einfach nicht sein! Seit zwanzig Jahren läuft mein Song nicht mehr im Radio! Warum sollte er wollen, dass ich für ihn singe? Er kann mich unmöglich auf seiner Wunschliste haben!«

»Wie kannst du dasitzen und dich lustig machen über einen sterbenden ...«

»Ich mache mich nicht über einen sterbenden Jungen lustig! Ich frage mich nur, was zum Teufel hier los ist!«

Meine Mutter hob abwehrend die Hände und schloss die Augen. »Michael, wenn es zu viel für dich ist, zehn Minuten zu opfern, bei deinem vollen Terminkalender ...«

»Was hältst du davon, wenn ich stattdessen mein Knochenmark testen lasse, ob ich als Spender in Frage komme? Würde ihm das nicht viel mehr bringen als ein Ständchen von einem Sänger, von dem er noch nie gehört hat?«

Sie sah mich einfach nur an. So wie Mütter ihre Söhne ansehen, die keinen Respekt und kein Mitleid kennen für die Schmerzen, unter denen sie uns auf die Welt gebracht haben.

»Okay, Mama, du hast gewonnen«, seufzte ich. »Ich mache es.«

Sie schürzte die Lippen und schüttelte den Kopf. »Aber erst musstest du mich in die Mangel nehmen, was?«

»Tut mir leid. Ich habe mir einfach ein paar Fragen gestellt.«

»Du bist immer noch so wie früher, Michael, voller Fragen.«

»Fragen sind das, was uns von den Tieren unterscheidet.« Ich drehte mich um, um zu gehen. »Bitte mach in Zukunft keine Versprechungen mehr, die mich betreffen.«

Damit ging ich hinauf in mein Zimmer, und mein Vater ging hinaus, um zu rauchen. Meine Mutter, den Tränen nahe, blieb in der Küche zurück, um aufzuräumen.

Ich hasste es, auf Geburtstagsfeiern zu singen. Das war die unterste Stufe meiner musikalischen Karriere gewesen, und ich hatte mir selbst geschworen, dass die Bar-Mizwa eines Jungen namens Elliott Weintraub aus Los Angeles an dessen dreizehnten Geburtstag, die die Eltern in großem Stil feiern wollten, das letzte Mal gewesen sein sollte.

Es war ein oder zwei Jahre vor meinem Engagement auf der *Barca D'Amore*. Es war eine dieser Partys, für die die Eltern ein Vermögen ausgaben. Ein Bildhauer war da, der einen kühlschrankgroßen Eisklotz in eine Terminator-Statue verwandeln sollte, Elliotts Lieblings-Filmheld. Es gab einen Jongleur, einen Feuerschlucker und einen Zauberer. Dreihundert Gäste wanderten durch das tadellos gepflegte Grundstück von Peter Weintraub, Steueranwalt für die Reichen mit den dunklen Geheimnissen.

Für die Erwachsenen floss Dom Perignon, für die Kinder gab es Shirley Temples. Die Büffet-Tische bogen sich unter Bergen von Essen, das ein gesamtes Dritte-Welt-Land eine gute Weile hätten ernähren können. Über den Dächern schwebte ein Luftschiff, auf dem in roten elektronischen Leuchtbuchstaben geschrieben stand: *Herzlichen Glückwunsch, Elliott, ab heute bist du ein Mann*.

Die Krönung aber waren die Pfauen. Zwei Dutzend von ihnen stolzierten über das Gelände, sie pickten herum, warfen sich in die Brust und präsentierten stolz ihre Räder. Die Pfauen waren die Idee von Eva Weintraub gewesen, der Ehefrau und Steuerersparnis Nummer eins des Steueranwalts. Sie war es auch, die mich angeheuert hatte. Ich saß an einem großen weißen Klavier auf einer Terrasse, von der aus man das gesamte Gelände überblicken konnte, zeigte die Zähne und sang für die Gäste.

Das Geburtstagskind, ein pummeliger Junge mit einem genervten Gesicht, würdigte mich kaum eines Blickes. Ab und zu hörte ich, wie zwei Gäste über den Klavierspieler sprachen, Bemerkungen der Art »Ist das nicht der Typ …«, an die ich mich langsam gewöhnte.

Der beste Witz des Tages kam von einer Frau, deren schokoladenfarbene Sonnenbräune in starkem Kontrast zu ihren frisch gebleichten Zähnen stand. Sie sah aus wie eine zum Judentum konvertierte Lena Horne.

»Ich habe gehört, sie haben versucht, Elton zu bekommen«, sagte sie zu einer Freundin, »aber er hat sich geweigert, eine Kippa zu tragen.«

Elton war natürlich Elton John.

Ich trug die Kippa mit Begeisterung, immerhin bekam ich tausend Dollar für den Job, und zu der Zeit war ich ziemlich verzweifelt.

Ich konnte nicht aufhören, darüber nachzudenken, wie viel Geld sie wohl Elton angeboten hatten. Wahrscheinlich hatten sie mit mir so viel gespart, dass sie den Rest der Party davon finanzieren konnten.

Die Feier war kein voller Erfolg. Als es Abend wurde, war der Terminator zu einem buckligen Männchen zusammengeschrumpft, die Kids waren total überzuckert, und niemand, absolut niemand interessierte sich für mein Klavierspiel.

Aber das größte Problem waren die Pfauen. Die Vögel waren schön anzusehen, aber sie veranstalteten eine unglaubliche Schweinerei. Der Rasen der Weintraubs war übersät mit Pfauendreck, überall lag er in großen, kreideartigen Klumpen herum. Die Leute rutschten darauf aus und fielen ins Gras. Eine betagte Tante wurde unter viel Händeringen auf einer Bahre hinausgetragen. Eva Weintraubs eleganter Einfall hatte sich wortwörtlich als Scheißidee herausgestellt. Das passiert häufig auf Partys in Los Angeles. Die Reichen wollen sein wie der große Gatsby, und heraus kommt *Apocalypse Now.*

Ich sollte von zwei bis sechs spielen. Um Punkt sechs gab mir Eva Weintraub einen Umschlag und dankte mir für meine Zeit, ihr Make-up von Tränen verschmiert.

Sämtliche Kinder waren wie vom Erdboden verschluckt – wahrscheinlich waren sie irgendwo unterwegs, um Haschisch zu rauchen. Die erwachsenen Gäste waren auf dem Rasen versammelt, wo der silberhaarige Peter Weintraub, seine Wampe von ein Paar grünen Hosenträgern in Form gehalten, Hof hielt. Er kam gerade zur Pointe seiner Geschichte, und die eifrigen Claqueure brachen in Gelächter aus.

»Ich kann mich nicht erinnern, wann er mich das letzte Mal zum Lachen gebracht hat«, sagte Eva. »Ich erinnere mich nicht mal, wann er mich zuletzt wirklich angesehen hat.«

Ich sah sie an. Für eine Frau Anfang vierzig hatte sie sich ganz gut gehalten. Im Mittleren Westen würden sich vielleicht Köpfe nach ihr drehen, aber in Los Angeles war sie raus aus dem Spiel. Sie saß nicht mal mehr auf der Ersatzbank.

»Ist es meine Schuld, dass die Pfauen den Rasen verdreckt haben? Niemand hat mir gesagt, dass das so schmutzige Vögel sind!«

»Mrs Weintraub …«

»Er macht mich für das Pfauen-Fiasko verantwortlich!«, schimpfte sie. »Finden Sie das fair?«

»Nein, überhaupt nicht.«

Ihre Augen verengten sich, als sie flüsterte: »Er hat Geliebte. Zwei, soweit ich weiß.«

Sie wischte sich die Augen und schob den Unterkiefer vor. In ihrem Gesicht leuchtete etwas auf. Es war erstaunlich zu beobachten. Von einem Moment auf den anderen war die Verzweiflung wie weggeblasen. Offenbar war sie einer der wenigen Menschen, die einfach entscheiden, genug gelitten zu haben, und etwas dagegen tun.

Eva Weintraub griff nach meinem Handgelenk. »Kommen Sie«, sagte sie, und ich hatte keine andere Wahl, als ihr zu folgen, als sie mich am Handgelenk hinter sich herzog, durch die

Haustür, die Treppe hinauf und in ein Schlafzimmer, dessen Fenster auf den Garten hinausging, wo die Party stattfand. Sie ließ mein Handgelenk los, griff unter ihr Kleid, zog sich das Höschen aus, warf es in eine Ecke, legte die Hände auf die Fensterbank und spreizte die Beine.

Ihre Stimme klang, als gäbe sie eine Bestellung am Drive-in-Schalter bei McDonald's auf, als sie sagte: »Wenn es Ihnen nichts ausmacht, dann vögeln Sie mich doch bitte von hinten, und ich beobachte meinen Mann, während ich ihn betrüge.«

Ich schwöre, genau das waren ihre Worte. Es war, als läse sie von einem Teleprompter ab. Sie reichte mir ein Kondom.

»Mrs Weintraub …«

»Nenn mich Eva.«

»Eva … ich glaube, das ist keine so gute Idee.«

»Wenn du es nicht tust, schreie ich und behaupte, du wolltest mich vergewaltigen. Okay? Und wem von uns beiden werden sie dann wohl glauben?«

Sie meinte es ernst. Sie meinte es wirklich ernst. Und sie hatte recht. Wem würden sie glauben? Demjenigen, der den besseren Anwalt hatte, so war es doch.

»Eva«, sagte ich, »das ist verrückt.«

»Das stimmt, aber ich bin heute sehr, sehr wütend, und so was mache ich eben, wenn ich wütend bin.«

»Ich aber nicht.«

Sie lachte. »Du bist doch mit mir nach hier oben gekommen, oder? Was dachtest du denn, wohin wir gehen? Was dachtest du denn, was ich mit dir vorhabe?«

»Ich gehe jetzt, Mrs Weintraub, danke für …«

»Oh, jetzt sind wir also wieder bei Mrs Weintraub, ja? Weißt du, mein Mann wollte gar nicht, dass du kommst. Er hat gesagt, ich zitiere: ›Besorg gefälligst einen richtigen Star für Elliotts Party. Wer kennt diesen Loser denn noch?‹«

Ich ließ die Worte tief in meine verwundete Seele eindringen, dann legte ich Hand an und vögelte sie von hinten, während sie aus dem Fenster starrte und die doppeltverglasten

Fenster mit ihrem Atem beschlug. Sie rief: »Oh, Peter, du Drecksack, er ist größer als deiner, er ist besser als du!«

Jetzt konnte sie froh sein, dass ich und nicht Elton gekommen war, der an dieser Stelle garantiert gestreikt hätte.

Eva Weintraub stieg wieder in ihr Höschen, während ich meinen Reißverschluss zuzog und das Hemd in die Hose steckte.

»Schulde ich dir was für den zusätzlichen Service?«, fragte sie, und sie klang, als meinte sie es ernst.

Ich schüttelte den Kopf. Ich wollte sie nicht einmal anschauen. »Wir sind quitt.«

»Ich will dir noch was zeigen, bevor du gehst, Nicky.«

»Ich heiße Mickey.«

»Wie auch immer.«

Sie ging hinüber zu einem Schrank und nahm ein Gewehr heraus, anscheinend kannte sie sich mit dem Ding aus. Ich erstarrte bei diesem Anblick.

»Mein Gott!«

»Ich mache zweimal in der Woche Schießübungen. Ich bin gar nicht schlecht.« Sie kicherte. »Der Einbrecher, der bei mir einsteigt, hat nichts zu lachen.«

Sie riss die Fenster weit auf. Die Geräusche der Party drangen zu uns ins Zimmer. Ich machte einen schnellen Schritt, um ihr das Gewehr aus der Hand zu nehmen, aber sie war wendig wie eine Katze, drehte sich um und richtete den Lauf auf meine Brust. Ich ging rückwärts und hob abwehrend die Hände.

Sie drehte sich wieder zum Fenster, richtete nun das Gewehr auf den Rasen und drückte den Abzug. Der Knall ließ das Zimmer erbeben. Ich erwartete, ihren Ehemann zusammensinken zu sehen, doch stattdessen ging ein Pfau zu Boden, in einem Wirbel von blauen Federn.

Eva kicherte. »Er ärgert sich, weil sie den Rasen vollscheißen«, sagte sie. »Nun, dem kann ich abhelfen.«

Ein weiterer Schuss, ein weiterer toter Pfau. Leute schrien und brachten sich in Sicherheit. Das berüchtigte Pfauenmassaker von Beverly Hills hatte begonnen.

»Mrs Weintraub, hören Sie auf!«

Ich versuchte noch einmal, ihr das Gewehr abzunehmen, und diesmal stoppte sie mich, indem sie mir mit dem Kolben einen Hieb gegen den Kiefer verpasste, wie in einem Film mit John Wayne. Schließlich waren wir in Hollywood.

Ich ging zu Boden, vor meinen Augen tanzten Sterne. Sie feuerte weitere Schüsse ab.

Ich kam wieder auf die Füße, wankte die Treppe hinunter und aus der Haustür hinaus. Die Schüsse knallten weiter, in den Lärm mischte sich Sirenengeheul – jemand hatte die Polizei gerufen. Ich verließ das Grundstück, so schnell ich konnte.

Am nächsten Tag war in der Zeitung zu lesen, wie die Sache ausgegangen war. Nach meiner Flucht hatte Eva Weintraub anscheinend die Tür zum Schlafzimmer verriegelt und weiterhin einen Pfau nach dem anderen ins Jenseits befördert. Eine anonyme polizeiliche Quelle zeigte sich verwundert über ihre Treffsicherheit.

Pfauen sind offenbar ziemlich dumm. Nach den ersten Schüssen waren alle Menschen vom Rasen geflohen, doch die Vögel liefen seelenruhig weiter darauf herum. Bis die Polizisten, die in Schutzkleidung angerückt waren, die Schlafzimmertür eingetreten und Eva überwältigt hatten, waren siebzehn der vierundzwanzig gemieteten Vögel tot.

Blutbad bei Bar-Mizwa lautete die reißerische Schlagzeile. Peter Weintraub wurde mit der Aussage zitiert, seine Frau habe in letzter Zeit unter extremen emotionalen Schwankungen gelitten, und auch die Vorbereitungen zur Bar-Mizwa des Sohnes hätten ihren Tribut gefordert. Von seinem Wutausbruch wegen des Pfauendrecks, der Auslöser für die blutige Attacke seiner Frau gewesen war, war nirgendwo die Rede.

Zusätzlich zu der beträchtlichen Leihgebühr für die Pfauen musste Peter Weintraub pro abgeschlachtetem Vogel fünfhundert Dollar berappen, also insgesamt achttausendfünfhundert Dollar. In einem Anfall von Chuzpe hat Peter Weintraub die toten Vögel dann rupfen, ausnehmen und braten lassen, um sie einer Suppenküche in Downtown L. A. zu spenden, wo die Obdachlosen an diesem Tag mit dem teuersten Geflügelgericht der Welt verköstigt wurden.

Als die Anwälte sich ausgetobt hatten, erklärte Eva Weintraub sich der Tierquälerei für schuldig, dafür bekam sie Bewährung und ein paar soziale Arbeitsstunden. Sechs Monate später war Peter Weintraub erneut in den Nachrichten, als er versucht hatte, achttausendfünfhundert Dollar als Wohltätigkeitsspenden abzusetzen, weil er die gerösteten Pfauen an die Obdachlosenküche gegeben hatte. Die Abschreibung wurde als unzulässig erklärt, und noch ein paar Monate später ließen sich die Weintraubs in aller Stille scheiden.

Mein Name tauchte in keiner dieser Geschichten auf. Dafür war ich gleichzeitig dankbar und seltsamerweise enttäuscht. Ich glaube, das war das erste Mal, dass mir in aller Konsequenz deutlich wurde, dass meine musikalische Karriere vor dem Ende stand. An diesem Tag schwor ich mir, dass ich nie wieder auf einer Kinderparty spielen würde. Diesen Schwur habe ich auch eingehalten, bis meine Mutter versprach, dass ich auf der Feier des todkranken Jungen der Kavanaghs spielen würde.

Eileen Kavanagh war die erfolgreichste Immobilienmaklerin von Little Neck. Es war nicht leicht, eine Frau wie meine Mutter zu beeindrucken, aber selbst sie ließ sich von diesem Energiebündel einschüchtern. Eileen organisierte Blutspendeaktionen und kirchliche Picknicks. Sie hielt Leute auf der Straße an, um sie zu fragen, warum sie nicht in der Messe gewesen waren. Sie war eine absolute Nervensäge, verheiratet mit einem Schatten von Mann, dessen gebeugte Schultern seine Lebensgeschichte erzählten. Er war vor sechs Monaten gestorben (wie ich erfahren hatte, als ich Eileen nach meiner Rückkehr nach Little Neck über den Weg gelaufen war), und ich kann mir vorstellen, dass er nicht groß dafür gekämpft hat, am Leben zu bleiben.

Eileen hatte einen Sohn namens Eugene, der in meinem Alter war. Ich war mit ihm zur Schule gegangen, aber ich kannte ihn kaum. Er hatte die schwache Persönlichkeit seines Vaters geerbt, aber in der Schule immer nur Einsen geschrieben. Nun hatte Eugene eine erfolgreiche Zahnarztpraxis in Little Neck, eine treue Ehefrau und einen Sohn, der an Leukämie starb.

Ich ging tatsächlich in Schlips und Jackett zu dieser Geburtstagsfeier, so als wäre ich auf dem Weg zur Beerdigung des Jungen. Die Sachen hatte ich seit der Highschool nicht angehabt, aber sie passten noch ganz gut. Seit ich wieder diesen Rasenmäher schob, purzelten die Pfunde.

Eugene machte die Tür auf. Die Jahre hatten ihn schwer gezeichnet. Er hatte die gebeugten Schultern seines Vaters, ein Bäuchlein und einen beinahe vollständig kahlen Kopf. Nur um seine Ohren stand noch ein kleiner Kranz Haare. Wenn sein Sohn die Krankheit überlebte, würden die männlichen Kahlheitsgene der Familie sicher bald auch bei ihm durchschlagen.

Was für ein hässlicher Gedanke! Eine Welle von Scham durchfuhr mich, und ich erschauerte geradezu vor meiner eigenen Boshaftigkeit. Eugene schüttelte mir verlegen die Hand, so wie man jemanden begrüßt, den man das ganze Leben lang kennt, ohne mit ihm befreundet zu sein.

»Mickey. Lange nicht gesehen.«

»Hallo, Eugene.«

»Komm rein, komm rein.«

Das Wohnzimmer war vollgestopft mit Leuten, die Geburtstagstorte von Papptellern aßen.

»Da ist er ja!«, rief Eileen Kavanagh, die in ihrem engen grünen Kleid aussah wie ein pummeliges Rebhuhn. Sie trug ein Ansteckbukett mit Trompetenlilien, das zerdrückt wurde, als sie mich umarmte und auf die andere Seite des Raumes zog. Ich spürte viele Augenpaare auf mich gerichtet, die Blicke der Eltern der Gäste. Die meisten waren im richtigen Alter, um mich zu kennen. Vor mir stand eine Frau mit Rehaugen, offenbar in stiller Andacht. Eileen legte einen Arm um ihre Schultern.

»Das«, sagte sie, »ist meine hübsche Schwiegertochter Karen, die sich aus unerfindlichen Gründen in meinen Sohn verliebt hat.«

Sie nickte in Richtung des bedauernswerten Eugene, der sich gerade eine Portion Kuchen in den Mund schaufelte. Er grinste dümmlich unter seinem schokoladenbraunen Schnurrbart hervor.

Ich gab Eugenes Frau die Hand, die mich mit ihren schwitzigen Händen gar nicht wieder loslassen wollte, während sie atemlos hauchte: »Ich liebe Ihren Song.«

Irgendetwas Merkwürdiges war hier im Gange. Ich schüttelte immer mehr Hände, während Eileen mich allen vorstellte (»Ich kenne ihn, seit er den ersten Schritt getan hat!«), und Eugenes Frau wandte die Augen nicht von mir ab, nur wo zum Teufel war der kranke Junge? Ich dachte, er läge sicher in seinem Zimmer, angeschlossen an irgendwelche lebenserhaltenden Apparate. Vielleicht würde ich eine OP-Maske aufsetzen müssen, wenn ich für ihn sang …

»Alle mal herhören!«, rief Eileen und umklammerte mein Handgelenk, als fürchtete sie, ich könnte sonst davonfliegen. »Bitte, hört mal alle her! Der einzigartige Mickey DeFalco ist hier, um unserem Steven zum Geburtstag zu gratulieren!«

Die Mütter jubelten, die Männer klatschten höflich, und Eileen Kavanagh trat zu einer gläsernen Schiebetür, die hinaus in den Garten ging.

»Steven!«, schrie sie wie ein Militärausbilder. »Steven Kavanagh, in die Mitte mit dir!«

Ich wappnete mich für den Anblick eines knochigen, kahlköpfigen Jungen mit eingesunkenen Augen, der ins Haus getrottet käme. Stattdessen stürmte atemlos und mit rotem Gesicht ein überaus gesund aussehender Elfjähriger ins Zimmer. Er war offensichtlich mitten im Spiel unterbrochen worden und konnte es kaum erwarten, zu seinen Freunden zurückzukehren, die im Garten einen Fußball herumkickten.

»Steven, sag mal Hallo zu Mickey DeFalco.«

»Hallo.«

»Ein bisschen freundlicher, bitte.«

»Hallo.«

Ich suchte an dem Jungen nach Zeichen seines bevorstehenden Todes. Er hatte dunkle Ringe unter den Augen, aber man sah, dass sie zunehmend verblassten. Sein Blick war klar. Er war gut genährt, vielleicht sogar ein bisschen zu gut. Und er hatte es eilig, zum Spiel zurückzukehren, aber seine Großmutter hatte andere Pläne.

»Mr DeFalco wird dir zum Geburtstag jetzt was singen.«

Steven rollte mit den Augen. »Jetzt?«

»Gleich … ach, geh schon, geh zurück zu deinem Spiel, ich rufe dich, wenn es so weit ist.«

Steven rannte unter allgemeinem Gelächter wieder hinaus. Ich nutzte die Aufregung, um Eileen zur Seite zu nehmen.

»Ist das der kranke Junge?«

»Gott sei Dank geht es ihm schon viel besser.« Sie bekreuzigte sich. »Möchtest du ein Stück Kuchen?«

»Nein, danke.«

Die Mütter hatten sich im Wohnzimmer um das Klavier versammelt. Sie warteten auf mich, und ich sah, dass sie Zettel mit Fotos von Häusern darauf in den Händen hielten. Oben auf jeder Seite stand der Schriftzug *Kavanagh Realty*.

Gütiger Himmel. Die gute alte Eileen benutzte die Geburtstagsparty ihres kranken Enkels dazu, Geschäfte zu machen. Darum war ich also da: um die Beute ins Netz zu locken.

Ich war zu überrascht, um wütend zu sein. Eileen griff wieder mein Handgelenk und versuchte mich hinüber zum Klavier zu ziehen, aber ich stemmte mich dagegen wie ein Esel und zog sie stattdessen in eine Ecke.

»Mrs Kavanagh, liegt ihr Enkel tatsächlich im Sterben?«

»Sch! Nicht so laut!«

Ich sprach leiser weiter. »Meine Mutter hat mir erzählt, dass er an Leukämie sterben wird und dass es sein größter Wunsch ist, mich singen zu hören. Ist das so?«

Sie holte tief Luft und sagte: »Steven hatte eine ernste Blutkrankheit.«

»Hatte?«

»Jetzt scheint es besser zu sein.«

»Was für eine Krankheit?«

Eileen presste ein hässliches Kichern heraus. »So viele Fragen, Mickey! Ich wusste nicht, dass du Medizin studiert hast.«

»Wie wir beide wissen, habe ich die Highschool nie beendet. Aber das bedeutet nicht, dass ich ein Idiot bin. Bitte sagen Sie mir, was mit Steven los ist.«

Sie ergab sich mit einem Seufzer. »Er hatte Pfeiffersches Drüsenfieber. Und eine Weile sah es ganz schön schlimm aus.«

Pfeiffersches Drüsenfieber. Die Studentenkrankheit. Man blieb ein paar Tage zu Hause und las Comics, dann war es wieder vorbei.

Dieses ganze Schlamassel war nicht die Schuld meiner Mutter. Es war alles auf Eileens Mist gewachsen. Wahrscheinlich war sie so daran gewöhnt, die Leute beim Häuserkauf zu beschummeln – indem sie Quadratmeterzahlen übertrieb, Mitbieter ins Feld führte, die es gar nicht gab, et cetera –, dass sie es inzwischen auch auf ihr Privatleben übertragen hatte. Sie wollte eine Sensation auf der Geburtstagsparty ihres Enkels, und weil ich wieder da war, musste ich eben als Sensation herhalten.

Also tat sie alles, was sie tun musste, um mich zu bekommen. Was sollte ich machen? Die Feier verlassen? Sie wusste, dass ich so weit nicht gehen würde. Sie hatte meine Mutter reingelegt, und jetzt hatte sie mich in der Hand.

Alles, was ich noch tun konnte, war wenigstens ein bisschen zu rebellieren.

»Eins möchte ich gerne mal wissen, Mrs Kavanagh. Ist schon mal jemand am Pfeifferschen Drüsenfieber gestorben?«

»Diese Frage kann ich nicht beantworten, Mickey. Wenn unsere Unterhaltung jetzt unangenehm werden sollte, ich kann dich für deinen Auftritt auch bezahlen.«

»Vergessen Sie es. Ich habe überreagiert. Tut mir leid.« Ich machte mein liebstes Hundegesicht. »Ich würde jetzt gerne singen, wenn das in Ordnung ist.«

Sie lächelte mich an, ein Lächeln voller Triumph. »Du warst schon immer ein guter Junge.«

»Na ja, Sie wissen schon ...«

Ich setzte mich ans Klavier und dehnte die Finger, während Steven und seine Freunde hereingerufen wurden, ein Dutzend aufgedrehter, verschwitzter, keuchender Kinder, die nichts lieber wollten, als zu ihrem Spiel zurückzukehren. Ihre Mütter standen vor mir, neben mir, an meinen Ellenbogen. Ich hatte kaum Platz zum Spielen.

»Steven«, sagte ich, »ich habe ein besonderes Lied für dich zum Geburtstag, und ich hoffe, es gefällt dir.«

Ich ließ meine Finger knacken, holte tief Luft und begann.

Happy Birthday to you
Happy Birthday to you
Happy Birthday, dear Steven
Happy Birthday to you ...

Der Junge starrte mich an, Schweiß rann ihm über die Wangen. Er schaute seine Freunde an. Wie auf Kommando brachen sie alle in Gelächter aus und rannten zurück nach draußen. Ich stand vom Klavier auf, verbeugte mich und ging in Richtung Tür, um mich herum aufgebrachtes Gemurmel.

Auf der Veranda holte Eileen mich ein.

»Mickey. Was zum Teufel war das denn?«

Ich zuckte gespielt unschuldig mit den Schultern. »Ich habe ihm zum Geburtstag *Happy Birthday* gesungen. Es ist doch sein Geburtstag, oder? Das haben haben Sie doch nicht etwa auch auch erfunden?«

»Komm zurück und sing *Sweet Days*!«

»Das kann ich nicht. Das ist mir gesetzlich verboten.«

»Was?«

»Ich habe die Rechte an meinem Song schon vor Jahren verkauft. Ich darf ihn nirgendwo spielen.«

»Ach, komm schon!«

»Das ist die Wahrheit. Ich darf ihn nicht mehr singen.«

Es stimmte, dass ich die Rechte verkauft hatte, aber alles andere war Unsinn, und das wusste sie. Ihr Gesicht verfinsterte sich.

»Du Mistkerl«, sagte sie.

»Na, das sagt die Richtige.«

Fünf Minuten später war ich zu Hause.

»Wie war es?«, fragte meine Mutter.

»Toll.«

»Siehst du, es hat nicht lange gedauert, oder?«

»Nein, Mama, hat es nicht.«

»Und fühlst du dich nicht gut? Ist es nicht toll, einem bedürftigen Kind etwas Gutes zu tun?«

»Ja, das ist es, Mama.«

Ich überlegte, ob Eileen meiner Mutter erzählen würde, was passiert war. Ich bezweifelte es. Wenn sie ihr erzählte, was ich getan hatte, musste sie auch erzählen, was sie getan hatte, um mein Verhalten zu provozieren. Ich musste grinsen. Es war das perfekte Verbrechen.

Dann ging ich nach oben und zog mir Jeans und ein T-Shirt an. Das Telefon klingelte, und ich wunderte mich über Mrs Kavanaghs Unverfrorenheit – sie rief tatsächlich postwendend an, um sich über mich zu beschweren, obwohl sie mich mit einer Lüge dorthin gelockt hatte.

Ich ging nach unten, wo meine Mutter mich mit ernster Miene erwartete. Sie reichte mir einen zusammengefalteten Zettel.

»Es hat gerade ein Mädchen für dich angerufen«, sagte sie.

Mein Herz machte einen Sprung. Lynn hatte sich besonnen.

»Warst du wenigstens nett zu ihr, Mama?«

Sie lächelte mich eigenartig an. »Ich bin immer nett«, sagte sie im Weggehen über die Schulter.

Meine Hände zitterten, als ich den Zettel auseinanderfaltete. Ich erwartete, die Telefonnummer darauf zu finden, die ich immer noch auswendig konnte, doch auf dem Zettel stand eine völlig unbekannte Nummer und darunter ein Name, den ich sehr wohl kannte, geschrieben in der makellosen katholischen Schulmädchenhandschrift meiner Mutter: Rosalind Pomer.

Ich war enttäuscht und überrascht zugleich. Wie zum Teufel hatte sie mich gefunden? Und was in aller Welt wollte sie?

Ich konnte mir nur eine Sache vorstellen. Den Zettel in meiner Tasche verließ ich das Haus.

»Ich weiß noch nicht, wann ich zurückkomme!«, rief ich, für den Fall, dass irgendjemand mich hörte.

KAPITEL 14

Ich ging zum Bahnhof von Little Neck und rief Rosalind von da aus an. Sie wollte mich sehen. Und ich wollte auch gern irgendjemanden sehen. Ich nahm den Zug und erreichte eine halbe Stunde später die Penn Station.

Von da aus ging ich den ganzen Weg zu Rosalinds Apartment zu Fuß, ein Hochhaus aus Glas und Stahl an der Ecke 76th Street und 1st Avenue. Der Portier rief bei Rosalind an, dann musterte er mich von oben bis unten, bevor er mir sagte, ich müsse den Fahrstuhl in den achtunddreißigsten Stock nehmen.

Rosalind Pomer öffnete die Tür in einem pinkfarbenen Frotteebademantel, sie war kleiner, als ich sie in Erinnerung hatte, und ihr Haar war noch ungebändigter. Auf der Nasenspitze trug sie eine Bifokalbrille. Sie senkte ein wenig den Kopf, um mich durch die oberen Hälften der Gläser zu betrachten.

»Ich hätte nie gedacht, dass wir uns wiedersehen würden.«

Wir waren beide ein wenig verlegen. Wie begrüßte man einen Fremden, mit dem man nichts anderes gemeinsam hatte als einen Quickie im Flugzeug? Am Ende entschieden wir uns für einen ungelenken Kuss auf die Wange, dann winkte sie mich herein.

Auf dem Wohnzimmertisch lagen Stapel von Papieren, offenbar hatte sie die durchgearbeitet, als ich anrief. Die Aschenbecher waren voll, und es roch nach Mentholzigaretten. Sie nahm mich bei der Hand und führte mich in die Küche.

»Ich setze einen frischen Kaffee auf.«

»Ich wusste nicht, dass Sie rauchen.«

»Woher auch, im Flugzeug darf man ja nicht rauchen. Aber wollen wir uns nicht duzen?«

»Ja.«

»Du hast abgenommen. Gehst du ins Fitnessstudio?«

Ich schüttelte den Kopf. »Ich arbeite bei einer Gartenbaufirma.«

»Davon lebst du?«

»Na ja, zum Teil. Wie zum Teufel hast du mich gefunden?«

Sie zuckte mit den Schultern. »Ich wusste, dass du vom Flughafen nicht nach Manhattan gefahren bist, also nahm ich an, du würdest in Queens sein. Außerdem hast du gesagt, dass du wegen einer familiären Angelegenheit zurückgekommen bist, also habe ich angefangen, alle DeFalcos in Queens abzutelefonieren. Beim dritten Anruf hatte ich dann Glück. Es war eigentlich ganz einfach.«

Es gefiel mir gar nicht, wie leicht es für sie gewesen war, mich zu finden. Das gefiel mir überhaupt nicht …

Sie legte den Kopf schief und sah mich an. »Hättest du dich je wieder bei mir gemeldet?«

»Ich habe deine Karte verloren.«

»Ja, klar«, sagte sie, aber sie lächelte. »Wer ist bei euch ans Telefon gegangen?«

»Das war meine Mutter.«

»Nicht gerade die Freundlichkeit in Person.«

»Du hast sie in einem schlechten Moment erwischt. Wobei ich auch nicht sagen kann, wann sie mal einen guten Moment hat.«

Rosalind goss kochendes Wasser durch einen kegelförmigen Trichter in eine durchsichtige gläserne Kaffeekanne. Der Kaffee war so schwarz wie Pech, ganz anders als die Plörre, die meine Mutter jeden Morgen zubereitete, und dann sah ich, dass der Kaffee aus einer Starbuckstüte kam. Starbucks! Meine Eltern würden ausrasten!

Sie füllte eine kleine Kanne mit Milch, stellte zwei Tassen

und die Zuckerdose auf ein Tablett und bat mich, die Sachen hinüber ins Schlafzimmer zu tragen.

Ich tat, was sie gesagt hatte, stellte das Tablett auf dem Nachttisch ab, und als ich mich umdrehte, lag sie nackt auf dem Bett. Das Letzte, was sie noch ablegte, war ihre Bifokalbrille.

»Okay, Superstar, dann zeig mal, ob du auch am Boden was draufhast.«

Sie kreuzte die Beine und klopfte neben sich auf die Bettdecke. Es war wie in einem schlechten Porno, die reiche Schlampe, die den Gärtner für einen Quickie zu sich hereinruft.

»Kann ich erst mal meinen Kaffee trinken?«

Sie musste lachen. Ich nahm einen Schluck Kaffee, verdammt guten Kaffee, dann legte sie einen Deckel auf die Tasse, und ich ergab mich meinem Schicksal.

Schweißgebadet goss sich Rosalind danach eine Tasse Kaffee ein und zündete eine Zigarette an. »Hey, du bist ja richtig gut in Form.«

»Das macht die körperliche Arbeit«, sagte ich, dann fiel mein Blick auf ein gerahmtes Foto, das Rosalind mit einem gutaussehenden Mann an einem kalifornischen Strand zeigte. Sie standen dort Wange an Wange und sahen ziemlich glücklich aus.

Ich zeigte auf das Foto. »Dein Ex?«

»Mein Aktueller.«

»Oh.«

»Keine Sorge, er lebt in L. A. Wir haben eine Fernbeziehung.«

Das klang immer mehr nach Pornofilm: die reiche Schlampe, die ein Doppelleben führt – als treue Lebensgefährtin an der einen, als Playgirl an der anderen Küste. Genau wie in der Luft dazwischen.

»Weiß er, das du so was machst?«

»So was mache ich gar nicht. Normalerweise.«

»Ach. Und warum jetzt doch?«

Sie lächelte, wurde rot und zuckte mit den Schultern. »Ich weiß es nicht. Ich kann es mir selbst nicht richtig erklären.«

Sie spielte mit meinem Brusthaar in einer Weise, die viel zu intim war für die Art von Beziehung, die wir hatten.

»Du wohnst also bei deinen Eltern?«

»Im Moment schon, ja.«

»Was ist denn passiert?«

»Rosalind, ich müsste dich erst viel besser kennen, um dir das zu erzählen.«

Sie richtete sich auf und zog die Decke um sich herum zurecht. Ihr Gesicht sah jetzt überall spitz aus – ihre Wangenknochen, ihr Kinn, ihre Nase, sogar ihre Augen.

»Du glaubst also, du kannst einfach nur herkommen und mit mir vögeln, ja?«

»Ich bin hergekommen, weil ich einsam war. Das Vögeln war deine Idee, wie du dich vielleicht erinnerst. Ich wäre auch mit einer Tasse Kaffee ganz zufrieden gewesen.«

»Ja, natürlich.«

»Das meine ich ernst.«

Eigenartigerweise entsprach das tatsächlich der Wahrheit. Es war hart, in Little Neck zu sein und zu wissen, dass Lynn nur ein paar Blocks von mir entfernt war. Der Ausflug nach New York war eine kleine Abwechslung für mich, eine kurze Pause von der ständigen Obsession.

Das Komische war allerdings, dass der Ausflug nur dazu beitrug, meine Obsession zu steigern. Was zum Teufel wollte ich mit dieser Frau, wo ich doch endlich meine geliebte Lynn wiedergefunden hatte?

Das Telefon klingelte. Am anderen Ende war natürlich Rosalinds Freund, also zog ich meine Hosen an und ging hinüber ins Wohnzimmer. Vom achtunddreißigsten Stock hatte man einen Wahnsinnsausblick, aber irgendetwas stimmte nicht mit dieser Wohnung. Dann wurde mir klar, was es war. Ich streckte die Hand aus und konnte die Decke berühren, ich musste mich nicht einmal auf die Zehenspitzen stellen. So machten sie es in den Häusern, die jetzt gebaut wurden – die Leute mit dem tollen Ausblick ködern, und dann so viele Stockwerke hineinquetschen wie möglich. Ein architektonischer Trick, auf den sogar eine gerissene Anwältin hereinfallen konnte …

Als Rosalind aus dem Schlafzimmer kam, trug sie ihren Bademantel, mit dem Gürtel fest verschlossen. »Setz dich einen Moment, Mickey.«

Ich gehorchte und setzte mich auf das niedrige kuschelige blutrote Sofa. Sie blieb stehen, also wusste ich, dass ich jetzt eine Standpauke zu hören bekommen würde.

»Ich bin keine Nutte, weißt du.«

»Das habe ich auch nie behauptet.«

»Magst du mich denn?«

»Du bist gut im Bett. Und du bist gut auf der Toilette.«

Wenn man berühmt ist, dann kann man ruhig ein bisschen grausam sein, sogar als ehemalige Berühmtheit. Die Leute erwarten das irgendwie von einem, und Frauen wie Rosalind gefiel es sogar ein bisschen.

Sie vergrub ihr Gesicht in den Händen. »Jetzt fühle ich mich ganz schlecht wegen David.«

»Warum hast du mich denn hergebeten?«

Sie zögerte. »David ist einfach nicht so gut im Bett.«

»Oh.«

»Er ist lieb, er versucht es, aber …«

Sie kam zum Sofa und setzte sich neben mich. »Das ist ein rein körperliches Problem, sonst nichts. Das hat nichts damit zu tun, was wir füreinander empfinden.«

»Ich verstehe.«

Ich konnte ein Gähnen nicht unterdrücken. Rosalind lächelte. »Du bist müde. Schlaf doch ein bisschen, während ich arbeite. Wenn du aufwachst, können wir was vom Chinesen bestellen.«

Gesagt, getan. Ich machte ein Nickerchen, und als ich aufwachte, hatte ich erst mal keine Ahnung, wo ich mich befand. Das Bett stand nah am Fenster, und so war das Erste, was ich sah, als ich die Augen öffnete, das Glitzern der Skyline von

Manhattan unter mir. Im Halbschlaf überlegte ich, ob ich wohl gestorben und in den Himmel aufgefahren war.

Aber Lynn war nicht bei mir, also konnte ich nicht im Himmel sein. Als Rosalind mit einer Tüte voll chinesischem Essen, einer Flasche kühlem Weißwein und zwei Gläsern hereinkam, wurde ich mit einem Schlag in die Wirklichkeit zurückkatapultiert.

Wir aßen Hühnchen von General Tso und schlürften den Wein, während wir mit halbem Auge einen CNN-Report über die Wahrscheinlichkeit eines weiteren Terroranschlags auf Manhattan verfolgten. Der Reporter sprach von der Möglichkeit, dass Terroristen Wohnungen in Hochhäusern mieten konnten, um sie dann in die Luft zu jagen. Dieser Gedanke machte Rosalind nervös und sie drehte den Ton leiser.

»Hey, Mickey, wie ist das so?«

»Wie ist was so?«

»Auf der Bühne zu singen, während all die Mädchen deinen Namen rufen.«

»Komm schon, Rosalind.«

»Das interessiert mich wirklich.«

»Warum?«

»Weil ich eine von ihnen war.«

Ich seufzte. »Es ist ziemlich … überwältigend.«

»Und was noch?«

»Beängstigend.«

»Und weiter?«

»Einsam.«

»Einsam?«

»Ich war da oben ganz alleine. Keine Band. Nur ich und das Klavier.«

»Aber ist das nicht wie ein Rausch, zwischen all den Schreien?«

»Man hört sie kaum. Vor allem habe ich versucht, da oben nicht zu versagen. Dafür braucht man ziemlich viel Konzentration.«

»Hey, Mickey.«

»Ja, ich bin noch da.«

»Singst du das Lied für mich?«

»Hm?«

»Singst du *Sweet Days* für mich?«

Sie sah mich an wie ein Kind, das um eine Gute-Nacht-Geschichte bettelt, und es war ihr sehr ernst. Zum zweiten Mal an diesem Tag verlangte man von mir, dass ich meinen verdammten Song sang.

»Ich habe dummerweise mein Klavier gerade nicht dabei.«

»Ach bitte, komm schon!«

»Ich weiß den Text nicht mehr.«

»Sehr witzig. Bitte, nur das eine Mal.«

»Roz, wenn es in meinem Leben etwas gibt, was ich sicher weiß, dann ist es, dass ich diesen beschissenen Song nie wieder singen werde!«

»Du musst ja nicht gleich so böse werden ...«

»Tut mir leid. Ich bin nur ...«

Ich fand keine Worte für das, was ich war. Eine tiefe Hoffnungslosigkeit überkam mich. Rosalind stand vom Bett auf und brachte die Teller mit den Überresten unseres chinesischen Essens in die Küche. Ich würde besonders lieb zu ihr sein, wenn sie wiederkam. Im Moment war ich zu erschöpft, vollkommen erschöpft. Tatsächlich schlief ich wieder ein, und wahrscheinlich wäre ich erst am nächsten Morgen wieder aufgewacht, hätte mich nicht Augenblicke später der lauteste Schrei, den ich je gehört hatte, unsanft aus dem Schlaf gerissen.

Ich rannte in die Küche, wo Rosalind auf einem Stuhl stand und mit zitternden Händen auf das Spülbecken zeigte.

»Oh mein Gott, oh mein Gott, oh mein Gott!«

»Was ist denn passiert?«

Sie schloss die Augen. Ihre Nasenlöcher weiteten sich, als sie mit geschlossenem Mund tief einatmete. »Sie ist im Waschbecken. Eine Maus.«

»Eine Maus?«

»Oder vielleicht ist es auch eine Ratte. Mein Gott, kann es sein, dass ich eine Ratte hier habe? Heilige Scheiße, ich werde ausziehen müssen!«

»Beruhige dich, Roz.«

Sie zeigte noch einmal mit zitternden Händen auf das Waschbecken. »Da, unter dem Geschirr. Wenn sie nicht durch das Abflussrohr geflüchtet ist … können die durch Abflussrohre klettern?«

»Woher soll ich das wissen? Vielleicht ist sie ja durch das Abflussrohr raufgekommen.«

Sie schlug die Hände vors Gesicht. »Bring sie hier raus, Mickey. Bitte, bring sie raus.«

Ich schlich mich vorsichtig an die Spüle heran. Die Teller, die wir benutzt hatten, standen darin, verschmiert mit Nudeln »Lo-Mein«. Doch eine der Nudeln bewegte sich, und sie war rosa. Es war der Schwanz eines kleinen Nagetiers, das sich unter dem Geschirr versteckte.

Ich drehte mich zu Rosalind um. »Ich glaube, es ist ein Mäusebaby.«

»Ein Baby?«

»Ich kann den Schwanz sehen.«

Ein Schauer durchlief sie. »Kannst du es fangen?«

Ich schaute mich in der Küche um. Im Müll lag eine leere Eiscreme-Packung. Ich griff danach und nahm den Deckel ab.

»Was zum Teufel machst du?«

»Ich will versuchen, sie in die Packung zu locken.«

»Und was dann?«

»Eins nach dem anderen …«

Ich stand reglos über der Spüle, die Eispackung in der linken Hand, den Deckel in der rechten, und versuchte, meinen nächsten Schritt zu planen. Der zuckende Schwanz war jetzt nicht mehr zu sehen. War die Maus wirklich in den Abfluss geklettert?

Ich setzte die Box und den Deckel ab und nahm vorsichtig den obersten Teller heraus. Dann den darunter. Jetzt lag nur noch ein Teller in der Spüle. Darunter musste sie sitzen.

An Rosalinds Spüle war ein Schlauch mit einer Spraydüse. Ich testete sie im daneben liegenden Becken.

»Mickey, was zum Teufel machst du?«

»Ich mache sie nass, damit sie nicht springen kann.«

»Oh mein Gott.«

Mit dem Schlauch in der Hand nahm ich den letzten Teller heraus und ließ das Wasser in die Spüle laufen. Erst dachte ich, da wäre gar nichts mehr, doch dann sah ich ein kleines strampelndes graues Knäuel. Ein Mäusebaby. Es schüttelte das Wasser von seinem murmelgroßen Kopf und sah mich mit glänzenden Augen an.

Ich griff den Eiscremecontainer und den Deckel. Die Maus versuchte, nach oben aus dem Waschbecken herauszukommen, und es war einfach, sie in die Eiscremedose zu locken. Ich machte den Deckel zu, und das war's.

Rosalind stand noch immer auf dem Stuhl. »Hast du sie gefangen?«

»Ich hab sie.« Ich konnte spüren, wie das kleine Kerlchen in der Packung herumsprang.

Rosalind kletterte vom Stuhl herunter und setzte sich darauf. Sie schlang die Arme um ihren Körper, als wäre plötzlich eine eisige Windböe in die Küche gefahren.

»Ich verstehe das nicht«, sagte sie mit klappernden Zähnen. »Das ist ein ganz neues Haus. Und wir sind im achtunddreißigsten Stock. Wie kann hier eine Maus reinkommen?«

»Die Natur findet ihre Wege, weißt du.«

»Mach sie kalt.«

»Was?«

»Mach sie kalt. Zerquetsch den Container.«

»Ich kann sie nicht einfach töten!«

»Warum nicht?«

»Weil wir beide Mickey heißen.«

»Ha, ha, sehr komisch.«

»Ich bringe Mickey raus und lasse ihn frei.«

»Frei?«

Mit der Dose in der Hand ging ich ins Schlafzimmer und zog meine Sachen an. Roz wartete an der Wohnungstür auf mich.

»Bring ihn mindestens ein oder zwei Blocks weit weg, sonst findet er sicher in meine Spüle zurück.«

Ich konnte ein Lachen nicht unterdrücken. »Ja, genau. Er hat einen kleinen Peilsender im Kopf, der ihn zurück nach Hause bringt.«

»Hier ist aber nicht sein Zuhause.«

Ihre Stimme hatte sich verändert. Sie war wütend, und ihre Augen funkelten mich an, obwohl ich doch den heroischen Akt vollbracht hatte, die Maus zu fangen.

»Willst du mir etwas sagen, Roz?«

Sie zögerte, dann platzte es aus ihr heraus.

»Das ist deine Schuld. Du hast ihn mitgebracht.«

»Wie soll ich das denn gemacht haben?«

»In deinen Sachen. Er hatte sich in deinen Hosen versteckt oder so. Er kann nur auf diesem Weg hier reingekommen sein.«

Ein weiteres Versatzstück für unsere Porno-Geschichte: Der dreckige Gärtner verschmutzt den Palast der Prinzessin, hoch oben in den Wolken. Er trägt Ungeziefer herein, zusätzlich zu seinem besten Stück.

Ich kicherte. Ich konnte es nicht unterdrücken und wollte es auch gar nicht.

»Ich habe ihn also aus Little Neck hierhergebracht, ja? Meinst du das?«

»Ich weiß nicht, wo er herkommt, aber du hast ihn mitgebracht. Das ist die einzige Erklärung.« Sie schauderte. »Die einzige Erklärung«, wiederholte sie.

Sie tat mir beinahe leid, aber nicht so sehr, dass ich jetzt nett zu ihr sein würde.

»Du bist ein ganz schöner Snob, Roz, weißt du das?«

»Wenn ich ein Snob wäre, würde ich dann mit dir ins Bett gehen?«

Das war ein Argument, und sie hatte es sofort parat, wie es sich für eine gute Anwältin gehörte.

Der kleine Mickey hüpfte in der Schachtel auf und ab. Ich war versucht, ihn gleich wieder rauszulassen, hielt mich aber zurück. Ich wollte nicht, dass er starb. Also küsste ich Rosalind stattdessen auf die Stirn.

»Vielleicht hast du recht, Roz. Vielleicht habe ich ihn tatsächlich irgendwie mitgebracht. Aber wenn das so ist, denk dran, er ist nur ein Baby. Und das heißt, er ist Teil eines Wurfes. Und Mäuse haben ziemlich große Würfe.«

Ich wartete, bis sich der Schrecken auf Rosalinds Gesicht eingegraben hatte, dann verließ ich die Wohnung. Plötzlich war ich draußen auf der Straße, auf der Suche nach einem Platz für meinen kleinen Freund. Der, nebenbei gesagt, wahrscheinlich zusammen mit dem chinesischen Essen in die Wohnung gekommen war. Sicher war er in der fettigen Restaurantküche in die Tüte gehüpft, kurz bevor der schwarz arbeitende Lieferjunge aus Hongkong die Tüte verschloss, sie in seinen Fahrradkorb warf und sich auf den Weg zur 1st Avenue machte.

Sogar um drei Uhr nachts drängten sich Autos und Busse auf den Straßen. Ich wollte nicht, dass der kleine Mickey überfahren würde. Die Welt erschien mir ein unglaublich gefährlicher Ort für ein so kleines Wesen. Es gab nur eines, was ich tun konnte.

Ich machte mich auf den Weg nach Westen, Richtung Central Park. Ich dachte, dort würde er vielleicht eine Chance haben. Ich überquerte die Fifth Avenue und beugte mich über die Mauer des Parks, mit der Eiscremedose in der Hand.

»Viel Glück, Kleiner.«

Ich nahm den Deckel ab. Er fiel auf den Boden und verschwand mit einem Satz im Gebüsch. Dann machte ich mich auf den langen Heimweg nach Little Neck.

KAPITEL 15

Die Sonne ging auf, und die Vögel zwitscherten, als ich mein Zimmer betrat. Ich schlief bis weit in den Sonntagnachmittag hinein. Als ich aufwachte, taumelte ich die Treppen hinunter in die Küche, wo meine Mutter gerade ein Roastbeef in einer Pfanne voller Zwiebeln mit Salz bestreute. Die Küche roch intensiv nach den gebratenen Zwiebeln.

»Schau mal einer an, du weilst also noch unter den Lebenden.«

»Gerade so … wo ist Papa?«

»Er guckt das Spiel.«

Ich war überrascht. Ich hörte den Fernseher nicht.

»Im Little Neck Inn«, fügte sie hinzu.

Ich konnte kaum glauben, was sie da sagte. »Papa in einer Kneipe?«

Sie nickte und streute Pfeffer auf das Fleisch.

»Er ist doch nie in Kneipen gegangen!«

»Dinge ändern sich, Michael. Und nein, hast du nicht.«

»Was habe ich nicht?«

»Du hast gestern Abend keine weiteren Anrufe bekommen.«

Sie wusste, womit sie mich treffen konnte. Ich ging zur Tür.

»Wo willst du denn jetzt hin?«

»Ich gehe spazieren.«

»Na, dann geh doch mal rüber zur Kneipe und sag deinem Vater, dass wir um vier essen.«

Das Little Neck Inn war zwar nicht das Ziel, das mir für meinen Spaziergang vorgeschwebt hatte, aber Befehl ist Befehl.

Ich war nie vorher dort gewesen. Ich war nach L. A. gezogen, bevor ich legal Alkohol trinken durfte, also hatte ich nie den Charme des beliebtesten Lokals in der Nachbarschaft kennengelernt.

Das Little Neck Inn sah ein bisschen aus wie ein Bestattungsinstitut, nur ohne Leichen. An der Theke saßen Männer aufgereiht, die sich wie Trauernde über ihre Drinks beugten. Der ganze Laden stank nach Bier, das wahrscheinlich noch in der Eisenhower-Ära verschüttet worden war. Meine Augen brauchten einen Moment, um sich an das Dämmerlicht zu gewöhnen, bevor ich meinen Vater ausmachte, der auf einem Hocker am Ende der Theke saß und auf einem ziemlich weit oben an der Wand befestigten Fernseher das Yankees-Spiel schaute.

Der Ton war ausgestellt, damit die Leute die Jukebox hören konnten, die offenbar nur Oldies spielte. Sie war eine echte Rarität, voller rotierender 45er-Scheiben. Bobby Darin quälte sich gerade mit *Beyond the Sea*, als mein Vater sich umdrehte und bei meinem Anblick seinen Augen kaum traute.

»Was zum Teufel machst du hier?«

»Ich habe eine Nachricht von Mama. Wir essen um vier.«

Er rollte mit den Augen. »Wir essen jeden Sonntagnachmittag um vier, seit die Menschheit das Feuer entdeckt hat. Warum glaubt sie, mich daran erinnern zu müssen?«

»Keine Ahnung, Papa.«

»Setz dich. Trink ein Bier.«

Ein Barkeeper mit Ballonbauch kam zu uns, ein dunkelhaariger, hellhäutiger Typ mit dem Gang eines Profiboxers.

»Heevey, das ist mein Sohn Mickey.«

Wir gaben uns die Hand. Er hatte einen festen Händedruck, der noch ein paar Wochen zuvor meine Knochen zermalmt hätte, aber durch das Training bei der Gärtnerarbeit konnte ich seinen Druck mit gleicher Kraft erwidern.

»Du bist der Sänger.« An seinem Tonfall hörte ich, dass er Ire war.

»Sozusagen.«

»Freut mich, dich kennenzulernen.« Er wandte sich an meinen Vater. »Zwei Budweiser?«

»Gute Idee, Heev.«

Heevey stellte zwei Flaschen vor uns hin, dann ging er.

Wir stießen an. Ich wunderte mich, dass jemand, der sich so über einen Drei-Dollar-Latte bei Starbucks aufregte, plötzlich bereit war, fünf Dollar für eine Flasche Bier zu bezahlen. Noch mehr wunderte ich mich allerdings über die Tatsache, dass ich zusammen mit meinem Vater in einer Kneipe saß. Es war uns beiden ein bisschen unangenehm, so als wären wir zwei Kerle, die im Puff darauf warten, an die Reihe zu kommen.

»Und«, sagte mein Vater, »wie gefällt dir der Laden?«

»Alles ziemlich braun hier. Braune Wände, braune Böden, eine braune Bar.«

»Nicht gerade Wohnzimmeratmosphäre hier, mit Hängepflanzen und so, wenn du das meinst. Na ja, ich komme jedenfalls manchmal her, seit deine Mutter bei Eruzione's arbeitet.«

»Und was sagt Mama dazu?«

»Am Anfang hat sie sich beschwert, dass ich wie eine Brauerei stinke, wenn ich nach Hause komme. Aber ich habe gesagt, dass sie dafür nach Formaldehyd stinkt, wenn sie von der Arbeit kommt, und was von beidem ist wohl schlimmer?«

Ich lachte laut auf, und dann kam der Hammer: »War's 'ne heiße Nacht?«

Es war ein Schock für mich, diese Worte aus dem Mund meines Vaters zu hören, der die Augen nicht vom Spiel abwendete.

»Ja«, sagte ich zum Fernseher, »aber mit der falschen Frau.«

»Mickey.«

Wir schauten uns an. Er zögerte und wirkte plötzlich wie ein Kind, das seinen Text im Schultheaterstück vergessen hat.

»Bleib deinem Herzen treu«, sagte er schließlich feierlich, als wären dies seine letzten Worte. Ich ließ sie auf mich wirken.

»Ich werde es versuchen, Papa.«

»Versuch es nicht. Mach es einfach.«

In dem Moment bemerkte ich, dass ein Typ, ungefähr mein

Alter, neben mir stand und mich anstarrte, als schuldete ich ihm Geld. Er schwankte, als könne er jeden Moment umfallen, er trug einen schmutzigen Overall und stank nach fauligem Gemüse. Seine Knollennase war vor Überraschung gekräuselt.

»Hey«, begann er, »bin ich nicht mit dir zur Schule gegangen?«

»Bist du Frankie McElhenny?«, fragte ich, obwohl ich die Antwort schon kannte.

»Ja. Ja, und du bist Mickey, stimmt's?«

»Schön, dich zu sehen, Frankie«, log ich.

Ohne besonderen Grund schüttelten wir uns die Hände. »Was machst du hier, Mann?«

»Ich trink nur ein Bier …«

Seine geräuschvolle Mundatmung war unverwechselbar. In der Schule hatte ich diesen Atem tagein, tagaus im Nacken gespürt, und ich glaube, der einzige Grund, warum Frankie McElhenny es überhaupt durch die Grundschule geschafft hat, war, dass ich immer meinen Ellenbogen hochhielt, sodass er freien Blick auf meine Testantworten hatte. Er hatte noch vor mir die Schule abgebrochen und einen Job bei der Müllabfuhr angenommen. Offenbar arbeitete er noch immer dort.

Er schlug mir auf die Schulter. »Ich kann nicht glauben, dass ich dich hier sehe, Mann!«

»Ist lange her.«

»Was macht die Musik? Kommt bald wieder was von dir raus?«

»Ich arbeite dran.«

Bei jemandem wie Frankie konnte ich mit so einer Antwort davonkommen. Dass zwischen einem Song und dem nächsten zwanzig Jahre vergingen, schien er nicht merkwürdig zu finden. Was war schon Zeit? Sie existierte für ihn nur in Form von etwas, das man irgendwie rumkriegen musste, von vier Uhr morgens, wenn die Kneipe schloss, bis zum Öffnen am nächsten Abend. Wenn Einstein das auch so gesehen hätte …

Und dann passierte es, direkt nachdem Elvis die letzten Töne von *Don't be cruel* gesungen hatte, einem Song, den übrigens der vollkommen unterschätzte Mr Otis Blackwell geschrieben hatte (mich interessiert immer der Songwriter, denn er oder sie wird meist bei der Verteilung von Ruhm und Geld übersehen). Erst dachte ich, ich bildete es mir ein, aber die schwermütigen Klavierklänge kamen eindeutig aus der alten Jukebox, gefolgt von meiner ziemlich engelsgleichen Stimme, die die bierschwangere Luft durchdrang.

Ich schaute den grinsenden Heevey an, der halb im Spaß, halb im Ernst in meine Richtung salutierte.

»Ich habe vergessen, dir zu erzählen, dass sie deinen Song hier in der Jukebox haben«, sagte mein Vater kleinlaut.

»Ich frage mich, woher sie den haben.«

Frankie McElhenny schlug mir auf den Rücken, als wollte er einen steckengebliebenen Knochen aus meiner Kehle befreien. »Hey!«, schrie er, und es war unklar, mit wem er eigentlich sprach. »Das ist der Kerl! Und ich bin mit ihm zur Schule gegangen!«

Da saß ich also, während mir ein betrunkener Grundschulkamerad auf den Rücken hämmerte, und hörte mir selbst beim Singen zu. Das waren die längsten zwei Minuten und sechsundvierzig Sekunden meines Lebens.

Als der Song zu Ende war, beschlossen mein Vater und ich, noch ein Bier zu trinken, und dann noch eins. Und plötzlich sah die Welt schon viel freundlicher aus.

Wir kamen zwei Stunden zu spät nach Hause. Das Roastbeef war verkocht und die Zwiebeln zu Kohlestückchen zusammengeschrumpelt. Meine Mutter schäumte vor Wut.

»Ich möchte gerne eine neue Regel einführen«, zischte sie durch zusammengebissene Zähne, während sie versuchte, das blutlose Fleisch in Scheiben zu schneiden. »Wenn du die ganze Nacht wegbleibst, musst du Bescheid sagen. Sonst liege ich wach und mache mir Sorgen.«

Ich musste die Worte kurz verdauen. Dann wollte ich etwas erwidern, doch mein Vater war schneller.

»Mit wem redest du, Donna, mit Mickey oder mit mir?«

Ich konnte mir ein Lachen nicht verkneifen und platzte heraus. Mein Vater lachte auch, und dann konnte auch meine Mutter trotz größter Bemühungen nicht anders, als mitzulachen.

»Das Fleisch ist zäh wie Leder«, sagte sie, als sie die Teller vor uns hinstellte.

Mein Vater gab ihr einen freundschaftlichen Klaps auf den Po. »Hey, Donna, das ist toll. Ich brauche nämlich sowieso gerade neue Schuhe!«

KAPITEL 16

Ich hatte die Befürchtung, dass Flynn mich gnadenlos über Lynn ausfragen würde, aber ich wurde verschont. Es gab aufregendere Neuigkeiten, viel aufregendere: Patrick Wagner, der Traum aller amerikanischen Schwiegermütter, hatte sich übers Wochenende ein Tattoo stechen lassen, eine Art Stacheldraht, der einmal um seinen rechten Oberarm herumlief. Es war Scarletts Idee gewesen, sie hatte das gleiche Tattoo. Flynn glaubte, dass Scarlett zu zügellos für Patrick sei, und das war der Beweis.

»Grundgütiger, Patrick, bist du irre oder so?«

Patrick spannte seine Muskeln an, sodass der Stacheldraht sich wölbte. »Gefällt es Ihnen nicht, Mr Flynn?«

»Was hat das Ding denn gekostet?«

»Hundert Dollar.«

»Mein Gott.«

»Scarlett sagt, dass Tattoos besser sind als Ringe, weil man sie nie abnehmen kann. Sie sind für die Ewigkeit.«

»Wie deine Liebe zu Scarlett, was?«

»Ja, genau.«

»Ich wette, deine Eltern waren begeistert.«

»Sie werden schon darüber hinwegkommen.«

Wir saßen im Wagen und fuhren den Northern Boulevard Richtung Great Neck entlang. Flynn zeigte aus dem Fenster auf das Tattoo-Studio, einen schmuddelig aussehenden Laden.

»Du kannst nur hoffen, dass sie saubere Nadeln benutzt haben, Junge.«

»Das haben sie.«

»Wenn das Ding sich entzündet und du ausfällst, bekommst du bei mir keine Lohnfortzahlung.«

Ein paar Stunden später zogen plötzlich riesige schwarze Wolken auf und machten den Tag zur Nacht. Regentropfen groß wie Rotkehlcheneier gingen auf uns nieder. Wir beeilten uns, die Maschinen zurück auf den Transporter zu laden und sie mit Sackleinen abzudecken, dann fuhren wir zurück zu Flynns Garage. Der Arbeitstag war vorbei.

Es war ein eigenartiges Gefühl, an einem Wochentag am späten Vormittag nach Hause zu kommen. Der Regen hatte noch kein bisschen nachgelassen, also stürmte ich nass wie ein Seehund ins Haus.

»Bleib, wo du bist!«

Die Stimme meiner Mutter ließ mich zusammenfahren. Sie hob eine Hand. »Bleib mal kurz da stehen.«

Ich gehorchte und tropfte auf die Fußmatte hinter der Tür, einige Sekunden später war sie zurück und gab mir ein Handtuch. Ich trocknete mich so gut wie möglich ab.

Sie schien nervös, und mir war klar, warum. Ich hatte ihren Rhythmus durcheinandergebracht. Normalerweise hatte sie diese Zeit des Tages und das Haus ganz für sich, und plötzlich tauchte ich auf, von einer Laune des Wetters nach Hause getrieben.

Ich hatte mir darüber gar keine Gedanken gemacht. Hätte ich nachgedacht, wäre ich ins Kino gegangen und hätte mir den Film zweimal angeschaut, nur um nicht vor der üblichen Zeit nach Hause zu kommen.

Dafür war es jetzt zu spät. Wir waren beide im Haus, und das konnte man nicht mehr rückgängig machen.

Als ich mich so gut wie möglich abgetrocknet hatte, gab ich ihr das Handtuch zurück. »Danke, Mama.«

»Ich hole dir ein trockenes T-Shirt.«

»Das hier ist gar nicht so nass.«

Sie schien nicht überzeugt. »Hast du was gegessen?«

»Ich habe es wohl im Wagen liegen lassen.«

»Komm, ich mache dir ein Sandwich.«

»Ich habe keinen Hunger … was riecht denn hier so komisch?«

Die Luft roch scharf nach einem Reinigungsmittel, ich erkannte den Geruch, ohne ihn sofort einordnen zu können. Sie antwortete nicht, sondern ging voran in die Küche, wo Dutzende Messer, Gabeln und Löffel auf einer Schicht Zeitung den Küchentisch bedeckten. Die Hälfte war stumpf, die andere blank poliert. Ein schwarz gefleckter Lappen lag neben einer offenen Dose pulverförmiger Silberpolitur. Damit war sie beschäftigt gewesen, als sie mich an der Tür gehört hatte und herbeigeeilt war.

»Es ist Silber-Tag!«, rief ich.

Sie war überrascht. »So haben wir es genannt, als du klein warst.«

»Ja, ich erinnere mich. Kann ich helfen?«

»Das musst du nicht.«

»Mama, ich möchte aber gern helfen.«

»Es ist eine fiese Arbeit, aber sie muss nun mal gemacht werden.«

»Ich habe das doch schon gemacht, als ich sieben war. Glaubst du, ich kann es jetzt weniger gut als damals?«

»Du hast es nicht besonders gut gemacht, als du sieben warst. Es war immer noch Politur zwischen den Zinken der Gabeln.«

»Das hast du mir nie gesagt.«

»Ich wollte deine Gefühle nicht verletzen.«

»Gib mir eine Chance, es richtig zu machen. Bitte.«

Sie zögerte. »Ich hole noch ein Tuch.«

Es war gutes Silberbesteck, ein Set Messer, Gabeln und Löffel, vierzig Stück insgesamt, acht Gedecke mit einem Rosenknospenmuster auf dem Griff.

Das Besteck war ein Hochzeitgeschenk der Mutter meines

Vaters gewesen, einer mürrischen, misstrauischen Witwe, die starb, als ich fünf Jahre alt war. Ich erinnere mich an ihre schwarzen Kleider und ihr furchteinflößendes Gesicht – wie ein alter Baseballhandschuh mit einem haarigen Kinn – und an den Blick, mit dem sie mich fixierte, als wollte sie mich zu einer Pfütze zerfließen lassen.

Anscheinend hatte die alte Dame gedacht, im Haus ihres Sohnes und ihrer Schwiegertochter würde ständig im großen Kreis feierlich getafelt, doch die einzige Gelegenheit, zu der das Silberbesteck je aus der Schublade geholt worden war, war ein Thanksgiving-Fest, zu dem Oma DeFalco selbst zu uns zum Essen kam. Sie warf einen Blick auf die vier eleganten Gedecke, dann verkündete sie, es sei nicht nötig, für sie das gute Besteck herauszuholen. Trotz des lautstarken Protests meines Vaters und den Tränen meiner Mutter wurde das gute Besteck zurück in die Kirschholzschachtel gelegt, und wir aßen den Truthahn mit den verbogenen Gabeln, die wir jeden Tag benutzten.

Von dem Tag an wurde die Kirschholzbox, in der jedes Besteckteil in einer eigens modellierten Mulde ruhte, etwa alle sechs Monate unter der Treppe hervorgeholt, der Inhalt ausgeschüttet, geputzt und wieder einsortiert. Diese Veranstaltung nannte meine Mutter den »Silber-Tag«.

Jetzt erinnerte ich mich wieder, dass es am Silber-Tag meist geregnet hatte. Es war die Art von Aufgabe, die eine Frau wie meine Mutter wählte, um etwas Sinnvolles an einem ansonsten verschwendeten Morgen zu tun, wenn man nicht Fenster putzen oder Wäsche aufhängen konnte …

»Nicht zu viel Politur auf den Lappen«, sagte sie mahnend, während sie mir einen Fetzen Stoff herüberreichte, den sie aus einem alten Unterhemd meines Vaters geschnitten hatte. »Eine kleine Menge reicht schon ziemlich lange.«

»In Ordnung, Mama.«

Eine Weile hörte man nichts als das reibende Geräusch der immer schwärzer werdenden Lappen, mit denen wir dem

Silber seinen matten Glanz zurückgaben. Dann brach sie das Schweigen.

»Hattest du eine gute Zeit in der Stadt?«

»Ja, ganz in Ordnung.«

»Mit wem hast du dich getroffen?«

»Mit jemandem, den ich aus L. A. kenne.«

»Ein Mädchen?«

»Eine Frau.«

Wir schwiegen wieder, beschäftigt mit den Lappen und der Politur. Es war einfacher, zusammen zu sein, wenn man auf seine Hände starren konnte, anstatt sich in die Augen zu schauen.

Sie öffnete den Mund, schloss ihn wieder, dachte noch einmal kurz nach und sagte dann: »Dein Sexualleben geht mich nichts an, Michael. Du tust, was du tust. Ich weiß, dass du … Bedürfnisse hast. Du bist schließlich der Sohn deines Vaters.«

Ich fühlte, wie ich rot wurde, und ich brauchte einen Moment, um mich zu sammeln. »Danke, Mama«, sagte ich schließlich. »Ich habe immer gedacht, dass dein Sexualleben mich auch nichts angeht.«

Ihre Wangen färbten sich für einen kurzen Moment rosa. Wir waren quitt.

Und was nun?

Wir hatten Glück, dass in diesem Moment Donner krachte, und das Geräusch nahmen wir als Signal, das Thema zu wechseln.

»Du und dein Vater habt euch im Little Neck Inn ziemlich amüsiert, was?«

»Es war nett. Nächstes Mal solltest du mitkommen.«

»Ich glaube, das spare ich mir, vielen Dank!«

»Ich meine es ernst, Mama.«

»Ich habe genug Zeit in Kneipen verbracht, als ich klein war, immer auf der Suche nach meinem Vater.«

Ich war bestürzt. Sie hatte nur selten etwas aus ihrer Kindheit erzählt, ich wusste nur, dass sie hart gewesen war: der Vater ein Säufer, der die Familie im Stich gelassen hatte, die Mutter jung gestorben, wohl an den Strapazen, die es mit sich brachte, wenn eine Frau die Kinder allein durchbringen musste. Das Wenige, das ich wusste, hatte ich von meinem Vater, nicht von ihr, Weisheiten, die er mit mir teilte, als ich ein Teenager war und mich wunderte, warum meine Mutter manchmal ohne ersichtlichen Grund Weinkrämpfe bekam. Wie sich herausstellte, hatte sie diese Weinkrämpfe regelmäßig zwei Mal im Jahr: einmal am Geburtstag ihres Vaters, einmal am Geburtstag ihrer Mutter.

Ich polierte einen Suppenlöffel mit meinem Lappen und betrachtete meine kopfstehende Spiegelung in der bauchigen Rundung des Löffels. »Bist du dann von Kneipe zu Kneipe gelaufen?«

Sie nickte, die Augen fest auf die geschäftigen Hände gerichtet. »Ich war damals nicht älter als zwölf.«

»Oh je.«

»Das war ziemlich unangenehm. Er hat überall, wo er war, für Ärger gesorgt, dein Großvater.«

Komisch, aber ich hatte an diesen Mann nie als meinen Großvater gedacht, er war gestorben, bevor ich überhaupt geboren wurde. Ich hatte nie einen Großvater gekannt, auch keine Tanten oder Onkel, denn meine Eltern waren beide Einzelkinder. Außer meinen Eltern war die einzige Verwandte, die ich hatte, Oma DeFalco, deren Geist sich sicher noch heute über den fortdauernden Fluch ihres Vermächtnisses kaputtlachte – das geschenkte Tafelsilber, das zu gut war, um je benutzt zu werden …

»Wie war er denn so?«

»Wer?«

»Dein Vater.«

Sie machte ein eigenartiges Geräusch, das halb nach Lachen, halb nach Schnauben klang. »Gutaussehend, charmant und faul. Eine tödliche Kombination.«

»Ziemlich schlimm für deine Mutter.«

»Ja, Michael, das war es.« Meine Mutter polierte ein Messer fertig und nahm ein neues. »Dein T-Shirt ist immer noch nass. Ich hole dir ein trockenes.«

Sie wollte fliehen, aber das würde ich nicht zulassen. Ich legte eine Hand auf ihre Schulter und drückte sie sanft zurück in ihren Stuhl.

»Wenn du die Gabeln machst, dann pass auf, dass keine Politur zwischen den Zinken hängen bleibt.«

»Ja, mach ich.«

»Das wird sonst hart wie Stein, wenn man nicht alles abwischt. Du musst mit dem Lappen zwischen den Zinken entlangfahren. Nur so geht es.«

»Das mache ich. Wie war sie denn?«

»Wer?«

»Deine Mutter.«

Sie lehnte sich in ihrem Stuhl zurück und sah mich an. Regen trommelte gegen die Fensterscheiben, und die Augen meiner Mutter wurden feucht, als würde der Regen sie überschwemmen.

»Sie hat sich nie eine Pause gegönnt.«

Ich legte meinen Lappen weg und machte die mutigste Bewegung meines Lebens, als ich mit meiner verschmierten Hand über den Tisch nach ihrer griff. Sie war viel kleiner als meine, wie eine Kinderhand mit rauer Haut. Ich drückte sie.

»Tut mir leid, Mama.«

Sei erwiderte meinen Händedruck. »Sie hat alles gegeben. Bis zu dem Tag, als sie starb, hat sie dafür gesorgt, dass ich meine Musikstunden bekam. Ich war gut, weißt du.«

»Ich bin sicher, das warst du.«

»Wenn es bei mir zu Hause nicht so schwierig gewesen wäre, wäre aus mir vielleicht was geworden …«

Sie zögerte, unsicher, ob sie mir mehr erzählen sollte. Dann holte sie tief Luft und ich wusste, jetzt war sie nicht mehr aufzuhalten.

»Als ich in der fünften Klasse war, konnte ich Chopin spielen. Wirklich. Sie haben mich im Auditorium spielen lassen, vor der ganzen Schule.«

»Wow.«

»Ja, bis dann mitten im Stück mein Vater betrunken reingetaumelt kam und vor aller Augen im Mittelgang zusammenbrach.«

»Mein Gott!«

»Danach konnte ich mich nicht mehr konzentrieren. Ich saß nur noch auf der Bühne, die Hände im Schoß, und starrte auf meinen Vater, der da auf dem Boden lag. Es kam mir vor wie ein schlimmer Traum. Oder wie ein schlechter Film über mein Leben.«

Mich durchlief ein Schauer. Meine Mutter schüttelte den Kopf und seufzte.

»Ich weiß nicht, wie sie es geschafft hat, klein wie sie war, aber meine Mutter zog ihn hoch auf die Füße und brachte ihn nach draußen. Und er war alles andere als ein Fliegengewicht, mein Vater. Ich sehe ihn noch über ihrer Schulter hängen wie ein ein Meter achtzig langer Aal, seine Füße schleiften über den Boden, als sie ihn nach draußen wuchtete.«

Ich seufzte voller Mitleid, und meine Mutter machte mit ihrer Geschichte weiter wie in einer Art Trance.

»Sie hievte ihn auf die Schulter, und ich hörte die Leute kichern und glucksen, und bevor sie rausging, drehte sie sich zu mir auf der Bühne um. Weißt du, was sie gesagt hat? Sie sagte, ›Donna, spiel.‹ Mehr nicht. Dann ging sie.«

Mein ganzer Körper kribbelte. »Und, hast du gespielt?«

»Das habe ich. Ich habe da weitergespielt, wo ich aufgehört hatte, als er auf den Boden gefallen war.«

Sie lehnte sich zu mir herüber. »Michael, ich weiß, dass du schon viele begeisterte Zuhörer erlebt hast, aber einen solchen Applaus wie an diesem Tag in dem kleinen Auditorium dieser Schule hast auch du sicherlich noch nicht gehört.«

Sie ließ den Kopf sinken, und ich war froh darüber, denn auch in meinen Augen schwammen Tränen.

»Verstehst du jetzt, warum ich deine Musikstunden so ernst genommen habe?«, fragte sie die Tischplatte. »All die langweiligen Stunden, zu denen ich dich geschickt habe? Ich wusste, dass in dieser Familie Talent vorhanden war. Man musste es nur richtig fördern.«

Sie hob den Kopf wieder, wir zitterten beide.

»Ich wollte nur das Beste für dich, Michael. Ich weiß, dass ich überfürsorglich war. Ich weiß, dass ich dich manchmal verrückt gemacht habe. Aber ich weiß eben auch, was in Familien passiert, wenn man … sich nicht kümmert.«

»Du hast dich doch immer um mich gekümmert, Mama.«

»Nein, das habe ich nicht. Wir haben dich viel zu früh gehen lassen. Das war unser großer Fehler.«

»Das war doch meine Entscheidung.«

»Dazu hätte es gar nicht kommen dürfen. Wir hätten dich zurückhalten müssen.«

»Ich wäre weggelaufen.«

»Genau wie …«

Sie brachte den Satz nicht zu Ende, brachte es nicht über sich, den Namen laut auszusprechen. Also tat ich es für sie.

»Genau wie Lynn«, sagte ich.

Sie nickte, schluckte ein Schluchzen hinunter, dann riss sie sich zusammen und holte stockend Atem. »Michael, warum ist es für dich so schlecht gelaufen?«

»Shit happens, wie schon Gott sagte, nachdem er den Menschen erschaffen hatte.«

Sie lächelte. Ich stand auf und ging um den Tisch herum zu ihr, um sie von hinten zu umarmen. Es überraschte mich, wie fest ihre Schultern waren, straff und gespannt wie bei einem Jockey auf der Zielgeraden. Doch plötzlich lockerte sie sich, als hätte das Pferd, das sie seit dem Tag meiner Geburt ritt, endlich, endlich die verdammte Ziellinie überquert.

»Ich glaube, ich hätte deine Mutter gemocht.«

»Sie hatte Mumm in den Knochen.« Meine Mutter griff hinter sich, um mir übers Haar zu streichen.

»Was es auch ist, das du im Leben erreichen willst, Michael, ich werde dir helfen, es zu bekommen.«

Das war das größte Zugeständnis, das ich von ihr in Bezug auf Lynn und mich erwarten konnte.

»Danke, Mama …«

Ein weiteres Donnergrollen. Ich drückte sie noch einmal, bevor ich sie losließ und auf meine Seite des Tisches zurückkehrte.

»Hey«, sagte sie, »wir haben das Silber fertig.«

»Ja, sieht gut aus.«

»Da sind noch ein paar Makkaroni von gestern, die kann ich aufwärmen. Komm, wir räumen das Silber weg, und ich mache uns was zu Mittag.«

»Nein.«

»Nein? Hast du keinen Hunger?«

»Ich meine, lass uns das Silber nicht wegräumen.« Ich nahm zwei Gedecke heraus und reichte sie ihr. »Den Rest packe ich weg, während du die hier abspülst, Mama. Was meinst du, wollen wir unser Mittagessen heute mal ein bisschen stilvoll einnehmen?«

Sie lächelte, und ihr Gesicht strahlte. »Ich würde sagen, das ist eine gute Idee, Michael.«

So also sah an diesem Tag unser Mittagessen aus, aufgewärmte (und leicht verkrustete) Makkaroni mit Käse. Eine Gabel für jeden hätte gereicht, aber irgendwie war es ein gutes Gefühl, all die anderen Besteckteile um den Teller herum liegen zu sehen wie funkelnde Soldaten, die auf ihren Einsatz warteten; und so war es vielleicht das beste Essen meines Lebens.

»Wer kann es mit uns aufnehmen, hm, Mama?«

»Niemand, Michael. Absolut niemand.«

Nach dem Essen wanderte das Besteck natürlich sofort zurück in die Kirschholzschachtel, und als ich die Box wieder unter die Treppe stellte, dachte ich, dass es meine Mutter sicher lieber wäre, wenn ich meinem Vater nichts davon erzählte.

Nicht dass er wütend wäre. Im Gegenteil. Aber es würde unser kleines Geheimnis sein, unser erstes kleines Geheimnis überhaupt, eine Erinnerung, die man hüten und pflegen musste wie das Tafelsilber.

KAPITEL 17

Zwei Tage nach dem Silber-Tag klingelte abends bei uns das Telefon, und der Anruf war für mich. Mein Vater grinste und formte mit den Lippen die Worte: »Sie ist es«, als er mir den Hörer reichte.

»Lynn?«

»Mickey. Kannst du herkommen?«

»Ich bin schon auf dem Weg.«

Ohne ein Wort zu meinen Eltern rannte ich aus dem Haus, mein Herz hämmerte mit jedem Schritt. Offenbar hatte sich meine Geduld ausgezahlt. Sie hatte einsam und verzweifelt geklungen. Endlich hatte sie gemerkt, wie sehr sie mich vermisste, weil ich ihr den Raum dafür gegeben hatte.

Ich war außer Atem und bebte vor Freude, als ich das Haus der Mahoneys erreichte. Die Haustür öffnete sich, bevor ich überhaupt klopfen konnte. Dahinter stand Lynn, zitternd und aschfahl.

»Meine Mutter ist aus dem Bett gefallen, und ich bekomme sie nicht wieder hoch.«

Ich war perplex und brauchte einen Moment, um mich emotional auf die neue Situation einzustellen, von Leidenschaft auf Notfall.

»Alles klar. Lass mich das machen.«

»Danke, Mickey.«

»Bringst du mich zu ihr?«

Zum ersten Mal, seit der alte Mahoney mich verbannt hatte, überquerte ich die Schwelle dieses Hauses, von dem ich vor allem eines in Erinnerung behalten hatte: die Düsterkeit. Jetzt war es sogar noch schlimmer. Die Teppiche zerschlissen, die Möbel verzogen, und Gott allein wusste, wann diese Wände zuletzt mit so etwas wie Farbe in Berührung gekommen waren. Undichte Stellen in der Decke hatten rostfarbene Blasen hinterlassen. Das Ganze wirkte eher wie eine verlassene Jagdhütte, nicht wie ein Haus am Rand von Queens, das von einer Witwe mit ihrer Tochter bewohnt wurde. Ich dachte daran, wie gern der Kapitän Feuer hatte auflodern lassen, und der Teppich vor dem Kamin war voller Brandlöcher, die das bezeugten.

Die Luft roch schneidend nach irgendwelcher Medizin, Erkältungsbalsam und Franzbranntwein. Ein Husten ließ mich zusammenfahren. Lynn führte mich ins Zimmer nebenan, das ich als Esszimmer kannte, in das ich nie zum Essen eingeladen worden war. Da es ebenerdig lag, war es nun zu Mrs Mahoneys Schlafzimmer geworden.

Lynns Mutter lag seitlich auf dem Boden, in einem Knäuel von Laken und Decken. Ein knochiger weißer Fuß stak aus dem Bündel hervor, und lange graue Haarsträhnen lagen wie ein Seestern um ihren Kopf. Ihre weit geöffneten, ausdruckslosen Augen waren geradeaus auf die Scheuerleiste gerichtet.

In der Mitte des Raums stand das Bett, aus dem sie gefallen war, ein Bett wie im Krankenhaus mit Gitterstäben auf beiden Seiten. Dort, wo sie herausgefallen war, war das Gitter heruntergeklappt.

Ich drehte mich zu Lynn um. »Wie machen wir das?«

»Lass mich erst mit ihr reden.«

Sie kniete sich neben ihre Mutter wie ein Geistlicher, der sich darauf vorbereitet, die Sterbesakramente zu erteilen.

»Mama, Mickey ist hier. Erinnerst du dich an meinen Schulfreund Mickey?«

Schulfreund. Das tat ein bisschen weh. Mrs Mahoney holte tief Luft und zwinkerte mit den Augen.

»Er ist hier, um uns zu helfen, in Ordnung? Wir legen dich jetzt zurück ins Bett.«

Die Zehen ihres nackten Fußes krümmten sich wie in einem Krampf, dann entspannten sie sich wieder.

»Jetzt kannst du rüberkommen, Mickey«, sagte Lynn und ließ ihre Stimme fröhlich klingen. »Wir legen meine Mom zurück ins Bett.«

Ich hockte mich neben Lynn, um die Lage einzuschätzen. Mrs Mahoney starrte noch immer mit einer unheimlichen Ruhe auf die Scheuerleiste, mit einer Ruhe, die man früher an ihr nicht gekannt hatte, als sie treppauf, treppab all die Wäschekörbe schleppte. Vielleicht hatte sie dieses Leben einfach taub gemacht, in dem sie ihren Ehemann und die vier Söhne begraben hatte und ihre fortgelaufene Tochter nur für den finalen Akt zu ihr zurückgekehrt war.

»Wie sollen wir das machen, Mickey?«

»Lass sie mich allein hochheben.«

»Du kannst sie nicht alleine heben!«

»Was wiegt sie denn, vierzig Kilo?«

Lynn schüttelte den Kopf. »Noch nicht mal.«

»Na gut, dann lass es mich machen. Du kannst das Bett vorbereiten.«

Während Lynn das Laken glatt strich, das noch auf dem Bett lag, schob ich meine Arme unter Mrs Mahoneys Körper, die unglaublicherweise in den letzten Sekunden eingeschlafen war. Ich sammelte meine Kräfte, um sie hochzustemmen, aber das war gar nicht nötig. Die Frau war leicht wie ein Vogel, und sie löste sich so mühelos vom Boden wie ein Heiliger, der in den Himmel aufsteigt.

Ich legte sie in der gleichen Position auf dem Bett ab, in der sie auf dem Boden gelegen hatte, und sie schnarchte – sie schnarchte! Lynn strich die Decken um sie herum glatt, zog hier und da, bis alles richtig lag. Beinahe erwartete ich, dass sie ihr noch einen Teddy in den Arm legte.

»Sie schläft hier unten wegen der Treppen.«

»Ja, das habe ich mir gedacht.«

»Ich könnte schwören, dass ich das Gitter zugemacht habe.«

»Hast du ja vielleicht auch.«

»Wenn sie das Gitter allein geöffnet hat, habe ich ein Problem.«

Es hörte sich an, als spräche sie von einem schlauen Haustier, das aus dem Käfig ausbüchsen könnte. Sie zog das Gitter hoch, das mit einem metallischen Klicken einrastete. Instinktiv und ohne aufzuwachen, streckte Mrs Mahoney eine Hand aus und griff einen der Aluminiumstäbe, die sie gefangen hielten. Lynn seufzte und drehte sich zu mir um.

»Den ganzen Tag versucht sie, aus dem Bett zu kommen.«

»Kann sie gehen?«

»Nicht ohne Hilfe.«

»Sprechen?«

»Ein paar Worte am Tag. Sie sagt ›Wäsche‹. Ich wette, sie will aufstehen, um die Wäsche zu machen. Vielleicht träumt sie, dass dieses Haus noch voller Menschen ist.«

Sie schüttelte sich, als wolle sie diesen schrecklichen Gedanken loswerden. »Danke für deine Hilfe, Mickey. Lieb von dir.«

Ich war es leid, zu hören, dass ich lieb und nett war. »Hast du was zu trinken für mich?«

»Was zu trinken?«

»Ja. Das ist meine Gebühr für das spontane Ins-Bett-Heben der Mütter von Exfreundinnen. Ein Bier.«

Sie schüttelte den Kopf. »Wir haben kein Bier da.«

»Was habt ihr denn?«

»Vielleicht einen Whiskey.«

»Dann also Whiskey.«

Lynn sah mich mit Röntgenblick an. »Und dann gehst du, Mickey, nicht wahr? Keine komischen Sachen.«

»Ich trinke meinen Whiskey, dann bin ich weg. Ich muss morgen früh arbeiten.«

»Ich auch.«

Ich ging hinter ihr ins Wohnzimmer, wo sie mich bat zu warten, während sie die Getränke holte. Ich war wie vom Donner gerührt, als mein Blick auf den Kaminsims fiel, der mir beim Hereinkommen zunächst nicht aufgefallen war.

Es war eine Gedenkstätte für die Mahoney-Jungs, mit einem gerahmten Foto von jedem von ihnen in voller Feuerwehrmontur, fotografiert vor der amerikanischen Flagge. Alle in identischer Pose, aus dem gleichen Blickwinkel fotografiert. Offensichtlich machte die Feuerwehr von all ihren Angestellten solche Fotos, damit sie etwas hatten, was sie nach einem Unglück an die Presse geben konnten.

In der Mitte stand ein Bild, das größer war als die anderen, ein Hochglanzfoto vom Kapitän höchstpersönlich, der mit grimmiger Miene in die Kamera starrte, so als hätte der Fotograf gerade einen Witz über die Iren gerissen. An den Schultern trug er einen Haufen Goldtressen und auf dem Helm auch jede Menge goldenes Zeug. Seine zu einem Grinsen verzogenen Lippen machten klar, dass er sein eigenes Leben unzählige Male riskiert hatte, um das Leben von Leuten zu retten, die eigentlich nicht mal gut genug waren, seine Stiefel zu lecken.

Und natürlich fehlte auch das Foto nicht, das den Pulitzer-Preis gewonnen hatte, mit ihm als »Brennendem Engel«, der mit einem Kind im Arm aus dem Feuer kommt.

Lynn erschien mit zwei Gläsern und einer halbvollen Flasche Jack Daniels. Sie hatte mir die Tür in einer weiten Jeans und einem viel zu großen grauen T-Shirt geöffnet, aber erst jetzt bemerkte ich, dass sie barfuß ging, ein Detail, das mich freute. Seit unserem letzten Besuch am Jones Beach hatte ich diese Füße nicht mehr gesehen, lang und schmal, mit geraden Zehen. Sie ließ sich in eine Ecke der Couch fallen, die dem Kamin gegenüberstand.

»Komm schon, John Wayne, nimm deinen Drink und dann komm in die Hufe.«

Sie streckte die Hand aus und klopfte auf das am weitesten von ihr entfernt liegende Sofakissen. Also setzte ich mich genau da hin, wo ihre Hand einen Abdruck hinterlassen hatte. Sie stellte die Gläser auf den Couchtisch und goss großzügig ein. Schlagartig wurde mir klar, dass wir wohl gerade den Rest der Alkoholvorräte des Kapitäns austranken.

»Das ist das erste Mal, dass wir zusammen Alkohol trinken, Lynn.«

»Ja, stimmt.«

Ich streckte ihr mein Glas entgegen, und nach einem kurzen Moment des Zögerns stieß sie mit mir an.

Whiskey ist nicht gerade mein Lieblingsgetränk. Der erste Schluck machte meine Zunge taub, und meine Zähne fühlten sich plötzlich eigenartig locker an. Lynn trank einen kleinen Schluck und verzog dann die Lippen, als würde der Stoff ein Loch in ihren Bauch brennen, aber wenn es so war, warum kippte sie dann den Rest in einem Schluck runter und füllte erneut ihr Glas?

»Lynn, mach mal langsam.«

»Wie findest du unsere Gedenkstätte?«

»Hm?«

Sie machte eine Handbewegung in Richtung des Kamins, ohne hinzuschauen. »All die toten Mahoneys. Gab es nicht mal eine Rockgruppe namens ›Dead Mahoneys‹?«

Ich schluckte. Sie spielte vor mir die Harte, alle Schilde waren ausgefahren.

»Komm schon, Mickey, du bist doch Musiker, wie hieß diese Band?«

»Ich glaube, das waren die ›Dead Kennedys‹.«

»Oh ja, das stimmt … kannst du ihre Namen aufzählen?«

»Ob ich was kann?«

Sie deutete wieder in Richtung des Kaminsimses. »Sag die Namen meiner toten Brüder, und ich gieß dir noch mal nach.«

Das Schlimme war, dass sie es tatsächlich ernst meinte.

»Glaubst du wirklich, dass ich mich an die Namen deiner Brüder nicht erinnere?«

»Ich warte.«

Ich stand von der Couch auf, ging hinüber zum Kamin und

zeigte mit dem ausgestreckten Zeigefinger nacheinander auf die Fotos. »Frank. Jimmy. Thomas. Brendan.«

»Sehr gut, DeFalco, her mit dem Glas.«

»Und der große in der Mitte ist Walter.«

Sie goss das Glas voll, setzte die Flasche ab und stellte sie zurück auf den Couchtisch. »Nach seinem Namen habe ich nicht gefragt, oder?«

»Nein, aber den Namen des Mannes der mich für alle Zeit aus seinem Haus verbannt hat, werde ich garantiert nie vergessen.«

Lynn kicherte. »Ach, Mickey. Aber jetzt hast du es ihm ja gezeigt, oder? Der Kapitän hätte sich wohl nie träumen lassen, dass du eines Tages in diesem Haus seine Frau ins Bett bringen würdest.«

»Jetzt reicht's aber, Lynn!«

So schroff hatte ich noch nie mit ihr gesprochen, aber sie nahm es mir nicht übel. Sie wusste, dass sie zu weit gegangen war. Seufzend fuhr sie sich durchs Haar.

»Tut mir leid, Mickey. Ich bin ziemlich gestresst wegen der Sache mit meiner Mutter und allem.«

»Das verstehe ich.«

Sie schaute auf die Fotos und nahm einen Schluck Whiskey. »Brendan vermisse ich am meisten«, sagte sie leise. »Er war etwas Besonderes. Erinnerst du dich an ihn?«

»Ob ich mich an ihn erinnere? Machst du Witze? Ich habe auch nicht vergessen, was du für ihn getan hast.«

»Was denn?«

»Damals auf dem Spielfeld.«

Lynn war perplex. Sie starrte mich an. »Mein Gott. Ich kann nicht glauben, dass du dich daran wirklich noch erinnerst.«

Ich merkte, dass ich lächelte. »Ich weiß nicht mehr, was ich heute zum Frühstück gegessen habe, Lynn, aber die Sache auf dem Spielfeld habe ich nicht vergessen.«

Brendan war der jüngste Sohn der Mahoneys, ein sensibler Junge mit einer künstlerischen Ader, die er gut verstecken musste zwischen all dem Machogehabe der anderen Mahoney-Jungs. Lynn war überzeugt, dass er großes künstlerisches Talent hatte, und sie kaufte ihm einen Aquarellmalkasten und eine kleine Staffelei zu seinem siebten Geburtstag.

Aber vom Moment seiner Geburt an war sein Lebensweg vorgezeichnet: Er musste zur Feuerwehr, ob er wollte oder nicht, und der Kapitän zwang ihn auch, mit den anderen Acht- bis Zwölfjährigen in der Little League Baseball zu spielen, ein Spiel, in dem seine drei Brüder geglänzt hatten.

Brendan hatte kein gutes Ballgefühl. Wir waren alle da an diesem Samstagnachmittag und sahen zu, wie er in der zweiten Hälfte des neunten Inning drei Mal danebenschlug. Alles hing von ihm ab, durch einen Homerun hätte er das Spiel für seine Mannschaft entscheiden können, aber so endete das Spiel mit einer Niederlage und der verlorenen Hoffnung auf die Meisterschaft.

»Was für ein Waschlappen«, murmelte der Kapitän, während der arme Brendan am Schlagmal stehen blieb, als wollte er dort sterben. Ein zarter Zehnjähriger, dessen dicke Krokodilstränen sich mit dem Staub vermischten, den die Kinder aus der anderen Mannschaft bei ihrem Siegertanz um ihn herum aufwirbelten.

Lynn schluckte ihre eigenen Tränen hinunter und sagte zu mir: »Macht es dir was aus, wenn wir heute Abend nicht ins Kino gehen?«

»Was willst du denn machen?«

»Etwas mit Brendan unternehmen.«

Und das machten wir. Es war ein milder Juniabend mit einem rosig-violetten Sonnenuntergang. Lynn hatte einen Picknickkorb gepackt, also wusste ich, dass das, was sie vorhatte, draußen stattfinden würde. Aber wo? Brendan, der vom Duschen noch nasse Haare hatte und den düsteren Blick des Verlierers, fragte schließlich, wohin wir gingen.

»Zum Spielfeld!«, sagte Lynn fröhlich.

Er blieb stehen und sah sie an, als hätte sie ihm eine Ohrfeige verpasst.

»Da will ich aber nicht hin!«

»Lynn«, sagte ich, »das scheint mir keine so gute Idee zu sein.«

Sie stellte den Picknickkorb auf den Boden und zog uns beide in eine Umarmung.

»Ihr müsst mir vertrauen, Jungs.«

Und das taten wir. Als wir am Spielfeld ankamen, waren die Spiele längst vorbei. Ein kicherndes Mädchen im Teenageralter stand mit ihrem Freund im Außenfeld, einem tollpatschig aussehenden Jungen mit Brille und Locken, der im Gras kniete und am Schwanz eines großen Flugdrachen herumbastelte. Lynn zeigte auf sie. »Das wird toll«, versprach sie. »Kommt, wir machen das Picknick im Außenfeld.«

Die nächste Stunde saßen wir im Gras, aßen Sandwiches mit Mortadella und lachten über den armen Jungen, der versuchte, seinen Drachen steigen zu lassen. Er rannte damit los, stolperte und fiel hin, stand auf und probierte es erneut, wobei er sich in der Schnur verfing. Seine Freundin versuchte zu helfen, und sie verhedderten sich beide.

Brendan lachte so sehr, dass ich dachte, er würde zerspringen. Niemand anderes als Lynn hätte erkennen können, dass dies der Weg war, ihn zu heilen: ihn zurück an den Ort zu bringen, wo er seine schlimmste Niederlage erlitten hatte, und ihm zu zeigen, dass das Leben weiterging.

Bald stieg eine silbrige Mondsichel über den Horizont, und mit ihr zog eine frische Brise auf, die den Drachen endlich in die Luft steigen ließ. Wir applaudierten alle drei und liefen hinüber, um dem Jungen zu gratulieren, der so nett war, Brendan eine Weile seinen Drachen fliegen zu lassen.

»Nur nicht ruckartig an der Schnur ziehen«, warnte der Junge. »Ich will nicht, dass er sich losreißt.«

Brendan machte es genau, wie ihm gesagt worden war. Er

hielt die Hand ruhig und gab dem Drachen nur ganz langsam, Zentimeter für Zentimeter Leine, als wollte er ihn zum Mond schicken. Seine Augen leuchteten.

Lynn saß auf der Couch und sah mich mit feuchten Augen an.

»Das war ein magischer Abend, damals auf dem Spielfeld«, sagte ich. »Du hast Brendans Wunden geheilt.«

»Glaubst du?«

»Ich weiß es.«

Sie lächelte. »Vielleicht hast du recht, Mickey. Aber erinnerst du dich auch noch an einen anderen Abend, der weniger magisch war?«

»Welchen Abend?«

»Der Abend mit den Flammenseilen.«

Ihr Gesicht verdüsterte sich. Mein eigenes Gesicht fühlte sich auf einmal taub an. Vielleicht war das Gedächtnisspiel ein Fehler gewesen. Denn für jede Geschichte mit einem Drachen auf einem Spielfeld gab es eine mit Flammenseilen.

Ich trank meinen Whiskey aus und füllte mein Glas erneut. Lynn versuchte nicht, mich davon abzuhalten.

»Erinnerst du dich noch an die Flammenseile, Mickey?«

Ich schluckte meinen Drink wie ein Cowboy und ein Schauder durchfuhr meinen Körper wie eine wütende Windböe.

»Ja, ich erinnere mich«, sagte ich leise. »Die Flammenseile werde ich nie vergessen.«

KAPITEL 18

Es war passiert, kurz bevor der Kapitän mich aus seinem Haus verbannt hatte. Es war Samstag, weit nach Mitternacht. Wir waren auf einer Schulfete in der Sporthalle meiner Highschool gewesen, und Lynn wollte uns eine Tasse heiße Schokolade machen.

»Keine Angst«, sagte sie, »die schlafen alle.«

Es wäre vernünftiger gewesen, ihr an der Tür einen Abschiedskuss zu geben und nach Hause zu gehen, aber wenn man verliebt ist, wirft man die Vernunft schnell mal über Bord. Außerdem war es eine besondere Nacht.

Wir waren uns den ganzen Abend sehr nahe gewesen, ohne das Bedürfnis, miteinander zu reden. Ich dachte, es sei die Nacht, in der es zwischen Lynn und mir passieren könnte, so natürlich, wie die Sonne untergeht und der Mond über dem Horizont aufsteigt. Für den Fall der Fälle hatte ich einen Dreierpack Kondome in der Jackentasche. Ich hatte sie in einer Apotheke in der Nähe meiner Schule gekauft, weit weg von zu Hause. Mein Verhältnis zu den Gummis war gespalten, allerdings nicht aus moralischen Gründen. Ich wollte sie einfach nicht benutzen. Sie würden zwischen mir und Lynn stehen, und nichts stand zwischen Lynn und mir. Auf eine merkwürdige Weise hatte ich Angst, dass uns der Akt, der uns näher zusammen bringen sollte, voneinander entfernen könnte …

Wir gingen ins Haus und schlossen die Tür hinter uns so leise wie möglich, aber bevor wir einen Schritt in Richtung Küche machen konnten, sahen wir einen Lichtschein vom Kamin. Das war nicht ungewöhnlich – der Kapitän liebte Feuer und machte oft den Kamin an, wenn es kälter wurde. Wahrscheinlich war er schlafen gegangen, als die Flammen runtergebrannt waren. Aber dann sah ich, dass der Ofenschirm nicht eingesetzt war, ein unentschuldbares Vergehen nach den Regeln des Kapitäns.

Ich hatte nicht viel Zeit, über diese Entdeckung nachzugrübeln, denn plötzlich züngelte ein meterlanger Feuerstrahl aus den Kohlen direkt in Richtung Sofa. Dann war er so plötzlich wieder verschwunden wie eine Erscheinung, nur dass Lynn und ich es beide gesehen hatten.

Wir hörten das kehlige Kichern des Kapitäns, bevor wir ihn sahen, wie er auf der Couch saß in seinen Boxershorts und einem ärmellosen Unterhemd. Er hielt einen rechteckigen Kanister in der Hand, der, wie sich herausstellte, Feuerzeugbenzin enthielt, das Zeug, was man auch zum Grillanzünden benutzt.

»Oh Gott, ich hasse es, wenn er das macht«, flüsterte Lynn, und dann tat er es wieder. Er spritzte eine Spur Feuerzeugbenzin in Richtung der Kohlen und lachte, als das Flammenseil auf ihn zuraste und so plötzlich wieder verschwand, wie es gekommen war.

Er lachte laut auf und umklammerte den Kanister, dann drehte er sich um und sah uns.

»Hallo, Kinder.«

Er war so betrunken, dass ihn sogar mein Anblick zu freuen schien. Ich würde bald herausfinden, warum er sich so freute.

»Papa. Alles in Ordnung?«

Die Frage schien ihn zu beleidigen. Mit der anderen Hand klaubte er eine Flasche Jack Daniels vom Boden und nahm einen langen, geräuschvollen Schluck.

»Klar ist alles in Ordnung! Was sollte denn nicht in Ordnung sein? Ich mache Flammenseile!«

Lynn war wie gelähmt vor Angst und Scham. Der Kapitän hielt mir den Kanister mit dem Feuerzeugbenzin entgegen.

»Was meinst du, Mickey, willst du mal ein Flammenseil machen?«

»Bitte, Daddy, geh ins Bett.«

»Ich bin nicht müde. Hier.« Er klopfte auf das Sofakissen neben sich. »Setz dich her. Es geht besser im Sitzen.«

»Daddy, ich ...«

»Setz dich her, Mickey!«

Seine Stimme ließ die Wände erzittern. Ich gehorchte und setzte mich, wenn auch nur, um zu verhindern, dass er weiter so brüllte. Ich wartete darauf, dass seine Frau angerannt käme oder einer seiner Söhne, aber alles blieb ruhig. Dabei schien es mir unmöglich, dass sie einen solchen Schrei verschlafen hatten. Wahrscheinlich hatten sie einfach Angst, herunterzukommen ...

Der Kapitän hielt den Kanister vor meine Nase und schüttelte ihn so, dass ich die sirupartige Flüssigkeit darin herumschwappen hörte.

»Siehst du das Zeug hier? Das ist ziemlich gefährlich. Man soll es auf die Kohlen spritzen, einziehen lassen und dann erst anzünden.« Er rülpste. »Aber das macht keinen Spaß. Es direkt ins Feuer zu spritzen, das ist lustig! Schau zu!«

Er spritzte wieder einen Strahl Flüssigkeit in die Kohlen. Die Flammen rasten auf ihn zu wie eine wütende Schlange, doch im letzten Moment riss er den Kanister nach oben, um die Verbindung zu unterbrechen.

Es stank nach verbranntem Öl. Der Kapitän kicherte selbstzufrieden.

»Hast du das gesehen? Hast du gesehen, was ich gemacht habe? Du musst schnell sein, sonst explodiert der Kanister in deiner Hand.«

Er reichte mir den Kanister.

»Jetzt bist du dran, Mick. Und versuch, das Haus nicht in die Luft zu jagen.«

Der Mann, der mich auf der Welt am meisten hasste, forderte mich zu einer Mutprobe heraus, die tödlich enden konnte. Gütiger Gott.

»Lieber nicht, Sir.«

»Schlappschwanz.«

»Daddy!«

Er ignorierte seine Tochter. »Mach es so, wie ich es dir gezeigt habe, und dir passiert nichts.«

»Daddy, was soll das denn werden?«

»Ich will, dass der kleine Makkaronifresser mal zeigt, ob er Mumm hat.«

Das Fiasko beim Boxkampf war nichts im Vergleich zu dem hier. Das war komplett verrückt. Ich hatte keine Ahnung, dass die Dinge so schlimm standen. Ich hatte immer gewusst, dass der Typ ein Arschloch war, aber bis zu diesem Augenblick hatte ich ihn nicht für einen Psychopathen gehalten.

Einen momentan vollständig entspannten Psychopathen. Er war in seinem Element, dem hochexplosiven Gemisch aus Angst und Gefahr. Er konnte meine Panik sehen, und das gefiel ihm. Es bewies, dass er ein richtiger Mann war. Ein Mann, der sogar bereit war, neben mir zu sitzen und sein Leben zu riskieren, nur um mich leiden zu sehen. So sehr hasste er mich.

Er legte mir eine Hand in den Nacken und drückte zu, so fest, dass ich die Nerven in meinem Rücken und bis ganz nach unten in die Hacken kribbeln fühlte.

»Machst du's, oder kneifst du?«

Lynn hatte das Zimmer verlassen. Jetzt war ich mit dem Kapitän allein. Der Kanister in meiner Hand fühlte sich schmierig an, mein Schweiß mischte sich mit den Resten des heruntergelaufenen Feuerzeugbenzins. Ich schwenkte den Kanister ein bisschen; er war halb voll.

Scheiß drauf, ich würde es tun. Wenn es schiefging, dann würde zumindest auch er zur Hölle fahren.

Ich machte einen Probelauf in meinem Kopf: zielen, spritzen, dann den Kanister hochreißen, damit ich nicht in die Luft flog. Die Kohlen knisterten und glühten so rot wie ein Haufen Rubine.

»Ziel in die Mitte«, riet der Kapitän. »Da ist es am heißesten.«

Ich hielt den Kanister mit beiden Händen fest und richtete ihn auf das Feuer. Und gerade als ich meine Zähne zusammenbiss und meine Hände dazu zwingen wollte, es zu tun, kam Lynn zurück ins Zimmer. Sie schleppte einen großen Topf mit Wasser, der so voll war, dass er bei jedem Schritt an den Seiten überschwappte. Sie trug ihn an den Henkeln und konnte sein Gewicht kaum unter Kontrolle halten, er brach nach rechts und links aus wie ein wildes Tier. Schließlich schaffte sie es, den Inhalt über die Kohlen zu gießen und das Feuer in einem tosenden Zischen aus kochendem Wasser zu ertränken.

Schwarze Flüssigkeit lief aus der Feuerstelle und auf den Teppich davor. Lynn kickte schwarz gewordene Glutstückchen zurück in den Kamin, und dann stand sie da – sie hatte über ihren Vater gesiegt. Er kam schwankend auf die Füße.

»Mensch, Lynn«, maulte er, »du Spielverderberin!«

»Das Spiel ist vorbei, Daddy, geh jetzt ins Bett.«

Der Kapitän starrte sie an, dann mich. Er führte die Whiskeyflasche an den Mund und nahm einen langen Schluck, mit dem er die Flasche leerte. Dann setzte er den Ofenschirm wieder ein, ohne die schwarze Pfütze zu beachten, drehte sich zu mir um und hob belehrend den Zeigefinger. Ich stand auf und sah ihn an.

»Sicherheit ist das Wichtigste, Mick. Es reicht ein Funken, und das ganze Haus kann in die Luft fliegen, wie …«

Er suchte nach einem passenden Vergleich, als er plötzlich die Augen schloss, sich umdrehte und bäuchlings auf die Couch fiel, als hätte ihn eine Kugel getroffen. Die leere Whiskeyflasche hat er bei seinem Fall nicht losgelassen. Er rollte sich auf den Rücken und hielt die Flasche auf der Brust wie ein Neugeborenes. Dann fing er an zu schnarchen, seine großen Füße hingen über die Armlehnen der Couch.

Lynn stellte den Topf auf den Boden, dann suchte sie eine Steppdecke, um ihren Vater zuzudecken. Ich spürte, wie das Blut durch meine Hände pulsierte, schaute hinunter und merkte, dass ich noch immer den Kanister mit dem Feuerzeugbenzin umklammert hielt.

Ich stellte ihn auf dem Kaminsims ab und streckte die Arme nach Lynn aus, aber das, was an diesem Abend geschehen war, war ihr so unangenehm, dass sie nicht berührt werden wollte.

Ich ließ die Arme sinken. »Ich helfe dir, das hier sauberzumachen.«

Sie schüttelte den Kopf. »Das mache ich schon«, flüsterte sie. »Ich hole Küchentücher. Die saugen das Wasser auf …«

Der Kapitän schnarchte laut auf. Lynn beobachtete ihn angespannt, als fürchte sie, dass er noch nicht am Ende war, als hätte er noch einen letzten Plan, um mich zu demütigen.

»Mickey«, sagte sie über die Schulter, »geh nach Hause.«

»Bist du sicher?«

»Bitte. Geh.«

Das tat ich. Ich hatte gehofft, in dieser Nacht mein Mädchen zu lieben. Stattdessen verließ ich ihr Haus, ohne sie auch nur berührt zu haben.

Ich fing erst draußen an zu weinen, im Garten der Mahoneys, auf halbem Weg zur Straße. Während der Kapitän friedlich schlummerte, beseitigte seine Tochter die Verwüstungen seiner Eskapaden. Und es gab nichts, was ich tun konnte, nichts, was sie mich tun lassen würde, um ihr zu helfen.

Die Nacht war kalt, und ich zog die Jacke fest um meinen Körper, dabei spürte ich die Schachtel mit den Kondomen in meiner Tasche.

Jetzt, all die Jahre später, saßen wir auf demselben Sofa. Lynn trank ihr Glas leer und schüttelte sich, sie rieb sich die Ellenbogen, als sie aufstand.

»Du solltest jetzt lieber gehen, Mickey.«

»Das werde ich. Aber erst muss ich dir etwas über diese Nacht erzählen.«

Sie sah mich an, ohne ein Wort zu sagen. Ich räusperte mich und spürte, wie mein Gesicht rot wurde.

»Ich hatte gedacht, in dieser Nacht würden wir es tun.«

»Was tun?«

»Du weißt schon. Das, zu dem wir nie gekommen sind.«

Ein leichtes Lächeln umspielte ihre Lippen, ganz leicht nur, aber immerhin.

»Ich hatte einen Dreierpack Kondome in der Tasche. Als wir getanzt haben, fürchtete ich, du würdest die Schachtel fühlen.«

»Das habe ich.«

»Hast du? Du hast gar nichts gesagt!«

»Ich wollte dich nicht in Verlegenheit bringen.« Ihr Lächeln wurde breiter. »Wir hätten es getan in dieser Nacht.«

»Meinst du?«

Sie nickte, ohne ein Anzeichen von Scham. »Ich war bereit.«

»Ich auch.«

Ich stand auf und sah sie an, starrte sie an, und wünschte mir nichts mehr, als dass sie mich liebte. Die Worte kamen aus meinem Herzen, nicht aus meinem Kopf: »Bitte, komm zurück«, bat ich. »Werde wieder zu der, die du warst.«

Sie vergrub ihr Gesicht in den Händen, und als sie die Hände wieder wegnahm, waren ihre Augen dunkel und leer. »Es gibt keinen Weg zurück.«

»Du liebst mich. Ich weiß, dass du mich liebst.«

»Ich kann nicht sagen, dass ich das tue.«

»Dann sage ich es eben. Ich weiß es. Du hättest deine Mutter heute Abend auch alleine wieder ins Bett heben können. Darum hast du mich nicht gerufen.«

»Ach nein?«

»Es war, wie einen Wäschesack zu heben. Du hättest es alleine geschafft, aber du wolltest, dass ich komme. Hören wir doch auf, uns was vorzumachen.«

Ich streckte die Arme nach ihr aus, machte aber keinen Schritt auf sie zu. Es kam mir vor wie eine Ewigkeit, aber es vergingen nur Sekunden, bevor sie zu mir kam und mir in die Arme fiel.

Ich vergrub mein Gesicht in ihrer Schulter und hielt sie umschlungen. Sie zitterte, als flösse Strom durch ihren Körper, aber schließlich hörte es auf, wie besänftigt durch meine Umarmung. Sie seufzte und trat einen Schritt zurück, um mir ins Gesicht zu sehen, ihre Hände auf meinen Wangen, die Augen groß und grün und leuchtend.

»Ich habe dich gesehen, Mickey.«

»Wo hast du mich gesehen?«

»Im Konzert.«

Ich war baff. »Du hast doch gesagt, dass du mich nie auf der Bühne gesehen hast!«

»Das war gelogen.«

»Wo denn?«

»In Seattle.«

Ich erinnerte mich an die Konzerte in Seattle. Ich war mit einem einzigen Lied der Opening Act für die Rolling Stones, kaum zu glauben, aber wahr, ich sang in einem schwarzen Ganzkörperanzug voller Pailletten. Der Reißverschluss ließ sich nur bis zum Brustbein schließen, um meine üppige Brustbehaarung zur Geltung zu bringen. Ich verließ die Bühne im Kreischkonzert der hysterischen Teenie-Mädels, und da sprach Mick Jagger seinen einzigen Satz zu mir. Er sagte: »Kumpel, ich wünschte, ich könnte mal für eine Nacht Italiener sein.«

Lynn kicherte. »Ich fand den schwarzen Anzug toll, den du da getragen hast.«

»Du hättest hinter die Bühne kommen sollen.«

»Das wäre komisch gewesen.«

»Warum?«

»Ich war nicht … alleine da.«

Ein spitzer Dolch aus grünem Neid bohrte sich bei diesen Worten in mein Herz, als hätte sich der Mistkerl gerade zu uns ins Bett gelegt.

»Wer war er?«

»Nur so ein Typ.«

»Hast du ihm von mir erzählt? Hast du ihm gesagt, dass ich den Song für dich geschrieben habe?«

»Nein. Das Witzige war, es war seine Idee, zu dem Konzert zu gehen. Er wollte die Stones sehen.«

»Oh, toll. Also warst du nicht mal wegen mir da. Ich war nur zufällig der Opening Act.«

»Sei nicht so, Mickey.«

»Du hast mit ihm gevögelt, oder?«

»Oh, Mickey …«

»Dann hast du ihn wohl geliebt.«

»Falsch. Ich habe mit ihm gevögelt, weil ich ihn nicht geliebt habe.« Sie zögerte. »Ich habe sie alle gevögelt, weil ich sie nicht geliebt habe.«

Sie alle. Einen ganzen Volksstamm.

»Tut mir leid, Mickey«, sagte sie. »Aber du hast es doch auch nicht anders gemacht, oder?«

»Ja, aber nur, weil du mich verlassen hattest.«

»Es tut mir so leid …«

Es war mir unerträglich, weiter darüber zu sprechen, und sie wusste es.

»Lass uns nicht mehr von dem Konzert sprechen, Lynn.«

»Okay. Aber etwas muss ich dich noch fragen, zu dem, was du gemacht hast, als dein Lied zu Ende war.«

»Was denn? Meinst du, den Kuss ins Publikum blasen?«

»Du hast keinen Kuss ins Publikum geblasen.«

»Entschuldige, aber das habe ich immer gemacht. Das hat mein Agent von mir verlangt. Er fand das süß.«

»An dem Abend, als ich da war, hast du das nicht gemacht.«

»Was habe ich denn gemacht?«

»Du bist aufgestanden, an den Bühnenrand gegangen, hast die Arme ausgebreitet und gerufen: ›Gebt mir meinen Engel zurück!‹«

»Gebt mir meinen Engel zurück?«

»Das waren deine Worte. Es war … als würdest du die Götter anrufen.«

»Meine Güte, ich erinnere mich nicht, das getan zu haben. Wenn, dann war es aber das einzige Mal.«

»Ich bin sicher, das war es.«

»Warum bist du dir da so sicher?«

»Weil ich nur an dem Tag im Publikum war. Irgendwie musst du das gespürt haben.«

Verdammt. Nach allem, was passiert war, hatte sie trotzdem nicht den Glauben verloren.

»Vielleicht hast du recht«, räumte ich ein.

Mrs Mahoney stieß einen langen, verhaltenen Klagelaut aus. Es war Zeit für mich zu gehen. Das wussten wir beide.

»Warte«, sagte Lynn. »Ich will dir etwas geben.«

Sie rannte nach oben und kam mit einem zusammengerollten Blatt Papier zurück. »Guck jetzt nicht rein. Mach es auf, wenn du zu Hause bist.«

Lynn hielt meine Hand, während wir zur Haustür gingen.

»Kann ich dich morgen sehen«, fragte ich.

»Nein. Nicht, wenn am nächsten Tag Schule ist.«

»Sehr witzig.«

»Am Freitag kriegst du deinen Lohn, oder?«

»Ja.«

»Dann komm zum Schalter und zahl ihn ein, dann ... sehen wir weiter.«

»In Ordnung.« Sie ließ es zu, dass ich sie auf die Stirn küsste. »Freitag.«

Meine Eltern schliefen. Ich schlich leise in mein Zimmer und rollte das Papier auseinander. Es war eine verblichene Aquarellzeichnung von einem kleinen Jungen, der einen Drachen lenkt, und einem Pärchen im Teenageralter, das ihn anfeuert. Eine silberne Mondsichel leuchtete im Himmel. Sie war unterzeichnet mit »brendan«, alles in Kleinbuchstaben, mit Bleistift geschrieben. Ich hängte es an die Wand, neben das gerahmte Plattencover.

KAPITEL 19

Patrick Wagner hatte einen schlechten Tag. Er gähnte ununterbrochen und stolperte dauernd über seine eigenen Füße. Flynn war besorgt.

»Mensch, Patrick, alles in Ordnung?«

»Mir geht's gut.«

»Was ist denn los mit dir?«

Er rieb sich mit beiden Händen übers Gesicht und hinterließ dabei schmutzige Streifen. »Scarlett hat mich überredet, in die Stadt ins Kino zu fahren. Ich bin erst um Mitternacht nach Hause gekommen.«

»Meine Güte, das Mädchen bringt dich noch ins Grab, Patrick!«

Patrick wollte gerade freundlich widersprechen, als sein schläfriges Gesicht sich plötzlich aufhellte. Er wandte sich an mich.

»Hey, das hätte ich fast vergessen. In dem Film wurde dein Song gespielt!«

Ich dachte, er wolle mich verarschen, aber dann fiel mir ein, dass Patrick nicht der Typ war, jemanden zu verarschen. Er sah plötzlich aus wie ein Indianer mit Kriegsbemalung, sein Gesicht war rot vor Aufregung unter den Streifen von Schmutz.

»Du hast mein Lied in einem Kinofilm gehört?«

»Ja.«

»Das kann nicht sein.«

»*Sweet Days* heißt es, oder? Und irgendetwas mit *feeling like a haze* kommt darin vor.«

Ich schluckte. »Ja, das ist mein Song.«

Flynn schlug mir auf die Schulter. »Das ist doch toll! Dafür müssen sie dir was blechen, oder?«

Ich schüttelte den Kopf. »Die Rechte an dem Lied habe ich verkauft.«

»Oh, warum das denn?«

»Ich brauchte das Geld. Patrick, was war das denn für ein Film?«

»Eine Liebesgeschichte«, sagte er, »über eine Sommerliebe, die zu Ende geht, als das Mädchen einen reichen Typen kennenlernt und ihren Freund, einen Maler, für ihn sitzen lässt.«

»Typisch«, spöttelte Flynn.

»Am Ende will sie keinen von beiden«, fügte Patrick hinzu.

»Wie heißt der Film?«

»Hm … muss ich mal überlegen.«

»Wo hast du ihn gesehen?«

»Irgendwo in der West Side …«

Flynn zeigte mit dem Daumen über die Schulter. »Ich hab 'ne Zeitung im Wagen. Hol sie doch mal und guck nach, Patrick.«

Patrick holte die Zeitung und blätterte zu den Kinoseiten. »Hier! Hier ist es. Der Film heißt *Don't Push Me*. Ist ziemlich gut, muss ich sagen. Ausnahmsweise mal ein Film, der uns beiden gefallen hat, Scarlett und mir.«

Ich nahm ihm die Zeitung aus der Hand und riss die Seite mit den Kinoanzeigen heraus. Flynn kicherte.

»So, jetzt gehst du also und guckst dir heute Abend den Film an, was?«

»Auf jeden Fall.«

»Tu mir den Gefallen und versuch, 'ne frühe Vorstellung zu erwischen, ja, Mick? Wenn ihr morgen beide müde seid, muss ich mich am Ende selbst hinter einen Rasenmäher klemmen und richtig arbeiten, Gott bewahre!«

Ich hatte Glück mit den Zügen, und so war es nicht einmal sechs Uhr, als ich es mir auf einem der Sitze im Kino auf der West 86th Street bequem machte, um *Don't Push Me* zu sehen.

Es war ein Schock, gleich zu Beginn des Vorspanns die ersten Töne meines Songs zu hören. Hinter mir hörte ich einen Typen flüstern: »Ich erinnere mich an das Lied!«. Ich drehte mich um, um einen Blick auf ihn zu werfen, und war nicht überrascht, dass er pummelig war und schütteres Haar hatte.

Als der Film begann, wurde der Song in der zweiten Strophe ausgeblendet. Die Story war genau die, die Patrick erzählt hatte. Armer Kerl trifft Mädchen, armer Kerl verliert Mädchen an reichen Typen, Mädchen verlässt reichen Typen und beschließt, sich allein durchzuschlagen. Aber das Ganze hatte irgendwie eine besondere Note, etwas Unkonventionelles, wodurch die Geschichte funktionierte. Der Maler hatte auch seine Fehler, der reiche Typ war kein komplettes Arschloch, und das Mädchen war nicht dumm und auch nicht nur aufs Geld aus. Sie waren alle einfach normale Menschen. Die Schauspieler waren alle unbekannt, und der Regisseur war ein Australier, der seinen ersten Film in den USA produzierte.

Am Ende des Films bleibt das Mädchen allein, und die beiden Männer leben weiter wie bisher – der reiche Kerl schreit irgendeinen armen Faulpelz in seinem Büro zusammen, der Maler hockt auf einer Decke und rührt in einem Farbeimer. In der letzten Einstellung tropft eine Träne des Malers in die Farbe und vermischt sich langsam mit ihr, dann wird die Leinwand dunkel, und man hört wieder mein Lied, die letzte Strophe, die während des Abspanns läuft …

Sweet days are gone
But I will go on
Knowing somehow, you care
Even though you're not there …
I'll shed a tear and be through …
Knowing I have lost you …
Babe, I'm caught in a maze …
And there's just one … way … out …
Sweet days!

Ich wartete, bis das Lied vorbei war, bis die Namen der Regieassistenten, Kameraleute, Sounddesigner und sogar die des verdammten Cateringservices durchgezogen waren, und da war es endlich, in weißen Buchstaben auf schwarzem Grund: »*Sweet Days*, geschrieben und gesungen von Mickey DeFalco«, mit freundlicher Genehmigung der verdammten Plattenfirma, die mich damals über den Tisch gezogen hatte, als ich siebzehn verschiedenen Gläubigern Geld schuldete und für einen Hunderter auch meine Seele verkauft hätte.

Das Komische war, niemand verließ das Kino, bevor nicht der Song verklungen und der Abspann vorbei war. Als die Lichter angingen, bemerkte ich, dass die meisten Frauen im Kino Tränen in den Augen hatten. Ich saß eine Weile ganz still, mein Herz klopfte wild. Ich fühlte mich, als hätte ich gerade mein eigenes Grab besucht und festgestellt, dass die Leute, die mich für tot hielten, sich irrten.

Auf dem Weg nach draußen wurde ich in dem Strom von Menschen gefangen, die alle gleichzeitig auf die Tür zuströmten, und dabei gegen den Mann gedrückt, der hinter mir gesessen hatte. Er ging Arm in Arm mit einer stämmigen Frau, offensichtlich seiner Ehefrau.

»*Sweet Days!*«, sagte er und drückte liebevoll ihre Schulter. »Mann oh Mann, das ist doch das Lied, das wir gehört haben, als Kevin entstanden ist, was, Amanda?«

Darauf antwortete sie mit einem spielerischen Rippenstoß und zog ihn dann noch enger an sich. Dank mir gab es also einen Jungen namens Kevin mit Pickeln am Kinn, der seine Eltern ständig wegen einer Taschengelderhöhung nervte.

»Mickey DeFalco«, sagte die Frau. »Mein Gott, was wohl aus dem geworden ist?«

Sie sind ihm gerade auf den Fuß getreten, Lady.

Mein Vater schaute mich verwundert an, nahm einen Schluck aus seiner Bierflasche und schürzte die Lippen.

»Sie können deinen Song einfach so verwenden?«

»Es ist nicht mehr mein Song. Das ist es ja.«

»Diese Bastarde.«

Wir saßen nebeneinander im Little Neck Inn, das für einen Wochentag ziemlich gut besucht war.

Mein Vater klopfte mir auf die Schulter. »Das ist einfach verdammtes Pech.«

»Ich kann nichts dagegen machen.«

Mein Vater schüttelte den Kopf, dann steckte er sich eine Camel in den Mund. Er wollte sie gerade anzünden, als Heevey sie ihm aus dem Mund nahm.

»Nicht hier drin, Eddie. Du kennst doch das Gesetz.«

»Meine Güte, Heevey, das ist ein verdammt beschissenes Gesetz. Bier und Zigaretten gehören zusammen wie Adam und Eva!«

»Sehe ich auch so, aber ich muss mich trotzdem dran halten.«

Mein Vater riss Heevey die Zigarette aus der Hand und ging hinaus, um sie, gegen die Mauer gelehnt, zu rauchen. Ich stand neben ihm und beobachtete, wie er diesen Stummel genoss wie ein Lebenslänglicher den Gefängnishof.

»Wenn mir damals jemand gesagt hätte, es würde ein Tag kommen, an dem ich in einer Kneipe nicht mehr rauchen kann, hätte ich ihm ins Gesicht gelacht, Mick.«

Er nahm einen tiefen Zug, hielt den Rauch in der Lunge und ließ ihn dann mit einem langsamen Atemzug wieder entweichen.

»Ist alles gut mit Lynn?«

»Ich sehe sie am Freitag.«

»Früher nicht?«

»Sie will mich erst Freitag sehen.«

Er nahm einen letzten Zug und schnippte die Zigarette an den Randstein.

»Frauen, die sagen, wo's langgeht, und Rauchverbot in Kneipen. Meine Güte.« Er zeigte mit dem Daumen auf den Eingang des Little Neck Inn. »Noch eins für den Heimweg?«

»Ja, warum nicht.«

Diesen Freitag bekam ich weniger Lohn ausgezahlt als üblich. Ich hatte vergessen, dass Flynn die Uhr stoppte, wenn es regnete, also schlug sich der halbe Tag, den ich durch den Sturm verloren hatte, in meinem Geldbeutel nieder.

Aber es reichte trotzdem, um eine kleine Summe einzuzahlen, und so beeilte ich mich, zur Bank zu kommen, und ging direkt zu Lynns Schalter.

Sie sah mich eigenartig an, und plötzlich dachte ich, dass sie vielleicht wütend sei, weil ich sie nicht angerufen hatte. Hatte sie wirklich bis heute nichts von mir hören wollen?

»Lynn? Bist du böse auf mich?«

»Warum sollte ich böse sein?«

»Weil ich nicht angerufen habe.«

»Ich wäre böse, wenn du angerufen hättest.«

Sie drückte die Stirn gegen die Gitterstäbe des Schalters und ich tat das Gleiche, sodass ich ihre Haut spüren konnte.

»Kommst du heute Abend zu mir?«

Mein Herz war voll süßer Erleichterung. »Klar komme ich.«

»Würdest du auch bei mir schlafen?«

Mein Gott. Auf diese Worte hatte ich zwanzig Jahre lang gewartet.

»Ich frage meine Mama.«

»Mach keine Scherze darüber, Mickey.«

»Ich mache immer Scherze, wenn ich nervös bin. Das weißt du doch. Tut mir leid. Die Antwort ist: Ja, Ja, Ja, ich schlafe bei dir!«

Sie lächelte. »Nur wenn du dir sicher bist.«

Dann trat sie vom Gitter zurück und wurde wieder ganz zur Geschäftsfrau, wahrscheinlich weil hinter mir jemand darauf wartete, bedient zu werden. Doch ihr Gesichtsausdruck war immer noch seltsam, und ich sollte gleich erfahren, warum.

»Neulich ist etwas Eigenartiges passiert, Mickey.«

»Und was war das?«

Sie nahm mein Geld und zahlte es ein.

»Gleich nachdem du weg warst …«

»Ja?«

»… habe ich deinen Song im Radio gehört.«

Es kühlte ziemlich ab an diesem Abend. Ein erfrischender Wind wehte von Kanada zu uns herunter, als ich auf dem Weg vom Haus meiner Eltern zum Haus der Mahoneys war. Ich fühlte mich quicklebendig.

Meine Tasche für die Nacht, eine Plastiktüte aus dem Supermarkt, enthielt ein frisches T-Shirt, saubere Unterwäsche, eine Zahnbürste, meinen Rasierer und einen Dreierpack Kondome, für alle Fälle. Ich hatte gerade fertig gepackt, als meine Mutter im Türrahmen erschien.

Sie nahm meinen Kopf zwischen die Hände. »Sei vorsichtig, Michael.«

»Ich bin immer vorsichtig, Mama.«

»Und trotzdem passieren schlimme Dinge. Also musst du extravorsichtig sein.«

Kurz bevor ich das Haus verließ, schob mir mein alter Herr ein klein zusammengefaltetes Stück Papier in die Hand. Es war ein Zwanzig-Dollar-Schein.

»Vielleicht willst du sie ins Kino einladen«, sagte er.

Aber das war es nicht, was Lynn vorschwebte. Wir bestellten Pizza und hörten ein Oldies-Programm im Radio, während Mrs Mahoney im Nebenzimmer schlief.

»Auf dem Sender habe ich dein Lied gehört«, sagte Lynn. »Vielleicht spielen sie es noch mal.«

»Ich bin sicher, das werden sie.«

Sie sah mich erstaunt an. »Ziemlich eitel für einen Typen, der vor zwanzig Jahren das letzte Mal in den Charts war.«

»Nein, nein, das ist es nicht. Es hat sich was ergeben.«

Ich erzählte ihr von dem Film und dass der Soundtrack offenbar neues Interesse an meinem Song geweckt hatte.

»Und du bekommst gar nichts dafür?«

»Keinen Penny.«

Sie seufzte, und ich schwöre, dass genau in diesem Moment die ersten Töne von *Sweet Days* erklangen. Lynn machte große Augen, entweder wegen des Liedes oder weil ich vor ihr stand und die Hände nach ihr ausstreckte.

»Schenkst du mir diesen Tanz?«

Sie lachte. »Zu dem Lied kann man nicht tanzen!«

»Ich habe den verdammten Song geschrieben. Ich darf entscheiden, was man dazu kann oder nicht kann!«

Sie nahm meine Hand. Ich zog sie auf die Füße und begann einen schüchternen, engen Tanz, wobei es meine ganze Konzentration in Anspruch nahm, ihr nicht auf die Füße zu treten, während wir uns auf dem Küchenfußboden drehten.

Sie zog mich enger an sich und legte das Kinn auf meine Schulter. Ich küsste sie auf die Wange und schmeckte Tränen. Das Lied war zu Ende, aber wir hielten uns immer noch fest.

»Mann, von der Scheibe mussten wir ziemlich viel Staub runterwischen«, kicherte der Moderator. »Mickey DeFalcos einziger Hit *Sweet Days* kommt durch den Low-Budget-Kinofilm *Don't Push Me* zu neuen Ehren. Hey, was ist wohl aus Mickey DeFalco geworden? Ruft uns an und erzählt von den Stars eurer Teenie-Zeit, die vom Erdboden verschwunden sind. Seine Karriere ging schneller in den Keller als die Temperatur heute, die, nebenbei gesagt, in weniger als einer Stunde um erstaunliche zwölf Grad gefallen ist …«

Lynn schaltete das Radio aus. »Was meinst du, wollen wir ins Bett gehen?«

Sie sagte es einfach so, als wären wir seit zwanzig Jahren verheiratet und gerade vor einem alten Schwarz-Weiß-Film im Fernsehen eingenickt.

»Bist du sicher?«

»Ja … geh schon mal hoch. Ich muss meine Mutter fertig machen.«

Ich hatte Lynns Zimmer seit damals nicht mehr betreten. Es stand immer noch dasselbe durchhängende Messingbett vor dem Fenster, das auf den Garten hinterm Haus hinausging. Die

Wände waren bedeckt mit Brendans Aquarellbildern, befestigt mit Klebeband. Ich dachte, dass ich sie für sie rahmen lassen sollte, genauso wie das, das sie mir gegeben hatte …

Ich zog mich aus und betrachtete mich eingehend in ihrem Schlafzimmerspiegel, zum ersten Mal seit einer Ewigkeit. Mein Gesicht und meine Unterarme waren beinahe schwarz von der Sonne, während der Rest von mir so weiß war wie ein Fischbauch. In meinem Haar fanden sich die ersten grauen Strähnen, und ich hatte Schatten unter den Augen, die mir vorher nie aufgefallen waren.

Die personifizierte Verzweiflung. Ich sah aus wie ein bis über beide Ohren mit Hypotheken belasteter Bauer, der gerade erfahren hat, dass ein Hagelsturm auf seine Felder zuhält.

In dem Moment erschien Lynn in der Tür, vollständig angezogen und milchweiß im Gesicht.

»Zieh dich an, Mickey. Wir müssen meine Mutter ins Krankenhaus bringen.«

KAPITEL 20

Lynns Mutter hatte eine Art Anfall erlitten. Das Weiße in ihrem rechten Auge war blutunterlaufen. Sie zitterte so sehr, dass sie das Bett zum Klappern brachte wie ein Tamburin, während Lynn versuchte, sie an den Schultern festzuhalten und sie zu beruhigen.

»Mickey! Halt sie fest, während ich den Krankenwagen rufe!«

Ich hielt sie in den Armen, und zwischen all der Panik und dem Entsetzen schoss mir der Gedanke in den Kopf, dass ich Mrs Mahoney noch nie so nah gekommen war.

Plötzlich bäumte sie sich wild auf, sie wollte unter allen Umständen raus aus diesem Bett. Ich musste meine ganze Kraft aufwenden, um ihre knochigen Schultern zurück in die Kissen zu drücken. Es war, als habe sie irgendetwas Wichtiges zu tun und könne keine Ruhe finden, bis es erledigt war. Lynn kam zurück ans Bett geeilt und hielt die Schultern ihrer Mutter nun wieder selbst.

»Geh raus und weise den Rettungswagen ein, Mickey.«

Nach drei Minuten waren sie da. Zwei Typen mit Bürstenhaarschnitt in eng geschnittenen Shirts, auf denen *Little Neck Ambulance Corp* stand. Sie sprangen aus dem Auto und joggten mit einer Trage in den Händen zum Haus. Mrs Mahoney leistete plötzlich keinen Widerstand mehr, als ob irgendein Urinstinkt ihr sagte, dass diese Männer in Uniform fähige Männer waren, Männer, die man fürchten und denen man gehorchen musste. Sie schnallten sie auf der Trage fest und trugen sie hinaus, behutsam und effizient.

Lynn und ich fuhren hinten mit. Sie hielt die Hand ihrer Mutter, die mich mit ihrem klaren, wachen Auge anschaute. Ich fuhr zusammen, als sie einen Laut ausstieß, genauer gesagt, zwei Laute, die sich für mich anhörten wie »I« und »Un«.

Lynn tätschelte ihre Hand. »Ja, das ist er, Mama.«

Ich verstand gar nichts. »Was bin ich? Was hat sie gesagt?«

»Sie hat gesagt, dass du ein lieber Junge bist.«

Meine Kopfhaut kribbelte. Genau das hatte Mrs Mahoney immer über mich gesagt, bevor ihr Ehemann mich aus dem Haus verbannt hatte.

Dann schloss sie die Augen und hielt sie für den Rest der kurzen Fahrt geschlossen.

So kam es, dass sich das Wochenende von Lynns Bett und den süßen Versprechungen, die darin lagen, plötzlich in ein Doppelzimmer in einem nahe gelegenen Krankenhaus verlagerte, von dem aus man Blick auf den Long Island Expressway hatte.

Ein enthusiastischer junger Arzt, der aussah, als hätte er gerade erst die Pubertät hinter sich, sagte Lynn, dass sich der Zustand ihrer Mutter verschlechtert habe, möglicherweise durch ihre hartnäckige Weigerung, sich auszuruhen. Die ständigen Versuche, aus dem Bett aufzustehen, die Ruhelosigkeit … all das belaste die bereits geschädigten Blutgefäße in ihrem Kopf noch weiter.

Lynn fragte ohne Umschweife: »Wird sie sterben?«

Der Arzt räusperte sich. »Ich würde sagen, es kann so oder so ausgehen.«

»Wovon hängt das ab?«

»Das hängt davon ab, wie sie jetzt auf das reagiert, was sie sich selbst zugefügt hat.«

Lynn rieb sich das Gesicht, sie war am Ende ihrer Kräfte. »Sie sagen das so, als wolle sie sterben.«

»Na ja, in der Tat sieht es so aus, dass …«

»Es sieht so aus, als ob Sie Angst hätten, ich könnte Sie wegen irgendwas verklagen. Da können Sie beruhigt sein, Doktor.

Das würde ich nie tun. Meine Mutter hatte ein schreckliches Leben. Ich will nur, das sie nicht auch noch einen schrecklichen Tod erleiden muss.«

Der Doktor schluckte hörbar. »Das ist verständlich.« Er rückte seine Brille zurecht, räusperte sich noch einmal und sprach dann in ruhigerem, tieferem Tonfall weiter, offenbar in dem Tonfall, den er annahm, wenn er die Leute glauben machen wollte, dass er die Wahrheit sagte.

»Es steht auf Messers Schneide. Was in ihrem Kopf vor sich geht, können wir erst wissen, wenn etwas passiert. Sie könnte in einer Stunde tot sein, sie könnte aber auch noch fünfzehn Jahre leben.«

Lynn nickte, dann zog sie den überraschten Arzt in eine dankbare Umarmung.

»Danke, dass Sie ehrlich mit mir waren«, sagte sie über seine Schulter. »Das weiß ich zu schätzen.«

Ich bezweifle sehr, dass er je von einem auch nur annähernd so schönen Mädchen wie Lynn berührt worden war. Als Lynn ihn losließ, war sein Gesicht feuerrot. Plötzlich fiel ihm ein, dass noch andere Patienten auf ihn warteten, und er ging mit schnellen, unsicheren Schritten und wehendem Kittel davon.

Wir saßen nebeneinander an Mrs Mahoneys Bett und hielten uns an den Händen, während wir beobachteten, wie sich ihr Bauch hob und senkte. Hinter ihren Augenlidern war das Grauen des blutroten Auges versteckt, und sie sah aus, als läge sie in friedlichem Schlummer. Sie hatte irgendein Messgerät am Oberarm, in den anderen Arm tropfte Flüssigkeit aus einem Katheter.

In dem Bett am anderen Ende des Zimmers lag eine extrem übergewichtige Dame, die ununterbrochen leise vor sich hin jammerte. Ein Hausmeister, der hereinkam, um die Mülleimer zu leeren, teilte uns gut gelaunt mit, dass man ihr gerade die Gallenblase herausgenommen hatte.

»Zu viele Schweinekoteletts!«, sagte er im Hinausgehen kichernd.

Ich schaute auf die Uhr an der Wand. Es war halb neun. Vor weniger als einer Stunde hatte ich nackt in Lynns Schlafzimmer gestanden und auf sie gewartet. Jetzt war ich komplett bekleidet und saß am Sterbebett ihrer Mutter.

Mein Leben war voller Enttäuschungen, aber wenigstens nie langweilig.

Ich ging hinunter in die Eingangshalle und kehrte mit zwei Tassen scheußlichen Kaffees aus dem einen und zwei abgepackten Cremetörtchen aus dem anderen Automaten an Mrs Mahoneys Bett zurück. Der Kaffee schmeckte nach den Rohren, aus denen er kam, aber wir tranken ihn trotzdem und aßen die Törtchen.

Lynn streckte die Hand aus, um die Hand ihrer Mutter zu streicheln, die auf die Berührung nicht reagierte.

»Er hat sie gebrochen«, sagte sie plötzlich, als befänden wir uns mitten in einer Unterhaltung, und sie musste nicht erst erklären, wen sie mit »er« meinte. »Es ging so weit, dass sie gar nichts mehr sagte, außer um auf eine Frage von ihm zu antworten oder auf eine Anweisung zu reagieren. Sie brachte das Essen auf den Tisch und wusch die Wäsche. Er saß da und ließ sich bedienen wie der König, für den er sich hielt. Sie hat das alles viel zu lange mitgemacht. Und als sie sich dann wehren wollte …«

Lynns Stimme brach ab. Sie schaute mich an. »Deine Mutter hat Glück. Dein Vater ist in Ordnung.«

»Ja, aber die beiden schweben auch nicht immer nur auf Wolken.«

»Dein Vater hat deine Mutter nie geschlagen, oder?«

Ich war schockiert von der Frage. »Natürlich nicht! Du willst doch nicht sagen, dass …?«

In Lynns Augen schwammen Tränen der Wut. »Erinnerst du dich an den Tag, an dem wir uns kennengelernt haben? Als du das Geld eintreiben wolltest für die Zeitung?«

»Natürlich …«

»Weißt du, warum meine Mutter all die Zeit über nicht zu

Hause gewesen ist, um zu bezahlen?« Lynn zeigte auf den Boden. »Sie war hier. In diesem Krankenhaus. Er hatte ihr den Schädel gebrochen. Mit einem Schlag.«

Mir wurde schlecht, und beinah hätte ich mich übergeben. Nur mühsam schaffte ich es, meinen Magen zu beruhigen. Doch Lynn war noch nicht fertig.

»Normalerweise stellte er es schlauer an, wenn er sie schlug«, fuhr sie fort. »Sie hatte blaue Flecke, vielleicht ein paar Prellungen. Nichts im Gesicht, wo die Leute es sehen konnten. Aber dieses eine Mal hatte er komplett die Kontrolle verloren.«

»Um Gottes willen.«

»Er hat den Ärzten gesagt, dass sie die Kellertreppe runtergefallen wäre. Und sie hat mitgespielt. Ich habe sie angefleht, dass sie den Ärzten die Wahrheit sagt, dass sie ihn anzeigt, aber sie … spielte sein übles Spiel mit.«

»Warum?«

Lynn seufzte und drückte die Hand ihrer Mutter. »Weil sie zu der Zeit schon nur noch eine leere Hülle war. Es gab sie nicht mehr. Sie war verschwunden, ohne irgendwo hingegangen zu sein. Hast du so was schon mal erlebt? Das ist schlimmer, als jemanden sterben zu sehen. Viel schlimmer. Und ich konnte nichts tun.«

»Du hast es versucht.«

»Ich hätte mehr unternehmen müssen. Aber ist es nicht komisch, dass er genau die Kellertreppe, die seine Frau angeblich runtergestürzt ist, später, als ich weggelaufen bin, selbst runterfiel? Danach war er gelähmt, und sie musste ihre Zeit damit verbringen, ihn herumzuschieben und seinen Arsch abzuwischen. Sie war erst frei, als er endlich starb, und du siehst ja, was dann passiert ist. Nur ein paar Monate später hatte sie den Schlaganfall.« Lynn schnaubte. »Ich würde sagen, da hat Gott ihr doch einen ziemlich fiesen Streich gespielt, findest du nicht, Mickey?«

Langsam verstand ich. Lynn hatte Angst, dass auch sie eines Tages von einem Mann auf diese Art vernichtet werden könnte, von welchem Mann auch immer, vielleicht auch von mir. Ich mochte den Gedanken nicht, aber es war nachvollziehbar. Also musste ich ihr nur beweisen, dass ich anders war, ein außergewöhnliches, wunderbares, klügeres Exemplar von Mann. Das musste doch zu schaffen sein.

Sie kniff plötzlich ein Auge zu, als läse sie meine Gedanken.

»Ich habe dich doch neulich nach den Namen meiner Brüder gefragt. Jetzt frage ich dich was viel Schwierigeres. Wie ist der Name meiner Mutter?«

Ich öffnete den Mund, schloss ihn wieder und schnappte nach Luft wie ein Goldfisch.

»Das ist mir jetzt wirklich peinlich.«

»Das muss es nicht. Es ist ganz logisch. Wie könntest du dich an ihren Namen erinnern? Er hat ihn ihr genommen, zusammen mit allem anderen.«

»Vielleicht habe ich ihren Namen nie gewusst. Sie war für mich immer Mrs Mahoney.«

»Du wusstest ihn, aber du hast ihn vergessen. Meine Mutter heißt Ruth. Ruth Brady. Das war ihr Mädchenname.«

Wie als Antwort auf den Klang ihres Namens ließ Mrs Mahoney ein leises Stöhnen hören. Lynn drückte ihre Hand.

»Alles wird gut, liebe Ruth.«

Eine Krankenschwester schaute zur Tür herein und sagte uns, wir müssten gehen. Ich stand auf, aber Lynn blieb sitzen und hielt weiter die Hand ihrer Mutter, als hätte sie nichts gehört.

Kurz darauf betrat die Krankenschwester das Zimmer, eine schwer atmende junge Frau mit der resoluten Art, die für Menschen in ihrem Job unerlässlich ist. Ihre Waden waren dick wie Kanonenkugeln, die weißen Strümpfe darüber zu einem Fischnetzmuster gespannt.

»Entschuldigung«, sagte sie, »Sie müssen jetzt gehen.«

Lynn wandte der Krankenschwester das Gesicht zu und lächelte das falsche Lächeln, das sie schon für unfreundliche Leute auf Lager hatte, als wir Teenager waren.

»Ich werde heute Nacht hierbleiben«, sagte sie, nicht herausfordernd oder aufsässig, sondern ganz nüchtern wie ein Lehrer, der den Schülern verkündet, dass die Erde rund ist.

Die Augen der Krankenschwester weiteten sich ungläubig. So etwas passierte ihr nicht oft.

»Miss. Sie müssen gehen.«

»Ich muss hier bei meiner Mutter bleiben.«

»Tut mir leid, das ist gegen die Regeln.«

»Sie sehen nicht aus, als würde es Ihnen leid tun.«

»Lynn«, begann ich, aber sie hob eine Hand, um mich zum Schweigen zu bringen. Mit der anderen hielt sie weiter die Hand ihrer Mutter. Dann wandte sie sich wieder an die Krankenschwester.

»Es ist so«, sagte sie, ruhig wie ein Priester, der eine milde Buße auferlegt. »Sie könnte heute Nacht sterben. Und wenn sie noch mal aufwacht und ich nicht hier bin, um mich zu verabschieden, das wäre eine ziemlich miese Art zu gehen, meinen Sie nicht?«

Die Krankenschwester stand reglos wie eine Statue.

»Ich will nicht, dass Sie Ärger bekommen. Wenn Sie wollen, melden Sie dem Sicherheitsdienst, dass ich hier bin und mich weigere zu gehen. Und wenn der mich zwingt zu gehen, dann nimmt mein Freund hier meine Mutter über die Schulter, und wir bringen sie wieder nach Hause. Nur eins ist wichtig: dass sie nicht alleine ist, wenn sie ihren letzten Weg antritt.«

Schließlich blinzelte die Schwester, verschränkte die Arme vor der Brust und nickte mit dem Kopf in meine Richtung. »Bleibt er auch?«

Sie hatte gewonnen. Mein Baby hatte gewonnen. Lynn schüttelte den Kopf.

»Nein. Nur ich.«

Die Schwester nickte und hob das Kinn, um zu zeigen, dass sie trotzdem diejenige war, die hier das Sagen hatte, und nur aus reiner Gutmütigkeit nachgab.

»Nun«, sagte die Schwester, um wenigstens einen Teilsieg zu erringen, »dann muss er jetzt sofort gehen.«

»Das wird er. Wir verabschieden uns, und dann geht er.«

Die Schwester trottete davon. Ich nahm Lynns freie Hand in beide Hände. »Was kann ich tun?«

»Nichts, Baby. Geh zurück in mein Bett.«

»Ich komme morgen früh wieder. Mit Frühstück.«

Draußen schob ein Nachtarbeiter eine Poliermaschine durch die Flure. Er schob die Maschine bis zur Türschwelle heran, sodass ein süßlicher Wachsgeruch in den Raum drang, der mich an Kirchengeruch erinnerte. Lynn legte die Hände vors Gesicht, wie um ein Gähnen zu unterdrücken, doch als sie die Hände wieder sinken ließ, weinte sie.

»Das Leben ist hart, was, Ruth?«

Ich stellte mich hinter ihren Stuhl und umarmte sie.

»Ich liebe dich, Lynn.«

Ich wollte hören, dass auch sie mich liebe. Sie drückte meine Unterarme und holte tief Luft.

»Pancakes.«

»Hä?«

»Mein Frühstück. Du hast doch gesagt, du bringst mir Frühstück. Ich will Pancakes vom International House of Pancakes, mit extra Bananen-Walnusssirup.«

»Okay.«

»Den Walnusssirup extra. Lass sie ihn nicht draufgießen. Bis du hier bist, sind sie sonst völlig matschig.«

»In Ordnung.«

»Und schwarzen Kaffee mit drei Stück Zucker.«

»Meine Güte, Bananen-Walnusssirup und drei Stück Zucker. Ich hoffe, die haben hier große Insulinvorräte.«

»Komm her.«

Ich ging um ihren Stuhl herum, um sie anzuschauen. Sie stand auf und nahm mich in die Arme, und dann küsste sie mich. Es war unser erster richtiger Kuss seit damals, ohne Schutzschild, ohne Mauern und Vorbehalte.

Die dicke Schwester erschien wieder im Türrahmen, und im Gegensatz zu Lynn hatte ich Angst vor ihr. Wir küssten uns noch einmal, diesmal war es nur ein schneller Kuss auf die Lippen, und als ich das Krankenhaus verließ, schwebte ich auf Wolke sieben.

Nicht nur wegen des Kusses. Das auch, aber vor allem wegen der Bezeichnung, die Lynn im Gespräch mit der Krankenschwester für mich gewählt hatte: »Mein Freund.«

Ich rief meine Eltern an und erzählte, was passiert war und dass ich bei den Mahoneys schlafen würde. Ich musste etwa anderthalb Kilometer zu Fuß gehen, und als ich mich dem Haus näherte, hörte ich ein eigenartiges Geräusch, das mit jedem Schritt lauter wurde, ein drängendes, insistierendes Klopfen in einem Ahornbaum, der vor der Gartenhecke stand.

Ein Specht pickte an einem abgestorbenen Zweig herum, der schon vor Jahren hätte getrimmt werden müssen. Es war beinahe Mitternacht, und die Chancen standen ziemlich gut, dass ich und dieser Vogel, dessen innere Uhr irgendwie durcheinandergeraten war, in dieser verschlafenen Straße in Little Neck die einzigen wachen Lebewesen waren. Kurz ging mir der Gedanke durch den Kopf, dass es der Geist Kapitän Mahoneys war, der sich der Seele dieses Vogels bemächtigt hatte, um mir zu drohen: Bleib weg von meinem Haus, bleib weg von meinem Haus …

Ich ging in Lynns Zimmer und legte mich in ihr großes Bett, und immer noch hörte ich das Klopfen des verrückten Vogels.

»Du kannst mich mal, Walter«, sagte ich zu dem Vogel. Es fühlte sich gut an, das zu sagen. Dann schlief ich ein.

KAPITEL 21

Im International House of Pancakes nahm eine dicke Kellnerin meine Bestellung auf. Sie brachte mir eine Tasse Kaffee, während ich am Tresen auf das Essen wartete, und plötzlich ertönte mein Song aus den Lautsprechern des Lokals.

Die Kellnerin goss mir Kaffee nach.

»Das muss komisch für dich sein, oder?«

Da erst sah ich die Frau, die mich bedient hatte, richtig an. Ihr Mondgesicht wurde von leuchtend rot gefärbten Haaren umrahmt, die sie zu einem strengen Dutt zusammengebunden hatte. Ich betrachtete sie und schälte im Geist das überflüssige Fleisch und die Jahre herunter, und heraus kam Rosie Gambardello, die Frau, mit der ich den ersten Sex meines Lebens hatte. Ich konnte nur hoffen, dass sie nichts von dem Schock bemerkte, den ihr Anblick mir versetzte.

»Rosie! So eine Überraschung! Hallo.«

»Hab gehört, dass du wieder da bist, Mick. Wie geht's?«

Ich zuckte mit den Schultern. »Alles beim Alten.«

Alles beim Alten? Wie wann? Als ich mich das letzte Mal von ihr verabschiedet hatte, war ich halb nackt aus ihrem Auto getorkelt, sturzbetrunken und ohne meine Jungfräulichkeit, und es tat mir unendlich leid, dass die Sache mit ihr passiert war anstatt mit Lynn.

In ihrem taubenblauen Uniformkleid sah sie aus wie ein Zirkusclown. Für jemanden mit ihrer Figur konnte es keine unvorteilhaftere Farbe geben. Etwas in ihrem Leben war offenbar ganz furchtbar schiefgelaufen.

Aber sie lächelte, auf eine Art, die das Ganze nur noch schlimmer machte.

»Ganz schön krass, dass sie deinen Song spielen, gerade wo du hier bist.«

»Ja, das stimmt.«

»In letzter Zeit höre ich ihn dauernd. Vielleicht weil das 'n Oldies-Sender ist.«

»Wahrscheinlich.«

Offenbar wusste sie nichts von dem Film, und ich hatte nicht vor, ihr davon zu erzählen. Mein Lied ging zu Ende und nahtlos über in die ersten Töne von Johnny Mathis' *Chances Are*. Ich hatte das Pech, dass außer mir keine anderen Kunden zu bedienen waren, sodass sich Rosie ganz mir widmen konnte. Konnte es denn so lange dauern, eine verdammte Bestellung von Pancakes zum Mitnehmen fertig zu machen?

»Hast du Kinder, Mick?«

»Nein.«

»So viele Frauen und keine Kinder? Ich habe eins.«

Sie zog ihr Portemonnaie hervor und schlug es auf, so wie ein Polizist seine Marke zeigt. Zum Vorschein kam das Foto eines dicklichen, grinsenden Jungen mit einem blonden Pony, aufgenommen vor einem ozeanblauen Hintergrund. Er trug ein weißes Hemd und eine Krawatte, auf der die Buchstaben ›SAS‹ eingestickt waren.

Irgendwo im Haus meiner Eltern musste es genau so ein Foto von mir geben. Es war das offizielle Schulfoto der Saint-Anastasia-Schule. Die gleiche Krawatte, der gleiche Hintergrund, nur ein anderes Gesicht.

»Tony Saputo.«

»Wer?«

»Mein Junge. So heißt er. Erinnerst du dich an Peter Saputo?«

»Nein …«

»Na ja, das ist sein Vater. Er war ein ziemliches Arschloch. Ist er immer noch.«

Sie schloss das Portemonnaie wieder und steckte es zurück in die Tasche, dann musterte sie mich aufmerksam wie ein Mädchen, das man nach einem One-Night-Stand zufällig auf der Straße trifft und das jetzt eine Erklärung verlangt, warum man sich nie gemeldet hat. Nur, dass unser One-Night-Stand schon zwanzig Jahre her war.

»Er geht also auf die Saint Anastasia, ja?«, sagte ich endlich.

Sie schien beleidigt, dass ich fragte. »Was denkst'n du? Dass ich ihn auf die öffentliche Schule schicke? Da sind nur noch Schlitzaugen. Und auf der 94. lernen sie Mathe noch mit 'nem Rechenschieber!« Sie seufzte und schüttelte den Kopf. »Aber es ist nicht billig, Mick. Drei Riesen im Jahr kostet's inzwischen, kannst du das glauben? Drei Riesen für die vierte Klasse. Wie viel war es früher? Hundert? Zweihundert?«

Eine Glocke läutete, was zweierlei bedeutete: Ein Engel hatte sich seine Flügel verdient, und meine verdammten Pancakes waren endlich fertig. Rosie brachte sie mir in einer Styroporschachtel, zusammen mit dem Kaffee und dem Bananen-Walnuss-Sirup in einer Extradose. Ich bezahlte an der Kasse, und als sie mir das Wechselgeld herausgab, griff sie meine Fingerspitzen und zog mich zu sich heran.

»Ich war die Erste, oder?«

»Ja, das warst du, Rosie.«

»Die Erste von Tausenden.«

Wenn sie das gerne glauben wollte, dann sollte sie. Auf ihre Art fühlte sie sich dadurch wichtig. Ich konnte es kaum erwarten, diese Unterhaltung zu beenden, doch es war kein Ende in Sicht.

»Mein Gott«, kicherte sie, »du warst vielleicht nervös damals.«

»Ich war besoffen vom Wein deines Vaters.«

Das hätte ich nicht sagen sollen. Ihre Augen verengten sich, als hätte ich ihr einen Schlag mit der Peitsche verpasst. »Nicht zu betrunken, um dich daran zu erinnern«, sagte sie bitter.

»Rosie. Was willst du von mir?«

Sie zuckte mit den Schultern. In ihre Augen stiegen Tränen der Wut, die sie zurückzwinkerte. »Ich wollte nur nicht, dass du vergisst, dass es passiert ist.«

Ich legte ungeschickt meine Hand auf ihre. »Ich vergesse es nicht, Rosie.«

»Ich hab' gedacht, ich weiß nicht ... dass wir uns vielleicht mal treffen können.«

Ich zog meine Hand zurück. »Das passt jetzt gerade nicht so gut.«

»In Ordnung.«

»Aber ich fühle mich geschmeichelt von deinem Angebot.«

»Ja, so siehst du aus.«

Ich nahm meine Tasche und wandte mich zum Gehen, dabei überlegte ich, ob ich ihr ein Trinkgeld hätte geben sollen, oder ob das die alte Wunde nur noch weiter aufgerissen hätte, als Rosie mir die Frage hinterherschoss: »Für wen sind die Pancakes?«

Ich zögerte, drehte mich noch einmal zu ihr um und spürte, wie mein Gesicht rot wurde. Sie wusste es. Ich war dumm, wenn ich glaubte, sie wüsste es nicht.

»Willst du einen Ratschlag, Mick? Halt dich von ihr fern. Mit diesem Mädchen stimmt was nicht. Ich meine, sie hat sich immer für was Besseres gehalten, und jetzt ...«

»Was jetzt?«

Rosies Lippen zitterten. »Sie wird dir wieder das Herz brechen.«

Es hörte sich gleichzeitig warnend und drohend an. Dabei konnte ich es nicht belassen.

»Rosie«, ich flüsterte beinahe, »du kennst sie nicht. Ich bin der Einzige, der sie wirklich kennt.«

Sie schüttelte traurig den Kopf, griff nach einem feuchten Lappen und wischte die Theke zwischen uns ab.

»Du weißt gar nichts, DeFalco. Ich schätze, du musst es auf die harte Tour rausfinden.«

Ich erzählte Lynn nichts von meinem Zusammentreffen mit Rosie. Sie freute sich über die Pancakes und aß sie mit unbändigem Appetit, während ihre Mutter friedlich schlief. Der Arzt sagte, Mrs Mahoneys Zustand sei stabil, dass sie aber noch ein paar Tage zur Beobachtung im Krankenhaus bleiben solle.

Alles schien wieder im Lot. Lynn war einverstanden, mit nach Hause zu kommen, zumindest für eine kleine Weile.

Wir würden das Haus für uns haben.

Auf dem Weg hielten wir uns an der Hand. Es war ein wunderschöner Tag, klar und sonnig und trocken, und plötzlich war die Welt wie ein großer, reifer Apfel, in den ich gleich beißen würde.

Allerdings drehte sich der Apfel dann um und biss mich.

Ein Polizeiauto bremste vor uns und kam lässig quer zum Bordstein zum Stehen. Zwei junge Polizisten, einer dünn, der andere muskelbepackt, sprangen aus dem Auto und eilten zu mir.

»Hey«, sagte der Dünne. »Sind Sie Mickey DeFalco?«

Mir brach am ganzen Körper der Schweiß aus. Lynns Hand in meiner fühlte sich plötzlich glitschig an.

»Ja, das bin ich!«, sagte ich und erwartete das Schlimmste, gleichzeitig froh und traurig darüber, dass die Frau, die ich liebte, bei mir war in dem Moment, da alles über mir zusammenstürzte.

Die Polizisten standen da, die Hände in die Seiten gestemmt. Dann streckte der Dünne beinahe schüchtern die Hand aus.

»Ich wollte nur sagen, dass das ein toller Song ist, den Sie da geschrieben haben«, meinte er. »Den habe ich in letzter Zeit dauernd im Radio gehört.«

Ich schüttelte beiden die Hand.

»Solche Lieder werden heute gar nicht mehr geschrieben«, sagte der Muskulöse. Er klopfte sich auf die Brust. »Da ist richtig viel Herz drin, Mann.«

»Danke.«

Ich stellte ihnen Lynn vor, ohne zu erzählen, dass sie meine Inspiration für den Song gewesen war. Sie hoben die Hand an die Mützen und nickten, dann fuhren sie davon.

Ich musste mich auf den Bordstein setzen. Ich war schweißüberströmt. Ich hyperventilierte. Lynn setzte sich neben mich und rieb meine Schultern.

»Hey, Mickey, was ist denn los?«

Ich sah sie an. Ich liebte sie – oh Gott, wie ich sie liebte! – sogar noch mehr als damals. Nichts durfte zwischen uns stehen, sie sollte alles Wichtige über mich wissen, und das hieß, dass es an der Zeit war, das Geheimnis zu lüften, das mir schon die ganze Zeit auf der Seele brannte, seit ich nach Little Neck zurückgekehrt war.

»Lynn, hör mir zu«, begann ich. »Du bist der einzige Mensch auf der Welt, der mich wirklich kennt. Irgendwie habe ich den Gedanken immer gemocht, dass es auf der Welt einen Menschen gibt, der mich wirklich kennt.«

Sie musste lachen. »Mickey. Wir haben uns zwanzig Jahre nicht gesehen. Da gibt es wohl ein paar Lücken in dem, was wir übereinander wissen, oder?«

»Ich meine nicht, mit wem wir geschlafen haben und diesen Mist. Ich meine das, was wirklich zählt. Wir müssen voneinander alle wirklich wichtigen Sachen wissen, wenn das funktionieren soll.«

»Mickey, erzähl es mir einfach.«

»Es könnte deine Gefühle für mich verändern.«

»Das bezweifle ich.«

Ich holte tief Luft und schaute hoch in den wolkenlosen Himmel. Lynns Hand massierte meinen Nacken. Das war der Stoß, den ich brauchte, um endlich zu reden.

»Es war, kurz bevor ich zurückgekommen bin«, fing ich an. »Ich war seit ungefähr zwei Wochen obdachlos, ich war in Los Angeles, und die Dinge standen wirklich schlecht.«

Sie sah mich bestürzt an. »Obdachlos? Du hast so richtig auf der Straße gelebt?«

Ich zuckte mit den Schultern. »Eigentlich eher am Strand.« Dann erzählte ich ihr alles, absolut alles, was sie wissen musste.

KAPITEL 22

Wenn du obdachlos bist, findet nachts der Wind immer einen Weg zu dir, besonders an einem Ort wie Los Angeles, wo nach Sonnenuntergang der Wüstenwind erwacht. Der Wind ist aufdringlich wie ein Bettler, eine unablässige kühle Erinnerung daran, dass du nirgendwo drinnen willkommen bist, außer in Bars und öffentlichen Bibliotheken, und auch da kannst du den Kopf nicht auf die Brust sinken lassen und einschlafen, sonst wirst du rausgeschmissen …

Ich hatte einen guten Schlafplatz gefunden. Es war ein leer stehender Schuppen neben dem Strand von Venice, ein Ort, an dem früher mal Werkzeuge gelagert worden waren. Drumherum wuchs hohes, stacheliges Unkraut, und die gesplitterte hölzerne Tür ließ sich tatsächlich öffnen. Wenn ich sie von innen wieder schloss, war ich ganz und gar vor dem Wind geschützt.

Ich fühlte mich da drin wie in einem riesigen Sarg, aber ich wusste, dass ich mich glücklich schätzen konnte, ihn gefunden zu haben. Ich hatte Glück, dass ihn vor mir nicht schon ein anderer Penner entdeckt hatte. Ich hatte kürzlich die Wohnung aufgelöst, die ich mein Zuhause genannt hatte, und dieser miese kleine Schuppen musste mir jetzt erst mal für eine Weile reichen. Meine wenigen Besitztümer hatte ich in einem Schließfach am Busbahnhof deponiert. Am Strand gab es eine öffentliche Toilette, die um sieben Uhr morgens geöffnet wurde. Dort konnte ich mich rasieren und meine Zähne putzen, und wenn die Sonne aufgegangen war, konnte ich mich beim Baden im Pazifik einigermaßen waschen.

Man musste nur aufpassen, keine Seife mit zum Wasser zu nehmen. Denn wenn sie sahen, wie man sich in der Brandung einseifte, konnten sie einen wegen Landstreicherei drankriegen.

Ich gestattete mir selbst nie den Gedanken, dass ich in dem verlassenen Schuppen tatsächlich lebte. Ich sagte mir, dass ich dort hinging, um mich auszuruhen, um meine Gedanken zu sammeln, meine nächsten Schritte zu planen.

Doch aus ein paar Nächten wurde eine Woche, dann zwei Wochen, und dann verschlief ich eines Morgens den Sonnenaufgang und wurde von einem unsanften Stoß in die Rippen geweckt. Es war ein Schuh, ein gut geputzter Schuh am Fuß eines groß gewachsenen Mannes mit einem runden Bäuchlein, Abzeichen und Mütze.

»Los, aufstehen, Kumpel«, sagte er, nicht wütend oder grausam, eher gelangweilt von seiner Aufgabe, die er sicher zum tausendsten Mal erfüllte. Polizisten haben dieses Mit-dem-Fuß-Stoßen wirklich raus. Es ist kein Tritt, sodass man ihnen Brutalität vorwerfen könnte, aber sie finden zielsicher den Weg zwischen die Rippen und hinterlassen Stellen, die am nächsten Tag zu Blutergüssen werden.

Noch im Halbschlaf blinzelte ich ihn an.

»Hey, kommen Sie, aufstehen. Sie können hier nicht wohnen.«

Ich glaube, es war das Wort »wohnen«, das mich wachrüttelte.

»Ich wohne hier nicht«, sagte ich. »Ich bin gestern Abend nur ein wenig abgestürzt.«

»Ach ja? Und wo waren Sie gestern Abend?«

»Auf einer Party.«

»Und wo war diese Party?«

Das Problem ist, wenn man einen Polizisten belügt, muss man eine endlose Kette weiterer Lügen erfinden. Mir ging einfach die Puste aus.

Ich richtete mich langsam zu einer sitzenden Haltung auf. »Ich erinnere mich nicht.«

Der Polizist schob die Tür ganz auf, und es war schrecklich, mein ganzes Elend in der gleißenden kalifornischen Morgensonne zu sehen. Um mich herum lagen leere Muffinpackungen. Ich war von einem Leinensack bedeckt, den ich am Strand gefunden hatte und als Decke benutzte. Meine zusammengerollte Jeans diente mir als Kopfkissen, und auf einem kleinen Brett hatte ich ein Stück Seife, Zahnbürste, Zahnpasta und meinen Einmalrasierer aufgereiht. Ein leerer Weinkrug von Gallo vollendete das spartanische Ensemble meiner einsamen Häuslichkeit.

Man konnte es nicht mehr anders drehen. Ich war ein Obdachloser, ein Penner, ein Säufer, und das hier war mein jämmerlicher Versuch, mir ein Zuhause zu schaffen.

»Eine Party, ja?« Der Polizist kicherte. »Sieht für mich so aus, als ob die Party hier stattgefunden hätte.«

Ich saß immer noch am Boden. Ich sah den Polizisten an, einen stämmigen Kerl, der etwa in meinem Alter sein musste, vielleicht ein wenig älter, eigentlich ein bisschen zu alt für einen Bezirkspolizisten, jemand, der seine Rente sicher hatte und vielleicht eine zweite Karriere im privaten Sicherheitsdienst vor sich, wenn er seinen Job bis dahin überleben würde.

Wahrscheinlich hatte er ein Kind, vielleicht auch zwei, und eine Frau in Stretchhosen, die ein, zwei Mal pro Woche Lotto spielte, denn man konnte ja nie wissen.

Und sie hatten ein Haus. Wände, Böden, Decken, vielleicht sogar einen Garten. Die Fliegentür quietschte, und seine Frau lag ihm ständig in den Ohren, dass er sie endlich ölen solle. Und immer wieder vergaß er es …

Ich fühlte eine Welle des Neids in mir aufsteigen. Es war das erste Mal in meinem Leben, dass ich auf die Besitztümer eines anderen Mannes neidisch war, und es war ein so überwältigendes Gefühl, dass ich die Hände vors Gesicht schlug und in Tränen ausbrach.

Das überraschte den Polizisten. Jetzt musste er nicht mehr nur einen Typen rauswerfen, er musste sich um ein Nervenbündel kümmern. Er ging neben mir in die Hocke und legte mir mitfühlend die Hand auf die Schulter.

»Schon gut, beruhigen Sie sich.«

»Tut mir leid.«

»Zeigen Sie mir mal Ihren Ausweis.«

»Bin ich verhaftet?«

»Nein, nein. Können Sie sich irgendwie identifizieren?«

Ich überlegte, ob ich sagen sollte, dass ich keinen Ausweis hatte, aber ich dachte, dass ich wohl eher wie ein ehrbarer Bürger wirkte, wenn ich ihm etwas mit meiner alten Adresse darauf zeigen konnte. Ich rollte meine Hose auseinander und fischte in der hinteren Tasche nach meinem Portemonnaie. Ich reichte ihm meinen Führerschein, den ich immer noch aktualisieren ließ, obwohl ich mein Auto schon vor Jahren verkauft hatte. Er war ausgestellt auf »DeFalco, Michael A.«, und als der Polizist die Augenbrauen hochzog, wusste ich, dass ich aus dem Schneider war.

»Heilige Mutter Gottes, sind Sie Mickey DeFalco?«

Ich zuckte mit Schultern. »Manche nennen mich Mickey.«

»Der mit dem Lied?«

Ich zog meine Jeans über, immer noch ohne mich zu erheben. Wie schön er das gesagt hatte. Das Lied, Singular.

»Ja, das bin ich.«

Das Gesicht des Polizisten strahlte vor Verwunderung, seine Augen leuchteten wie zwei braune Sonnen. Auf seinem Namensschild stand »O'Brien«, aber in dem Moment hatte er vergessen, dass er Polizist war. Er war ein Fan.

»Mann, ich liebe *Sweet Days*! Das lief gerade im Radio, als ich meiner Frau den Antrag gemacht habe!«

»Ehrlich?«

»Ja, Champagner, rote Rosen, und Sie!« Er lachte. »Später hat sie mal behauptet, dass sie nur wegen des Liedes Ja gesagt hat.«

Das zu hören überraschte mich nicht weiter. Kitschige Songs sind für einen Haufen dummer Fehlentscheidungen verantwortlich.

Ich zögerte, bevor ich fragte: »Sind Sie noch zusammen?«

»Oh ja. Seit neunzehn Jahren jetzt. Und wir lieben uns immer noch wie zwei Teenies.«

»Das freut mich für Sie.«

Langsam verflog die Überraschung. Der hockende Polizist verlagerte sein Gewicht auf den anderen Fuß, und gleichzeitig änderte sich die Stimmung. »Meine Güte«, sagte er, als hätte er mich soeben aus einem Zugwrack gerettet, »was zum Teufel ist mit Ihnen geschehen?«

»Bin ich verhaftet?«, fragte ich noch einmal. Ich war noch nie verhaftet worden. Das war eins der wenigen Dinge, auf die ich stolz sein konnte, die mir noch blieben.

Er sah mich ungläubig an und stand auf. Dabei klimperten die Handschellen an seinem Gürtel.

»Verhaftet? Glauben Sie, ich verhafte Mickey DeFalco?«

»Na ja ...«

»Kommen Sie, das würde ich niemals tun.«

Er würde mich in Ruhe lassen. Officer O'Briens Haar wurde an der Stirn schon dünner, und sein Bauch hing über die Gürtelschnalle, aber sein Gesicht leuchtete wie das eines Kindes an Weihnachten.

Ich verkörperte seine Jugend, seine Hoffnungen, ich erinnerte ihn an alles Gute, was ihm je widerfahren war, als sein Haar noch voll war und der Bauch flach. Ein jüngerer Polizist hätte mich vielleicht mitgenommen, um selbst ein bisschen Ruhm dafür zu ernten, dass er ein abgehalftertes One-Hit-Wonder verhaftet hatte. Doch Officer O'Brien war, wie ich feststellte, nicht nur ein Fan von mir.

Er war ein Jünger. Und das ist nicht unbedingt immer positiv.

Er sah mir zu, wie ich meine Schuhe anzog, einen nach dem anderen wie ein normaler Sterblicher. Einer meiner Schnürsenkel riss, und ich musste den Schuh mit dem verbliebenen längeren Ende zuknoten, indem ich es herauszog und nur in die Hälfte der Löcher wieder einfädelte. Dann faltete ich den

Leinensack zusammen und legte ihn in eine Ecke des Schuppens, steckte meine wenigen Toilettenartikel in eine Plastiktüte und knüllte die Muffinpackungen in der Hand zusammen. Zuletzt hob ich die Weinflasche auf und war fertig. Ich war vielleicht ein Penner, aber ein verdammt ordentlicher. So verließ ich den Schuppen erhobenen Hauptes, so als hätte ich gerade aus einem Fünf-Sterne-Hotel ausgecheckt.

»Ich gehe jetzt, Officer O'Brien.«

»Billy. Nennen Sie mich Billy.«

»Okay, Billy.«

Er fand es toll, wenn ich ihn beim Vornamen nannte. »Hören Sie zu, Mickey … ich darf doch Mickey sagen?«

»Klar.«

»Kann ich Sie irgendwohin mitnehmen?«

»Es gibt nichts, wo ich hinmüsste.«

»Kann ich Sie ein Stück begleiten?«

Ein Polizist, der mit mir spazieren gehen wollte.

»Sicher, Billy. Ich werfe nur schnell den Müll weg.«

Wir gingen zusammen durch den Sand. Es war noch vor sieben, die öffentliche Toilette war noch geschlossen. Außer uns waren nur ein paar verstreute Jogger unterwegs. Ich warf die Verpackungen und die Weinflasche in einen Mülleimer. Jetzt, da ich eine Hand frei hatte, streckte mir der Polizist seine hin, um sie zu schütteln.

»Ich kann es nicht glauben, dass ich hier mit Mickey DeFalco gehe!«

»Ich kann es nicht glauben, dass ich überhaupt gehe.«

»Ein bisschen steif?«

»Ja.«

»Was erwarten Sie denn, wenn Sie in Ihrem Alter auf einem Betonboden schlafen! Hey, haben Sie Hunger?«

Ich zögerte. Ich stellte mir vor, wie er mich in irgendeinen billigen Bullen-Imbiss schleppte, wo ich Eier und Donuts runterschlingen würde, während er mir Fragen über mein Leben stellte. Ich war hungrig, das schon, aber nicht so hungrig.

»Nein, ich habe keinen Hunger«, log ich. »Aber wenn Sie in die Stadt fahren, fahre ich gerne ein Stück mit.«

»Ich fahre nicht in die Stadt.«

»Kein Problem.«

»Meine Schicht ist gerade zu Ende. Ich fahre nach Hause. Wollen Sie mitkommen? Ich würde Sie gern meiner Frau vorstellen.«

Ich lachte laut auf. Ich konnte es mir nicht verkneifen, das Ganze war einfach zu absurd. Das Lachen tat mir in der Kehle weh, meine Lachmuskeln waren wohl verkümmert.

»Was ist so lustig daran?«

»Sie wollen mich Ihrer Frau vorstellen?«

»Sie ist ein großer Fan! Finden Sie das blöd? Mann, Sie sind ihre Nummer eins! Was meinen Sie? Bitte!«

Ich wollte es nicht tun, aber ich wusste auch nicht, was ich sonst tun sollte. Ich konnte den Gedanken nicht ertragen, in einer öffentlichen Bibliothek herumzusitzen und eine Zeitung zu lesen, die in einer Zeitungsklemme steckte. Ich wollte nicht auf einer Bank sitzen und die Wellen anstarren. Ich wollte nicht herumlaufen.

Ich wollte an einem Ort sein, wo ich willkommen war. Wenn auch bei Fremden.

Ich räusperte mich. »Wie sehe ich aus?«

Officer O'Brien war begeistert. »Sie sehen gut aus, sehr gut!« Er schlug mir auf den Rücken und öffnete mir die Beifahrertür. Die Rückbank war für Verdächtige, Pechvögel saßen vorn.

Es war angenehm, auf einem weichen Polster zu sitzen. Ich betrachtete mich im Rückspiegel. Ich hatte ein paar Bartstoppeln, aber das war nicht zu vermeiden. Ich hob das Kinn, um meinen Hals nach Dreckrändern abzusuchen. Zum Glück sah ich relativ sauber aus, wenn auch vom vielen Baden im Pazifik von einer leichten Salzkruste überzogen.

»Hey, Billy, stört es Sie, wenn ich mir die Zähne putze?«

»Sie meinen hier, im Auto?«

»Ich kann das. Ich kleckere nicht.«

Er nickte und schaute zu, als ich einen Klecks Zahnpasta auf meine Zahnbürste drückte und mich ans Werk machte. Dabei saugte ich die ganze Zeit Luft ein, um nicht zu tropfen. Dann drehte ich die Scheibe runter.

»Schön weit spucken«, sagte er. »Ich will keine Zahnpasta an meiner Tür haben.«

Also streckte ich Kopf und Schultern vollständig aus dem Fenster. Dann wischte ich mir den Mund mit dem Handrücken ab und war bereit, die Frau des Polizisten kennenzulernen.

Das Anwesen der O'Briens war ein verwittertes Häuschen im Kolonialstil, umrahmt von einem Maschendrahtzaun und von einer einzelnen Palme überschattet. Ich war darauf gefasst, im Vorgarten Spielzeuge und Fahrräder herumliegen zu sehen, doch er war leer bis auf eine Matte aus langsam gelb werdenden, struppigen Wüstengräsern, die Art, die man nicht mähen muss, weil sie zur Seite wachsen und nicht in die Höhe. Unkraut wucherte überall am Zaun entlang und klammerte sich in die Maschen des Zauns wie die Finger einer verzweifelten alten Frau.

Wir betraten das Haus durch die Küche. Zwei Sittiche piepsten in einem Käfig, und auf dem Fensterbrett stand ein Glas mit zwei kleinen Schildkröten darin.

Billys Frau stand am Herd, sie war groß und schlank, eine richtige Westküstenschönheit. Sie sah aus, als wäre sie an einem Strand geboren worden, eine Meerjungfrau, die ihr Bestes tut, sich an das Leben an Land zu gewöhnen. Über ihre Schultern fiel rotblondes Haar. Ihre Augen waren so blau wie der Sommerhimmel, und ein schläfriger Ausdruck lag darin, vielleicht weil ihr Ehemann so unmögliche Arbeitszeiten hatte, vielleicht weil sie von Natur aus so waren. Sie trug einen roten seidenen Morgenmantel und sonst nichts, so stand sie da und goss heißes Wasser durch einen Kaffeefilter. Wenn sie sich bewegte, flatterte der Mantel. Ihre Füße waren schmal und vollkommen. Sie hatte gerade Zehen, und ihre Nägel schimmerten wie Perlmutt.

Es war die natürliche Farbe ihrer Nägel, sie trug keinen Nagellack und war ungeschminkt.

»Hey, Robin«, sagte Billy, »ich hab 'ne Überraschung für dich. Sag Hallo zu ...«

»Ich weiß, wer er ist.« Sie schloss die Augen und sagte einen Moment lang nichts, als wolle sie den Kräften des Universums dafür danken, dass sie mich zu ihr gebracht hatten. »Oh mein Gott, ich kann es kaum glauben!«

Sie streckte die Hand aus. Ich nahm sie und hielt sie lange in meiner, wie um dadurch die Realität meiner Anwesenheit zu bekräftigen.

Ein eigenartiges Gefühl durchfuhr mich, eine prickelnde Warnung, die mir sagte, dass ich nicht hierher gehörte, dass ich niemandes Wohltätigkeit brauchte, und wer zum Teufel waren diese Leute?

Doch in der Küche war es warm, der Kaffee duftete himmlisch, ich roch Toastbrot, und wie angenehm war es, dem Wind entronnen zu sein.

»Mickey DeFalco, bei mir zu Hause«, sagte Robin und hielt meine Hand mit beiden Händen fest wie eine Wahrsagerin. Offenbar war sie ein Blumenkind, das anfing zu welken, ein Hippie mit einer rauchigen Stimme und einem Ring an beinahe jedem Finger. In ihren besten Tagen hatte sie sicher Friedenskundgebungen besucht, war mit Tränengas zurückgedrängt worden, auf Washington marschiert. Sie war kein typischer *Sweet Days*-Fan, aber trotzdem ein Fan durch und durch.

»Das ist einfach zu verrückt, um wahr zu sein«, fügte sie atemlos hinzu.

Billy stand da und grinste wie verrückt. Er nahm sein Pistolenhalfter ab und legte es über eine Stuhllehne. Plötzlich wurde mir klar, dass er einer dieser Männer war, die in einer ständigen Entschuldigungshaltung lebten, wie so viele mittelmäßige Männer, die schöne Frauen heirateten. Es tat ihm leid, dass er nur Bezirkspolizist war, es tat ihm leid, dass sie in einem so kleinen Haus lebten, es tat ihm leid, dass er die Frechheit besessen hatte, sich in eine Frau zu verlieben, die so viele Klassen besser war als er.

Aber nicht heute. Heute war Billy O'Brien gar nicht so ein Trottel. Er war der tollste Ehemann der Welt, denn er hatte Mickey DeFalco zu seiner Frau nach Hause gebracht.

»Ich habe Mickey erzählt, dass wir sein Lied hörten, als ich dir den Antrag gemacht habe«, sagte Billy.

Robin nickte. »Ja, so war es. Welchem Umstand verdanken wir denn die Ehre, Sie hier bei uns zu haben?«

Sie hielt meine Hand immer noch in ihren Händen. Ich entzog sie ihr und entschied mich für die nackte Wahrheit. »Ihr Mann hat mich schlafend am Strand gefunden. Anstatt mich wegen Landstreicherei einzulochen, hatte er ein Erbarmen und hat mich mitgenommen.«

Robin starrte mich ungläubig an. »Sie leben auf der Straße?«

»Ich, also, ich hatte ein bisschen Pech in letzter Zeit.«

»Bleiben Sie hier.«

Die Worte kamen von Billy O'Brien, der ebenso überrascht schien, sie ausgesprochen zu haben, wie ich, sie gehört zu haben. Ich kannte diesen Mann erst seit weniger als einer Stunde, und seine Frau seit weniger als fünf Minuten, und schon wurde ich eingeladen – ja, wozu eigentlich? Eine Nacht bei ihnen zu schlafen? Dort zu wohnen? Das war ein bisschen viel für mich.

Mir war schwindelig. Ich hatte seit Tagen nichts Vernünftiges gegessen. Meine Jeans hingen mir lose auf den Hüften. Ich musste sie dauernd hochziehen, um nicht bei jedem Schritt auf den Saum zu treten. Bevor ich etwas sagen konnte, wandte sich Billy O'Brien an seine bildhübsche Frau.

»Ich meine, wenn du nichts dagegen hast, Robin.«

Sie schien so überrascht von seiner Frage, als hätte er sie gefragt, ob die Erde rund sei. »Natürlich habe ich nichts dagegen! Wir haben ja Platz.«

Billy seufzte erleichtert. Er legte mir eine Hand auf die Schulter und drückte sie.

»Das wäre also geregelt, Sie bleiben hier. Jetzt frühstücken wir erst mal. Und wollen wir uns nicht alle duzen?«

Ich bat, zuerst das Badezimmer benutzen zu dürfen. Dort lag eine parfümierte Seife, die nach Wildblumen roch. Ich wusch mir gründlich allen Schmutz von den Händen und vom Gesicht, bevor ich das weiche Handtuch benutzte, und dann musste ich mich beherrschen, den Kaffee nicht in großen Schlucken herunterzustürzen und die Eier nicht zu hungrig runterzuschlingen.

Die Situation war unglaublich. Ich saß im Haus eines Polizisten, aß und erholte mich und wurde behandelt wie ein König und alles wegen eines Liedes, das ich vor zwanzig Jahren zum ersten Mal gesungen hatte, beinahe fünftausend Kilometer von dieser gesegneten Küche entfernt.

Was nach dem Frühstück geschehen sollte, konnte ich mir nicht vorstellen. Ich hatte nicht wirklich vor, die Einladung der O'Briens anzunehmen und bei ihnen zu bleiben. Ich wusste, dass das warme Essen und der Kaffee bei mir kurzzeitig den gleichen manischen Optimismus auslösen würden, den ich schon auf den Gesichtern unzähliger Obdachloser beobachtet hatte, wenn sie mit den Bäuchen voller Suppenküchenfraß wieder hinaus ans Tageslicht traten.

Heute ist der Tag der Tage, sagt man sich dann. Heute wird sich für mich das Blatt wenden.

Aber das tut es nicht. Das tut es nie. Den ganzen Tag ist man unterwegs auf der Suche nach Arbeit und hofft, für die Nacht einen windgeschützten Schlafplatz zu finden.

Ich war es leid. Ich war froh, am Frühstückstisch der O'Briens zu sitzen, froh, Billys Geschichten über die Drogenrazzien in East L.A. zuzuhören und Robins Geschichten von den Yogaklassen, die sie im örtlichen YWCA, dem Christlichen Verein Junger Frauen gab. Sie waren nur zwei oder drei Jahre älter als ich, aber sie verhielten sich, als wären sie meine Eltern, und das gefiel mir. Ich konnte ein bisschen elterliche Fürsorge gut gebrauchen. Denn ich hatte schon seit sehr, sehr langer Zeit nicht mehr Kind sein dürfen.

Also entschied ich zu bleiben. Billy brachte mich zum Busbahnhof, wo ich meine Sachen aus dem Schließfach holte. Dann fuhren wir zurück, und ehe ich mich versah, war ich in die Familie aufgenommen.

Gleich anschließend wurde ich krank. Ich bekam hohes Fieber, das zwei Tage lang in mir wütete. Mein Immunsystem war durch die zwei Wochen im Schuppen völlig geschwächt. Es war, als hätte mein Körper nur darauf gewartet, dass ich an einem sicheren Ort war, bevor er auf Totalzusammenbruch schaltete, und dieser sichere Ort war die weiche Matratze im Gästezimmer der O'Briens. Ich blieb im Bett, während Robin und Billy mir abwechselnd Tassen voll Brühe, salzige Cracker und Ginger Ale brachten. Am dritten Tag war ich wieder etwas bei Kräften, mein Schwächeanfall war mir peinlich, und ich fühlte mich wie ein Schnorrer.

Robin saß bei mir auf der Bettkante und strich mir die Haare aus dem Gesicht, wie meine Mutter es früher getan hatte.

»Du hast ziemlich viel durchgemacht, Mickey. Die Zeit hast du gebraucht, um zu heilen.«

»Jetzt bin ich wieder okay.«

»Mach einfach langsam und lass dich noch ein bisschen von uns verwöhnen.«

»Ich würde gerne auch was für euch tun. Ich meine, wenn es irgendwas am Haus gibt, das gemacht werden muss …«

Billy kam ins Zimmer, er knöpfte gerade sein Uniformhemd auf. Es war Morgen und seine Schicht zu Ende. »Wie geht's, Kumpel?«

»Ich habe gerade gesagt, dass ich gerne auch was für euch tun würde.«

»Du kannst das Haus anstreichen.«

»Billy!«, wies Robin ihn zurecht.

»Hey, das war doch nur ein Scherz!«

Robin drehte sich zu mir und rollte mit den Augen. »Seit zwei Jahren will er das Haus schon streichen.«

»Irgendwann komme ich schon noch dazu.«

Ich setzte mich im Bett auf. »Lasst mich das machen«, sagte ich. »Bitte. Ich mache es gerne, und ich habe genug Zeit.«

Sie sahen sich an. Ich machte einen Schmollmund.

»Bitte, Mama, Papa«, bettelte ich. »Ich verspreche auch, dass ich nicht kleckere!«

Beide lachten, dann schloss Robin die Augen und faltete die Hände.

»Mickey DeFalco wird mein Haus streichen«, sagte sie, und es hörte sich an wie ein Dankesgebet. »Oh mein Gott, das ist wirklich zu viel!«

Wir frühstückten zusammen, dann nahm Billy mich mit hinaus in die Garage und zeigte mir, wo die Farbe stand – ein halbes Dutzend Eimer mit weißer Latexfarbe für den Außenanstrich, Staubdecken, Rollen und Pinsel. Er wünschte mir Glück, ging in sein Schlafzimmer, schloss die Rollläden und legte sich schlafen. Wenn er nicht gestört wurde, schlief er ungefähr bis sechs Uhr abends. Er hatte mir erzählt, dass das sein Rhythmus war, seit sie ihn vor einigen Monaten für die Schicht eingeteilt hatten, die von Mitternacht bis acht Uhr morgens ging.

Ich machte mich gleich an die Arbeit. Es würde drei oder vier Tage dauern, das Haus zu streichen, aber das störte mich nicht. Wenigstens fühlte ich mich nicht mehr wie ein Schnorrer. Neben der charmanten Gesellschaft eines One-Hit-Wonders bekamen die O'Briens so auch etwas Nützliches im Austausch dafür, dass sie mich hier schlafen und essen ließen.

Das Haus lag ziemlich weit vom Meer entfernt, und mittags wehte kein Lüftchen. Ich stand auf der Leiter und kam vor Hitze beinahe um, während ich die Farbe auf die ausgeblichenen Schindeln rollte. Robin brachte mir ab und zu Limonade, während Billy in seinem klimatisierten Schlafzimmer schlummerte.

»Mickey«, sagte Robin schließlich, »warum machst du nicht mal eine Pause?«

»Es geht schon.«

»Ich muss heute eine Yogastunde geben, aber wenn du dich nicht gut fühlst, kann ich auch absagen.«

»Nein, nein, es geht mir prima, Robin.«

»Hier, setz den auf, damit die Sonne dich nicht bei lebendigem Leib verbrennt.«

Sie reichte mir einen breitkrempigen Strohhut, der ziemlich mitgenommen aussah, seinen Zweck aber noch ganz gut erfüllte.

»Du siehst aus wie Vincent van Gogh«, sagte sie lächelnd.

»Ich schätze, das soll ein Kompliment sein.«

»Oh ja, das ist es. Du hast die gleiche Intensität wie van Gogh.«

»War der nicht verrückt?«

»Welcher große Künstler ist das nicht?«

»Robin, er hat Meisterwerke gemalt, ich streiche ein Haus an.«

Sie goss mir Limonade nach und reichte mir das Glas. »Manchmal können ganz stupide Arbeiten die kreativsten Schübe auslösen, da wundert man sich.«

»Tatsächlich?«

»Aber sicher. Ich wette, du schreibst gerade Lieder, ohne es überhaupt zu bemerken.«

»Ach, wirklich?«

»Ja, im Unbewussten. Lass deine Gedanken einfach fließen, Mickey. Dann kommt es zu dir.«

Ich nahm einen Schluck Limonade. Mir gefiel nicht, welche Richtung dieses Gespräch nahm. Plötzlich wurden Erwartungen an mich gestellt, die deutlich über das Streichen des Hauses hinausgingen.

Am nächsten Tag brachte Robin das Thema wieder auf das

Liederschreiben, und diesmal konnte ich mich nicht zurückhalten.

»Robin, es ist sehr lange her, dass ich zuletzt einen Song geschrieben oder überhaupt darüber nachgedacht habe, einen zu schreiben«, sagte ich freundlich. »Die Zeiten sind vorbei.«

»Ja, aber jetzt brechen neue Zeiten an, Mickey.« Sie lächelte verschwörerisch. »Eine zweite Blüte, sozusagen. Schon mal davon gehört? Das ist das Eigenartigste, was es in der Pflanzenwelt gibt. Ab und zu treibt eine Blume, die nur eine Blüte pro Jahr treiben soll, plötzlich ganz unerwartet eine zweite.«

»Schade, dass ich keine Blume bin.«

»So etwas gibt es auch auf der spirituellen Ebene. Eine zweite Blütezeit, das ist es, was ich für dich sehe, Mickey.«

Konspirativ schaute sie nach rechts und links, bevor sie hinzufügte: »Für uns.« Sie zwinkerte mir zu, ging zu ihrem roten VW-Käfer hinüber und fuhr zu ihrer Yogaklasse davon.

Ein bisschen durchgedrehte Leute sind viel gefährlicher als die komplett verrückten. Man erkennt sie nicht sofort, und wenn man es tut, dann ist es meist zu spät.

Es gefiel mir nicht, mit einem verrückten Künstler verglichen zu werden, und ich wollte nicht Teil eines »uns« sein, von dem ich keine Ahnung hatte. Wollte Robin meinen neuen Song komponieren oder den Text dafür schreiben? Oder was für ein »uns« konnte sie sonst gemeint haben?

Tatsächlich war ich so schwer von Begriff. Ich wollte so sehr daran glauben, dass Billy und Robin O'Brien nichts anderes waren als meine Ersatzeltern, die nur das Beste für mich im Sinn hatten.

Ich sagte mir, dass Robin nur versuchte, mir einen Stoß zu geben, damit ich wieder so gut würde, wie ich einmal war, dann tauchte ich die Rolle in den Farbeimer und machte weiter.

Am dritten Tag konnte ich die Augen nicht länger vor der Wahrheit verschließen, als Robin sich von hinten an mich heranschlich und mir zwischen die Beine fasste. Ich fiel fast von der Leiter.

»Meine Güte, Robin!«

Sie legte einen Finger auf die Lippen. »Leise!«, zischte sie. »Sonst wacht Billy auf!«

»Robin. Was zum Teufel soll das?«

Sie war scharlachrot im Gesicht, anscheinend vor Scham und Verwirrung, schüttelte den Kopf und flüsterte: »Es tut mir so leid, Mickey. Ich habe nur Spaß gemacht. Ich bin wohl ein bisschen zu weit gegangen.«

»Allerdings, das bist du!«

»Das wird nicht wieder vorkommen. Ich wollte nur ... schau, ich muss jetzt zum Yogaunterricht, wir sprechen später darüber.«

Sie rannte zu ihrem Auto und fuhr davon. Ich zitterte so sehr, dass ich mich für zwanzig Minuten in den Schatten setzen musste, um mich zu beruhigen. Unter normalen Umständen hätte ich sofort das Haus verlassen, aber ich hatte noch eine Aufgabe zu vollenden, und darum wollte ich nicht einfach abhauen. Robin wäre gegenüber Billy in Erklärungsnot geraten, und ich wollte nicht zerstören, was ich bisher für eine gute Ehe gehalten hatte.

Das war das Schlimmste von allem. Sie gingen so liebevoll miteinander um, sie liebten sich wirklich, oder jedenfalls kam es mir so vor. Sie hielten Händchen, küssten sich, sie kuschelten.

Warum hatte sie mir zwischen die Beine gefasst? Hatte sie vielleicht wirklich nur Spaß gemacht, wie sie gesagt hatte?

Aber warum auch immer, ich musste hier weg, und der einzige Weg war, den Anstrich so schnell wie möglich zu vollenden. Ich stand auf und machte mich wieder an die Arbeit, aber ich wurde hektisch, und natürlich ging sofort etwas schief: Ich stieß einen halbvollen Eimer um und verlor eine ganze Stunde damit, die Sauerei auf dem Gartenweg zu beseitigen. Als es dunkel wurde, fehlten noch die Fensterrahmen. Das war nicht viel, bedeutete aber einen weiteren Tag Arbeit, und so musste ich noch eine Nacht im Haus dieses engagierten Polizisten und seiner skurrilen, erotomanischen Frau verbringen.

Bill kam mit Robin heraus, um das Ergebnis zu begutachten. Offenbar war er gerade erst aufgewacht und noch ganz schläfrig. Er rieb sich die Augen, betrachtete das Haus und lächelte.

»Oh Mann, toll gemacht, Mickey!« Er legte seiner Frau den Arm um die Taille. »Was denkst du, Rob?«

»Ja, sieht gut aus.«

Ich räusperte mich. »Ich will morgen fertig werden.«

Robins Gesicht verdüsterte sich. »Morgen?«, fragte sie. »Warum denn so eilig?«

Ich zögerte und gab einen völlig an den Haaren herbeigezogenen Grund an: »Ich fahre zu meinen Eltern nach New York.«

Robin riss erstaunt die Augen auf, Billy dagegen grinste mich an und freute sich für mich.

»Ja«, fuhr ich fort und log weiter: »Ich habe sie schon sehr lange nicht mehr gesehen. Hier bei euch zu sein hat mir gezeigt, wie sehr ich meine Familie vermisse, wisst ihr?«

»Kumpel, wie willst du denn das Flugticket bezahlen?«, fragte Billy vorsichtig.

Ich schluckte. »Ich habe ein Konto für Notfälle, da ist ein Tausender drauf. Das ist mein letztes Geld.«

Das war natürlich auch eine Lüge. Ich hatte absolut nichts. Aber Billy nahm mir die Geschichte ab und knuffte mir in den Arm. »Du bist mir vielleicht einer! Hör zu, ich will dir gerne was fürs Anstreichen zahlen!«

»Nein, Mann, wir sind quitt.«

»Wie lange bleibst du in New York?«

»Weiß ich noch nicht. Wie es sich ergibt.«

»Solltest du zurückkommen, kannst du das Zimmer jederzeit wiederhaben, wenn du willst.«

»Danke, Billy.«

Robin stand da und starrte mich an, die Arme vor der Brust verschränkt. Sie war nicht glücklich. Billy drehte sich zu ihr um, und gerade rechtzeitig zwang sie ein Lächeln auf ihre Lippen.

»Ist das Essen schon fertig?«

Billy schaffte es, gleich drei Portionen von Robins vegetarischer Lasagne zu verschlingen. Ich hatte Mühe, meine Portion runterzukriegen, und Robin ließ ihre unberührt. Stattdessen rauchte sie eine Kräuterzigarette, die ziemlich nach Marihuana roch, und musterte mich durch halb geschlossene Augenlider.

Billy bestritt die Unterhaltung fast allein. Er war aufgeregt, weil sie an diesem Abend eine Drogenhöhle in South Central ausheben wollten. Seine Schicht begann früher als üblich, er würde schon um acht Uhr das Haus verlassen.

»Pass da draußen auf dich auf, Mann«, sagte ich und dachte, dass eigentlich seine Frau diejenige war, die das hätte sagen sollen. Er lachte, tätschelte meine Schulter und küsste Robin auf die Wange, dann verschwand er durch die Tür und ließ Robin und mich in peinlichem Schweigen zurück.

Sie drückte die Zigarette aus. »Er hat so eine kindische Freude an der Arbeit.«

»Das würde ich so nicht sagen.«

»Können wir über das reden, was heute passiert ist, Mickey? Ich meine, jetzt, da sich unsere Wege sowieso bald trennen?«

»Wir müssen nicht darüber reden, Robin. Ich habe wohl überreagiert.«

Sie holte tief Luft. »Ich hatte kein Recht, dich einfach so anzufassen. Das war falsch. Tut mir wirklich leid.«

»Vergessen wir es einfach.«

»Meinst du das ernst? Können wir einfach so tun, als wäre es nicht geschehen?«

Ich wusste, dass ich nie wieder in dieses Haus zurückkehren würde, und darum würde es mir nicht schwerfallen, so zu tun, als wäre nie etwas geschehen.

»Ja, das können wir.«

Sie lächelte. »Danke, Mickey. Ich will nicht, dass du schlecht von mir denkst. Komm, wir trinken ein Glas Wein.«

Bevor ich protestieren konnte, füllte sie zwei Gläser mit kalifornischem Rotwein. Wir stießen an und nahmen einen Schluck.

»Ich verlasse Billy«, sagte sie unvermittelt.

Der Wein schmeckte plötzlich sauer in meinem Mund. Ich stellte das Glas ab und sah, dass meine Hand zitterte.

»Das hat nichts mit dir zu tun«, sagte Robin. »Das ist etwas, das sich schon seit sehr langer Zeit anbahnt.«

Sie musterte mich aufmerksam und suchte nach einer Antwort in meinen Augen. Endlich sagte ich: »Ich bin sprachlos. Ihr zwei wirkt so glücklich zusammen.«

»Findest du?«

»Du bist sehr … liebevoll.«

»Oh ja, ich mag Billy. Er hat das Gleiche für mich getan wie jetzt für dich.«

»Ich verstehe nicht.«

Robin kicherte unheimlich. »Ich war sozusagen obdachlos, als er mich am Strand gefunden hat. Er hat mich bei sich aufgenommen. Das macht er eben so. Das ist sein Muster. Sind dir seine Tiere aufgefallen?«

Sie zeigte auf die Sittiche und die Schildkröten. »Er würde sich nie einen Hund anschaffen oder eine Katze. Nichts, was sich frei bewegen kann. Er mag Gläser und Käfige. Mag es, Lebewesen einzusperren, im Namen der Liebe. Vögel. Schildkröten. Mich.« Sie sog durch die zusammengebissenen Zähne Luft ein. »Ich bin jetzt seit zwanzig Jahren in diesem Käfig, Mickey. Meinst du nicht, das ist lange genug?«

Sie zündete eine weitere Kräuterzigarette an, nahm einen tiefen Zug und hielt den Rauch so lange in der Lunge, dass beinahe keiner mehr herauskam, als sie ausatmete. Ihre nächsten Worte erschreckten mich.

»Jedes Mal, wenn er zur Arbeit geht, bete ich, dass er nicht zurückkommt.«

»Mein Gott, Robin!«

»Es ist wahr. Ich weiß, dass es schrecklich ist, aber es ist die Wahrheit. Zum Beispiel heute, mit dieser Razzia. Vielleicht wird er endlich eine Kugel abbekommen, und dann bin ich frei.«

Was zum Teufel sollte ich dazu sagen? Doch irgendetwas musste ich sagen. »Er ist ein guter Mann, Robin.«

»Meinst du?« Sie beugte sich näher zu mir hin. »Wenn er so ein guter Mann ist, warum nimmt er dann Bestechungsgelder?«

Ich war verblüfft. »Bestechungsgelder?«

»Oh ja. Er hat keine Ahnung, dass ich davon weiß. Willst du mal sehen?«

Sie stand vom Tisch auf, ging hinüber zum Küchenschrank und nahm eine Maxwell-House-Kaffeedose aus der hintersten Ecke des obersten Bretts. Sie öffnete sie und hielt mir die Dose unter die Nase, als wolle sie mich auffordern, daran zu riechen.

Es war kein Kaffee darin. Sondern Geld. Ganze Bündel von Scheinen, mit Gummibändern zu kleinen Röllchen zusammengeschnürt.

»Mein Gott.«

»Da sind mindestens sechstausend Dollar drin. Heute Nacht wird er wieder was mitbringen. Findest du jetzt immer noch, dass er ein guter Mann ist?«

Ich war erschöpft. Mehr als alles andere auf der Welt wollte ich duschen, mich aufs Bett fallen lassen und einschlafen. Aber Robin wartete auf eine Antwort.

»Er will wahrscheinlich nur das Beste für dich, und darum nimmt er es mit den Regeln manchmal nicht so genau.«

»Er nimmt es mit den Regeln nicht so genau? Das klingt ziemlich harmlos.«

»Robin, er hat mir sehr geholfen. Ich kann nicht schlecht über ihn denken.«

»Loyal bis zum bitteren Ende, was?«

»Ja, so ungefähr.« Ich stand auf und fühlte mich schwindelig und wackelig auf den Beinen. »Mir geht es nicht so gut.«

Robins Gesichtsausdruck wechselte von unzufriedener Ehefrau zu besorgter Mutter. Sie verschloss die Kaffeedose wieder und stellte sie zurück in den Schrank.

»Vielleicht bist du dehydriert, Mickey. Die ganzen Stunden in der Sonne.«

»Wahrscheinlich hast du recht.«

»Nimm eine schöne kalte Dusche und leg dich gleich ins Bett. Trink ein bisschen Wasser, bevor du schläfst, sonst hast du morgen schreckliche Kopfschmerzen.«

»Das mache ich.«

Sie stand auf und umarmte mich wie einen Freund. »Mickey, tut mir leid, dass ich dich mit meinen Problemen belastet habe. Die Wahrheit ist, dass ich hier ein bisschen isoliert bin. Ich habe nicht viele Leute zum Reden.«

»Ich verstehe.«

Sie machte eine wegwerfende Handbewegung. »Hör nicht auf das, was ich gesagt habe. Das ist der Wein … Billy und ich kommen schon klar. Wir müssen nur an ein paar Sachen arbeiten, das ist alles.«

»Ich glaube, das wäre das Beste.«

»Ich ruh mich jetzt ein bisschen aus und gucke fern. Geh ruhig duschen und hau dich ins Bett.« Sie gab mir einen unschuldigen Kuss auf die Wange. »Gute Nacht, Mickey.«

»Gute Nacht, Robin.«

Ich war stolz, wie ich diese schwierige Situation gemeistert hatte. Ich hatte meinen Retter verteidigt und gleichzeitig Verständnis für seine Frau gezeigt.

Ich ging ins Badezimmer, zog mich aus und stellte mich unter die Dusche. Der kühle Strahl auf meinem Gesicht brachte echte Erleichterung, als löschte er ein Feuer, das auf meiner Stirn gebrannt hatte. Ich fühlte mich gleich viel optimistischer. Hier, im Haus der O'Briens, hatte ich meine Stärke zurückgewonnen. Sollte ich je wieder auf die Füße kommen und eine eigene Wohnung haben, vielleicht könnte ich sie dann mal zum Abendessen einladen. Dann könnten wir darüber lachen, auf welch kuriose Weise sich unsere Lebenswege gekreuzt hatten: Ein Polizist vertreibt einen Penner aus einem verlassenen Geräteschuppen.

Robin und ich konnten den Griff zwischen meine Beine für uns behalten. Sie war verwirrt, einsam, verzweifelt. Es hatte nichts zu bedeuten. Wir konnten den Vorfall beide begraben, vergessen, nie wieder darüber reden. So tun, als wäre es nie geschehen.

Sicher.

Nackt bis auf ihre vielen Ringe, stieg Robin zu mir in die Dusche, als hätten wir eine Verabredung.

»Oh mein Gott!«

»Entspann dich, Mickey.« Sie grinste mich an, und zum ersten Mal fiel mir auf, dass ihre Zähne schief waren. Diese Frau hatte nie eine kieferorthopädische Behandlung erhalten, natürlich nicht, denn welcher Obdachlose hatte schon gute Zähne?

Das Wasser klebte ihr das Haar an den Kopf, und die tatsächliche Länge ihrer Locken war überwältigend, sie reichten ihr bis weit über die Schulterblätter. Ihr Brüste waren klein, aber schön geformt, mit großen, rotweinfarbenen Nippeln. Sie strich sich das Haar zurück, legte die Hände auf meine Schultern, und es gab keinen Ort, wo ich meinen Ständer verstecken konnte.

»Ich wusste es«, sagte sie. »Du kannst mir nichts vormachen.«

»Robin …«

»Heute Nacht wird nichts passieren, Mickey«, sagte sie mit der unheimlichen Ruhe der ernsthaft Verrückten. »Wir duschen nur zusammen, lernen uns kennen.«

Ich zitterte. Meine Zähne klapperten. »Bitte, geh raus.«

Sie legte mir eine Hand auf die Wange. »Mickey, keine Panik. Hör auf, dich dagegen zu sperren.« Sie schloss die Augen, um besser träumen zu können. »Das ist Schicksal. Ein seltenes Glück, eine zweite Blüte für uns beide.«

Sie griff nach meinem Schwanz. Ich drehte mich von ihr weg, mein Rücken gegen die geflieste Wand. Der einzige Weg nach draußen war, mich an ihr vorbeizudrücken, und ich wollte sie nicht berühren.

Ich keuchte, ich hatte Angst, regelrecht Panik, und fühlte mich verlassen. Es gab auf der ganzen Welt niemanden, den ich um Hilfe bitten konnte, ich war auf Gedeih und Verderb dieser Verrückten ausgeliefert. Ich fing tatsächlich an zu weinen.

»Billy ist mein Freund!«, schluchzte ich.

Sie lachte und riss die Augen auf. »Wirklich? Na ja, er ist mein Mann, aber nicht mal ich bin mir sicher, ob er mein Freund ist.«

»Das muss aufhören!«

Sie schlug mir ins Gesicht. »Hör auf, alles so kompliziert zu machen.« Dann schloss sie erneut die Augen und drehte das Gesicht in den Wasserstrahl wie ein Bauer, der dem lieben Gott für den Regen dankt. »Sieh mich an!«, rief sie zu Gott, an welchen auch immer sie glaubte. »Ich dusche mit Mickey DeFalco!«

Sie drehte sich um und umarmte mich mit einer Heftigkeit, die mir einen Schock versetzte. Ihr Mund suchte meinen, doch ich wand mich aus ihrem Griff, und in dem Moment hörte ich, wie sich die Haustür öffnete. Dann hörte ich Schritte und ein Klopfen an der Badezimmertür.

»Robin! Hey, Rob, bist du da drin?«

Robin und ich erstarrten zu Salzsäulen und hielten einander an den Ellenbogen fest. Billy betrat das Badezimmer, und ich konnte hören, wie er auf der anderen Seite des Duschvorhangs atmete. Er kicherte.

»Kannst du das glauben, Rob? Ich gehe zu einer Razzia in der schlimmsten Gegend der Stadt und vergesse, meine verdammte Weste anzuziehen! Hast du Zeit für einen Kuss?«

Er riss den Vorhang zur Seite. Als er uns beide sah, lief ein Schauer durch seinen Körper, aber dann stand er plötzlich reglos wie der Mount Rushmore und sah uns mit versteinertem Gesicht an.

In Billys Augen sah ich, wie sein ganzes Leben zusammenbrach. Alles, was er zu wissen meinte, alles, woran er glaubte, alles, was ihm etwas bedeutete, war gerade in sich zusammengestürzt wie die Twin Towers.

Robin drehte mir ihren knöchrigen Rücken zu und sah Billy

an. Billy atmete jetzt schwer. Er sah aus, als würde er jeden Moment zusammenbrechen, aber der Instinkt des Polizisten hielt ihn auf den Füßen, wachsam, pflichtbewusst.

»Billy«, sagte Robin in nüchternem Tonfall. »Wir duschen nur, sonst ist nichts passiert.«

Es war das typische Geschwätz einer verrückten Hippie-Braut, mit dem sie in ihrer Ehe bisher wahrscheinlich immer durchgekommen war, aber diesmal nicht. Billys Augen weiteten sich, man konnte sein gebrochenes Herz darin sehen.

»Oh, das ist toll«, flüsterte er. »Ihr duscht nur, ja?«

»Ja, genau.«

In seinen Augen schwammen Tränen, und seine Unterlippe zitterte wie die eines kleinen Jungen. »Mein Gott, Robin. Den Heizungsableser, den habe ich dir verziehen, aber Mickey? Mickey DeFalco? Musstest du unbedingt Mickey DeFalco vögeln?«

Robin seufzte. Sie schien beinahe gelangweilt. »Wir haben nicht gevögelt. Noch nicht.«

Ich denke, es waren die beiden letzten Worte, die Robin O'Brien das Leben kosteten. Mit einem erschöpften Gesichtsausdruck hob Billy seine Waffe und schoss seiner Frau zwei Mal in die Brust.

Ich fing sie auf und ging dabei beinahe selbst zu Boden, aber irgendwie gelang es mir, auf den Füßen zu bleiben. Blut strömte zwischen ihren Brüsten hervor und floss über ihren flachen Bauch, mischte sich mit dem Wasser der Dusche und lief in einem Wirbel durch den Abfluss wie ein endloses rotes Band.

Das verrückte alte Hippiemädchen war tot.

Ich ließ sie in eine sitzende Position gleiten. Sie fiel zur Seite um, ihre Wange auf den Abfluss. Umsichtig stieß Billy ihren Kopf mit dem Fuß zur Seite, damit die Wanne nicht überlief. Es war derselbe Fuß, den er benutzt hatte, um mich in dem Geräteschuppen aufzuscheuchen …

Ich stand vor ihm und machte mir nicht die Mühe, meine Hände schützend vor meinen inzwischen schlaffen Schwanz zu halten. Billy wimmerte bei jedem Atemzug und übertönte damit das strömende Wasser.

»Mickey«, heulte er, »Oh Mickey, du?«

Ich hob die Hände. »Billy. Das war nicht meine Idee. Sie ist einfach hier reingekommen.«

Er nickte. Schien gefasster. »Ich weiß, Mickey. Ich hätte es kommen sehen müssen. Ich wusste, wie sie ist.«

»Das wusstest du?«

»Scheiße, ja, das habe ich immer gewusst.«

Ich hatte nur noch wenige Minuten zu leben, und was mir durch den Kopf ging, waren nicht Gedanken ans Sterben, sondern daran, wie hart die Schlagzeilen in den Zeitungen meine armen Eltern treffen würden. »Eifersüchtiger Polizist erschießt Ehefrau und One-Hit-Wonder in Dusche … Bitteres Ende für den Sänger von *Sweet Days* …«

Mein Gott, man konnte die Geschichte in so viele Richtungen hin ausschlachten! Lust, verblasster Ruhm, Obdachlosigkeit, Rache, gebrochene Versprechungen, Nacktheit, Ehebruch … Ich sah schon die Fernsehteams vor mir, wie sie die Haustür meiner Eltern belagerten und um Stellungnahmen bettelten … Was für ein Finish, was für ein verdammt passendes Ende für einen Arbeiterjungen aus Queens, der groß herausgekommen war und dann alles wieder verloren hatte …

Billy kniete sich auf den Boden, die schusssichere Weste, wegen der er zurückgekommen war, rutschte dabei hoch bis an sein Kinn. Hätte er doch gleich daran gedacht, die Weste mitzunehmen! Wie zum Teufel kann ein Polizist seine schusssichere Weste vergessen?

Hatte er sie überhaupt vergessen? Oder hatte er sie vielleicht absichtlich zu Hause gelassen und war einem blinden Polizisteninstinkt gefolgt, der ihm sagte, dass seine Frau nichts Gutes im Schilde führte?

Er legte Robin tatsächlich einen Finger an den Hals, um nach dem Puls zu fühlen. Dann begann er zu schluchzen. Er kam schwankend wieder auf die Füße, wie ein Säufer, der versucht, seine Würde wiederzuerlangen, und dann sah er seine tote Frau an, als hätte er sie gerade auf der Straße gefunden. Die Wahrheit seiner Tat traf ihn mit voller Wucht.

»Oh mein Gott, ich habe meine Frau erschossen!«

Er schlug die Hände vors Gesicht, die Pistole in der Hand. Plötzlich fiel mir auf, dass das Wasser immer noch lief. Die Dusche war laut, der Boden der Wanne hohl und blechern. Um etwas zu tun, drehte ich das Wasser ab.

Die plötzliche Stille war unerträglich. Billy nahm die Hände vom Gesicht. Rotz lief ihm aus der Nase. Er wischte sie mit dem Rücken der Hand ab, in der er die Pistole hielt, und brachte ein hilfloses Lächeln zustande.

»Weißt du, was mir leid tut, Mick? Mir tut leid, dass du nie *Sweet Days* für sie gesungen hast. Nächste Woche ist ihr Geburtstag, und ich wollte dich bitten, ihr ein Ständchen zu singen. Das wäre ein tolles Geschenk für sie gewesen, meinst du nicht?«

Ich schlotterte vor Angst. Meine Knie schlugen gegeneinander, so sehr zitterten sie.

»Das hätte ich gern gemacht«, sagte ich leise.

Billy lächelte mich an. »Ich weiß, dass du das gern gemacht hättest. Du bist ein netter Kerl.«

»Ich könnte jetzt singen, wenn du willst.«

Ich konnte nicht glauben, dass ich das gesagt hatte. Die Worte waren einfach aus meinem Mund gekommen. Es war mein Überlebensinstinkt, der jetzt übernahm. Ich wollte, dass Billy die Pistole weglegte, und ich wusste, dass mein Song eine tragende Bedeutung in seinem Leben gehabt hatte – ich dachte wohl, dass es weitere mörderische Impulse abschwächen würde, würde ich das Lied für ihn singen, nackt über dem Körper seiner toten Frau.

Auf seinem Gesicht formte sich ein müdes Lächeln. Er sah hinunter auf Robin, dann zurück zu mir. »Ja«, sagte er, »sing.«

Ich räusperte mich. Ich war nicht einmal sicher, dass ich den ganzen Text noch konnte. »*Sweet days … feel like a haze …*«

Ich fühlte mich eingerostet. Ich sang schief. Ich war wie versteinert. Nach den ersten Tönen hob Billy die Hand und machte ein Gesicht, als hätte er gerade in eine verdorbene Muschel gebissen.

»Schon gut, Mick. Ich behalte das Lied lieber so in Erinnerung, wie es war.«

Ich schloss meinen Mund. Er hob die Pistole und zielte auf mein Gesicht. Dann seufzte er und ließ sie wieder sinken.

»Ich habe eine bessere Idee«, sagte er, mehr zu sich selbst als zu mir.

Er drückte sich den Lauf der Pistole unters Kinn, und im nächsten Moment spritzte sein Gehirn bis hinauf an die Decke.

Blut und Gehirnteile flogen durch die Gegend, und ein metallischer Geruch lag in der Luft, der vom Eisen in den roten Blutkörperchen stammte, wie ich wusste. Das hatte ich im Chemieunterricht an der Highschool gelernt, einem der letzten Kurse, die ich belegt hatte, bevor ich die Schule schmiss und das verrückte Leben begann, das mich hierhergebracht hatte, in das blutverschmierte Badezimmer eines korrupten Polizisten aus L. A. und seiner durchgeknallten Ehefrau, die jetzt beide tot waren.

Ich weiß nicht, wie lange ich dort stand. Irgendwann bemerkte ich, dass etwas mein Gesicht und meine Haare verklebte, und wusste, dass es Billys Gehirnflüssigkeit sein musste. Mit Robin zu meinen Füßen schäumte ich mich zweimal ein, spülte die Seife ab, stieg aus der Dusche und über Billys toten Körper und schaltete den Autopiloten ein. Ich tat, was getan werden musste.

Ich ging in mein Zimmer und zog frische Kleidung an. Ich packte all meine Sachen zusammen und ging noch einmal zurück ins Badezimmer, um einen letzten Blick auf meine beiden toten Freunde zu werfen, die Menschen, die mich bei sich aufgenommen hatten, als ich es am dringendsten brauchte.

Die Augen der beiden standen offen. Sie würden mit offenen

Augen gefunden werden, außer wenn ich sie schloss. Und das tat ich nicht. Dafür hätte ich mich ihnen nähern müssen, aber seit ich aus der Dusche gestiegen war, hatte Billys Kopf den Boden mit einer erstaunlichen Menge Blut geflutet, und ich wusste, wie wichtig es war, nirgends Fußabdrücke zu hinterlassen.

Es war offensichtlich, welche große Frage ich mir als Nächstes stellte: Wer, wenn es überhaupt jemanden gab, wusste, dass ich in ihr Leben getreten war? Wem hatten sie es erzählt?

Sie lebten zurückgezogen. Keiner ihrer Nachbarn war mir vorgestellt worden. Robin gab ihre Yogastunden, aber es war nicht sehr wahrscheinlich, dass sie ihren Schülern von mir erzählt hatte, oder doch?

Und was war mit Billy? Konnte er einem seiner Polizistenkollegen berichtet haben, dass er Mickey DeFalco, das One-Hit-Wonder, bei sich aufgenommen hatte? Ein normaler Mensch hätte dies sicher nicht für sich behalten, aber Billy war nicht normal. Robin hatte recht gehabt. Er war ein Kontrollfreak, und Kontrollfreaks geben nur sehr sparsam Informationen über sich heraus.

Es war sehr gut möglich, dass ich ungeschoren davonkommen konnte.

Der Klang einer menschlichen Stimme schreckte mich aus meinen Gedanken auf. Es waren die Worte eines genervten Kollegen, die aus dem Walkie Talkie an Billys Hüfte drangen: »Hey, O'Brien, wo treibst du dich rum? Kommst du jetzt mit uns zur Razzia, oder was? Bitte melden …«

Sie warteten auf Billy, und ich wusste, wenn er nicht auftauchte, würden sie ihn suchen.

Ich musste schnell handeln und ging von Zimmer zu Zimmer, um sicherzugehen, dass ich nichts vergessen hatte.

Dann überfiel mich kurz Panik. Was war mit meinen Fingerabdrücken? Sie waren überall im Haus, am Haus und auf den Malersachen!

Aber ich hatte nie ein Verbrechen begangen, war nie verhaftet worden, nie waren meine Fingerabdrücke genommen worden. Also, was machte es, wenn meine Fingerabdrücke im Haus zu finden waren? Vielleicht suchten sie nicht einmal nach einer dritten Person. Die Sache war ja eindeutig – Officer O'Brien hatte seine Frau in der Dusche erschossen, aus welchem Grund auch immer, und danach die Waffe gegen sich selbst gerichtet. Es dreht immer mal wieder ein Polizist durch. Es ist eine Schande, aber es passiert eben.

Und dann brach ich zum ersten und einzigen Mal in meinem Leben das Gesetz. Ich ging an den Schrank und nahm die Maxwell-Kaffeedose heraus.

Billy und Robin konnte das Geld jetzt nichts mehr nutzen, und sie hatten keine Kinder. Was würde geschehen, wenn ich es zurückließ? Vielleicht würde es niemand finden, und dann würde es zusammen mit den Lebensmitteln einer großen Reinigungsaktion zum Opfer fallen. Oder ein anderer korrupter Polizist würde es einstecken.

»Ich mache es wieder gut«, schwor ich mir selbst, während ich die Dose in meiner Tasche verstaute.

Die Sittiche flatterten unruhig in ihrem Käfig herum. Um diese Zeit fütterte Robin normalerweise die Vögel und die Schildkröten, doch das ferne Jaulen einer Sirene trieb mich zur Eile. Sollten doch die Polizisten, die in wenigen Minuten das Haus bevölkern würden, die Tiere füttern.

Als ich an der Haustür stand, zwang ich mich zur Ruhe. Ich holte noch einmal tief Luft, bevor ich hinaustrat und mit ruhigen Schritten über den Gartenweg auf den Bürgersteig zusteuerte.

Dort bog ich nach rechts ab und ging weiter, meinen Seesack auf der Schulter. Ich hatte keine Ahnung, wohin ich ging, aber ich war auf dem Weg. Jeder Schritt, den ich machte, entfernte mich ein Stück weiter von der Hölle. Ich war sechs oder sieben der großen Vorstadtblocks weit gekommen, als ein Polizeiauto in der entgegengesetzten Richtung an mir vorbeifuhr. Ich zwang mich, ruhig zu bleiben, um den Polizisten keinen Grund zu geben, mich anzuhalten und mir mit der Taschenlampe ins Gesicht zu leuchten.

Über mir dröhnte ein Flugzeug, es flog ziemlich tief. Ich war nicht weit vom Flughafen entfernt. Plötzlich wusste ich, was ich zu tun hatte. Die verrückte Lüge über den Besuch bei meinen Eltern, die ich Billy erzählt hatte, wurde plötzlich zur Wahrheit. Es war eine exzellente Gelegenheit, fünftausend Kilometer zwischen mich und die schrecklichen Ereignisse dieses Abend zu bringen.

Ich hatte Glück und kam gerade an einer Bushaltestelle vorbei, als ein Bus zum Flughafen dort hielt. Am Flughafen angekommen, ging ich direkt zum Schalter der United Airlines und kaufte ein One-Way-Ticket für den nächsten Flug nach New York, für zweihundertachtundsechzig Dollar. Ich zahlte mit vierzehn Zwanzig-Dollar-Scheinen aus der Kaffeedose. Die freundliche Dame am Schalter sagte mir, dass Hin- und Rückflug zusammen nur dreihundertachtunddreißig Dollar kosten würden, aber ich sagte ihr, ich wisse noch nicht, wann ich zurückkäme.

Das war eine Lüge. Ich wusste genau, dass ich in meinem ganzen Leben nie wieder einen Fuß in die Stadt der Engel setzen würde.

Nur zwanzig Minuten später hob das Flugzeug ab, weniger als zwei Stunden nachdem der Polizeibeamte William O'Brien erst seiner Frau und dann sich selbst das Leben genommen hatte.

KAPITEL 23

Jetzt wusste sie alles. Lynns Gesicht war blass, als sie eine Hand auf meine schweißnasse Wange legte und sie liebevoll streichelte.

»Meine Güte, Mickey, da bist du aber an ziemlich verrückte Leute geraten.«

»Ja, das kann man wohl sagen.«

»Und die ganze Sache ist als erweiterter Suizid zu den Akten gelegt worden?«

»Keine Ahnung. Das will ich gar nicht wissen. Ich bin weggelaufen, ohne mich noch mal umzugucken. Aber jedes Mal, wenn ich ein Polizeiauto sehe, mache ich mir in die Hosen vor Angst.«

Sie strich mir übers Haar. »Du hast nichts falsch gemacht, Mickey.«

»Wirklich? Warum bin ich nicht früher aus dieser Dusche gestiegen? Wenn ich gleich rausgegangen wäre, als sie in die Dusche kam, dann hätte er uns nie zusammen erwischt.«

»Du warst starr vor Schreck.«

»Ich weiß nicht, ob das stimmt.«

»Sei nicht so hart mit dir, Mickey. Du hast versucht, das Richtige zu tun.«

»Die Sache ist die, wenn ich nicht gewesen wäre, würden die beiden noch leben, weißt du?«

Lynns Augen füllten sich mit Tränen. »Nein, Mickey. Wenn ich nicht gewesen wäre, wären die beiden noch am Leben. Wenn ich dich nicht verlassen hätte, hättest du diesen Song nie geschrieben, wärst nie nach Los Angeles gegangen … siehst du, was ich meine?«

Sie legte sich die Hand auf die Brust. »Alles führt zu mir.«

Was für ein verrückter Schuldkomplex! Da konnte nicht mal ich mithalten. Schluchzend fiel mir Lynn in die Arme.

»Tut mir leid, Mickey! Das tut mir alles so leid!«

»Lynn, komm schon, das ist nun wirklich nicht deine Schuld!«

»Es ist auch nicht deine Schuld.«

»Niemand ist schuld daran«, sagte ich, und mir wurde klar, dass ich es ernst meinte. Ich löste mich aus ihren Armen und schaute in ihre glänzenden Augen.

»Wir beide sind anständige Menschen und sollten aufhören, uns selbst zu zerfleischen.«

Sie nickte und wischte sich die Nase. »Meinst du, das funktioniert?«

»Ich werde es auf jeden Fall versuchen, wenn du es auch tust.«

»In Ordnung, Mick.«

Sie half mir. Ich half ihr. Zusammen konnten wir es schaffen, dass es uns beiden wieder gut ging. Es war wunderbar. Wie Magie, aber um Längen besser. Es war die heilende Kraft der Liebe, wie diese Liebe, von der ich gesungen hatte, ohne richtig zu verstehen, was sie in Wirklichkeit bedeutete. Jetzt verstand ich es.

Lynn gelang ein schiefes Lächeln, sie seufzte und sagte: »Ich will ja nicht auf dem wunden Punkt rumreiten, aber wo ist all das Geld, das du mitgenommen hast? Ich weiß, dass es nicht auf der Bank liegt.«

»Ich habe es in meinem Zimmer versteckt. Es gibt dieses Loch über der Tür, wo meine Mutter nicht hinkommt.«

»Die zerbrochenen Steine, wo du früher deine *Playboy*-Hefte versteckt hast?«

Ich spürte, wie ich rot wurde. »Oh Gott, habe ich dir davon etwa erzählt?«

»Du hast mir alles erzählt, Mickey.«

»Na ja, jedenfalls liegt es da, seit ich wieder zu Hause bin. Ich weiß, dass ich es nicht behalten kann, aber ich wusste nicht, was ich damit machen sollte.«

»Ich weiß es.«

»Wirklich?«

»Ja, klar.« Sie nahm meine Hand wie ein spiritueller Führer den Ungläubigen.

»Wir fahren in die Stadt und verteilen es.«

»Und wem sollen wir es geben?«

»Denen, die es brauchen. Komm schon, lass uns fahren.«

»Jetzt?«

»Ja, Mickey, jetzt. Ich glaube, es wird besser, wenn wir das vorher erledigt haben.«

Es. Wir beide wussten, was »es« war. Und sie hatte recht.

»Geh nach Hause und hol das Geld«, sagte sie. »In einer halben Stunde treffen wir uns bei mir.«

Ich gehorchte. Zum Glück war niemand zu Hause, und so konnte ich die Kaffeedose holen und unbemerkt wieder aus der Tür schlüpfen. Als ich Lynn abholte, hatte sie geduscht und eine Jeans und ein T-Shirt angezogen. Auf unserem Weg hinaus sahen wir, dass mehrere Latten der Holzrampe auf der Vordertreppe eingefallen waren.

»Dieses Ding muss ich abreißen«, murmelte Lynn.

»Ich kann das für dich machen.« Ich zögerte kurz. »Übrigens habe ich ihn einmal diese Rampe hochgeschoben.«

»Du?«

Ich erzählte ihr von meinem verregneten Geburtstag vor all den Jahren und wie ich gehofft hatte, dass sie zurückkäme, um mich zu besuchen. Und dass der Kapitän nicht in der Lage gewesen war, ohne fremde Hilfe die Rampe hinaufzukommen.

»Hast du mit ihm geredet?«

»Nur kurz.«

»Was hat er gesagt?«

»Er wollte wissen, ob ich was von dir gehört hätte. Er wollte, dass ich dir sage, du sollst nach Hause kommen und es sei alles vergeben.«

Ihre Augen weiteten sich und blickten dann mild und traurig. »Vergeben«, wiederholte sie. »Na ja. Das ist gut zu wissen.«

»Er war ziemlich betrunken, Lynn.«

»Ja? Das war ja nichts Besonderes. Komm schon, gehen wir und ziehen es durch!«

Wir nahmen einen Zug zur Penn Station, und nachdem der Schaffner unsere Fahrkarten kontrolliert hatte, waren wir beide allein im Abteil.

»Lass mich mal sehen, Mick.«

Ich reichte ihr die Kaffeedose. Sie nahm den Deckel ab und schaute hinein. Sie hatte in der Bank jeden Tag viel Geld in der Hand, der Anblick der vielen Scheine erschreckte sie nicht.

»Wie viel?«

»Fast sechstausend … wie machen wir das?«

»Wir geben es den Obdachlosen.«

»Aber wie?«

»Wir drücken es ihnen in die Hand.«

»Einfach so?«

»Warum denn nicht?«

»Und wie viel pro Person?«

Sie zuckte mit den Schultern. »Einhundert. Zweihundert. Wie du willst.«

»Wenn wir ihnen hundert Dollar pro Person geben, dann sind das sechzig Leute. Meinst du, das schaffen wir an einem Tag?«

Sie grinste und küsste mich auf die Wange. »Kein Problem.«

Es war ein verrückter, absurder, wunderbarer Plan, und ich wusste, dass sie es tat, um meine Seele zu retten. Es war meine Art, Buße zu tun, eine wirkungsvollere Art, als mir je ein Priester hätte auferlegen können. Ich spürte den Druck auf den Ohren, als der Zug in den Tunnel unter dem East River einfuhr. Der nächste Halt war Penn Station.

»Glaubst du, dafür kommen wir in den Himmel, Lynn?«

Sie zuckte mit den Schultern und lachte. »Ich weiß nicht, ob wir in den Himmel kommen. Aber zumindest nicht in die Hölle, hoffe ich.«

In der Penn Station saß ein dünner, bärtiger Mann mit einem schmutzigen Kaffeebecher in der Hand gegen die Kachelwand gelehnt. Er war zu müde, um den Becher zu schütteln und auffordernd mit den wenigen Münzen darin zu klingeln.

Ich zeigte auf ihn. »Er?«

»Wieso nicht?«

Ich nahm fünf Zwanziger aus der Dose, faltete sie einmal in der Mitte, schlenderte an dem Typen vorbei und ließ das Geld in seinen Becher fallen. Als seine dreckigen Finger die Scheine berührten, war ich schon wieder an Lynns Seite. Sie nahm mich beim Ellenbogen und zog mich weiter.

»Wir können nicht auf ein Dankeschön und ein bisschen Smalltalk bleiben«, sagte sie. »Am besten versuchen wir, mehr solche Bettler mit Bechern zu finden, in die wir das Geld einfach reinwerfen und weitergehen können.«

»Hast du so was schon mal gemacht?«

»Nein, aber ich habe den ganzen Tag mit Geld zu tun, und ich weiß, dass Geld die Leute verrückt machen kann.«

Als wir die Treppe zum Ausgang hinaufstiegen, hörten wir hinter uns einen überraschten Aufschrei.

»Dreh dich nicht um«, sagte Lynn. »Er könnte mehr wollen.«

Es ging viel schneller, als ich gedacht hatte. Wir wanderten durch die Straßen der Stadt und suchten nach Obdachlosen. Sie waren überall, gebückt und mit hängenden Schultern zwischen all den breitschultrigen Arschlöchern, die für jeden hörbar in ihre Handys bellten.

Lynn gab einem jungen Mann mit einem fettigen Pferdeschwanz, der mit einem traurig aussehenden Köter vor einem Pappschild mit dem Text »hungrig, obdachlos« saß, einen Hunderter. Beim Anblick der Scheine stand ihm der Mund offen, aber er sagte keinen Ton.

Bei ihm war ich skeptisch. »Der könnte ein Betrüger sein«, sagte ich. »Der sieht ziemlich gut genährt aus, und er hat ein Haustier.«

»Was soll's, Mickey, selbst wenn er ein Betrüger ist, der Hund ist echt.«

Wir arbeiteten uns nach Nordosten vor und gaben überall auf dem Weg die Hunderter aus. Wenn wir einem etwas in seinen schmutzigen Napf gelegt hatten, rannten wir davon, als hätten wir einen Sprengsatz deponiert.

Es war großartig. Es war unglaublich. Ich fühlte mich wie ein Ballonfahrer, der einen Sandsack nach dem anderen abwirft und so immer höher in die Luft aufsteigt. Lynn hatte recht gehabt, unsere Mission würde nicht lange dauern.

Wir betraten die Grand Central Station, und die Schönheit der Halle traf mich wie damals als Kind, als ich sie zum ersten Mal gesehen hatte mit all dem Marmor und diesen Fenstern und glänzenden Messinguhren aus einer längst vergangenen Zeit …

Inzwischen waren wir beide hungrig. Wir kauften uns zwei große Salzbrezeln und Cola und setzten uns auf den polierten Boden. Dort aßen und tranken wir und beobachteten die vielen Menschen, deren Wege sich in der Halle kreuzten. Ich zählte das Geld in der Dose und stellte fest, dass schon über die Hälfte davon weg war.

Dann sah ich ihn.

Von der Statur her sah er aus wie ein professioneller Footballspieler, ein riesiger Schwarzer in einem zerrissenen Mantel, lächerlich bunten Karohosen und grauen Turnschuhen ohne Schnürsenkel, die wohl ein paar Nummern zu klein für ihn waren und möglicherweise verantwortlich für seinen gequälten Gesichtsausdruck. Auf dem Kopf trug er einen aufgeplusterten, ergrauenden Afro, der sich gefährlich zur Seite neigte wie ein einstürzendes Haus.

Er schritt weit und stolz aus, als er die Halle durchquerte, offenbar beschäftigt mit dem klassischen Landstreicher-Dilemma – kein Platz, an den man gehen konnte, und kein Platz, an dem man bleiben konnte, ohne von der Polizei belästigt zu werden.

Ich traute mich nicht, ihm in den Weg zu treten, er hätte mich überrannt wie ein Nachtzug. Also ging ich neben ihm her, ich musste beinahe rennen, um mitzuhalten. Er war einen Kopf größer als ich. Es war, als schaute ich zu einer Statue auf.

Er ignorierte mich, oder vielleicht sah er einfach nicht gut. Ich hielt ihm fünf Zwanzig-Dollar-Scheine vors Gesicht.

»Hier, Sir, das ist für Sie.«

Er blieb stehen, nahm die Scheine und betrachtete sie, als hätte er vorher noch nie Geld gesehen. Mit der anderen Hand langte er mit erstaunlich festem Griff nach meiner Schulter. Mein Schlüsselbein fühlte sich an, als könne es jeden Moment brechen. Ich öffnete den Mund, um zu schreien, doch meine Stimme versagte.

Der Riese starrte mir in die Augen. Sein Blick war eigenartig gelassen, obwohl seine Augen gerötet waren von wer weiß wie vielen schlaflosen Nächten oder Jahren. Ich konnte mich nicht aus seinem Griff herauswinden, und ich fand meine Stimme nicht, um Hilfe rufen. Dazu kam, dass das Letzte, was ich jetzt gebrauchen konnte, die Aufmerksamkeit der Polizei war.

Was, wenn ein landesweiter Haftbefehl für mich ausgestellt worden war? Das wäre wirklich eine Ironie des Schicksals gewesen, wegen der Sache in L. A. geschnappt zu werden, weil ich schmutziges Geld an die Obdachlosen von New York verteilte!

Der Riese leckte sich die trockenen Lippen und versuchte ein Grinsen. »Hör mal zu, kleiner Mann, warum gibst du mir das Geld?«

Seine Stimme war so tief wie eine Kesselpauke. Ich wartete, bis das Echo verklungen war, bevor ich antwortete: »Ich versuche, ein guter Mensch zu sein.«

Was für eine lahme Antwort! Er löste den Griff an meiner

Schulter nicht, schaute auf die Geldscheine, dann auf mich. Er schüttelte den Kopf, als hätte man ihm Teile eines Puzzles gegeben, die beim besten Willen nicht zusammenpassten.

»Warum?«, fragte er.

»Ich weiß nicht. Ich schätze, ich will ... für meine Sünden bezahlen?«

Ich erschrak, als er plötzlich lachte, dabei entblößte er braune Zähne, die so zerklüftet waren wie die eines Wolfes. Er ließ meine Schulter los und wedelte mit den Geldscheinen vor meinem Gesicht.

»Du willst für deine Sünden mit echtem Geld bezahlen, ja? Du nimmst das aber ziemlich wörtlich, oder?«

»Ja, das stimmt.«

Er lachte meckernd, steckte die Geldscheine ein, stupste zweimal mit dem Finger gegen meine Schulter und war verschwunden.

Ich ging zurück zu Lynn. »Ich dachte, der Typ würde mich umbringen.«

»Schon gut, Schatz. Ich nehme dich mit an einen schönen Ort.«

»Wohin denn?«

»Das ist eine Überraschung.«

Wir verließen den Bahnhof und gingen Richtung Osten und Innenstadt; auf dem Weg verteilten wir weiterhin Hunderter.

Ich hatte noch sechshundert Dollar in der Kaffeedose, als wir am Ziel ankamen – dem Gramercy Park, dem einzigen Park in Manhattan, zu dem man einen Schlüssel brauchte. Nur die Leute, die um den Park herum wohnen, haben einen Schlüssel dafür.

»Ich liebe diesen Park«, sagte Lynn. »Obwohl wir nicht reinkönnen, wollte ich gerne herkommen.«

Er sah wunderschön aus im Schein der späten Abendsonne – hohe Bäume, makellos gepflegte Fußwege, schwarze Kinderfrauen in weißen Kleidern, die Wagen mit weißen Babys vor sich herschoben. Ein konserviertes Stück vom alten New York.

Wir gingen um den Park herum, und als wir um eine Ecke bogen, sahen wir eine Obdachlose, die mit dem Rücken zum Zaun auf dem Bürgersteig saß. Neben ihr stand ein zweirädriger Karren, der ihre ganzen Besitztümer enthielt. Kleidung, Pfanddosen und sogar ein schmutziges altes Telefon mit Wahlscheibe. Warum hob jemand so etwas auf? Vielleicht war es das letzte Telefon, das sie besessen hatte, aus ihrer letzten Wohnung.

Sie trug den Schmutz des Straßenlebens auf ihrer Haut, eine dunkle Schicht Abgase von Millionen von Bussen, und doch strahlte sie eine besondere Art von Würde aus. Ihr dickes graubraunes Haar schien sauberer zu sein als der Rest an ihr, und sie trug es ordentlich hinter die Ohren gekämmt – irgendwo in diesem Durcheinander musste auch eine Bürste oder ein Kamm stecken. In einen roten Tuchmantel gehüllt, saß sie gegen den Zaun gelehnt wie auf einer Strandliege und hielt das Gesicht in die Sonne. In ihrer Vorstellung saß sie vielleicht gerade am Ufer in East Hampton und wartete auf den Klang der Mittagsglocke aus einer der Strandvillen …

Als wir vor ihr standen, fiel ein plötzlicher Schatten auf ihr Gesicht, und sie öffnete die Augen, die bemerkenswert blau und strahlend waren.

»Wie soll ich jemals braun werden, wenn ihr mir in der Sonne steht?«

Ihre Stimme überraschte mich. Sie klang, als wäre sie in einem Mädchenpensionat aufgewachsen. Ihre Zähne waren gelb, aber ihr Lächeln, mit dem sie mich zugleich freundlich und mahnend anschaute, war lückenlos.

»Was kann ich für euch tun«, fragte sie, als säße sie am Serviceschalter von Bloomingdale's. Ich sah Lynn an. Sie schien fasziniert und ein wenig furchtsam. Auf eine merkwürdige Weise war diese Frau beängstigender als der Riese aus der Grand Central Station. Ich griff in die Dose und holte hundert Dollar daraus hervor.

»Das ist für Sie«, sagte ich. Sie nahm die Scheine und steckte sie in die Innentasche ihres Mantels, ohne sie zu zählen. Man hätte meinen können, dass sie jeden Tag hundert Dollar von einem Fremden geschenkt bekam.

»Alles Gute«, sagte ich, als wir uns zum Gehen wandten.

»Warte!«

Wir drehten uns noch einmal zu ihr um. Mit einem schmutzigen Zeigefinger zeigte sie auf das Gebäude auf der gegenüberliegenden Straßenseite. Es war ein hübsches Sandsteinhaus mit Blumenkübeln auf der Eingangstreppe, roten Geranien, auf denen noch das Wasser vom letzten Gießen in der Sonne glitzerte.

»Siehst du, dass diese Geranien gegossen worden sind? Siehst du, dass sie nass sind?«

»Ja, Ma'am.«

»Das darf man nicht tun, wenn eine Pflanze direkt in der Sonne steht. Sonst verbrennen die Blütenblätter. Man darf sie nur an der Wurzel gießen.«

Ich wusste nicht, was ich auf diese spontane Gärtnerstunde antworten sollte. Warum erzählte sie mir das? Sah sie mir an, dass ich als Gärtner arbeitete? Hatte sie übersinnliche Kräfte?

Sie lächelte mich an und zeigte noch einmal auf das Haus. »Ich bin da drin geboren worden, weißt du, darum interessieren mich diese Sachen.«

Ich schluckte. Mein Herz pochte. Mein Verstand sagte mir, dass sie vielleicht nur eine verrückte alte Dame war, aber im Herzen wusste ich, dass sie die Wahrheit sagte.

Sie hob den Finger ein wenig, um auf ein höheres Stockwerk zu zeigen. »Im dritten Stock, mit Blick auf die Gärten dahinter. Das war mein Kinderzimmer. Hellblaue Tapete mit Engeln darauf. Ich schlief ein, während ich die Engel zählte … eine Wehmutter hat mich entbunden. Weißt du, was eine Wehmutter ist?«

»Ja, das weiß ich.«

»Na ja, das war mein Zuhause, bis ich ins Internat kam. Ich war sehr glücklich in diesem Haus, sehr glücklich.«

Sie schien auch in diesem Moment glücklich, während sie

sich daran erinnerte. Irgendetwas in ihrem Leben musste schrecklich, unvorstellbar schiefgelaufen sein, und jetzt, sechzig oder siebzig Jahre später, war sie hier, wieder genau an dem Ort, wo alles angefangen hatte. Nur wenige Meter von der Tür entfernt und doch Tausende Kilometer von Zuhause.

Warum war sie nicht wütend? Vielleicht hatte sie die Weisheit des Alters gelehrt, dass sie sich glücklich schätzen konnte, so etwas überhaupt gehabt zu haben. Oder vielleicht war sie irre. Es kam eigentlich auf dasselbe hinaus.

In dem Moment machte Lynn den Mund auf. Ich hatte beinahe vergessen, dass sie bei mir war.

»Haben Sie in dem Park gespielt, als Sie klein waren?«

Das Gesicht der alten Dame leuchtete. »Oh ja! Kommt, ich zeige euch was.«

Sie steckte die Hand in ihre Manteltasche. Als sie sie wieder herauszog, lag darin ein alter Messingschlüssel, der komplett grün angelaufen war. Sie reichte ihn Lynn, als wäre es der Heilige Gral. Er war lang und schwer und hatte am Ende ein Loch, ein Schlüssel wie gemacht für das Tor eines Märchenschlosses.

»Wisst ihr, was das ist?«

»Ja«, sagte Lynn, »das ist der Schlüssel zum Park, oder?«

»Da hast du ganz recht, mein Kind. Leider wurden die Schlösser schon oft gewechselt, seit ich hier weggezogen bin, aber ich behalte ihn trotzdem, aus … ich weiß auch nicht … aus Sentimentalität, schätze ich.«

Sie nahm Lynn den Schlüssel wieder aus der Hand, steckte ihn zurück in die Tasche und suchte mit dem Rücken am Zaun eine bequemere Position.

»Wie«, begann ich, und es klang wie ein Schrei. Weiter kam ich nicht. Die Frage war zu schmerzhaft, um sie auszusprechen. Doch die alte Frau verstand auch ohne Worte, was ich sie fragen wollte.

»Es ist schwer, Dinge zu erreichen«, sagte sie, »aber es ist leicht, sie wieder zu verlieren.« Sie kniff die Augen zusammen. »Aber ich habe so ein Gefühl, dass ihr das schon wisst.«

Lynns Lippen zitterten. Sie zog mich zur Seite, außer Hörweite der alten Dame.

»Gib ihr die Dose.«

»Was?«

»Gib ihr das restliche Geld.«

»Mach du es, Lynn.«

Sie nahm mir die Dose aus der Hand und hockte sich neben die Frau. »Das ist für Sie«, sagte sie und reichte ihr das Geld. Die alte Frau nahm den Deckel ab und guckte in die Dose. Sie zog nicht einmal die Augenbrauen hoch. Sie nahm die Hundert, die ich ihr vorher gegeben hatte, legte sie in die Dose, verschloss den Deckel wieder und ließ die Dose irgendwo in den vielen Falten ihres Mantels verschwinden.

»Das ist ziemlich viel Geld«, sagte Lynn freundlich. »Sie können sich heute Nacht ein Zimmer nehmen.«

Die alte Frau lächelte. »Ich wohne hier«, antwortete sie einfach, als müsste sie einem Kind etwas vollkommen Offensichtliches erklären.

Das war eine Verabschiedung, wir wussten es beide. Lynn legte einen Arm um meine Schultern, als wir uns auf den Weg zurück zur Penn Station machten. Keiner von uns drehte sich noch mal um zu der alten Frau mit den sechshundert Dollar in der Kaffeedose, dem Rest der Bestechungsgelder eines korrupten Polizisten aus Los Angeles. Unsere edle Mission hatte ein bizarres Ende gefunden.

»Das Geld sollte für sie eine Weile reichen«, sagte Lynn.

»Außer wenn es ihr jemand abnimmt.«

»Wer sollte denn einen Obdachlosen beklauen?«

»Ein anderer Obdachloser.«

»Mickey. Vielleicht sollten wir zurückgehen und ein Bankkonto für sie eröffnen.«

»Was?«

»Ich könnte das doch für sie machen. Es dauert nur zehn Minuten. Wir gehen mit ihr zu einer Bank und eröffnen ein Konto. Du kannst draußen auf ihre Sachen aufpassen, während ich mit ihr drinnen bin. So lange sie sich an ihren Namen erinnert …«

»Lynn, Lynn. Dreh dich mal um.«

Sie tat es, und wir schauten beide zurück zu dem Zaun, an dem die alte Dame gesessen hatte. Sie war verschwunden.

»Oh, Mickey. Halt meine Hand.«

Wir waren uns nahe, Lynn und ich, beinahe so nahe, wie wir uns früher gewesen waren, und dann fiel mir etwas ein, was ich noch mit meinem eigenen Geld machen wollte.

»Hey, Baby, warst du schon mal auf dem Empire State Building?«

»Noch nie.«

Wir schauten hoch zu der Spitze, die sich gegen den Abendhimmel abzeichnete. Sie war einmal die höchste der Stadt gewesen, und diesen Status hatte sie nach dem Einsturz der Twin Towers wiedererlangt.

»Ich war auch noch nie oben. Wollen wir?«

»Jetzt?«

»Jetzt sind wir schon mal hier. Warum nicht? Komm schon!«

Ich bezahlte die Tickets, und wir fuhren mit einer Reihe verschiedener Fahrstühle auf die Aussichtsplattform, sechsundachtzig Stockwerke hoch über der Stadt.

Die Aussicht war atemberaubend. Die Sonne war gerade untergegangen, und nach und nach gingen die Lichter der Stadt an, die sich zu unseren Füßen, umarmt von zwei Flüssen, in alle Richtungen ausbreitete.

Die Spitzen auf dem Gitter um die Aussichtsplattform waren nach innen und unten gebogen und hatten am Ende scharfe Kanten, um Selbstmörder abzuschrecken. Unter uns waren Dutzende unglücklicher Leben dank unserer Tat heute ein bisschen weniger hoffnungslos.

Die Luft war kühl, der Herbst stand vor der Tür, und ich war überwältigt und voller Hoffnung, als ich Lynn von hinten umarmte. Sie sagte etwas, doch ich verstand nicht und musste sie bitten, ihre Worte zu wiederholen.

»Ich habe gesagt, ich war hier schon mal.«

Das überraschte mich. »Ich dachte, du hättest gesagt …«

»Ich war der Meinung, ich wäre noch nie hier gewesen, aber jetzt erinnere ich mich … dieser Ausblick … oh Gott …«

Sie zitterte, und nicht wegen der Kälte oder des Windes. Ich schloss sie fester in die Arme, und sie ließ es geschehen.

»Lynn, alles in Ordnung?«

Sie nickte, aber sie schaute mich nicht an. Sie zögerte kurz, dann sagte sie: »Ich war mit meinem Vater hier.«

Ich war verblüfft. »Dein Vater ist mit dir hergekommen?«

»Ja. Ich war wohl fünf Jahre alt, vielleicht auch sechs. Ich glaube, er musste zu einer Konferenz über Feuerschutz in Wolkenkratzern, und aus irgendeinem Grund hat er mich mitgenommen. Ich schätze, an dem Tag war wohl keine Schule …«

Ich ließ Lynn los, und sie ging zum Ende der Plattform, legte die Hände an den Zaun und schaute hinüber zum Ground Zero.

»Ja, ich erinnere mich an diesen Blick«, sagte sie in den Wind. »Es gibt diesen Blick nur einmal auf der Welt, also muss es hier gewesen sein.«

Sie drehte sich um und sah mich an. »Es waren nur wir beide. Ich weiß nicht, wo meine Mutter war und meine Brüder … zu Hause wahrscheinlich.«

Plötzlich stiegen ihr Tränen in die Augen. »Er hat gesagt: ›Sieh dich um, Prinzessin, das ist die Welt, und sie gehört ganz allein dir.‹«

Sie senkte den Kopf und schlug die Hände vors Gesicht. Es war schwer vorstellbar für mich, dass der Mann, den ich kannte, so etwas jemals zu irgendwem gesagt hatte.

»Ich schätze, er hat mich auf seine gestörte Art irgendwie doch geliebt«, sagte sie in ihre Hände.

»Ich bin sicher, das hat er.«

»Das war, bevor …«

Sie brach ab und ließ die Hände sinken. Ich sah, wie sie sich auf die Zunge biss. Schwindelnd von der Höhe und dem Ausblick, konnte sie sich gerade noch zurückhalten, etwas zu erzählen, das sie ihr Leben lang unter Verschluss gehalten hatte.

»Bevor was?«, fragte ich so vorsichtig wie möglich.

Sie rang sich ein Lächeln ab und zuckte mit den Schultern. »Bevor er zu einem kompletten Arschloch geworden ist. Komm schon, DeFalco, bring mich nach Hause. Das war vielleicht ein Tag!«

Ich war sicher, dass mehr dahintersteckte. Ich hatte ihr mein großes Geheimnis erzählt, und ich war ziemlich sicher, dass ich nun auf ihres gestoßen war.

Lynn hatte mir einen kurzen Blick darauf erlaubt, ein Aufblitzen, das die verborgene Landschaft für einen kurzen Moment erhellte, doch das Bild war so schnell wieder verschwunden, wie es gekommen war.

Wir fuhren mit den Aufzügen wieder zurück nach unten, und als wir auf der Straße ankamen, ergriff ein eigenartig depressives Gefühl von uns Besitz. Es war eine windige Nacht. Pappbecher und Zeitungsseiten wirbelten auf den Bürgersteigen herum wie obdachlose Geister. Wir mussten nur wenige Minuten auf den Zug nach Little Neck warten.

»Alles okay, Lynn?«

Sie zögerte. »Bleibst du heute Nacht bei mir? Wenn du bei mir bleibst, dann ist alles in Ordnung, denke ich.«

»Klar bleibe ich. Das habe ich doch schon gesagt.«

»Was ich meine, ist, dass ich gerne mit dir schlafen würde, wenn das in Ordnung ist.«

Wenn das in Ordnung ist.

»Ja. Ja, das wäre … wirklich toll.«

»Bist du sicher? Wenn du Zeit brauchst, um darüber nachzudenken …«

»Lynn, ich habe darüber seit Neunzehnhundertsiebenundachtzig nachgedacht. Ich will nicht mehr nachdenken. Ich will es lieber als alles andere auf der Welt.«

Auf dem ganzen Nachhauseweg hielt sie mich fest umarmt.

Lynn rief im Krankenhaus an, während ich duschte. Ihre Mutter war noch bewusstlos, aber ihr Zustand war weiterhin stabil. Ich legte mich ins Bett, während Lynn duschte.

Wenn jetzt nicht gleich die Welt untergehen würde, dann würde sie geschehen, diese Sache, von der ich schon geglaubt hatte, ich würde sie nie erleben.

Ich sah unter dem Bett nach, und die Kondome lagen noch da, wo ich sie hingelegt hatte.

Die Tür knarrte, und Lynn kam ins Zimmer, das Haar hing ihr feucht ums Gesicht, ein blauer Frotteemantel bedeckte ihren Körper. Ich lag auf dem Rücken und mein steifer Schwanz wölbte die Decke. Sie zeigte mit dem Kinn darauf.

»Bist du da drunter nackt?«

»Ja.«

»Kann ich mal sehen?«

Ich zog das Laken zur Seite wie ein Magier, der einen Zaubertrick enthüllt. Dann ließ sie den Mantel auf den Boden gleiten, und endlich sah ich, wovon ich so viele Jahre lang geträumt hatte. Ihr Körper hatte widersprüchliche Formen, eine verwirrende Mischung aus großzügigen Kurven und spitzen Winkeln, und ich fragte mich verwundert, wie jemand so schlank und so üppig zugleich sein konnte. Seit dem Tag am Jones Beach hatte sich nicht viel verändert, abgesehen von den zarten, dunklen Faltennetzen unter Lynns Augen. Ich starrte und starrte, und nur eine stetig wachsende Benommenheit ließ mich schließlich feststellen, dass ich die ganze Zeit die Luft angehalten hatte. Ich ließ die Luft entweichen und begann japsend wieder zu atmen. Lynn lächelte mich an.

»So. Gefalle ich dir?«

»Du bist schöner als je zuvor.«

Sie kam zu mir unter die Decke, und wir rollten einander in die Arme, einfach so. Als wir uns küssten, spürte ich, wie ein Schauer durch ihren Körper lief, oder vielleicht ging er auch durch mich. Sie biss mir spielerisch ins Ohr und umfasste meinen Kopf mit den Händen.

»Geht's dir gut?«, fragte sie.
»Ja. Und dir?«
»Bisher schon.«
»Darauf habe ich ziemlich lange gewartet.«
»Ja, deine Beharrlichkeit hat sich ausgezahlt.«
»Und du bist froh, dass es passiert, richtig?«
»Um Gottes willen, Mickey, wir sind endlich nackt zusammen in einem Bett, nach zwanzig Jahren mentalen Vorspiels, natürlich bin ich froh, dass es passiert.«

Irgendetwas stimmte nicht. Ich verstand wahrscheinlich weniger von Frauen als jeder andere Mann, aber diese eine Frau kannte ich, und ich wusste, dass etwas nicht stimmte.

Ich räusperte mich, um darüber zu sprechen, doch bevor ich etwas sagen konnte, wanderte sie nach unten und nahm mich in den Mund. Die Lust, die ich empfand, war gleichzeitig zart und machte mich schier verrückt, sie ergriff meinen ganzen Körper, sodass ich mich zu ihr drehen und sie lecken musste, ohne die Verbindung zu unterbrechen. Nachdem wir eine halbe Ewigkeit in dieser Stellung gelegen hatten, war es an der Zeit, zu sehen, wie gut wir tatsächlich zusammenpassten.

Ich langte unters Bett und zog die Kondome hervor.
»Schon in Ordnung, Mickey, die brauchst du nicht.«
»Nein?«

Mein Gott, ich konnte mich nicht erinnern, wann ich das letzte Mal ohne Kondom Sex gehabt hatte!

Das war zu viel für mich. Plötzlich war in dem Raum nicht genug Luft. Ich stand auf und riss die Fenster auf, so weit es ging. Die Gardinen wehten in der Brise. Lynn lag auf dem Rücken, ihr Haar breitete sich auf der Decke aus wie ein Füllhorn. Ich kniete mich vor sie, als wollte ich ihr meine Sünden beichten, doch das hatte ich bereits getan. Sie nahm meinen Schwanz in die Hand und streichelte ihn.

»Jetzt.«

Ich ließ sie mich führen, Zentimeter um Zentimeter. Das war es, wovon ich geträumt und was ich schon verloren geglaubt hatte. Das Gefühl war so überraschend, wie es angenehm hätte sein sollen – warum war es nicht angenehm?

Weil Lynn dalag, als unterzöge sie sich einer chirurgischen Prozedur. Ich atmete schwer, ich hatte Angst, ihr wehzutun, Angst, etwas falsch zu machen, Angst, sie nicht zu befriedigen, und vor allem, vor allem hatte ich Angst vor ihren fest geschlossenen Augen und den plötzlich zusammengekniffenen Lippen …

»Warum bist du außer Atem?«, fragte sie durch zusammengebissene Zähne.

»Ich habe mich nur gefragt …«

»Was hast du dich gefragt?«

Ich musste es sagen. »Was hast du? Ein Diaphragma?«

»Oh mein Gott!«

Sie drückte die Knie zusammen, und ich rutschte aus ihr heraus. Sie rollte sich auf die Seite und hoch in eine sitzende Position, dann zog sie die Decke bis zur Brust. Ich bedeckte mich mit der anderen Hälfte der Decke und sah ihr ins Gesicht. Die grünen Flecken in ihren Augen schienen umherzuschwimmen wie verrückte Tropenfische, und ich erinnerte mich, dass das immer so war, wenn sie wütend wurde.

Ich versuchte zu schlucken, aber mein Mund war trocken wie mit Baumwolle gefüllt. »Ich finde, das ist eine faire Frage.«

»Ich trage kein Diaphragma, Mickey.«

»In Ordnung, dann trägst du kein Diaphragma. Das ist kein Problem, Lynn. Ich möchte gerne ein Kind mit dir, wenn es das ist, was du willst.«

Ich konnte nicht glauben, dass ich das gesagt hatte. Ich war kaum in der Lage, für mich selbst zu sorgen, und schon versprach ich Lynn die Fortpflanzung, gleich bei unserem allerersten Mal. Das war verrückt, vollkommen irre, und ich meinte jedes einzelne Wort ernst.

»Ich liebe dich, Baby. Lass uns mehr von deiner Sorte machen.«

Ihre Augen überzogen sich mit einem Tränenschleier, und

die Fische schwammen noch immer darin herum, doch sie wurden schon langsamer. Ihre Wut verrauchte.

»Mickey … mein Gott, du bist wirklich ein lieber Junge.«

»Ich zahle dir was dafür, wenn du das nie mehr sagst. Ich meine nur, ich wäre gern der Vater deiner Kinder.«

»Das ist unmöglich.«

»Na ja, es wäre schon schwierig, aber ich würde nicht sagen …«

»Mickey, verstehst du nicht? Ich kann keine Kinder bekommen.«

Ihre Worte trafen mich wie ein Schlag in die Magengrube. Ich hielt den Atem an und musste mich zwingen, wieder Luft zu holen.

»Was meinst du damit, du kannst keine Kinder bekommen?«

»Etwas ist passiert. Ich kann nicht schwanger werden.«

Ich verstand nicht sofort, was sie da sagte. Etwas war passiert? Was bedeutete das? Ein Unfall? Eine Infektion? Eine Fehlgeburt, die ihre Eierstöcke beschädigt hatte? Wie für die meisten Männer war die weibliche Anatomie für mich ein Buch mit sieben Siegeln, aber irgendwo in meinem Kopf hörte ich das Echo einer Tresortür, die sich für immer schloss.

Ich wollte gar nicht unbedingt Kinder, aber ich liebte Lynn über alles, und die Vorstellung, dass nichts mehr von Lynn in der Welt sein würde, wenn sie starb, traf mich heftiger, als ich es erwartet hätte.

»Als ich einundzwanzig war«, fügte sie hinzu, als Antwort auf eine Frage, die ich noch nicht gestellt hatte.

Meine Augen wurden feucht. Warum? Es konnte Tausende von Gründen geben, aber wahrscheinlich war gerade ein Traum für mich gestorben, von dessen Existenz ich überhaupt keine Ahnung hatte. Wenn man verliebt ist wie verrückt, dann will man nicht nur die Frau. Dann will man das ganze Paket und alle Möglichkeiten, die damit verbunden sind.

»Tut mir leid«, sagte ich schließlich.

Sie kicherte. »Für dich oder für mich?«

»Es tut mir einfach leid.«

»Tja, Mickey, wenn du auf zukünftige Generationen von DeFalcos gesetzt hast, durch mich werden sie nicht in die Welt kommen.«

Ich spürte, wie ich zitterte. Sie zog die Decke noch höher.

»Ich schätze, jetzt hat sich alles geändert, was, Mick?«

Ich schüttelte den Kopf. »Ich bin nur traurig, Lynn.«

»Na, dann geh und sei woanders traurig. Dieses Haus hat genug Traurigkeit gesehen für fünf Jahrhunderte.« Tränen liefen ihr über die Wangen Sie zeigte auf die Tür. »Geh einfach, Mickey. Es tut mir leid, dass ich dich enttäuscht habe. Bitte, geh jetzt.«

Ich zog mich an und ging ohne ein weiteres Wort. Tote können nicht sprechen, und ich war ein toter Mann.

KAPITEL 24

Kein Tod ist so schmerzhaft wie der eines Traumes, und plötzlich wurde mir klar, wie weit ich mir mein Leben mit Lynn Mahoney schon ausgemalt hatte. Ein lebenslanger Zukunftstraum, weggepustet wie eine Feder in einem Hurrikan.

Seit sie damals weggelaufen war, wimmelte es in meinem Kopf nachts von Arbeitern, die dort ein Luftschloss bauten, das Schloss, auf das ich eines Tages mit meinem weißen Pferd zugaloppieren würde, Lynn hinter mir im Sattel, ihre Arme um meine Hüften geschlungen.

Es war ein schönes Schloss. Ich wusste gar nicht, dass es existierte, bevor es plötzlich einstürzte, das muskulöse Pferd unter mir zusammenbrach, die Arme um meine Hüften plötzlich ihren Griff lösten …

Ich stand auf dem Bürgersteig vor Lynns Haus. Nein, ich stand mitten auf der Straße, und ein Auto hupte mich an.

Wie war ich hier hingekommen? War ich die Treppe im Haus der Mahoneys hinuntergestiegen, hatte ich die Tür geöffnet? So musste es sein, aber ich hatte keine Erinnerung daran. Ich machte die Straße frei und starrte verwundert auf den Jungen mit dem Ziegenbart hinter dem Steuer, der mir den Mittelfinger zeigte, bevor er weiterbrauste.

»Arschloch!«

Die Grillen zirpten laut, und es schien mir fast, als schimpften sie mich aus, während ich nach Hause ging.

Nach Hause? Ich wollte nach Hause gehen? Ganz schlechte Idee. Zu Hause konnte ich nur meine Eltern damit enttäuschen, dass nun endgültig alles im Eimer war. Meine Mutter würde mir in irgendeiner Form helfen wollen, aber für einen gestorbenen Traum gibt es keine Bestattungszeremonie.

Was ich aber tun konnte, war zum Little Neck Inn zu gehen, wo sich Samstagabend bekanntlich die Elite trifft.

In der Hoffnung, dass mein Vater da sein würde, kämpfte ich mich durch zur Bar. Vielleicht konnte ich mit ihm über das, was gerade geschehen war, sprechen, aber Heevey schüttelte den Kopf, als ich nach Steady Eddie fragte.

»Er war da, ist aber schon wieder weg. Er war heute irgendwie schlecht drauf, ist wieder abgehauen, als ich ihn nicht rauchen lassen wollte.«

»Warum war er denn schlecht drauf?«

»Ehrlich gesagt war er nicht besonders gesprächig, er hat bei seinem fünften oder sechsten Bier nur irgendwas von lahmen Gäulen gemurmelt. Trinkst du was? Wenn nicht, dann mach den Platz frei für meine Gäste.«

Ich schlug vor mir auf die Theke. »Bier und einen Kurzen, guter Mann.«

»Das ist ein Herrengedeck.«

»In Ordnung, ein Herrengedeck.«

Er zögerte, bevor er eine Flasche vor mich hinstellte und dann ein Schnapsglas füllte.

»Das macht acht Dollar.«

»Und es ist jeden einzelnen Cent wert.« Ich warf einen Zwanziger auf die Theke, schüttete den Whiskey runter und trank einen Schluck Bier hinterher. Heevey klatschte das Wechselgeld mit Nachdruck vor mich hin, um meine Aufmerksamkeit zu erlangen.

»Immer mit der Ruhe, Mick.«

Ich legte eine Hand auf meine Brust. »Mache ich etwa Probleme?«

»Du hast diesen Ausdruck in den Augen. Ich kenne diesen Ausdruck. In neun Fällen von zehn führt er zu zerbrochenen Möbelstücken.«

»Heev. Ich will mich nur betrinken.«

Heevey seufzte. »Na gut, hier ist eine Rede, die ich bestimmt schon eine Million Mal gehalten habe, auf einmal mehr oder weniger kommt es also nicht an.«

Er beugte sich zu mir hinüber, der Tresen schnitt in seinen Ballonbauch. »Wer auch immer sie ist, sie ist es nicht wert. Du bist besser dran ohne sie. Egal, was du tust, du könntest sie sowieso nie glücklich machen. Niemand weiß, wie man es ihnen recht macht, erst recht nicht wir. Jetzt trink aus, geh nach Hause und hol dir einen runter.«

»Das werde ich. Aber vorher will ich noch einen Schnaps, bitte.«

»Kommt.«

Heevey goss das Glas mit geschickter Hand zum zweiten Mal voll. Langsam verlor die Welt ihre harten Kanten. Ich trank den zweiten Kurzen und spülte wieder mit einem Schluck Bier nach. Dann winkte ich nach einem dritten. Heevey goss ihn ein und stellte ein weiteres Bier vor mich hin.

»Du bist zu Fuß da, oder, Junior?«

»Ich habe seit Jahren keine Auto mehr. Und hör auf mit dem ›Junior‹.«

»Tut mir leid. Das war nur mein ungeschickter Versuch zu sagen, wie jugendlich du noch wirkst, trotz deines fortgeschrittenen Alters.« Er ging ans andere Ende der Bar, und in dem Moment fiel ein schwerer Arm auf meine Schulter.

»Hey, Kumpel!«

Es war mein alter schulterklopfender Klassenkamerad Frankie McElhenny, den eine Note von Schweiß und Abfall umwehte. Ich legte einen Arm um ihn und zog ihn an mich wie einen verloren geglaubten Freund.

»Frankie! Schön, dich zu sehen!«

Ich meinte es ernst. Ich brauchte dringend Ablenkung, irgendeine Ablenkung. Frankie schien verwundert, beinahe erschrocken.

»Wirklich?«

»Na klar. Komm, ich geb dir einen aus.«

Ich stellte mich auf die Sprossen meines Barhockers wie ein Reiter in die Steigbügel. »Heevey! Das Übliche für meinen Freund hier!«

Heevey brachte Frankie ein überlaufendes Glas Bier vom Fass, das billigste Getränk, das sie verkauften.

»Die Sprossen dieses Hockers sind nicht mehr das, was sie mal waren, Mickey. Sei so nett und setz dich.«

Ich gehorchte. Dann stieß ich mit Frankie an, er setzte sich auf den Hocker neben meinem, und es konnte losgehen.

Ich weiß nicht mehr, was Frankie erzählte, nachdem er sich hingesetzt hatte, aber ich erinnere mich, dass das Wort »ätzend« ziemlich oft vorkam. Sein Boss war ätzend, die Leute, deren Müll er abholte, waren ätzend, seine Exfreundin war ätzend …

Bei jedem Schluck Bier schien er sich einen weiteren seiner Widersacher vorzunehmen. Ich legte einen weiteren Zwanziger auf den Tresen und ließ nicht zu, dass Frankie auch nur einen Drink selbst bezahlte. Er hatte kein Problem damit.

Plötzlich schlug er mir so hart auf die Schulter, dass ich beinahe vom Hocker fiel.

»Hey. Du wirst nicht glauben, was ich gehört habe. Das Lied, das du geschrieben hast, das soll in irgendeinem Kinofilm vorkommen.«

»Ich weiß.«

Frankie kniff die Augen zusammen. »Das weißt du schon?«

»Ich hab den Film gesehen.«

»Ich hab gehört, dass er ätzend sein soll.«

»Das stimmt nicht. Der Film ist ziemlich gut.«

Seine Nasenlöcher weiteten sich. »Ach, du bist wohl nicht nur ein Schnulzensänger, sondern auch ein großer Filmkritiker, ja?«

Zum ersten Mal hatte ich das Gefühl, dass es Ärger geben könnte, die Art von Ärger, vor der Heeveys Antenne von dem Moment an gewarnt hatte, als ich die Bar betrat.

»Ich meine nur, ich fand ihn nicht schlecht.«

Ich hörte seinen Atem wie das grollende Geräusch eines Wachhundes, der langsam wütend wird. »Du hast dich schon immer für was Besseres gehalten. Du und dein beschissenes kleines Lied.«

Die Welt begann sich zu drehen. Ich war nicht in der Verfassung für einen Kampf. Aber ich war auch wütend genug, dass mir egal war, was als Nächstes passierte.

Es war dumm von mir, aber ich stand auf und stellte mich herausfordernd vor ihn.

»Ich bin nicht besser als jeder andere, Mann.« Ich stupste ihm gegen die Brust. »Aber seien wir mal ehrlich. Wenn ich nicht immer meinen Ellenbogen gehoben hätte, um dich abschreiben zu lassen, würdest du heute noch in der achten Klasse sitzen.«

Es dauerte eine Weile, bis meine Worte zu Frankie durchdrangen, so als würden sie von einer Brieftaube zu ihm getragen, die sich durch starken Gegenwind kämpfen musste. Aber schließlich kam der Vogel bei ihm an, und in Frankies Augen loderten Flammen, als er sich auf mich stürzte.

Seine Faust landete auf meinem linken Auge. Ich hatte Glück, dass er mich nur streifte, sonst hätte er mir wohl den Schädel eingeschlagen. Ich konterte mit einem Schlag auf sein Kinn, dann schlang er die Arme um mich, und wir gingen beide mit Getöse zu Boden.

Er war viel stärker als ich, und die ganze gesammelte Wut seines Lebens kondensierte sich nun in dieser Umklammerung, mit der er mir beinahe die Rippen brach. Ich konnte nicht atmen, und ich konnte seine Arme nicht von mir lösen. Ich war kurz davor, ohnmächtig zu werden, als er plötzlich aufschrie und seinen Griff lockerte. Ich sah Heevey, der mit einem Gummiknüppel über ihm stand, ihn hochzog und seinen Arsch zurück auf den Barhocker setzte. Jetzt war Frankie nur noch ein halb ohnmächtiger Säufer.

Dann zog Heevey mit erstaunlicher Kraft auch mich auf die Füße. Immer noch hielt er den Gummiknüppel in der Hand.

Ich dachte, er würde auch mir eins überziehen, aber da irrte ich. Stattdessen flüsterte er mir wütend und nachdrücklich etwas ins Ohr.

»Beweg deinen Hintern rüber zum Starbucks, Junior. Ich habe gehört, dein alter Herr hat sich da in eine unschöne Lage gebracht.«

Ich war immer noch benommen. »Starbucks?«

Er schob mich durch die Menge und hinaus aus der Tür. »Jetzt geh schon, Mann, beweg dich!«

KAPITEL 25

Der Weg durch die frische Luft nüchterte mich ein wenig aus, und der Anblick meines Vaters durch die Fensterscheibe traf mich wie ein ganzer Kübel eiskaltes Wasser. Er saß alleine an einem der kleinen runden Tische in der Mitte des Lokals, zurückgelehnt und mit übergeschlagenen Beinen. Er schien beinahe wie in Trance, als er die Kaffeetasse hob, um einen Schluck zu nehmen, und dann eine Zigarette an die Lippen setzte. Er nahm einen tiefen Zug, einen Zug, als wollte er den Rauch bis hinunter in die Knöchel ziehen, und hielt ihn gute fünf Sekunden in der Lunge, bevor er ihn in einem langen Strom wieder aus dem Mund steigen ließ.

Ich ging hinein. Die anderen Kunden hatten sich mit ihren Cappuccinos und ihren Laptops in der Hand um die Kasse zusammengedrängt und starrten ungläubig auf diese Ungeheuerlichkeit, die da in ihrer Mitte geschah, jemand, der im Gebäude rauchte!

Ein verzweifelter Junge in einer grünen Schürze und mit Starbucks-Baseballcap kam zu mir und fragte: »Kennen Sie diesen Mann?«

»Er ist mein Vater.«

»Wir können ihn nicht dazu bringen, mit dem Rauchen aufzuhören. Das ist seine dritte Zigarette! Der Manager will die Polizei rufen.«

»Die Polizei?«

»Bitte bringen Sie ihn einfach hier raus.«

Ich ging über den blank polierten Boden und setzte mich

meinem Vater gegenüber auf einen Stuhl, direkt in seine Rauchwolke.

»Papa? Papa!«

Er zwinkerte kurz, als schrecke er aus einem Traum auf, und sah mich an. Auf seinem stoppeligen Gesicht breitete sich erst ein Lächeln aus, dann runzelte er die Stirn.

»Hey, Mick, was ist mit deinem Auge passiert?«

»Eine kleine Auseinandersetzung im Little Neck Inn.«

»Ja? Ich hoffe, du hast auch ein oder zwei Treffer gelandet.«

An dem Glanz in seinen Augen konnte ich erkennen, dass er mindestens ein halbes Dutzend Bier intus hatte. Doch seine Stimme war leise. Das war das Ungewöhnliche an meinem Vater. Er war überschwänglich, wenn er nüchtern war, und still, wenn er zu viel getrunken hatte.

Er wandte den Blick ab, als er einen weiteren Schluck nahm. Ich tätschelte ihm die Hand, um seine Aufmerksamkeit zu erlangen. Mein eigener Schwips verflüchtigte sich schnell inmitten dieser verrückten Krise.

»Was tust du hier, Papa?«

Er seufzte. »Ach ... ich schätze, ich wollte einfach mal wissen, wie so ein Zwei-Dollar-Kaffee schmeckt.« Er beugte sich vor und sah nach rechts und links, bevor er hinzufügte. »Nichts Besonderes, so viel kann ich sagen. Der Pulverkaffee deiner Mutter ist genauso gut wie der hier. Was die hier wohl mitverkaufen ist ...« Er zögerte und suchte nach dem richtigen Wort, »... das Ambiente.«

Er kicherte, lehnte sich zurück, nahm einen letzten Zug von seiner Zigarette und trat sie dann mit dem Fuß auf dem Boden aus, wo schon zwei andere Zigarettenstummel den ansonsten makellosen Boden befleckten.

Er steckte eine weitere Zigarette in den Mund und zündete sie an.

»Papa. Was meinst du, wollen wir gehen?«

»In einer Minute. Ich habe meinen Zwei-Dollar-Kaffee noch nicht ausgetrunken.«

»Du kannst hier drinnen nicht rauchen, die Leute sind total aufgebracht.«

Er hob in gespielter Überraschung die Augenbrauen. »Ach, sie sind aufgebracht?«

»Ja.«

»Die können mich mal!«

»Papa ...«

»Schau mal her.« Er zog einen Schein vom örtlichen Wettbüro aus der Tasche. »Siehst du das? Das ist eine Dreierwette. Weißt du, was das ist, Mick?«

Ich wusste es: »Man muss den Zieleinlauf der ersten drei Pferde in der richtigen Reihenfolge tippen.«

»In der richtigen Reihenfolge, genau. Und jetzt schau dir mal den Wettschein an.«

Er reichte ihn mir. Ich sah, dass er jeweils zwanzig Dollar auf die Pferde mit den Buchstaben L, M und N gesetzt hatte, in dieser Reihenfolge.

Er räusperte sich. »Wie du siehst, habe ich auf L, M und N gewettet. Willst du wissen, wie der Zieleinlauf war? L, N, M. Das M kam eine Nasenlänge vor dem N ins Ziel. Eine Nasenlänge! Das hat mich fertig gemacht, Mick. Ich hätte sechs Riesen für meine Wette bekommen. Sechstausend Dollar. So ein verdammtes Pech.«

Sechs Riesen. Genau so viel, wie Lynn und ich verschenkt hatten.

Mein Vater zeigte plötzlich mit dem Finger auf den Fußboden.

»Weißt du noch, was hier früher drin war? Genau hier, in diesem Laden? Der Süßwarenladen von Julius Bernstein. Erinnerst du dich noch an ihn? Ein dicker Jude, der immer eine Zigarre im Mund hatte?«

»Ich erinnere mich.«

»Ein netter Mann. Er hatte einen Getränkeautomaten. Und Hocker, auf denen man sich drehen konnte.« Er malte mit dem Zeigefinger einen Kreis in die Luft. »Man konnte dasitzen und sich hin- und herdrehen und dabei die Zeitung lesen, eine Egg

Cream trinken und eine Zigarette rauchen, ohne dass einen jemand nervte. Und jetzt …«

Er konnte seinen Gedanken nicht zu Ende führen, machte nur eine unbestimmte Handbewegung in Richtung der übergroßen Farbdrucke an den Wänden, der lächerlich ausgestellten Kaffeebohnen, dem Tröpfeln der sanften Jazzklänge aus unsichtbaren Lautsprechern.

»Ich will nur da sitzen, wo ich immer gesessen habe, und rauchen, wo ich immer geraucht habe.«

»Lass uns nach Hause gehen, Papa.«

»Ja, ja, sobald ich die Zigarette geraucht habe.«

Ein Blinklicht huschte über die Wand, ein Polizeiauto hatte vor dem Starbucks gehalten. Der verdammte Manager hatte tatsächlich die Bullen gerufen. Die Rauchgewohnheiten meines Vaters waren jetzt eine polizeiliche Angelegenheit. Irgendwo anders in Queens zog jemand einer alten Lady eins über, um ihr die Handtasche zu klauen, aber sie musste sich hinten anstellen, denn die New Yorker Polizei war mit einem Notfall beschäftigt – einem gestörten Nikotin-Junkie.

»Papa. Die Polizei ist da.«

Er schien mich nicht zu hören. »Mit dem Geld hätt' ich deiner Mutter was Nettes gekauft, Mick. Ich hätte auch mit dir geteilt, dann hättest du was Schönes mit Lynn unternehmen können.«

»Das mit Lynn und mir, das ist vorbei, Papa.«

Diese Worte drangen endlich zu ihm durch und ließen ihn ein wenig klarer werden. Ich konnte es in seinen Augen sehen, die plötzlich wieder fokussiert waren.

»Hattet ihr einen Streit?«

»Ich weiß nicht, was wir hatten, aber zwischen uns funktioniert es nicht. Das haben wir beide gemerkt.«

Er ließ die Schultern sinken. Von einem Moment auf den anderen war er nüchtern oder jedenfalls so gut wie nüchtern. »Oh Mickey. Dass dir das wieder passieren musste. Noch mal alles von vorne. Verdammter Mist.«

Ein dickbäuchiger Polizist kam herein, gefolgt von einem dünnen Polizisten und einem schmächtigen Kerl, der, wie sich herausstellte, der Manager war, der Schwachkopf, der die Bullen gerufen hatte. Beide Polizisten waren noch ziemlich jung, auf ihren Namensschildern stand »Esposito« und »DeNinno«. Der dicke, Esposito, schien sich über die ganze Angelegenheit zu amüsieren. Er schob den Schirm seiner Mütze mit dem Zeigefinger ein Stück nach oben, wie die Polizisten im Film, wenn sie sich in einer absurden Situation wiederfinden. Er schien zuversichtlich, dass sich die Sache mit einem freundlichen »Hey, Kumpel« lösen ließe.

»Hey, Kumpel, was hältst du davon, mal die Zigarette auszumachen?«

Mein Vater schaute den Polizisten an. »Ich bin nicht Ihr Kumpel.«

Der Bulle wandte sich an mich. »Ist er mit Ihnen hier?«

»Er ist mein Vater. Er hat einen ziemlich schlechten Tag.«

»Bringen Sie ihn hier raus.«

»Ich versuche es, Officer.« Ich stand auf. »Papa, bitte, lass uns gehen.«

Mein Vater blieb sitzen und ließ sich sogar noch ein Stück tiefer in den Stuhl sinken. Er nahm einen Zug von seiner Zigarette und blies eine Rauchwolke direkt auf den vorstehenden Bauch des Polizisten.

»Haben Sie keine echten Verbrecher, die Sie jagen können?«

Gute Güte. Esposito fand das Ganze jetzt nicht mehr so lustig und zog seine Mütze wieder tiefer ins Gesicht. »Das reicht. Stehen Sie auf.«

Mein Vater gehorchte und kam langsam auf die Füße. Ich fühlte, wie eine Welle der Erleichterung mich durchströmte. Er wusste, dass er es jetzt weit genug getrieben hatte, und zog wohlweislich die Klauen ein. Er nahm nur noch einen letzten Zug von seiner Zigarette, blies den Rauch durch die Nasenlöcher wie ein wütender Bulle … und schnippte den

Stummel so schwungvoll wie möglich dem Polizisten an die Brust.

Funken flogen. Esposito griff nach meinem Vater und drückte ihn mit dem Gesicht zur Wand, während DeNinno ihm die Hände auf dem Rücken mit Handschellen zusammenband.

Das alles geschah so schnell wie ein Schlangenbiss. Und mein Vater lachte die ganze Zeit, auch noch, als sie ihn ins Polizeiauto schleppten und auf den Rücksitz stießen.

Ich flehte sie an, mich zum Elften Revier mitfahren zu lassen, und sie gaben schließlich nach. Ich setzte mich neben meinen Vater und machte mir Gedanken über die möglichen Anklagepunkte. Gefährdung von Lungen anderer? Tätliche Körperverletzung mit einem Zigarettenstummel?

Als das Auto losfuhr, schaute ich zurück zum Starbucks. Die Langweiler saßen wieder an ihren Tischen, und der Junge mit der grünen Schürze fegte die Zigarettenstummel und die Asche mit einem albernen kleinen Handbesen zusammen.

Esposito fuhr, während DeNinno den Polizeifunk bediente und die Kollegen in der Wache wissen ließ, dass sie einen Verdächtigen brachten. Wir rasten über den Northern Boulevard. Für einen Moment dachte ich, sie würden die Sirene einschalten.

Die Polizisten schauten sich nicht ein Mal nach uns um. Wir sahen von ihnen die ganze Zeit nichts weiter als ihre Nacken.

Die Handschellen meines Vaters klimperten, als er sich vorbeugte.

»Hey, hat einer von Ihnen vielleicht eine Zigarette?«

Das Verhalten meines Vaters änderte sich schlagartig, als wir im Elften Revier in Bayside ankamen. Er wusste, dass er in Schwierigkeiten steckte, wusste, dass meine Mutter ihm die Hölle heiß machen würde wegen dieser lächerlichen Sache und dem Gerichtstermin, den er wahrnehmen musste. Als sie uns in die Wache führten, ließ er den Kopf hängen.

»Ich habe Mist gebaut, Mick.«

»Mach dir keine Sorgen, Papa …«

Auf der Wache ging es zu wie im Zoo. Aus der Arrestzelle drangen wütende Schreie, die an den gefliesten Wänden widerhallten. Es war die übliche Samstagabend-Gesellschaft, hier saßen Betrunkene, Junkies und Kerle, die zur eigenen Beruhigung ihre Frauen verprügelt hatten.

Esposito führte meinen Vater zum diensthabenden Inspektor, einem hängebackigen Mann mit buschigen Augenbrauen, der gerade etwas in ein Buch eintrug. Er schaute nicht einmal von seinen Papieren auf, als er fragte: »Wieder mal Trunkenheit und Ruhestörung?«

Esposito nickte. »Ja, und er hat mich tätlich angegriffen.«

Jetzt schaute der Inspektor doch zu meinem Vater auf. »Was hat er getan?«

»Der Verdächtige hat eine Zigarette im Starbucks geraucht. Als wir ihn baten, das Lokal zu verlassen, weigerte er sich und schnippte mir den Zigarettenstummel gegen die Brust.« Der Inspektor zog verwundert die buschigen Augenbrauen zusammen. »Eine Zigarette? Er hat eine Zigarette in einem beschissenen Starbucks geraucht, mehr nicht?«

Esposito schluckte. »Na ja … er hat sie ziemlich grob gegen meine Brust geschnippt.«

»Oh, einen Zigarettenstummel, ja? Na, zum Glück hattest du deine Weste an, was, Espo?«

Esposito wurde rot. Der Inspektor versuchte, meinem Vater ins Gesicht zu schauen, und ein eigenartiger Ausdruck trat in seine Augen. Mein Vater ließ den Kopf hängen wie ein unwilliger Büßer.

»Hey, schauen Sie mich mal an.«

Mein Vater seufzte und gehorchte. Der Inspektor sah ihn an.

»Ich kenne Sie doch, oder?«

»Ich glaube nicht.«

»Sind Sie da sicher?«

Mein Vater zuckte mit den Schultern. »Ich kenne keinen Polizisten.«

»Was machen Sie beruflich?«

»Ich bin Automechaniker.«

Es dauerte einen Moment, aber dann erinnerte sich der Inspektor. Seine Miene hellte sich auf, dann verdunkelte sie sich wieder, als er sich an Esposito wandte.

»Nimm ihm die Handschellen ab.«

»Aber …«

»Tu es, und dann geh wieder raus auf Streife.«

Esposito tat, was ihm gesagt wurde. Mein Vater streckte die Hände nach vorn und rieb sich die Handgelenke.

Er schaute verwundert auf den Inspektor.

»Sie arbeiten gleich hier, am Bell Boulevard, oder? In Gandolfinis Werkstatt?«

»Ja …«

Der Inspektor nickte. »Sie haben vor zwei Jahren das Getriebe meines Chevys repariert. Ein anderer hatte gesagt, dass das Ding einen Totalschaden hätte, und wollte zwei Riesen dafür, aber Sie haben es für fünfundzwanzig gemacht. Erinnern Sie sich?«

Mein Vater schüttelte den Kopf. »Ich repariere viele Getriebe. An Ihres erinnere ich mich leider nicht.«

»Nun, ich erinnere mich genau, denn es war das erste Mal, dass mich ein Mechaniker nicht über den Tisch gezogen hat. Hey, sie hatten da doch einen Spitznamen für Sie, oder? Wie war der noch mal …«

»Steady Eddie«, sagte ich.

Da erst schien der Inspektor meine Anwesenheit zu bemerken.

»Er ist mein Vater«, erklärte ich. »Steady Eddie DeFalco. Er hat in seinem Leben keinen Tag Arbeit versäumt.«

»Na, da können Sie stolz auf Ihren Vater sein, solche Männer gibt es heutzutage kaum noch.«

Es war ein eigenartig berührender Moment. Jetzt war mein Vater einmal die Berühmtheit, und ich sonnte mich in seinem Ruhm.

Der Inspektor schüttelte meinem Vater die Hand, dann mir. »Tut mir leid wegen des Umstands. Ich besorge jemanden, der Sie nach Hause fährt.«

»Wir gehen zu Fuß«, sagte mein Vater. »Wir können ein bisschen frische Luft gebrauchen.«

»Alles Gute, Steady Eddie.«

Wir verließen die Wache und machten uns auf den Weg ins gut drei Kilometer entfernte Little Neck.

»Alles in Ordnung, Papa?«

Er zuckte mit den Schultern und rieb sich die Handgelenke. »Ein bisschen gequetscht. Die machen die Handschellen ziemlich eng.«

Ich hätte ihm gerne den Arm um die Schultern gelegt, aber so etwas taten wir nicht. Ich war stolz auf ihn, und er tat mir leid, ich selbst tat mir leid und Lynn und die ganze beschissene Welt mit ihren Milliarden Bewohnern, die sich trafen, sich gegenseitig verletzten und es immer wieder schafften, alles Schöne, was sie hatten, zu zerstören.

Wir gingen gerade auf einem schmalen Stück Straße zwischen Bayside und Douglaston, eine Strecke, auf der es keine Ampeln gab und keine Häuser, nur Geschäfte mit heruntergelassenen Rollläden und dazwischen unkrautbewachsenes Brachland. Auf diesem Bürgersteig ging so gut wie nie jemand entlang. Es sah unheimlich aus im Mondlicht.

»Ich muss mal, Mick.«

»Ich auch.«

Also gingen wir und pinkelten ins Unkraut. Ein Auto voller betrunkener Jugendlicher, die lachten und uns Obszönitäten zuriefen, fuhr vorbei. Ich hörte auf zu pinkeln und zog schnell meinen Hosenschlitz zu, aber mein Vater ließ sich nicht stören, er stand da wie ein Cherub in einem römischen Brunnen.

»Mick?«

»Ja, Papa?«

Er zog den Reißverschluss zu und drehte sich zu mir um. »Danke.«

»Schon gut.«

»Lass uns versuchen, deine Mutter nicht zu wecken, wenn wir nach Hause kommen.«

»Gute Idee.«

Wir gingen anderthalb Kilometer schweigend, vorbei an einem überfahrenen Waschbären, der in der Mitte der Straße lag, die Zähne gefletscht in einer letzten Grimasse des Schmerzes.

»Das ist wirklich eine Schande«, murmelte mein Vater.

»Der Fahrer hat es wahrscheinlich gar nicht mitgekriegt.«

»Ich meine nicht den blöden Waschbären. Ich meine dich. Dich und Lynn.« In seinen Augen schwammen Tränen, aber seine Stimme war fest.

»Niemand sollte das Mädchen seiner Träume zwei Mal verlieren, Mickey. Einmal ist schon hart genug. Das ist einfach nicht fair.«

KAPITEL 26

Am Sonntagmorgen ging meine Mutter immer in die Sieben-Uhr-Messe und kam danach mit einer Tüte voller Bagels, einer Packung Frischkäse und der *New York Post* nach Hause. Zum Frühstück bedienten mein Vater und ich uns sonntags ausnahmsweise selbst. Das kam uns sehr entgegen, so konnten wir die Treppe runtergewankt kommen, wann wir wollten.

An diesem Sonntag war es beinahe Mittag, als ich es nach unten schaffte. Mein Vater sah so aus, als wäre er nur wenige Minuten vor mir eingetroffen. Meine Mutter stand am Herd und machte frischen Kaffee. Sie brachte die Kanne zum Tisch und goss für mich und meinen Vater eine Tasse ein.

»Was ist mit deinen Handgelenken passiert, Eddie?«

Mein Vater hatte rötliche Striemen und Blutergüsse um die Handgelenke, dort, wo die Handschellen eingeschnitten hatten. Jetzt schaute er mit gespieltem Erstaunen darauf.

»Ich weiß es nicht.«

»Du weißt es nicht?«

»Ich hab an 'nem ausländischen Auto gearbeitet. Da war kein Platz unter der Motorhaube. Ich muss sie mir gequetscht haben, als ich versucht hab, an den Keilriemen zu kommen.«

»Beide Handgelenke. Einmal rundherum.«

»Sieht so aus.«

Sie wusste, dass sie nichts weiter aus ihm herausbekommen würde. Er konnte schweigen wie ein Grab. Mit dieser Gabe hätte er das Zeug zum Kriminellen gehabt. Er war nicht einmal nervös.

Sie gab auf und wandte sich an mich. »Und du, was ist mit deinem Auge passiert?«

Ich versuchte gar nicht erst, mich rauszureden. »Eine kleine Auseinandersetzung im Little Neck Inn, mit Frankie McElhenny.«

»Oh mein Gott.«

»Es ist nichts. Er hat gar nicht richtig getroffen.«

»Warum?«

»Wir waren beide betrunken.«

»Warum warst du betrunken?«

»Weil es mit Lynn aus ist.«

Bei diesen Worten erstarrte sie. Dann schloss sie die Augen und schüttelte den Kopf.

»Schon gut, Mama.«

»Beim ersten Mal hat sie dein Herz gebrochen. Und diesmal bringt sie dich fast um!«

»Sie hat ihn nicht fast umgebracht«, sagte mein Vater, gestärkt vom Kaffee. »Meine Güte, Donna, mach doch nicht aus allem gleich eine Oper.«

Meine Mutter rang vor Wut nach Worten. »Ich rufe Frankies Mutter an!«, brach es aus ihr heraus. »Sie sollte wissen, was ihr Sohn unserem Sohn angetan hat!«

Mein Vater und ich prusteten los. Wir konnten uns das Lachen nicht verkneifen, die ganze Sache war einfach zu lächerlich.

»Wir sind erwachsene Männer, Mama! Was soll Mrs McElhenny denn tun, Frankie in die Ecke stellen?«

Meine Mutter lachte nicht. Sie hatte die Nase voll. Sie nahm die *New York Post* und warf sie auf den Tisch.

»Ich muss zur Arbeit«, sagte sie ruhig. »Lacht ihr nur. Ihr könnt ja mal den Artikel auf Seite achtundsechzig lesen und sehen, wie lustig das ist. Stellt den Streichkäse in den Kühlschrank, wenn ihr fertig seid.«

Sie verließ das Haus. Mein Vater griff nach der Zeitung und blätterte zur Seite achtundsechzig.

»Oh je, Mick …«

Es war ein halbseitiger Artikel mit einem meiner Promotionfotos von damals unter der Überschrift: »Wo ist Mickey DeFalco?«

Es war eine von diesen Was-ist-wohl-aus-dem-und-dem-geworden-Geschichten, ausgelöst durch den Erfolg von *Don't Push Me*. Soweit die Autoren des Artikels wussten, war ich zuletzt irgendwo in Los Angeles gesehen worden.

Mein Vater schlug verächtlich gegen die Seite.

»Schau dir das an. Dieser Typ behauptet, du wärst vom Erdboden verschwunden. Wie kann er so was schreiben? Nur weil er nicht weiß, wo du bist, bist du gleich vom Erdboden verschwunden?«

»Das ist doch nur ein kleiner dramatischer Effekt.«

»Ja? Und was bildet der sich ein, zu schreiben, du seiest eine Eintagsfliege gewesen?«

»Ich war eine Eintagsfliege, Papa.«

»Na und, das ist trotzdem mehr, als dieser Kerl je zustande gebracht hat.«

Er ließ die Schultern sinken. Da er immer noch müde war, ging er nach oben, um weiterzuschlafen.

Das Telefon klingelte. Ich wollte es ignorieren, aber wegen der klitzekleinen Möglichkeit, dass es Lynn sein könnte, nahm ich beim zweiten Klingeln ab.

Es war Mrs Kavanagh, die anrief, um zu fragen, ob wir den Artikel in der *New York Post* gesehen hätten. Ich versicherte ihr, dass wir ihn gesehen hatten, und legte auf.

Das Telefon klingelte noch einmal. Diesmal war es Flynn, der aus demselben Grund anrief.

»Jeez, du bist wieder ein Star, Mick!«

Es klingelte zum dritten Mal. Ich wollte es ignorieren, aber ich konnte einfach nicht.

»Ist da mein Lieblings-Mäusefänger?«

Ihr Anruf überraschte mich nicht sehr. Rosalind Pomer war das Paradebeispiel einer Promihure. Sie brauchte nur eine kleine Woge von Publicity, egal, ob gut oder schlecht, und war bereit, sich die Kleider vom Leib zu reißen.

»Wie geht's dir, Roz?«

»Ich bin sauer, dass du in der Nacht nicht mehr zurückgekommen bist. Und froh, dass dein Song wieder ein Hit ist.«

»Was macht dein Nagerproblem?«

»Ich weiß jetzt, was passiert ist. Die kleine Maus ist mit dem chinesischen Essen gekommen. Sie hat sich mit der Lieferung in die Wohnung geschmuggelt!«

»Dann verklagst du jetzt wohl das Restaurant, was? Wegen Traumatisierung und so?«

»Ich habe darüber nachgedacht, aber du hast die Beweismittel verschwinden lassen.«

»Tut mir leid … Hat dir die Story gefallen?«

»Welche Story?«

»Komm schon, Roz, heute in der *New York Post*. Rufst du nicht wegen des Artikels an?«

»Ich bin ein nettes liberales jüdisches Mädchen. Meine Familie würde mich enterben, wenn sie mich beim Lesen der *New York Post* erwischte.«

»Da ist heute ein Artikel über mich drin.«

»Wirklich?«

»Ich dachte, deshalb rufst du an.«

»Hör mal zu, Mickey. Komm her.«

»Jetzt?«

»Ja, jetzt. Ich habe eine Überraschung für dich. Ich habe schon eine Weile daran gebastelt, und jetzt hat sich plötzlich alles zusammengefügt … oder bist du beschäftigt?«

»Ich bin der am wenigsten beschäftigte Mann der Welt.«

»Nicht mehr lange. Komm schon, fahr in die Stadt. Denk nicht groß darüber nach, tu es einfach.«

Ich legte auf und tat es.

Beim Anblick meines Auges blieb ihr die Luft weg.

»Eine kleine Schlägerei in einer Bar«, erklärte ich.

»Mein Gott! Du bist ein Schläger!«

»Warum bist du so aufgebrezelt?«

Sie trug schwarze Hosen, ein schwarzes Oberteil, eine schwarze Lederjacke und Stöckelschuhe.

»Wir sind auf eine Party eingeladen.«

Wir?

»Eine Party? Du willst mit mir auf eine Party?«

»Ich dachte, das wäre mal eine nette Abwechslung.«

»Aber deine Freunde dürfen doch nichts von mir wissen.«

»Das sind meine Freunde aus Downtown. Niemand von ihnen kennt David.«

Sie hatte Freunde aus Uptown und Freunde aus Downtown. Und ich hatte den einzigen Freund verloren, denn ich je gehabt hatte.

Ich zeigte auf meine Kleidung, ein T-Shirt und eine Jeans, die wahrscheinlich noch immer nach dem biergetränkten Boden des Little Neck Inn rochen. Und ich war unrasiert. »Ich bin nicht gerade partytauglich angezogen, Roz.«

»Das ist schon in Ordnung. Die Party ist in Soho. Da sind viele Künstlertypen.«

Ich folgte ihr hinunter auf die Straße und in ein Taxi, das uns für achtzehn Dollar in die North Moore Street fuhr. Den ganzen Weg über plapperte sie darüber, wie aufregend es doch für mich sein musste, dass mein Song in einem Film zu hören war.

»Ich kriege dafür keinen Cent.«

Sie war schockiert. »Aber das ist unmöglich!«

»Ich habe die Rechte an dem Lied vor langer Zeit verkauft.«

»Ich kann mir das mal anschauen, wenn du willst. Wie du weißt, bin ich Anwältin. Und ich würde gerne mehr in Richtung Medienrecht machen.«

Das war es also. Kein Wunder, dass sie mich angerufen hatte. Es war beinahe eine Erleichterung, festzustellen, dass doch eine versteckte Absicht dahintersteckte. Das nahm mir jegliches Schuldgefühl, das ich wegen vergangenen oder zukünftigen schlechten Verhaltens ihr gegenüber haben konnte.

»Danke, Roz, aber das ist schon lange gelaufen.«

»Hey, bist du in Ordnung?«

Ich holte tief Luft und roch eine Spur von Lynn an mir. »Ich bin nur wütend wegen des Liedes«, log ich.

»Wer wäre das nicht?«

Es war schrecklich, absolut schrecklich, in so einer Situation mit dem falschen Menschen zusammen zu sein, das war mir klar. Aber noch schrecklicher war der Gedanke, allein zu sein. Jedenfalls dachte ich das in diesem Moment.

Da war ich nun also in Soho und ging auf eine Party mit einer Frau, die ich nicht wirklich mochte, geschweige denn liebte, und ihr Verhalten machte alles nur noch schlimmer. Sie war zärtlich, streichelte meine Wange mit ihrer plumpen kleinen Hand, als das Taxi in der North Moore Street hielt. Sie nahm meine Hand und verschränkte meine Finger mit ihren, und sogar diese kleine Geste fühlte sich falsch an, schrecklich falsch. Ihre Finger waren kurz und gedrungen. Es fühlte sich an, als hielte ich fünf kleine Zigarren in der Hand.

»Versuchen wir einfach, uns zu amüsieren, okay, Mickey?«

Uns amüsieren.

Das Loft befand sich in einer ehemaligen Fabrik. Es hatte sehr hohe Decken, an denen man die hölzernen Dachbalken sah, und weiß gestrichene raue Steinwände. Musik drang aus Lautsprechern in jeder Ecke, und Dutzende Weißweintrinker standen Schulter an Schulter herum, aßen Pita-Sandwiches und rohes Gemüse von Papptellern.

Rosalind stellte mich der Gastgeberin vor, einer großen, furchteinflößenden Rothaarigen namens Marion. Sie hatte käsige Haut und dunkle Ringe unter den Augen, als hätte sie tagelang nicht geschlafen.

»Du hast dich nicht sehr verändert«, sagte Marion, und es war seltsam, das von jemandem zu hören, den man zum ersten Mal traf. »Ich liebe, und ich meine wirklich, *liebe* deinen Song.«

»Vielen Dank.«

»Er ist perfekt für den Film.«

»Wir haben den Film noch nicht gesehen«, zwitscherte Rosalind und sprach damit unkorrekterweise auch für mich. Sie hatte den Arm um meine Hüfte gelegt und trank mit nervösen Schlucken Weißwein aus einem Plastikbecher.

Ich machte mit dem weiter, was ich in der Nacht zuvor getan hatte: mich zu betrinken. In diesem Fall mit Jack Daniels. Marion hob meinen Becher an die Nase, roch daran und lächelte.

»Ah, du bist Whiskeytrinker.«

»Bis heute habe ich ihn noch nie Whiskey trinken sehen«, sagte Rosalind.

»Hmmm«, sagte Marion, die aufmerksam in meine Augen schaute, bevor sie sich umdrehte und davonglitt.

»Sei nett zu ihr«, sagte Rosalind. »Ihr Freund hat sie gerade verlassen. Für einen anderen Kerl, ist das zu glauben?«

»Super Zeitpunkt, um eine Party zu schmeißen.«

»Es ist passiert, als die Einladungen schon verschickt waren. Hey, Mickey, immer langsam, das ist ziemlich hochprozentig, was du da trinkst.«

»Ich weiß schon, was ich tue. Was ist denn mit der Überraschung, von der du gesprochen hast?«

»Kommt noch, keine Sorge.«

Ich wand mich aus ihrer Umarmung und ging hinüber zur Bar, um meinen Becher nachzufüllen. Ich spürte, dass ich beobachtet wurde. Offenbar hatte die Neuigkeit vom abgehalfterten Sänger in den abgerissenen Klamotten die Runde gemacht.

Rosalind blieb da stehen, wo ich sie verlassen hatte, in einer angeregten Unterhaltung mit einer Gruppe von Leuten. Ich bahnte mir einen Weg durch die Menge und setzte mich auf ein Fensterbrett.

Ein schlanker Schwarzer mit rasiertem Kopf und Ohrring tänzelte an meine Seite und zeigte mit seinem großen Zeigefinger aus dem Fenster.

»Genau hier hat er gelebt, weißt du?«

»Wer?«

»Kennedy. John-John Kennedy. Hier hat er mit seiner Frau gelebt, bis zu ihrem Tod.«

»Oh.«

»Die Paparazzi haben uns wahnsinnig gemacht. Das ist das einzig Gute an der Tragödie, dass hier nicht mehr Tag und Nacht die verdammten Paparazzi rumlungern.«

»Aha.«

»Ich bin übrigens Deron, ich wohne in der Wohnung drüber«, sagte er und streckte die Hand aus.

»Mickey, aus Queens.«

»Aber nicht vom anderen Ufer, nehme ich an?«

»Noch nicht, Deron, aber ich denke ernsthaft darüber nach, so wie mein heterosexuelles Liebesleben momentan läuft.«

Er kicherte. »Ich weiß, wer du bist. Jeder hier weiß es. Wir haben später eine kleine Überraschung für dich.«

Durch den Restpegel vom Vorabend war ich plötzlich betrunken, richtig betrunken. Deron schwätzte weiter über seine Liebe zur Musik, während ich weiter an meinem Jack Daniels nippte.

»Also«, sagte er schließlich, »von dir gibt es keinen neuen Song?«

»Nein, die Zeit ist vorbei.« Ich zeigte auf mein Auge. »Ich bin jetzt Boxer.«

»Hör auf! Ich will dich ja nicht beleidigen, aber bist du dafür nicht ein bisschen zu alt?«

»Lange geht das nicht mehr.«

»Und dann?«

»Was ich dann mache, Deron, da habe ich, ehrlich gesagt, keinen blassen Schimmer.«

Rosalind tauchte auf und gab Deron einen Kuss auf beide Wangen.

»Ich versuche, ihn dir auszuspannen.« Deron kicherte.

»Tut mir leid, Deron, er spielt nicht in deiner Liga.«

»*Noch* nicht.« Er zwinkerte mir zu, legte eine Hand an seinen schlanken Hals und schlich davon.

Rosalind schaute mir prüfend in die Augen. »Du bist betrunken.«

»Sehr.«

»Komm, wir suchen mal was zu essen für dich.«

Sie zog mich hinüber zu den Pitabroten und dem rohen Gemüse, nicht gerade das Essen, das man in so einer Situation braucht. Ich griff ein paar von den Broten, stopfte sie mir in den Mund und kaute wie verrückt darauf herum.

»Komm schon, jetzt sei nicht so.«

Ich hörte auf zu kauen und schluckte. »Ich bin nicht dein beschissenes Zirkuspferd.«

»Wie bitte?«

»Mein Song taucht in einem Film auf, und plötzlich willst du mich rumzeigen?«

Rosalind hob an, etwas zu sagen, aber in dem Moment ging die Musik aus und Deron stieg auf einen Stuhl in der Mitte des Lofts und bat um Aufmerksamkeit. Er entdeckte mich und zeigte in meine Richtung.

»Wir haben heute den großen Mickey DeFalco bei uns«, kündigte er an. »Mickey, wir freuen uns, dass du hier bist, und präsentieren ›Three Fat Niggahs‹.«

Drei junge, enorm übergewichtige Schwarze in glänzenden schwarzen Trainingsanzügen tauchten plötzlich auf und kletterten auf eine behelfsmäßige Bühne, wo sie ziemlich unkoordiniert herumwatschelten. Sie trugen Turnschuhe mit offenen Schnürsenkeln, Goldketten und verkehrt herum aufgesetzte Baseballkappen. Plötzlich brüllte Rapmusik aus den gigantischen Lautsprechern, Rapmusik mit einem vertrauten Beat.

Es war mein Song. Es war *Sweet Days* in Gangster-Version.

Auf eine verrückte Art funktionierte es. Diese Jungs entlockten meinem Text mit vielen Fingerzeigen und Griffen in die Leistengegend meisterhaft die versteckte Wut, die er offenbar schon immer enthalten hatte.

Die Meute klatschte im Rhythmus der rumsenden Bässe, und als es vorbei war, explodierte das Loft in Beifallsstürmen. Das größte und dickste Mitglied der Gruppe trat an den Rand der Bühne und scannte den Raum.

»Yo, yo, wo ist dieser Mickey DeFalco? Beweg deinen Arsch hier rauf, Junge!«

In dem Durcheinander, das darauf folgte, nahm ich Roz am Ellenbogen, zog sie in ein kleines Schlafzimmer und warf die Tür hinter uns zu.

»Das ist die Überraschung, ja?«

»Hat es dir nicht gefallen? Das sind Freunde von Deron! Sind die nicht toll?«

»Was zum Teufel soll ich dazu sagen?«

Sie zeigte auf die Tür. »Ist dir klar, dass die Jungs da draußen eine richtig große Nummer sind? Die kommen ganz groß raus, Mickey! Ich kenne ihren Agenten und habe ihnen deinen Song vorgeschlagen! Findest du das nicht wenigstens ein bisschen aufregend?«

»Es ist doch egal, was ich denke! Ich habe davon überhaupt nichts! Es ist nicht mehr mein Song!«

»Lass mich das noch mal prüfen.«

»Ich will nicht, dass du irgendwas prüfst!«

Sie sah mich an, musterte mich eine Weile und schüttelte den Kopf. »Weißt du was, du machst dir wirklich selbst das Leben schwer. Es ist, als wolltest du unbedingt scheitern.«

»Hör auf, mich zu analysieren.«

»Du bist ein dickköpfiger kleiner Junge.«

Ich machte einen Schritt auf sie zu. Sie schien plötzlich ängstlich. »Rosalind, warum machen wir uns was vor? Was machen wir hier? Wir sind kein Paar, wir vögeln. Wie wär's damit? Lass uns mit diesem Bullshit aufhören und wieder auf vertrautes Gelände zurückkehren?«

Ich griff ihren Arm und zog sie auf die Matratze. Sie heulte auf und stieß mir mit dem Knie in die Eier, dass mir die Ohren klingelten. Dann floh sie aus dem Zimmer und schlug die Tür hinter sich zu.

Ich musste ein oder zwei Minuten warten, bis der Schmerz nachließ. Als ich in der Lage war, aufzustehen, sah ich, dass das Schlafzimmerfenster auf eine Feuertreppe hinausging, und so verließ ich die Party. Ich stieg über drei Stockwerke im Zickzack die rostige Leiter hinunter, während die Band einen zweiten Song anstimmte, laut genug, um die Ziegelsteine aus dem Mörtel zu lösen.

Der Fußweg zur U-Bahn ließ meinen Kopf wieder klar werden. Ich hatte keine Ahnung, was als Nächstes passieren würde. Ich wusste nur, dass ich angefangen hatte zu weinen, und ich konnte den ganzen Weg bis Little Neck nicht mehr damit aufhören.

KAPITEL 27

So konnte es nicht weitergehen. Ich musste irgendwo hinfahren, egal, wohin, um wieder zu mir zu kommen, aber meine Mittel waren, gelinde gesagt, begrenzt.

Sie waren begrenzt, weil ich all mein schmutziges Geld mit Lynn weggegeben hatte. Ihre tolle Idee! Alles, was ich noch hatte, war das Geld auf der Bank, die paar mageren Einzahlungen, die ich an Lynns Schalter vorgenommen hatte.

Am Montagmorgen stand ich wie üblich auf, um zur Arbeit zu gehen, und versuchte, die Kälte zu ignorieren, die meine Mutter am Frühstückstisch ausstrahlte. Mein Vater war schon zur Arbeit gegangen.

»Du bist ziemlich still in letzter Zeit«, sagte sie.

Der unausgesprochene Teil dieses Satzes ging so: »Und ich mache mir Sorgen um dich, ich kann es nicht länger ertragen.«

Sie hatte recht. Ich konnte mich nicht so verhalten, solange ich unter ihrem Dach lebte. Also schlang ich meine Eier runter und beeilte mich, zur Arbeit zu kommen.

Trotz meiner Benommenheit bemerkte ich verwundert, dass ich zum ersten Mal vor Patrick an der Garage eintraf. Weil Patrick noch nicht da war, hatte Flynn niemanden, den er aufziehen konnte, außer mir.

»Und, Mick, wie verläuft das neueste Kapitel der mitreißendsten Liebesgeschichte von Little Neck?«

»Es ist das letzte Kapitel. Sie hat mich abserviert.«

Flynn machte große Augen. »Oh Mann, ich dachte, es liefe gut.«

»Da sind wir ja schon zwei …«

Minuten später kam Patrick mit seiner Lunchtüte in der Hand angetrottet.

»So spät bist du noch nie gekommen, Patrick. Was ist los? Warum bläst du Trübsal?«

»Ich blase nicht Trübsal.«

»Es steht dir ins Gesicht geschrieben, Junge.«

Patrick schaute auf seine Schuhspitzen und seufzte tief. »Vielleicht gehe ich doch nicht auf die Purdue.«

»Erzähl keinen Quatsch!«

Patrick sah seinem Boss in die Augen. »Ich meine es ernst, Mr Flynn. Es fühlt sich einfach nicht mehr … richtig an.«

»Los, in den Wagen mit euch beiden!«

Wir saßen so wie immer. Flynn fuhr, ich saß am Fenster und Patrick zwischen uns. Als wir auf eine Hügel zufuhren, würgte Flynn den Wagen in einen niedrigeren Gang.

»Es geht um Scarlett, oder?«

Patrick sagte nichts, aber seine feuchten Augen und die zusammengepressten Lippen waren Antwort genug.

»Ha, wusste ich's doch!«

»Hören Sie auf, Mr Flynn.«

»Was sagen denn deine Eltern dazu?«

»Sie wissen es nicht. Noch nicht.«

»Denen werden die Eingeweide explodieren, wenn du die Purdue absagst.«

»Vielleicht.«

»Mickey, rede du mit ihm.«

Ich zuckte mit den Schultern. »Was soll ich da sagen? Ich habe nicht mal die Highschool zu Ende gemacht. Wenn er nicht will, dann will er nicht.«

Flynn rollte mit den Augen und warf seine Zigarette aus dem Fenster.

»Patrick, Patrick. Hör mir mal zu. Auf welches College willst du denn gehen, hm?«

»Ich dachte, vielleicht aufs Community College.«

»Das ist doch ein Witz! Die haben ja noch nicht mal ein Footballteam!«

»Scheiß auf Football.«

Flynn trat so hart auf die Bremse, dass Patrick und ich beinahe durch die Windschutzscheibe krachten. Hinter uns hupte ein Auto. Langsam fuhr Flynn wieder an, er glaubte, nicht richtig gehört zu haben.

»Was sagst du da? Plötzlich ist dir Football egal?«

Patricks Stimme brach, als er sagte: »Ich will nicht so weit von meiner Freundin weg sein.«

Flynn rollte noch einmal mit den Augen und umklammerte das Lenkrad wie ein Fluchtwagenfahrer.

»Ihr seid mir vielleicht welche«, murmelte er. »Was soll ich bloß mit euch machen? Die beiden besten Jungs, die ich je hatte, und jetzt schaut euch bloß mal an. Schaut euch an! Fix und fertig wegen eurer sogenannten ›Besseren Hälften‹!«

Patrick und ich stürzten uns an diesem Tag wie wild in die Arbeit, und als wir die Rasenmäher nach dem ersten gemähten Rasen wieder in den Wagen luden, fasste mich Patrick am Ellenbogen.

»Du verstehst mich, oder, Mick?«

Ich seufzte. »Schau, wenn du das wegen einem Mädchen machst, kann es sein, dass du es später bereust. Du bist noch so jung. Ihr seid beide noch so jung.«

»Du liebst doch auch noch deine erste Freundin.«

»Sie will aber nichts mehr mit mir zu tun haben, Patrick.«

»Wenn du sie wirklich liebst, dann ist es nicht vorbei.«

»Hör auf, den schnulzigen Liedern zu glauben, Junge. Liebe überwindet nicht alle Grenzen.«

»Aber du verstehst, wie ich fühle, oder?«

»Ja, Patrick, das verstehe ich.«

Und ich verstand auch, dass dieser Knabe namens Patrick jeden Muskel seines Körpers trainieren und stählen konnte, außer den seines Herzens. Ich erschrak, als er mich in eine Umarmung zog, die noch fester war als die Frankie McElhennys, eine Umarmung, auf die meine immer noch angeschlagenen Rippen gut hätten verzichten können.

»Du bist der Einzige, der mich versteht«, murmelte er mit zitternder Stimme, bevor er mich wieder losließ. »Weißt du was, ich werde dich und Lynn heute Abend in mein Gebet einschließen.«

»Du betest jeden Abend?«

»Aber sicher.«

Ein merkwürdiger Tag. Doch er sollte noch merkwürdiger werden.

In der Mittagspause stellte Flynn auf seinem Transistorradio immer einen Sender ein, der Oldies spielte. Der Mittagsmoderator war ein Energiebündel namens Jimmy Pack, alias Jimmy *The Rat* Pack. Er nannte seine Zuhörer *pack rats*, Buschratten, und er liebte es, Umfragen zu veranstalten. An diesem Tag hatte er sich was Besonderes ausgedacht.

»Hey, *pack rats*, die Sonne brennt, es ist zwölf Uhr mittags und richtig heiß (es ertönte ein Läuten für Schlag Zwölf), und wenn wir schon von *heiß* reden: Wir starten mal wieder einen kleinen Wettbewerb! Jimmy braucht eure Hilfe, meine Freunde – wir brauchen euch, um über das kitschigste, das allerkitschigste Liebeslied aller Zeiten abzustimmen. Das Lied, bei dem euch vor Schmalz richtig schlecht geworden ist, das Lied, bei dem ihr euch nach einer Insulinspritze sehnt! Seid ihr bereit, *pack rats*? Hier sind, in zufälliger Reihenfolge, die fünf Kandidaten.«

Er spielte einen Song an: *We had joy, we had fun, we had seasons in the sun, but the wine and the song, like the seasons have all gone …*

»Terry Jacks, *Seasons in the Sun*! Oh Baby! Hängt einen Eimer dran, und ihr habt genug Zuckersaft, um ein Fass Ahornsirup draus zu machen!«

Und der nächste: *Feelings … nothing more than feelings …*

»Morris Alpert mit *Feelings*! Eigenartig, wie ein Song, der nur von Gefühlen handelt, einen so betäuben kann, was? Ich habe das Gefühl, dass das Lied gute Chancen auf den Titel hat!«

Ein weiterer Song wurde eingespielt: *All by myself … don't wanna be all by myself …*

»Eric Carmen, *All by myself* – ganz allein. Buuuh! Könnt ihr glauben, dass der Song mal ein Riesenhit war? Den sollten sie mal in der Warteschleife bei den Anonymen Masturbierenden einspielen!«

Dann: *Some people wanna fill the world with silly love songs … What's wrong with that … I'd like to know …*

»Paul McCartney, *Silly Love Songs*! Den hat er für Linda geschrieben … Hey, Paul, welches Lied hast du deiner zweiten Frau gesungen, *You make me crazy*? Oooh, für die Bemerkung werde ich einige Zeit im Fegefeuer schmoren, *pack rats*! Und zu guter Letzt dieser Song«, sagte er, und es ertönte *Sweet Days … feel like a haze … a summertime craze … but it ain't just a phase …*

»Mickey DeFalco mit *Sweet Days*! Tja, Mick, wie es aussieht, warst du wohl tatsächlich ›nur eine Phase‹, aber wenn du den Wettbewerb um den kitschigsten Song aller Zeiten gewinnst, dann bist du wieder im Spiel! In welchem Spiel auch immer …«

Ich hörte auf, mein Sandwich zu kauen. Patrick saß mit offenem Mund da, bevor er in Jubel ausbrach. Flynn lachte, während Jimmy Pack die Nummern ansagte, die man wählen musste, um abzustimmen. Es kostete fünfundsiebzig Cent pro Anruf, und der Gewinner würde am nächsten Tag in der Mittagssendung verkündet.

Patrick stand auf und griff in seine Tasche, um sein Kleingeld zu zählen.

»Patrick«, sagte Flynn, »was zum Teufel tust du da?«

Patrick zeigte auf eine Telefonzelle am anderen Ende der Straße. »Ich stimme für Mick.«

Flynn rollte mit den Augen. »Patrick. Verstehst du überhaupt, was hier passiert? Mickey will nicht gewinnen. Das wäre doch peinlich.«

Patrick schluckte. »Oh, ja.« Er wandte sich an mich. »Tut mir leid, Mick.«

»Mach dir keine Gedanken, Patrick. Stimm ruhig für mich, wenn du willst.«

»Nein, nein, Mr Flynn hat recht.«

Patrick aß sein Sandwich weiter. Flynn drehte sich zu mir und flüsterte: »Er ist ein netter Junge, aber manchmal habe ich das Gefühl, dass er da draußen auf dem Spielfeld nicht immer seinen Helm trägt, wenn du verstehst, was ich meine, Mick.«

Die Mittagspause war fast vorbei, als ein langer, schlanker Bursche in Jeans und einem zerknitterten Jeanshemd, eine Zigarette im Mundwinkel, mit gerunzelter Stirn auf uns zukam. Er war etwa in meinem Alter und hatte einen dieser pseudowilden, an den Seiten zurechtgestutzten Dreitagebärte. Sein Gesicht weckte widersprüchliche Assoziationen, er sah aus wie ein Penner mit Butler.

In seinem Gang lag eine manische Entschlossenheit, als sei er einerseits in Eile, an ein bestimmtes Ziel zu gelangen, und andererseits hoffnungslos verloren. Doch als er mich da mit meinem Erdnuss-Marmeladen-Sandwich auf dem Bürgersteig sitzen sah, erhellte sich sein Gesicht.

»Sind Sie Mickey DeFalco?«

Er sagte es wie ein Bulle, und für einen kurzen Moment fürchtete ich, dass ich nun doch noch für die Sache in L. A. hochgenommen würde. Dann dachte ich, dass ich auch wegen der Sache, die am Abend zuvor mit Rosalind geschehen war, in Schwierigkeiten sein könnte. Hatte sie wegen versuchter Vergewaltigung Anzeige erstattet? Unmöglich war es nicht.

Ich kaute zu Ende und schluckte. »Eigentlich heiße ich Michael DeFalco.«

Er ballte triumphierend die Fäuste. »Mann, ich habe Sie eine Ewigkeit gesucht!« Er streckte die Hand aus. »Ich bin Joel Schmitter.«

Ich schüttelte ihm die Hand, ohne aufzustehen. Flynn und Patrick beäugten den Kerl, als wären sie meine Bodyguards. Schmitter hielt noch immer meine Hand, als er hinzufügte: »Ich bin Producer bei *Hollywood Howl*.«

»Oh, um Gottes willen«, murmelte Flynn.

Schmitter kicherte. »Hey, ich weiß, das ist nicht die tollste Sendung der Welt. Aber ich bin froh, dass wir Sie gefunden haben!«

»Wir?«

Er wies über die Schulter hinter sich. »Meine Crew sitzt da drüben in dem blauen Van. Keine Sorge, wir sind sehr diskret. Keine Aufschrift am Auto. Wir könnten alles Mögliche sein.«

»Was wollen Sie von mir?«

»Können wir mal unter vier Augen reden?«

»Ich wüsste nicht, worüber.«

»Gehen Sie doch nur mal mit mir eine Runde um den Block, bitte. Ohne Kameras und Mikrofone. In Ordnung? Kommen Sie, wir hatten einen weiten Weg.«

Ich drehte mich um zu Patrick und Flynn, die Schmitter aus zusammengekniffenen Augen ansahen. »Ich gehe mal eine Runde mit ihm um den Block.«

Flynn nickte. »Wenn der Kellner wiederkommt, während du weg bist, willst du Nachtisch?«

»Ja, das Aprikosensoufflee.«

»Alles klar.«

Ich stand auf und ging neben Schmitter her, der zu den Jungs im Van hinüberwinkte, ein Wink, der ihnen bedeutete, zu bleiben, wo sie waren, sich aber bereitzuhalten.

»Ihr Chef ist ein richtiger Komiker, was?«

»Manchmal geht es mit ihm durch.«

»Sie wissen, warum wir hier sind?«

»Ich bin ja nicht blöd.«

»Eine ziemlich wilde Geschichte, Ihr Comeback, finden Sie nicht?«

Ich musste lachen. »Das ist kein Comeback. Es läuft ein Film mit meinem Lied, mehr nicht.«

»Der Film ist ein Kassenschlager. Und Sie haben keinen Cent gesehen.«

»Woher wissen Sie das?«

»Ich habe es herausgefunden. Das ist mein Job. Hören Sie zu, das ganze Land fragt sich, was zum Teufel aus Ihnen geworden ist. Darum bin ich die fünftausend Kilometer hierhergeflogen.«

»Wie haben Sie mich gefunden?«

»Sie glauben ja gar nicht, was ich durchgemacht habe! Ich habe überall in Los Angeles herumtelefoniert, niemand wusste, wo Sie abgeblieben sind. Wirklich niemand. Also habe ich mich gefragt, wo wird wohl ein netter italienischer Junge aus New York hingehen, wenn das Glück ihn verlassen hat? Die Antwort ist: Er geht nach Hause. Für euch Italiener bleibt das Elternhaus doch immer irgendwie euer Zuhause, nicht wahr?«

»Ich bin halb irisch.«

»Das habe ich mir gedacht. Ihre Mutter sieht nicht aus wie eine Italienerin.«

Ich blieb stehen. »Sie haben meine Mutter gesehen?«

»Es sei denn, es war das Dienstmädchen. Ich habe an die Tür geklopft und nach Ihnen gefragt. Sie hat mir die Tür vor der Nase zugeschlagen.«

»Wir haben kein Dienstmädchen.«

»Na, dann war es wohl Ihre Mutter.«

Wir gingen weiter. »Warum haben Sie nicht erst mal angerufen?«

»Nicht mein Stil.«

»Nach der kurzen Zeit, die wir zusammen verbracht haben, Schmitter, würde ich sagen, Sie haben gar keinen Stil.«

»Hey, ich habe Sie gefunden, oder nicht? Ich habe Sie unterwegs an Ihrem Arbeitsplatz aufgespürt.«

»Woher wussten Sie, dass ich Rasen mähe?«

»Meine Quellen gebe ich grundsätzlich nicht preis.« Er lächelte und entblößte dabei nikotingelbe Zähne. »Kommen Sie, ein bisschen Anerkennung für meine Mühe.«

»In Ordnung, ich bin beeindruckt. Aber glauben Sie mir, wenn jetzt zwischen uns eine Tür wäre, die ich zuschlagen könnte, ich würde es tun.«

»Wie die Mutter, so der Sohn, was?«

»Wir sind keine besonders freundliche Familie.«

Er kickte einen Kieselstein weg, wie ein frustrierter kleiner Junge. »Kommen Sie, reden Sie mit mir. Nur ein paar Statements, und dann verschwinde ich für immer aus Ihrem Leben.«

»Statements worüber?«

Er griff sich an die Brust, als hätte er einen Herzinfarkt. »Kommen Sie, Mann! Sie haben die Charts erstürmt, als Sie noch ein Kind waren, und als Mann mittleren Alters schieben Sie Rasenmäher durch die Gegend?«

»Achtunddreißig nennen Sie ›mittleren Alters‹?«

»Ziemlich dicht dran. Tut mir leid, aber ich finde, das ist eine tolle Story!«

»Wenn das so eine tolle Story ist, warum haben Sie dann keinen Reporter mitgeschickt?«

Er konnte sich ein Lachen nicht verkneifen, und diesmal klang es echt. »Sie kennen sich aus, was?«

»Es ist nicht das erste Mal, dass ich ein Interview fürs Fernsehen geben soll. Ich wusste, dass es abwärts mit mir ging, als sie keine Reporter mehr mitschickten.«

»Was wollen Sie? Es ist Sommer, die meisten Reporter sind im Urlaub. Mehr können wir nicht bieten. Aber für Sie ist es eh besser, wenn ich es alleine mache, Mick. Dann gibt es keine dummen Fragen von irgend so einem hirnlosen Idioten, der sich als Starjournalist profilieren will.«

»Schmitter, ich werde nicht mit Ihnen reden, und das ist mein letztes Wort. Sagen Sie Ihrem Boss, dass Sie Ihr Bestes getan haben.«

Er zögerte und biss sich auf die Unterlippe. »Wir würden auch was bezahlen.«

Das überraschte mich. »Sie zahlen was für Interviews?«

»Wenn es nicht anders geht, schon. Dreitausend Dollar.«

Ich sah ihm in die Augen. Es war ihm ernst. Er bot mir genau die Summe Geld, die ich dafür bekam, den ganzen Sommer lang hinter dem Rasenmäher zu schwitzen, ich musste nur ein paar Fragen vor der Kamera beantworten.

Dreitausend Dollar. Mit dem Geld konnte ich einen Monat irgendwohin fahren, weit weg von meinen Eltern, weg von mir und meinem Leben.

»Hm.«

»Also, was sagen Sie? Ich habe einen Vertrag direkt hier in der Tasche.« Er zog ein zusammengefaltetes weißes Blatt Papier hervor. »Sie müssen nur unterschreiben, und los geht's.«

»Wenn Sie mir dreitausend anbieten, können Sie bis fünftausend hochgehen.«

Schmitter schluckte. »Sie sind wirklich ein schlauer Bursche, was?«

»Nicht besonders. Aber wenn man oft genug reingefallen ist, muss man schon ziemlich blöd sein, nicht das Muster dahinter zu erkennen.«

»Würden Sie es für fünftausend machen?« Er zog sein Telefon heraus. »Lassen Sie mich kurz mit dem Boss reden, das kriegen wir schon hin …«

»Nein, nein. Ich mache keinen Deal. Ich wollte nur nicht, dass Sie wieder gehen und mich für einen Idioten halten.«

»Ich gehe nicht.«

»Nun, ich schon.«

Wir bogen um die letzte Ecke des Blocks. Patrick und Flynn aßen gerade den letzten Rest ihres Mittagessens. Schmitter zündete sich mit nervösen Händen eine weitere Zigarette an, wie ein Spieler, der nur noch wenige Getons in petto hat.

»Sagen Sie mir eins«, bettelte er. »All die Mädchen, die sich Ihnen an den Hals geworfen haben, wie war das?«

»Repetitiv.«

»Sehen Sie, was ich meine? Das ist eine tolle Antwort! Warum wollen Sie nicht mit mir sprechen?«

»Weil …«

Das war eine gute Frage. Warum tat ich es nicht und steckte das leicht verdiente Geld ein? Ich musste niemanden ausbeuten, um es zu bekommen, es war kein Geld aus Drogengeschäften, und ich konnte es wahrlich gebrauchen …

Schmitter wartete, ein Schweißtropfen rann ihm langsam die Kehle hinab Richtung Adamsapfel. Ich räusperte mich.

»Weil die Vergangenheit etwas Kostbares ist«, sagte ich schließlich. Das war vielleicht das Wahrste, was ich je gesagt hatte.

Schmitter rollte mit den Augen, als hätte ich ihm gerade eine Weissagung aus einem Glückskeks vorgelesen.

»In Ordnung, Mann, ich werde Ihnen jetzt mal was sagen, was ich Ihnen gar nicht sagen müsste. Die Sendung wird morgen Abend ausgestrahlt, ob Sie mitmachen oder nicht. Wir haben andere Leute, die über Sie reden.«

»Wen?«

Plötzlich war ich verletzlich, und das freute ihn. »Wenn Sie wissen wollen, wen wir in der Sendung haben und worüber geredet wird, dann müssen Sie mir das Interview geben. Sonst können Sie morgen den Fernseher einschalten und feststellen, ob andere Leute die Vergangenheit auch für so kostbar halten.«

»Ich werde es mir ansehen.«

»Sie werden sich wünschen, mir das Interview gegeben zu haben.«

»Wie auch immer.« Ich streckte ihm die Hand hin, die er widerstrebend schüttelte. »Sie sind ein Arschloch, Schmitter, aber ich bewundere Ihre Hartnäckigkeit.«

»Alles klar, Mickey. Da wäre noch was, und in der Sache haben Sie kein Mitspracherecht. Wir werden ein bisschen filmen, wie Sie diesen Rasen hier mähen.« Er hob in gespielter Unschuld die Hände. »So lange wir draußen auf der Straße stehen, auf öffentlichem Boden, können Sie nichts dagegen tun.«

»Aber nur meine Schokoladenseite, bitte.«

Sein Gesicht fiel zusammen. »Kommen Sie, reden Sie mit mir. Lassen Sie mich nicht nach Hause fliegen mit nichts als diesen mistigen Hobbygärtner-Magazinbildern und ein paar lahmen Statements von Leuten aus der Nachbarschaft.«

Leuten aus der Nachbarschaft, meine Güte. Mit wem hatten sie geredet, Lynn? Entschuldigen Sie bitte, Miss Mahoney, ich bin Joel Schmitter von der schäbigsten Fernsehsendung der Welt … was halten Sie davon, der ganzen Welt zu erzählen, wie es war zwischen Ihnen und Mickey DeFalco und wie Ihre schicksalhafte Romanze ihn zu seinem einzigen Hit inspiriert hat?

Sie hatte nicht mit ihm geredet, auf gar keinen Fall. Dafür war sie viel zu diskret, hatte zu viel Klasse, zu viel Würde. Aber genau diese Qualitäten gingen einer Menge anderer Leute aus Little Neck ab.

Ich versuchte, locker zu bleiben. »Sie haben mit Leuten aus Little Neck gesprochen?«

Schmitter zuckte mit den Schultern. »Mit einem oder zweien. Wie, glauben Sie, habe ich sonst herausgefunden, wo Sie arbeiten?«

»Was haben sie gesagt?«

»Nichts Aufregendes. Den üblichen Mist, den man nur verwendet, wenn man die Interviews, die man eigentlich will, nicht bekommt. Schauen Sie, wenn Sie mit mir sprechen, dann brauchen wir die anderen Statements gar nicht.«

Er zauberte ständig neue Argumente aus seiner bodenlose Trickkiste hervor. Das Einzige, was ich tun konnte, war, mich ohne ein weiteres Wort umzuwenden. Patrick und ich holten die Rasenmäher aus dem Wagen, während Flynn den Müll vom Mittagessen wegräumte.

»Alles in Ordnung, Mick?«

»Ja. Aber vielleicht willst du dir erst mal die Haare kämmen. Sie wollen uns filmen, wie wir den Rasen mähen.«

Flynn schaute hinüber zum Van. Der kleine Kameramann mit dem Pferdeschwanz hatte seine Kamera schon aufs Stativ montiert, während ein aufgebrachter Schmitter ihm mit ausladenden Handbewegungen genau zu erklären versuchte, was für Bilder er haben wollte.

»Nun«, sagte Flynn, »vielleicht sollte ich denen mal zeigen, was ich draufhabe.«

Zu Patricks und meinem Erstaunen legte Flynn eine Hand an die Gürtelschnalle und tanzte einen irischen Jig auf dem Bürgersteig. Sein dicker Bauch wackelte, aber er tanzte erstaunlich leichtfüßig trotz seiner alten Kriegsverletzung. Der Kameramann und Schmitter warfen sich erstaunte Blicke zu und fragten sich, wo sie da hineingeraten waren.

Schmitter hielt Wort. Die Crew blieb während des gesamten Drehs auf der Straße stehen. Es war nicht besonders spannend: Sie filmten mich, wie ich mit dem Rasenmäher hin- und herlief, und mehr sollten sie nicht bekommen. Einmal schaute ich auf und sah Schmitter, der eine hitzige Diskussion am Telefon führte, wahrscheinlich mit seinem Boss in Kalifornien, der ihn wegen des fehlenden Interviews fertigmachte.

Es war ein ziemlich großer Rasen, und so hatten sie sehr viel Bildmaterial, als wir fertig waren. Und das aufregende Manöver, wie Patrick und ich die Maschinen auf den Wagen luden, krönte das Ganze.

Schmitter hielt den Vertrag hoch und schwenkte ihn durch die Luft wie einen Köder. Ich ignorierte ihn.

Jetzt blieb ihm nur noch eine letzte Chance. Als ich die Hecktüren abschloss, hörte ich hinter mir Schritte, und plötzlich standen sie für ein Überraschungsinterview vor mir. Der Tonmann hielt ein flauschiges Mikrofon an einer Stange über meinen Kopf.

»Mr DeFalco«, sagte Schmitter, als hätten wir uns nie zuvor gesehen. »Wir sind von *Hollywood Howl*. Haben Sie eine Minute für uns?«

Ich sah Schmitter an, den offensichtlich eine Art Hassliebe

mit seinem Beruf verband. Der Kameramann stand reglos und hielt die Kamera auf mich gerichtet, um einzufangen, was auch immer ich als Nächstes tun würde.

Und dann tat ich es. Es war dumm, aber ich tat es. Ich schaute direkt in die Kamera und hob den Mittelfinger. Ein Fünftausend-Dollar-Shot, und sie hatten ihn umsonst bekommen.

»In Ordnung?«, sagte ich leise. »Seid ihr jetzt zufrieden?«

Ich stieg in den Wagen, in dem Patrick und Flynn auf mich warteten. Flynn fuhr an, und wir brausten davon, als hätten wir gerade eine Bank überfallen.

KAPITEL 28

Es ist der nächste Abend, beinahe sieben Uhr, in wenigen Minuten beginnt *Hollywood Howl*. Ich nehme den Hörer vom Küchentelefon in die Hand, wähle vier Ziffern, lege wieder auf. Hebe wieder ab, wähle sechs Ziffern, lege wieder auf. Hebe zum dritten Mal ab, wähle sieben Ziffern, höre es einmal klingeln und lege auf.

Was bin ich doch für ein verfluchter Idiot. »Tu es einfach!«, sage ich laut.

Und dann wähle ich noch einmal Lynns Nummer und spüre, wie mein Herz klopft. Ich habe tatsächlich ein Blatt mit Notizen vor mir, das mir weiterhelfen soll, falls ich einen Blackout habe. Genauso hatte ich es auch immer gemacht, als wir uns gerade kennengelernt hatten.

»Hallo?«

Showtime.

»Lynn, ich bin's.«

Am anderen Ende hörte ich ihren schnellen Atem.

»Ich wollte nur mal hören, ob alles in Ordnung ist.«

»Alles in Ordnung.«

Das war eine Lüge, aber ich sagte nichts dazu. »Wie geht's deiner Mutter?«

»Sie ist noch im Krankenhaus. Ich wollte mich gerade auf den Weg zu ihr machen.«

»Soll ich mitkommen?«

»Mickey, was soll das?«

»Lynn, es tut mir leid.«

»Was denn?«

»Die Art, wie ich reagiert habe.«

Überraschenderweise kicherte sie, oder es war ein unterdrücktes Schluchzen. »Mickey, du kannst dich nicht für eine spontane Reaktion entschuldigen. Das ist, als würdest du dich dafür entschuldigen, dass du braune Augen hast. Du warst schockiert von dem, was ich gesagt habe.Das wäre jeder andere auch gewesen.«

»Baby …«

»Du denkst eben darüber, wie du darüber denkst. Das respektiere ich.«

»Mal langsam …«

»Ich würde nur deine Zeit verschwenden, Mickey. Und das ist das Letzte, was ich will. Denn es gibt kaum eine schlimmere Sünde, als jemandes Zeit zu verschwenden.«

»Lass uns nach Italien fahren.«

»Oh mein Gott.«

»Was sagst du? Ein kleiner Ausflug nach Italien? Hast du Lust?«

Die Worte kommen einfach so aus meinem Mund. Dabei könnte ich mir nicht mal ein Busticket nach Hoboken leisten. Lynn sagt nichts, aber ich höre, wie sie weint.

»Wir fahren nach Venedig«, sage ich. »Wir fahren Gondel. Wir schauen alle Museen an, die der Stiefel zu bieten hat!«

Jetzt höre ich sie nicht mehr weinen. Sie hat aufgelegt.

Ich betrachte meine Notizen. »Fragen, ob alles in Ordnung ist. Fragen, ob sie etwas braucht. Ihr sagen, dass du sie liebst.« Ich knülle das Blatt zusammen und schmeiße es in den Müll.

»Michael, es fängt an!«, rief meine Mutter vom Planeten Erde, und so nahm ich mich zusammen und ging hinüber ins Wohnzimmer zu meinen Eltern, um mit ihnen *Hollywood Howl* zu gucken.

Ich war der Aufmacher an diesem Abend, angekündigt vom Moderator als »musikalisches Mysterium«. Auf dem Bildschirm hinter ihm war ein riesiges Promotionfoto aus den alten Tagen, auf dem ich grinste wie ein Idiot.

»Mickey DeFalco schien es geschafft zu haben – und dann, plötzlich, ist er von der Bildfläche verschwunden«, sagte der Moderator. »Jetzt ist sein damaliger Hit wieder in den Charts, und die ganze Welt fragt sich: Was ist aus Mickey DeFalco geworden? *Hollywood Howl* hat sich auf die Suche gemacht.«

Der Beitrag begann mit weichgezeichneten Bildern von mir aus einem schmalzigen Musikvideo, auf denen ich *Sweet Days* singe und dabei einen Strand entlangspaziere, tatsächlich genau den Strand, an den Lynn und ich bei unserem letzten Date gefahren waren. Lange Einstellungen von mir, wie ich über den Strand schlendere und dabei singe. Nicht der schnell geschnittene Mist, den sie heutzutage produzieren, zwei Sekunden pro Einstellung, dreißig Einstellungen pro Minute, rat-a-tat-tat, genau zugeschnitten auf die gen null tendierende amerikanische Aufmerksamkeitsfähigkeit. »Neunzehnhundertachtundachtzig waren es in der Tat ›süße Tage‹ für Mickey DeFalco, als sein Lovesong die Charts erstürmte«, begann der Sprecher. Dann gingen die Bilder aus dem Musikvideo in gestochen scharfe Bilder vom Vortag über, die mich zeigten, wie ich einen röhrenden Rasenmäher schob.

»Heute muss DeFalco ganz schön schwitzen, denn mit achtunddreißig Jahren schuftet er als Gärtner, zurück in seiner Heimatstadt Little Neck in New York.«

Ich musste kichern.

»Das war fies«, murmelte mein Vater. »Sie legen es wohl darauf an, fies zu sein.«

»Sie nennen das ›Biss haben‹, Papa.«

»Biss haben, von wegen, so eine Scheiße!«

»Eddie!«

Ein plötzlicher Schnitt zu einer Frau, die als Society-Reporterin vorgestellt wurde und die behauptete, dass meine kurze Karriere beispiellos in der Geschichte der Musikindustrie gewesen sei.

»Wer zum Teufel ist das?«, fragte mein Vater.

»Eine Mickey-DeFalco-Expertin, Papa.«

»Und was zum Teufel weiß sie von dir?«

»Nichts. Sie kriegt Geld dafür, dass sie das sagt.«

»Sch!«, machte meine Mutter. »Wir verpassen die ganze Sendung!«

Jetzt wurde ein Clip von Lois und mir aus unserer Fernsehserie eingespielt.

»Oh mein Gott«, sagte ich, »wo haben sie das denn ausgegraben?«

»DeFalco hat in einer Fernsehserie gespielt, die nach seinem Song benannt war«, fuhr der Sprecher fort. »Sie wurde nach wenigen Folgen eingestellt. Er heiratete seine Kollegin Lois Butler.«

Und plötzlich hielt meine Exfrau ihr überraschend pummeliges Gesicht in die Kamera, und das waren die ersten Worte, die aus ihrem Mund kamen: »Ich habe ihn nie wirklich gekannt.«

Sie zeigten Bilder von Lois, wie sie mit ein paar Kindern in einem riesigen Swimmingpool planschte, während der Sprecher erzählte, dass sie jetzt als Mutter dreier Kinder und Ehefrau eines Fernsehproduzenten glücklich sei, aber noch immer unter der Geschichte ihrer kurzen Ehe mit DeFalco leide.

»Er hatte eine solche Wut in sich«, sagte Lois. »Sein Herz wurde gebrochen, als er noch ein Kind war, und darüber ist er nie hinweggekommen. So sehr ich ihn auch geliebt habe, es war eine Erlösung, ihn zu verlassen.«

»Mit einer Viertelmillion Dollar in der Tasche!«, rief meine Mutter aus. »Ich kann mir denken, dass das eine Erlösung war!«

Und es wurde noch schlimmer. Sie hatten sogar ein Pressefoto von mir, wie ich einen *Sweet-Days*-Eisladen eröffnete, mit einer riesigen Schere feierlich ein Band durchschnitt. Sie redeten davon, dass auch dieses Projekt gescheitert sei und dass ich danach spurlos von der Bildfläche verschwand.

Von diesem Foto wurde wieder auf mich übergeblendet, wie ich den Rasen mähte.

»Und hier ist er wieder, zurück an dem Ort, wo alles begann«, sagte der Sprecher. »Laut seiner Exfrau ist er ein Mann mit gebrochenem Herzen. Die Frage ist … wer hat sein Herz gebrochen?«

Schnitt zu Rosie Gambardello im International House of Pancakes, wie sie jemandem ein Western Omelette servierte.

»Heilige Muttergottes«, sagte meine Mutter, »sag, dass das nicht wahr ist.«

»Rosemary Gambardello ist geschieden, alleinerziehende Mutter. Sie arbeitet als Kellnerin im International House of Pancakes in Little Neck«, sagt der Sprecher. »Sie und DeFalco waren früher einmal ein Paar.«

»Ich war seine erste Freundin«, behauptete Rosie, ohne das Gesicht zu verziehen. »Sie wissen schon, eine Jugendliebe. Es hat nicht funktioniert, so ist das eben manchmal. Kurz danach hat er diesen tollen Song geschrieben.«

Danach sah man Bilder von Rosie bei der Arbeit, und der Sprecher fuhr fort: »Das ist also die große Liebe im Leben Mickey DeFalcos, die ihn zu dem Song inspiriert hat, der uns noch heute verzaubert, nach all den Jahren? Nun, wir haben versucht, eine Antwort auf diese und viele andere Fragen zu bekommen … aber ohne allzu großen Erfolg.«

Schnitt auf die Kamera, die auf mich zuhält, während ich den Wagen abschließe. Man hört Joel Schmitter, der sich vorstellt und fragt, ob er mir eine Minute meiner Zeit stehlen dürfe.

»Das ist der Mann, der bei uns geklingelt hat«, rief meine Mutter.

Und dann hob ich den Mittelfinger, eine Geste, die die Techniker von *Hollywood Howl* verpixelt hatten, damit die Sendung zur Prime Time laufen konnte.

Ich hörte es klatschen, als meine Mutter die Hände an die Wangen schlug.

»Das hat er verdient!«, brüllte mein Vater.

»In Ordnung?«, fragte ich Schmitter. »Seid ihr jetzt glücklich?«

»Die Frage«, sagte der Sprecher, »ist nicht, ob wir glücklich sind, sondern ob Sie glücklich sind, Mickey DeFalco.«

Wieder Schnitt zu Lois: »Ich weiß nicht, ob er jemals glücklich werden kann. Er war ein verstörter Junge. Und jetzt ist er ein verstörter Mann.«

Zurück zu Rosie: »Ich werde ihn immer in Erinnerung behalten, wie er damals war, nicht so, wie er heute ist.«

Und die Sendung endete natürlich wieder mit mir, wie ich in Zeitlupe noch einmal den verzerrten Mittelfinger in die Kamera halte.

»Nun«, sagte ich, als sie zur Werbung schalteten, »ihr seid jetzt die stolzen Eltern von Amerikas Lieblingspsychotiker.«

»Diese Geste mit dem Finger, die mag ich wirklich überhaupt nicht«, sagte meine Mutter.

»Weißt du überhaupt, was sie bedeutet, Mama?«

»Oh ja, ich weiß sehr gut was das bedeutet, es heißt ›Fick dich‹.«

Mein Vater und ich hätten nicht entsetzter sein können, wenn plötzlich der Papst bei uns im Wohnzimmer gestanden und auf den Teppich gepinkelt hätte. Ich hatte sie noch nie vorher dieses Wort sagen hören.

»Also wirklich, Donna«, sagte Eddie. Auf ihren Lippen lag ein Mona-Lisa-artiges Lächeln, als sie sich zu mir wandte. Ja, sagte das Lächeln, ich bin eine Frau von Welt, ich weiß Dinge, von denen ihr nie gedacht hättet, dass ich sie weiß, also bitte, behandelt mich nicht wie eine dumme, ahnungslose Katholikin.

»Ich benutze diese Geste sonst nie. Sie haben mich provoziert«, brachte ich heraus.

»Oh, ich weiß. Ich habe gesehen, was passiert ist. Aber in Zukunft, Michael, lass nicht zu, dass andere Leute dich mit ihrer Geschmacklosigkeit auf ihr Level runterziehen. Das als Rat von mir.«

Das Telefon klingelte. Mein Vater stand auf, um ranzugehen, aber meine Mutter befahl ihm, sitzen zu bleiben.

»Wir gehen heute nicht mehr ans Telefon«, verkündete sie. Sie stand auf und zog mitten im Klingeln den Stecker heraus.

»Mama, tut mir leid, dass ich mich von dem Fernsehteam habe provozieren lassen.«

»Das weiß ich.«

»Sie können froh sein, dass du ihnen nicht eine aufs Maul gegeben hast«, sagte mein Vater.

»Nein, Eddie. Wir können froh sein, dass er ihnen nicht eine aufs Maul gegeben hat. Sie könnten sonst klagen.«

»Worauf wollten sie ihn denn verklagen? Er hat doch nichts.«

»Er nicht, aber wir. Er lebt jetzt hier. Wir sind für ihn verantwortlich. Sie könnten uns das Haus wegnehmen.«

Sie begannen darüber zu streiten, ob das legal wäre oder nicht, bis ich brüllte: »Verdammt noch mal, ich habe ihnen nicht aufs Maul gehauen!«

Stille. Wir saßen da und schauten uns an, während *Hollywood Howl* weiterlief mit einem Beitrag über Britney Spears' übermäßige Pfunde.

»Stimmt das mit dir und Rosie?«, fragte meine Mutter.

»Natürlich nicht! Du weißt doch, dass ich das Lied nicht für sie geschrieben habe!«

»Warst du mit ihr zusammen?«

»Wir sind ein paar Mal zusammen ausgegangen.«

»Ausgegangen? Daran erinnere ich mich gar nicht!«

»Mama …«

»Erzähl es mir! Ich habe ein Recht, das zu wissen!«

Ich rollte mit den Augen. »Ich habe sie einmal in einem Auto gebumst.«

Sie schaute zu meinem Vater. »Nett, was?«

Eddie breitete die Arme aus. »Du wolltest es unbedingt wissen, Donna. Jetzt hat er es dir gesagt.«

Sie sank zurück in ihren Stuhl. »Im Grunde weiß ich nichts

über dein Leben«, sagte sie in verwundertem Tonfall. »Eddie, wusstest du von Rosie?«

»Ich habe es eben aus dem Fernsehen erfahren, genau wie du.«

Sie zeigte auf mich. »Alle, die das heute Abend gesehen haben, werden denken, du hast eine Schwäche für dicke Frauen. Mein Gott, Lois hat sich vielleicht gehen lassen! Ich wusste damals schon, dass sie so werden würde.«

Sie stand auf und verließ das Zimmer. Mein Vater griff nach der Fernbedienung.

»Lass uns schauen, ob es ein Yankees-Spiel gibt. Damit wir den üblen Nachgeschmack von diesem Mist loswerden.«

Was ich jetzt brauchte, war kein Baseballspiel. Ich brauchte mein Mädchen zurück. Und plötzlich wurde mir klar, dass ich eine andere Frau um Hilfe bitten musste, um das zu schaffen.

Ich fuhr in die Stadt und rief nicht einmal vorher an, um zu hören, ob Rosalind zu Hause war. Der Nachtwächter in dem Gebäude, in dem sie wohnte, war ein furchteinflößender Puertoricaner, dem die goldbetresste Rüschenjacke, die sie ihn zu tragen zwangen, offensichtlich peinlich war. Er sagte mir, sie sei ausgegangen.

»Wissen Sie, wo sie ist?«

Ein verstohlenes Grinsen zeigte sich auf seinem Gesicht. »Das kann ich Ihnen nicht sagen.«

»Also wissen Sie es.«

Er zuckte unverbindlich mit den Schultern.

Seufzend zog ich einen Zehn-Dollar-Schein aus der Tasche. »Ich habe Ihren letzten Geburtstag verpasst. Das wollte ich Ihnen schenken.«

Er nahm den Schein, steckte ihn in die Tasche, schaute demonstrativ in eine andere Richtung und sagte: »Sie ist im Fitnessstudio. Achtzehnte Ecke Lex, glaube ich.«

»Im Fitnessstudio? Um die Uhrzeit?«

Er kicherte. »Sie gönnt sich keine Pause, Mann, keine einzige.«

Ich rannte zu der angegebenen Adresse und fand im Erdgeschoss ein reines Frauenstudio mit Namen *Power Babes,* dessen deckenhohe Fenster hinaus auf die Straße gingen. Es war nach zehn Uhr, aber das Studio war proppenvoll mit Dutzenden hochbezahlter Frauen auf Trainingsmatten, Laufbändern und Standrädern.

Auf dem Fahrrad, das dem Fenster am nächsten stand, saß Roz in Jogginghose und einem weiten ärmellosen Shirt und trat energisch in die Pedale, während sie das auf dem Lenker abgelegte *Wall Street Journal* las.

Ich klopfte ans Fenster. Sie schaute von ihrer Zeitung auf, sah mich, runzelte die Stirn und trat noch fester in die Pedale, als wollte sie möglichst viele Meter zwischen sich und mich bringen. Das war ein schwieriges Unterfangen auf einem Standrad.

Ich ging hinein, sagte der Frau an der Rezeption, dass ich eine dringende Nachricht für Mrs Pomer hätte, und ging hinüber zu Roz, die strampelte wie wild.

»Hat Pedro dir gesagt, dass ich hier bin?«, keuchte sie. »Ich werde dafür sorgen, dass sie ihn rausschmeißen!«

»Schau, es tut mir wirklich leid, was da in Soho passiert ist.«

»Was du getan hast, war das Schlimmste, was mir je passiert ist. Das Schlimmste.«

»Ich weiß. Ich habe mich aufgeführt wie ein Arschloch.«

»Wir beide, Mickey, wir sind fertig miteinander.«

Endlich hörte sie auf zu treten und ließ den Kopf nach vorne fallen. Schweißtropfen durchnässten das *Wall Street Journal.*

»Gib mir doch mal mein Handtuch, ja?«

Ich gehorchte beflissen.

»Übrigens, die Sache mit den Three Fat Niggahs hast du nach allen Regeln der Kunst versaut. Sie wollten dich kennenlernen, aber du hast sie hängen lassen und bist einfach abgehauen. Jetzt sind sie an dem Song nicht mehr interessiert.«

Sie rieb ihr Gesicht mit dem Handtuch trocken. »Also, was willst du? Wolltest du die Sache wie ein Mann beenden, von Angesicht zu Angesicht?«

»Ja, so was Ähnliches. Und da ist noch etwas … kann ich dich was fragen?«

»Ich höre.«

Ich holte tief Luft. »Meine Jugendliebe hat mir erzählt, dass sie keine Kinder bekommen kann, aber sie will nicht sagen, warum.«

Sie legte den Kopf schief und kniff die Augen zusammen. »Wie bitte?«

»Meine Exfreundin. Sie kann keine Kinder kriegen, und als sie mir das erzählt hat, da … na ja, habe ich wohl nicht sehr gut reagiert.«

»Sie ist diejenige, für die du das Lied geschrieben hast.«

»Ja.«

»Und du bittest mich um Hilfe, um die Sache mit ihr wieder hinzubiegen.«

So ausgedrückt klang es ziemlich ungeheuerlich.

Ich schluckte, nickte.

»Mensch, Mickey.« Sie starrte mich gefühlt eine Woche lang an. Dann sagte sie: »Was hast du gemacht, als sie es dir erzählt hat?«

Ich zuckte mit den Schultern. »Ich habe ihr gesagt … dass es mich traurig macht.«

Roz rollte mit den Augen und schüttelte den Kopf.

»Gütiger Gott, du bist wirklich noch ein Kind, weißt du das?«

»Ein Kind?«

»Ja. Es geht immer nur um dich.«

Sie gab mir mit ihrer schwitzigen Hand eine Ohrfeige. »Verdammt noch mal, Mickey, werd endlich erwachsen!«

Köpfe drehten sich nach mir um, dem einzigen Mann in dem Laden. Auch die Personal Trainer waren Frauen, muskulöse Weiber mit Trillerpfeifen um den Hals und wütenden Augen.

Ich stand still wie eine Statue, wollte niemandem einen Vorwand liefern, zuzuschlagen. Als das Stechen in meiner Wange nachgelassen hatte, sagte ich: »Du denkst, ich bin noch ein Kind?«

»Ja, das bist du. Ein verwöhntes Kind. Du bist daran gewöhnt, immer alles zu bekommen. Wie mich. Ich war auch nur ein Spielzeug für dich.«

»War ich denn kein Spielzeug für dich?«

»Ich habe versucht, das bei unserem letzten Date zu ändern, und schau, was passiert ist.«

»Du hast recht, du hast ja recht …«

Ihr Ärger war verraucht. Sie konnte nicht kämpfen, wenn ich nicht dagegenhielt. Also streckte sie die Hand aus und tätschelte die Wange, die sie gerade geohrfeigt hatte.

»Hör zu, ich bin ein bisschen überspannt, okay? Ich stecke gerade mitten in einer psychischen Runderneuerung. Ich habe mich von David getrennt, denn er hat mir nicht wirklich viel bedeutet, sonst wäre das mit dir nicht passiert.«

Sie wischte sich noch einmal das Gesicht mit dem Handtuch ab. »Und was uns angeht, habe ich mir was vorgemacht. Ich bin das Mädchen, dass du auf der Flugzeugtoilette gevögelt hast. Wie könntest du mich ernst nehmen?«

Roz drückte ein paar Knöpfe auf dem Fahrrad und wollte ihr Trainingsprogramm wiederaufnehmen.

»Dieses Mädchen ist dir wirklich wichtig, oder, Mickey?«

»Ja.«

»Dann liebe sie wie ein Mann, nicht wie ein Junge. Versuch mal, aus deiner Haut zu schlüpfen und zu überlegen, wie sie sich fühlt.«

»Ich weiß nicht mal, was mit ihr geschehen ist!«

»Finde es heraus, du Idiot. Finde es heraus! Sei kämpferisch. Sei bereit, gedemütigt zu werden. Vergiss deinen verdammten Stolz. Lass die Dinge nicht einfach so laufen, sorg dafür, dass sie geschehen!«

Es war der gleiche Mist, den man im Morgenfernsehen von

idiotischen dauergrinsenden Psychologen zu hören bekam, die für ihr neuestes Self-Help-Buch warben.

Aber es war auch die Wahrheit.

Ich seufzte. »Sie will nichts mehr mit mir zu tun haben.«

»Es ist wirklich ziemlich einfach, Superstar. Wenn du sie verdient hast, wirst du auch einen Weg zu ihrem Herzen finden. Wenn nicht, dann nicht. Ich muss weitermachen, bevor meine Muskeln kalt werden.«

Sie begann zu treten. Ich war entlassen. Ich machte kehrt, um das Fitnessstudio zu verlassen, aber bevor ich die Tür erreichte, rief Roz mich noch einmal zurück.

»Diese besondere Frau in deinem Leben ... das ist nicht die fette Kellnerin aus dem Fernsehen, oder?«

»Nein. Das ist nur ein Mädchen, mit dem ich mal gevögelt habe.«

»Oh. So wie ich, was?«

»Wir haben zwei Mal gevögelt, Roz. Im Flugzeug und in der Nacht mit der Maus. Erinnerst du dich nicht? Wie konntest du das vergessen? Das tut wirklich weh. Ich bin auch nicht nur ein Stück Fleisch, weißt du.«

Ich lächelte vorsichtig. Sie wollte nicht zurücklächeln, aber sie konnte nicht anders.

»Ob du es glaubst oder nicht, DeFalco, es gibt ein paar Sachen an dir, die ich vermissen werde.«

Sie senkte den Kopf, biss die Zähne zusammen, schloss die Augen und begann zu treten, als wollte sie abheben und bis zum Mond fliegen.

KAPITEL 29

Am nächsten Tag bei der Arbeit ging es hoch her. Flynn hatte *Hollywood Howl* gesehen und verkündete, dass ihm noch nie im Leben so viel Bockmist auf einem Haufen untergekommen war. Autofahrer, die vorbeifuhren, während wir den Rasen schnitten, hupten und riefen meinen Namen. Eine Kundin bat mich tatsächlich um ein Autogramm auf der Rückseite ihrer Heizungsabrechnung. Ich gab es ihr, und dann bat sie mich, den Löwenzahn auf ihrem Gartenweg zu entfernen.

Ich war wieder ein Star oder zumindest die Hülle eines Stars, was vielleicht das Gleiche ist. Sollte jetzt noch irgendjemand nach mir suchen, dann würde er mich finden.

Es dauerte nicht lange, bis tatsächlich jemand auftauchte.

Ich kam gerade zu Fuß von der Arbeit nach Hause, als plötzlich ein Mann aus einer schwarzen Limousine sprang, die vor unserem Haus parkte. Er steuerte entschlossen auf mich zu wie ein Gläubiger.

»Mickey DeFalco?«

»Ja …«

Er war ein schlanker Mann um die fünfzig, und in seinem weit geschnittenen blauen Anzug sah er ziemlich wichtig aus. Er klappte seine Brieftasche auf, um mir seinen Ausweis zu zeigen, doch ich sah gar nicht hin. »Ich komme aus Los Angeles, um eine wichtige Angelegenheit mit Ihnen zu besprechen.«

Ich hatte gewusst, dass es passieren würde, und fühlte mich beinahe erleichtert.

»Ich weiß, was Sie wollen«, sagte ich.

Er schien überrascht. »Tatsächlich?«

»Ja. Ich werde Ihnen keine Schwierigkeiten machen. Macht es Ihnen etwas aus, wenn wir in das Diner um die Ecke gehen? Ich will nicht, dass meine Mutter das hört.«

Ich wollte auch nicht, dass sie aus dem Fenster schaute und zusah, wie ihrem einzigen Sohn Handschellen angelegt wurden, falls das auf dem Programm stand. Das würde sie nicht überleben.

Der Mann brachte ein Lächeln zustande. »In Ordnung, Mr DeFalco.«

»Mickey, bitte. Nennen Sie mich Mickey.« Ich ging voran zum Scobee Grill Diner und dachte darüber nach, ob er seine Pistole in einem Schulterhalfter oder am Knöchel trug und ob er mir wohl eine Kugel zwischen die Schulterblätter jagen würde, wenn ich versuchte, wegzulaufen.

Aber ich wollte gar nicht weglaufen. Das Einzige, was ich in diesem Moment wollte, war ein Kaffee.

Der Name des Mannes war Belacheck, und er hatte diesen intensiven, vogelartigen Ausdruck eines entschlossenen Menschen in den Augen. Wir setzten uns auf eine der Bänke und bestellten Kaffee.

Es war eindeutig, dass keine Fluchtgefahr bestand. So wie die Dinge standen, kümmerte es mich nicht besonders, was als Nächstes mit mir geschah. Das Schlimmste von allem würde der nächste Beitrag in *Hollywood Howl* sein. Sie würden zeigen, wie ich nach Los Angeles zurückgebracht wurde, wie ich in einem orangefarbenen Jogginganzug im Gerichtssaal stand, während irgendein Pflichtverteidiger auf unschuldig plädierte. Joel Schmitter würde sich selbst beweihräuchern als derjenige, der mich aufgespürt und den Bullen geholfen hatte, mich zur Rechenschaft zu ziehen für meine Mitschuld am Tod von Officer William O'Brien und seiner Frau Robin. Er würde sicher eine Gehaltserhöhung bekommen.

Der Gedanke an Schmitters Gehaltserhöhung ärgerte mich mehr als alles andere. So weit war es gekommen. Vielleicht würde Belacheck mir glauben, wenn ich ihm sagte, dass ich nichts Unrechtes getan hatte, außer die Kaffeedose mit dem Geld mitgehen zu lassen. Vielleicht wäre er beeindruckt, dass ich es den Bedürftigen gegeben hatte.

Oder er scherte sich einen Teufel darum. Belacheck hatte sicher lange und hart daran gearbeitet, mich ausfindig zu machen, und die Tatsache, dass ihm ein Klatschsender zuvorgekommen war, musste ihn ziemlich wurmen.

Er nahm einen Schluck Kaffee und verzog das Gesicht. »Herrje, der ist aber stark.«

»So wie ihn die Griechen mögen.«

»Gehört das Lokal einem Griechen?«

»Gibt es einen Diner in New York, der keinem Griechen gehört?«

Belacheck lachte. »Ich brauche wohl einen Muffin dazu, um das Koffein aufzusaugen.«

Er bestellte einen Maismuffin und biss hinein, ohne ihn mit Butter oder Marmelade bestrichen zu haben. Kein Wunder, dass er so dünn war.

»Stehe ich unter Arrest, oder so?«

Belacheck war überrascht. Er schüttelte den Kopf und nippte an seinem Kaffee, um den Muffin runterzuspülen.

»Ich bin kein Polizist, Mr DeFalco.«

»Sind Sie nicht?«

»Ich bin Privatdetektiv … warum sollte Sie denn jemand verhaften wollen?«

»Sie sind den ganze Weg von Los Angeles hierhergekommen, also können die Nachrichten, die Sie bringen, keine guten sein.«

Er zwang sich zu einem Lächeln. »Das hängt ganz davon ab, wie man es betrachtet.«

»Was zum Teufel wollen Sie von mir, Mann?«

Er wischte sich die Krümel von den Fingern, bevor er in die Innentasche seines Jacketts griff und ein Foto daraus hervorzog, das er mir reichte. Es war ein Werbefoto der *Barca D'Amore*.

Was hatte das nun wieder zu bedeuten?

»Erkennen Sie dieses Schiff?«

»Sicher. Es ist vor zwei Wochen gesunken.«

»Ja, das ist es. Sie haben mal an Bord dieses Schiffes gearbeitet, richtig? Und Ihre Arbeitgeber waren nicht gerade hellauf begeistert von Ihrer Leistung, stimmt's?«

Worauf wollte er hinaus? War ich ein Verdächtiger in dem noch ungelösten Rätsel um das gesunkene Schiff?

»Ganz langsam, Mr Belacheck, ich habe ein Alibi. Ich war hier in Little Neck bei meinen Eltern, als das passiert ist. Wir haben Nachrichten geguckt, und danach haben wir Abendbrot gegessen. Hühnchen im Blätterteigmantel, wenn ich mich richtig erinnere, aber nageln Sie mich darauf nicht fest.«

Er ignorierte mein besserwisserisches Geschwätz und reichte mir ein weiteres Foto.

»Erkennen Sie diese Frau?«

Ich schaute in die großen, traurigen, verschleierten Augen der Frau auf dem Foto, und ich musste Belacheck nicht sagen, dass ich darin Sharon Sherman erkannte, mein unregelmäßiger Atem verriet es ihm.

»Ich habe sie auf dem Schiff kennengelernt«, sagte ich.

»Ja, Mr DeFalco, das ist richtig. Sie haben sie auf dem Schiff kennengelernt. Ich bin froh, dass Sie sich daran erinnern. Ich bin froh, dass Sie das zugeben.«

»Zugeben« ist ein sehr schlechtes Wort in solch einer Situation. Es impliziert ein Geständnis. Belacheck tat Milch und Zucker in seinen Kaffee und nahm einen weiteren Schluck. »Ah, so ist es besser. Das nimmt dem Kaffee die Schärfe, nicht wahr?«

»Warum sind Sie hier, Mr Belacheck? Warum sollte irgendjemand sich dafür interessieren, auf welchen bescheuerten Kreuzfahrtschiffen ich gearbeitet habe vor … wie lange ist es her … zwei Jahren?«

»Achtzehn Monate, um genau zu sein.«

»Wie auch immer. Wen interessiert das?«

»Schauen Sie, ich bin von weither gekommen, um Sie zu treffen, Mr DeFalco.« Er tippte mit einem knochigen Finger auf das Foto. »Können wir bitte einfach über die Kreuzfahrt sprechen und über Ihr Verhältnis zu dieser Frau?«

Ich konnte mir nicht vorstellen, woher dieser Mann das Recht nahm, mich zu der Kreuzfahrt zu befragen. Aber wenn ich nicht kooperierte, würde er mich wahrscheinlich mit Beweisauskünften und sonstigem Papierkram nerven, und wahrscheinlich hatte er Freunde bei der Polizei von Los Angeles, die er ins Spiel bringen konnte, und das konnte ich wirklich nicht gebrauchen.

Also lehnte ich mich zurück, trank in kleinen Schlucken meinen Kaffee und erzählte ihm alles von der Kreuzfahrt, auch davon, wie Sharon Sherman und ich das blöde Shuffleboard-Turnier sabotiert hatten, indem wir das Equipment über Bord warfen, und wie wir unsere Rebellion danach mit einem One-Night-Stand am Bug des Schiffes gekrönt hatten.

Belacheck hörte sich das alles an und schien nicht sonderlich erstaunt. Als ich am Ende meiner Erzählung angekommen war, hatten wir beide je drei Tassen Kaffee getrunken.

»So«, sagte er. »Und sie haben Sie nie drangekriegt für die Sache mit dem Shuffleboard-Equipment, was?«

»Nein. Wir sind davongekommen, außer Sie sind deswegen hier. Was ist passiert? Wurden die Shuffleboard-Stöcke angeschwemmt? Waren meine Fingerabdrücke darauf? Will die Kreuzfahrtgesellschaft eine Entschädigung?«

Belacheck kicherte. »Das ist komisch. Das ist wirklich komisch.«

»Wenn es das nicht ist, was dann? Wer hat Sie beauftragt, mich zu suchen, Sharon Sherman?«

Belachecks Gesicht verdüsterte sich. »Sharon hat mich nicht geschickt, Mr DeFalco. Sharon ist tot.«

Ich schluckte. Mein Magen zog sich zusammen. Es ist gruselig zu erfahren, dass jemand, mit dem man mal zusammen war, gestorben ist, egal, wie flüchtig das Zusammentreffen auch war.

»Mein Gott, das ist ja schrecklich … wann?«

»Vor zwei Wochen. Eine Hirnblutung. Sie ist noch am selben Tag gestorben. Mit vierundvierzig. Vorher ist sie nie krank gewesen. Keinen einzigen Tag in ihrem Leben.«

Wir schwiegen beide einen Moment. Ich dachte darüber nach, wie zerbrechlich alles war und dass Sharons Tod zumindest ein angenehmer Tod gewesen war. Ein Leben lang strotzend vor Gesundheit und dann von einem Tag auf den anderen tot. Nichts dazwischen. Das klang für mich ganz gut.

Aber was zum Teufel war los? Hatte Sharon mich in ihrem Testament bedacht? Warum sonst sollte Belacheck nach mir suchen?

Die Kellnerin kam mit der Kaffeekanne vorbei. Wir bedeckten beide unsere Tassen mit der Hand.

»Ich will ja nicht nerven, Mr Belacheck, aber wer hat Sie geschickt, mich zu suchen, und warum?«

Er seufzte und lehnte sich zurück. »Sharons Anwalt hat mich beauftragt.«

»Ihr Anwalt?«

Er nickte, griff noch einmal in die Jackentasche und zog ein weiteres Foto daraus hervor. Nach einem langen Blick darauf reichte er es mir vorsichtig, als wäre es eine geladene Pistole mit nervösem Abzug. Es war ein Foto von einem hübschen grünäugigen Baby mit rabenschwarzem Haar.

»Das ist Sharons Sohn, Aaron«, teilte Belacheck mir mit. »Und laut Sharons Testament sind Sie sein Vater.«

Die Temperatur in dem Diner schien plötzlich zu steigen, der Sauerstoffgehalt der Luft zu sinken. Ich versuchte, tiefe Atemzüge zu nehmen, aber das half nichts. Meine Hände waren schweißnass. Ich wollte das Foto nicht beschädigen, also legte ich es auf dem Resopaltisch ab, verschränkte die Hände hinter dem Rücken und beugte mich vor, um das Bild weiter zu studieren, als wäre es ein unbezahlbares Museumsstück.

Ich brauchte einen Moment, um das zu verarbeiten. Ich hatte gerade von einem Privatdetektiv an einem Tisch in einem griechischen Diner erfahren, dass ich Vater war.

»Mein Sohn?«

»Laut Sharons Testament, ja.«

Hatte der Junge Ähnlichkeit mit mir? Nichts, was ins Auge fiel. Er sah glücklich aus, und das schien mir verwunderlich, sollte er wirklich von mir sein.

Ich sah auf zu Belacheck und spürte, wie mir ein Schweißtropfen über das Kinn lief. Er reichte mir eine Serviette. Ich wischte mir übers Gesicht.

»Ziemlich viel, wenn so was aus dem Nichts über einen hereinbricht, was? Tut mir leid. Es gab keinen schonenderen Weg, es Ihnen mitzuteilen.«

Ich und meine Immer-ein-Kondom-benutzen-Regel. Das war nun die berühmte Ausnahme, die die Regel bestätigte.

»Sie hat mir gesagt, sie nehme die Pille.«

»Die ist auch nicht zu hundert Prozent sicher.«

»Finden Sie, dass er mir ähnlich sieht?«

»Ich bin nicht fünftausend Kilometer weit gereist, um meine Meinung abzugeben. Meine Aufgabe ist nur, Sie zu finden.«

»Was ist mit Sharons Exfreund, diesem Benny, der sie am Hafen verlassen hat? Vielleicht ist er der Vater. Vielleicht …«

»Benny ist zeugungsunfähig. Ich habe ein medizinisches Gutachten, das diese Tatsache bestätigt. Benny hatte mit zweiunddreißig Mumps. Das hat seine Schwimmer ein für alle Mal ausgebremst. Ich kann Ihnen das Dokument zeigen, wenn Sie wollen.«

»Ich glaube Ihnen.« Ich schaute noch einmal auf das Foto und dieses wunderschöne Kind. »Wer kümmert sich jetzt um den Jungen?«

»Er ist in der Obhut von Sharons einziger lebender Verwandten, einer Cousine in Massachusetts. Sie lebt in einer Kleinstadt bei Boston. Da kommt Sharon ursprünglich her.«

»Die Cousine will Geld«, vermutete ich.

Belacheck schüttelte den Kopf. »Sie will, dass Sie das Kind nehmen.«

»Es nehmen?«

»Ja.«

»Sie meinen, es adoptieren?«

»Mr DeFalco, Sie können Ihr eigenes Kind nicht adoptieren. Wenn es Ihres ist, dann ist es Ihres. Sie nehmen es einfach zu sich.«

Ich lehnte mich in meinem Stuhl zurück und fühlte mich wund und taub. Ich hatte erwartet, wegen meiner Verwicklungen in einen erweiterten Suizid verhaftet und ins Gefängnis gesteckt zu werden, stattdessen hatte ich erfahren, dass ich möglicherweise Vater war.

»Wie alt ist dieser … Aaron?«

»Er ist neun Monate alt. Neun Monate nach der Kreuzfahrt geboren, beinahe auf den Tag.«

»Wie geht es ihm … ich meine, ist er … Sie wissen schon … gesund?«

»Bei guter Gesundheit, soweit ich weiß.«

Ich rieb mir die Augen und ließ die Hände danach einen Moment vor dem Gesicht. So war das Leben. Das verdammte Leben. Dauernd hielt es einen neuen Schlag für dich bereit.

»Mein Gott. Mein Gott …«

Belacheck griff über den Tisch und drückte mir aufmunternd die Schulter. »Ich weiß, das ist ein bisschen viel, um es alles auf einmal zu verarbeiten.«

»Verarbeiten? Wer verarbeitet denn hier etwas? Ich bin noch mitten im Schockzustand!«

»Schauen Sie, Sharon Sherman wollte Ihnen diese Last nie aufbürden. Würde sie noch leben, hätten Sie nie etwas von Aaron erfahren. Es war vollkommen in Ordnung für sie, das Kind allein großzuziehen. Und das tat sie, bis sie plötzlich tot umfiel.«

Belacheck hob den Zeigefinger. »Aber sie war eine sehr umsichtige Frau. Die Arbeit bei der Lebensversicherung hat sie gelehrt, wie plötzlich Dinge geschehen können und wie schrecklich es für die Überlebenden werden kann, wenn ein geliebter Mensch stirbt. Sie hat beschlossen vorzusorgen, ihren Sohn abzusichern, egal, was passiert.«

Er zog ein gebundenes Dokument hervor, das sich als Sharons Testament herausstellte. »Aaron erbt alles, was sie hatte. Ihr Haus war beinahe eine halbe Million Dollar wert. Es gibt einen Trustfund für die Ausbildung des Kindes. Es ist alles klar geregelt, keine Zweifelsfälle. Bis zur letzten Zeile des Testaments.«

Belacheck setzte seine Lesebrille auf und blätterte zur letzten Seite des Dokuments. »Abschließend«, las er vor, »möchte ich die Identität des Vaters meines Sohnes bekannt geben. Es ist Mickey DeFalco, der Sänger. Niemand weiß davon. Mickey DeFalco selbst weiß nicht, dass er Aarons Vater ist. Ich überlasse es meiner Familie zu entscheiden, ob Mickey DeFalco informiert werden soll oder nicht.«

Er nahm die Brille ab und steckte sie zurück in die Hemdtasche. »Offensichtlich will Sharons Cousine nicht, dass es ein Geheimnis bleibt. Und Sharon hat, treu nach ihren Prinzipien, auch für diesen Fall vorgesorgt und eine Summe für einen Privatdetektiv hinterlassen, der Sie aufspüren sollte.« Er grinste. »Das bin ich.«

Ich wollte etwas sagen, doch mein Mund war trocken. Ich machte der Kellnerin ein Zeichen, dass ich ein Glas Wasser haben wollte. Sie brachte es, und ich stürzte das Wasser in einem Zug hinunter. Es schmeckte nach Chlor und alten Leitungen, und es war so kalt, dass ein Schauer durch meinen Körper lief – obwohl dieses Zittern vielleicht auch andere Gründe hatte.

»Da hatten Sie ja Glück, dass *Hollywood Howl* mich aufgespürt hat«, sagte ich.

Das hörte er nicht gern. »Ich hätte Sie auch so gefunden«, antwortete er ruhig. »Es war nur eine Frage der Zeit.«

Ich nickte. Warum sollte ich mich mit ihm anlegen. Er machte nur seinen Job.

»Was passiert jetzt als Nächstes?«

»Wir sollten einen DNA-Test machen, meinen Sie nicht? Hätten Sie ein Problem damit?«

»Nein, ich … nein, natürlich nicht.«

»Gut. Das macht die Sache einfacher.«

Ich erwartete, dass er mir Ort und Zeitpunkt nennen würde, an dem der Test stattfinden sollte, doch stattdessen zog er ein kleines Reagenzglas mit einem Gummikorken aus der Tasche, in dem etwas steckte, das aussah wie eine kleine Zahnbürste.

»Hier«, sagte er. »Nehmen Sie die Bürste und reiben Sie sie über die Schleimhaut im Mund.«

»Jetzt?«

»Haben Sie etwas Besseres vor? Kommen Sie, tun Sie es einfach, dann haben wir das, was wir brauchen.«

Ich gehorchte. Es dauerte nur zehn Sekunden. Dann steckte ich die Bürste zurück in das Reagenzglas, verschloss es und reichte es Belacheck, der einen Stift herausholte und »DeFalco« auf das Etikett schrieb. Er steckte das Ganze in einen Umschlag, verschloss ihn und ließ ihn in seine Jacketttasche gleiten. Dann lehnte er sich zurück, um seinen Maismuffin aufzuessen, und machte dabei das zufriedene Gesicht eines Mannes, der seine schwierige Aufgabe mit Bravour gemeistert hat.

»Sie scheinen ein netter Kerl zu sein«, sagte er. »In meinem Job freue ich mich über jeden, der mir nicht gleich ins Gesicht spuckt.«

»Wie lange dauert dieser DNA-Test?«

»In einer Woche haben wir das Ergebnis. Vielleicht auch früher. Ich rufe Sie an, oder Sie können sich auch bei mir melden.« Er gab mir seine Karte.

»Also ist mein … das Kind in Massachusetts? Wo denn genau?«

»Fragen Sie nicht, Mr DeFalco, mehr kann ich Ihnen im Moment nicht sagen.«

Aaron Sherman. Oder war es Aaron DeFalco? Das Kind, vielleicht, wahrscheinlich mein Sohn, war nur vierhundert Kilometer von mir entfernt. Eine Fahrt mit dem Zug. Eine vierstündige Autofahrt. Ich könnte noch vor Mitternacht dort sein, wenn ich nur wüsste, wohin ich fahren musste …

Belacheck zahlte die Rechnung und ließ drei Dollar Trinkgeld für die Kellnerin liegen. Er streckte die Hand aus, um das Foto einzustecken, aber ich kam ihm zuvor.

»Kann ich das nicht behalten? Sie haben doch sicher noch mehr Abzüge.«

Er dachte kurz nach, zuckte dann mit den Schultern und ließ mir das Bild. Wir gingen zusammen nach draußen, ich brachte ihn zu seinem Auto.

»Kann ich Ihnen etwas sagen?«

»Habe ich eine Wahl?«

»Nein, haben Sie nicht. Hören Sie. Ich mag Sie, also sage ich Ihnen jetzt mal was.«

»Ich höre.«

Er fasste mich bei den Schulterm wie ein Vertrauenslehrer die Schultern eines begabten, aber faulen Schülers.

»Das Leben geht manchmal seltsame Wege«, sagte er. »Versuchen Sie, ihnen zu folgen, sonst laufen Sie gegen die Wand.«

»Ich werde daran denken. Kann ich Sie noch etwas fragen?«

Er ließ meine Schultern los. »Bitte.«

»Ich habe Sie das schon gefragt, aber ich frage noch mal – finden Sie, dass der Junge mir ähnlich sieht?«

Belacheck nahm das Foto und hielt es neben mein Gesicht. Er schaute zwischen unseren Gesichtern hin und her, dabei kniff er ein Auge zu.

»Lassen Sie es mich so ausdrücken: Wenn das Kind die Stirn runzeln würde, könnte es als Ihr Doppelgänger durchgehen.«

Wir saßen um den Küchentisch herum und beendeten gerade unser Abendessen. Es war die Lasagne, die vom Vorabend übrig geblieben war. Meine Mutter drängte meinen Vater, noch einen letzten Löffel zu nehmen, weil sie den Rest sonst wegschmeißen müsste.

»Jetzt nimm schon, Eddie.«

»Ich will nichts mehr!« Er hielt die gespreizten Finger über seinen Teller. Der Löffel wanderte in meine Richtung, und ich machte die gleiche Geste. Meine Mutter stand da wie ein Pilot im Nebel ohne einen Landeplatz. Sie seufzte, schüttelte den Kopf und ließ den Löffel Lasagne zurück in die Schüssel plumpsen.

»Das ist eine Sünde.«

»Völlerei auch«, sagte mein Vater. »Wenn ich mir das runterquälen würde, wäre das auch eine Sünde.«

»Oh, Eddie …«

»Ich muss euch was zeigen«, platzte es aus mir heraus, lauter, als ich es eigentlich hatte sagen wollen. Ich zog das Foto von Aaron aus meiner Hemdtasche und reichte es meinem Vater, der es zweifelnd betrachtete, bevor er es an meine Mutter weiterreichte. Sie schaute ein paar Sekunden darauf, bevor sie sagte: »Ist das Mickey Gallos Sohn?«

Mickey Gallo war Busfahrer und Platzanweiser bei der Sieben-Uhr-Messe am Sonntag. Was zum Teufel sollte ich mit einem Foto von Mickey Gallos Sohn?

»Nein, Mama, ist es nicht.«

»Er könnte Mickey Gallos Sohn sein, oder, Eddie?«

»Wer zum Teufel ist Mickey Gallo?«

»Er ist Platzanweiser in der Saint Anastasia … aber richtig, du gehst ja nicht in die Kirche.«

»Du gehst oft genug für uns beide. Ich habe das Gefühl, dass ich dadurch mit abgedeckt bin.«

»So funktioniert das aber nicht, Eddie, wir müssen beide …«

»Der Junge ist euer Enkel. Vielleicht.«

Ich weiß nicht, warum ich es so ausdrückte, anstatt zu sagen, dass er vielleicht mein Sohn war. Irgendwie wollte ich das Baby so direkt wie möglich mit meinen Eltern in Verbindung bringen.

Meine Mutter wurde blass. Mein Vater stand auf und stellte sich hinter sie. Er schüttelte eine Zigarette aus der Packung in den Mund und zündete sie an. Eine einmalige Chance, widerspruchslos im Haus zu rauchen. Überraschenderweise war er es, der schließlich als Erster die Sprache wiederfand.

»Gut aussehender Junge«, sagte er leise.

»Gütiger Gott im Himmel«, sagte meine Mutter zur Küchendecke. Das war kein Ruf nach Hilfe oder Erbarmen. Es war ein Ruf nach Ordnung, wenigstens einem Anschein von Ordnung in dem verrückten Leben ihres Sohnes.

Sie wandte sich zitternd an mich. »Bist du sicher, dass er von dir ist?«

»Ziemlich sicher, Mama. In einer Woche weiß ich Genaueres.«

»Mein Gott, Mickey, Sex ohne Kondom, oder was?«

»Ich weiß, Papa, ich weiß.«

»Wann hast du es erfahren?«

»Vor zwei Stunden. Ein Privatdetektiv aus Los Angeles hatte den Auftrag, mich zu suchen.«

Mein Vater legte mir eine Hand auf die Schulter, als wollte er mir einen Teil der Last abnehmen, die darauf ruhte. Meine Mutter legte das Foto auf den Tisch und rieb sich die Augen.

»Wie alt ist das Kind?«

»Neun Monate.«

»Und seine Mutter hat bis heute gewartet …«

»Seine Mutter ist gerade gestorben. Sie war sehr diskret und wollte das Kind allein aufziehen. Sie hat nie jemandem gesagt, dass ich der Vater bin. Sie hat es erst in ihrem Testament erwähnt.«

»In ihrem Testament?«

Ich nickte. »Wenn sie nicht gestorben wäre, hätte ich nie etwas von dem kleinen Aaron erfahren.«

Das Gesicht meiner Mutter wurde weich. Als sie den Namen des Jungen hörte, schien plötzlich alles so real.

»Aaron? Das ist ja ein biblischer Name!«

»Ja, das ist es wohl.«

»War die Frau katholisch?«

»Keine Ahnung, Mama.«

»Wie hast du sie denn kennengelernt?«

Ich war zu müde, um die Sache zu beschönigen.

»Sie war auf dem Kreuzfahrtschiff, auf dem ich gearbeitet habe, das Schiff, das vor einigen Wochen gesunken ist. Wir hatten einen One-Night-Stand. Das ist alles. Es ist einfach … passiert.«

Meine Mutter schloss die Augen angesichts der Unvernunft ihres Sohnes, der Sex mit einer Frau hatte, ohne ihre religiösen Ansichten zu kennen, ganz abgesehen von ihrem Bildungshintergrund, der Arbeit ihres Vaters, ob die Familie über Eigentum verfügte …

Sie öffnete die Augen und studierte noch einmal das Foto. »Das arme Kind hat keine Mutter.«

»Er ist jetzt bei einer Cousine, irgendwo in der Nähe von Boston. Die Cousine will, dass ich ihn nehme. Es gibt einen großen Trustfund. Das ist doch schon mal positiv, oder?«

Meine Mutter schüttelte den Kopf und lachte traurig. »Michael. Was für ein Leben.«

Ich machte mich auf das Schlimmste gefasst. »Was ist denn mit meinem Leben, Mama?«

Was sie dann sagte, überraschte mich wirklich. »Dir ist nie etwas erspart geblieben«, sagte sie. »Was immer du getan hast, du hast dafür bezahlt, und wie. Schon seit du klein warst. Du hast dich nie mal … zufrieden zurücklegen können.«

Was sie sagte, klang beinahe wie eine Grabrede. Mich durchlief ein Schauer. Eigentlich war es eher mein Vater, der solche Dinge von sich gab, gewürzt mit ein paar Kraftausdrücken.

»Hey, Donna, mach mal halblang«, sagte mein Vater. »Was ist mit seinem Song? Mit dem Erfolg konnte er doch zufrieden sein.«

Sie lachte wieder auf die gleiche traurige Art. »Meinst du, Eddie? Ich glaube, dieser Song war der größte Fluch von allen. Schau doch, wohin er ihn gebracht hat. Schau.«

Sie sahen mich an, ihren gestrandeten Sohn. Mein Vater

klopfte die Asche seiner Zigarette in die hohle Hand. Meine Mutter hatte offenbar alle Aschenbecher entsorgt.

»Nun«, sagte mein Vater, »lasst uns erst mal abwarten. Wenn das Testergebnis da ist, dann überlegen wir, wie es weitergeht.«

Ich bewunderte meine Eltern. Sie waren ziemlich ruhig, wenn man bedenkt, was geschehen war. Zwanzig Jahre lang waren sie alleine in diesem Haus gewesen, dann war ich ohne Vorwarnung zu ihnen zurückgekommen, und plötzlich waren sie nur noch ein Laborergebnis von einem Drei-Generationen-Haus entfernt.

Meine Mutter wischte sich die plötzlichen Tränen aus den Augen. Großmutter zu sein ist eigentlich etwas, wovon man träumen, worauf man hoffen und wo man hineinwachsen sollte. Es sollte einem nicht einfach unvermittelt auf dem Schoß landen wie ein Fußball. Sie war einer wertvollen Erfahrung beraubt worden.

Mein Vater legte seinen Arm um ihre Schultern. »Weißt du, ich glaube, wir haben noch eine Wiege auf dem Dachboden.« Die Wiege, in der ich gelegen hatte!

Meine Mutter schniefte und räusperte sich. »Nein, Eddie, erinnerst du dich nicht? Wir haben sie den Lamberts gegeben, als ihre Tochter geboren wurde.«

»Ach ja, stimmt.«

»Ich schätze, wir könnten sie zurückbekommen. Das Kind muss inzwischen zehn oder elf Jahre alt sein.«

»Außer, wenn sie sie irgendwem weitergegeben haben …«

Sie waren wirklich einmalig! Sie waren über den anfänglichen Schock hinweg und stürzten sich gleich in die praktischen Fragen. Sie waren ein gutes Team, meine Eltern. Ich schätze, darum waren sie immer noch zusammen und würden auch weiterhin zusammenbleiben. Sie waren grundverschiedene Menschen, die sich andauernd stritten, aber wenn es drauf ankam, dann zogen sie an einem Strang.

Aber sie wurden langsam alt, und ich konnte ihnen nicht

zumuten, sich auch noch mit meinen Problemen herumzuschlagen.

»Hört zu«, sagte ich, »das ist mein Problem. Wie auch immer die Sache ausgeht, ich kümmere mich darum.«

Sie sahen mich an wie Eltern, die ihren kleinen Sohn in seinem Astronautenanzug vor sich stehen sehen, der gerade verkündet hat, dass er in seinem Pappraumschiff zum Mond fliegen wird. Meine Mutter streckte die Hand aus und nahm meine Hand in ihre, sie hielt sie fest wie eine Rettungsleine.

»Michael, sag mir eins.«

»Was immer du willst, Mama.«

Ihre Augen leuchteten hoffnungsvoll. »Hast du die Mutter des Kindes wenigstens gemocht?«

Ich nickte. »Sie war eine sehr nette Frau. Wir haben uns auf Anhieb verstanden.«

»Ja, offenbar.«

Sie ließ meine Hand los, rutschte zurück auf ihren Stuhl und steckte die Hände zwischen die Knie.

»Na, das ist ja schon mal etwas. Immerhin. Es ist gut zu wissen, dass sie ein netter Mensch war. Ist das nicht was, Eddie?«

Er küsste sie auf die Stirn. »Schlecht ist es nicht.«

»Bitte, rauch die Zigarette draußen weiter.«

Ich ging früh zu Bett, und um Mitternacht setzte ich mich plötzlich mit einem Ruck im Bett auf. Denn gerade hatte ich realisiert, dass diese Wendung der Geschichte die Lösung für all meine Probleme sein konnte.

KAPITEL 30

Es war ganz einfach. Lynn und ich würden den kleinen Aaron gemeinsam großziehen! Wir würden nach Massachusetts fahren, meinen Sohn abholen und ein neues Leben anfangen. Zusammen konnten wir dieses kleine Leben gestalten, unsere Verbindung erneuern, die alten Wunden heilen.

Würde sie das Kind einer anderen Frau großziehen wollen? Natürlich würde sie das, Aaron war immerhin mein Sohn! Ich musste Lynn nur dazu bringen, mir zu vergeben. Das konnte doch nicht so schwierig sein – hoffte und betete ich.

Ich brauchte keinen DNA-Test, um zu beweisen, was mein Herz schon wusste. Ich war der Vater. Der kleine Aaron war mein Sohn. Ich wollte keine Zeit mehr verlieren, ich wollte, dass Lynn und ich ihn kennenlernten, bevor er seine ersten Schritte machte. Das wollte ich auf keinen Fall versäumen.

Ich lag stundenlang wach in dieser Nacht. Als ich am nächsten Morgen bei Flynns Garage ankam, war ich ziemlich müde und gähnte in einer Tour. Er begrüßte mich mit den Worten: »Du hast verloren.«

Ich hatte keine Ahnung, wovon er sprach. Von dem DNA-Test? Meinem Verstand? Was meinte er?

»Die Abstimmung im Radio«, erklärte Flynn mit einem Lächeln. »*Feelings* ist zum kitschigsten Song aller Zeiten gewählt worden. *All by myself* ist auf Platz zwei. Du bist der Dritte.«

»Ich verlange eine Neuzählung.«

Und dann war da noch Patrick, der arme Patrick mit dem gebrochenen Herzen. Er hatte mit seinen Eltern geredet und beschlossen, doch wie geplant für die Purdue University Football zu spielen. Dann hatte er Scarlett getroffen, um ihr zu sagen, dass sie es schon irgendwie hinkriegen würden, dass sie kommen und ihn besuchen konnte, dass er zu Thanksgiving nach Hause komme, und danach hatten die beiden die ganze Nacht über Patricks Weggang gestritten.

Man konnte nicht leugnen, dass sein athletisches Talent ihn für die nächsten vier Jahre von dem Menschen trennen würde, der ihm auf der Welt am wichtigsten war. Und in seinem Alter verging die Zeit nicht besonders schnell.

In der Mittagspause war von Patricks normalerweise unersättlichem Appetit nichts zu bemerken. Er rührte sein Essen kaum an und starrte in den Himmel, als stellte er sich vor, dass es irgendwo dort draußen einen freundlicheren Planeten gab, wo das Leben einem Jungen wie ihm weniger grausam mitspielte.

Flynn sagte väterlich: »Komm schon, Patrick, iss auf. Du verhungerst uns noch, wenn du nichts isst.«

»Ich habe keinen Hunger.«

»Dir bleibt doch noch ein bisschen Zeit, bevor du auf die Purdue gehst. Versuch, sie zu genießen.«

Er schüttelte den Kopf. »In zehn Tagen muss ich im Footballcamp sein.«

»Nun, das ist besser als in neun Tagen, oder?«

Patrick schaute zu mir. »Mickey versteht mich. Mickey ist der Einzige, der mich versteht.«

»Sag es ihm, Mick«, forderte Flynn. »Auf mich hört er ja nicht.«

Ich tätschelte Patricks steinharte Schulter und versuchte, sie zu drücken. »Das Wichtigste ist, dass du erst mal dein Mittagessen aufisst. Du wirst es brauchen.«

Ich meinte, was ich sagte. Wir waren beim Garten der Haffners, dem schwierigsten Rasen der Woche, einem Ort, den wir einfach »den Hügel« nannten. Es war ein grüner Abhang, der eher aussah wie ein Bergrücken als ein Rasen in Little Neck.

Aber Patrick ignorierte meinen Rat und stand auf. »Ich gehe wieder an die Arbeit.«

»Patrick, Junge, mach den Hügel nicht alleine. Setz dich und iss.«

»Du hast noch fünfzehn Minuten«, fügte Flynn hinzu, aber Patrick ignorierte auch ihn. Er schob den Rasenmäher auf die Hügelkuppe und zog das Anlasserseil.

»Gut für dich, Mick«, sagte Flynn. »Bis wir fertig sind mit Essen, hat Patrick den kompletten Hügel gemäht.«

Er mähte den flachen Teil auf der Hügelkuppe zuerst, den einfachen Teil, und dann machte er sich an den Abhang.

»Er wird die Purdue lieben«, sagte Flynn. »Du wirst sehen. Er wird hingehen und es lieben.«

Wir saßen und beobachteten ihn bei der Arbeit. Irgendetwas war seltsam. Man musste an der Hügelkuppe beginnen, um sich dann, parallel unterhalb des Geräts laufend, nach unten vorzuarbeiten, und dabei den Griff des Rasenmähers mit aller Kraft umklammert halten. Wenn der Rasen auch nur ein bisschen feucht war, rutschte man aus und fiel hin.

Patrick kam gut voran, aber er war zu schnell. Die Muskeln seiner Arme waren aufs Äußerste gespannt, sein Blick voll konzentriert. Schon bald hatte er die Hälfte des Rasens gemäht.

Flynn sah auf die Uhr. »Noch fünf Minuten, dann ist die Mittagspause rum.« Er kicherte. »Sieht aus, als wärst du fein raus, Mickey.«

Und dann hob Patrick den Blick in meine Richtung. Er sah mich an wie jemanden, den man zum letzten Mal im Leben sieht. Plötzlich verlor er den Halt unter den Füßen, und der Rasenmäher raste mit ihm in Richtung Straße.

Er hätte den Rasenmäher einfach nur loslassen müssen, aber er war jemand, der nie etwas losließ. Er hielt den Griff fest umklammert und bemühte sich vergeblich, die Maschine zu stoppen, während er hinter ihr den Hügel hinunterstolperte und mit jedem Schritt mehr Geschwindigkeit aufnahm.

»Lass los!«, schrie Flynn.

Auf der Straße näherte sich ein Tankwagen. Patrick und der Rasenmäher rasten genau darauf zu. Ich sprang auf und rannte zu Patrick hinüber, warf mich auf ihn und schlang meine Arme um seine Taille. Wir taumelten und fielen auf den Bürgersteig, während der Rasenmäher weiter auf die Straße rollte und von dem Laster zermalmt wurde.

Flynn humpelte hüpfend zu uns herüber, als der Tanklaster quietschend zum Stehen kam. Patricks keuchender Atem hörte sich an wie reißender Stoff. Er lag mit dem Gesicht nach unten auf dem Bürgersteig und ich auf ihm. Er drehte den Kopf, um nach mir zu schauen, und ich sah, dass seine Nase stark blutete.

»Herrgott noch mal, Patrick!«

»Alles in Ordnung, Mickey?«

»Mein Ellenbogen hat was abbekommen. Du?«

Er wischte sich übers Gesicht und betrachtete dann seine blutnasse Handfläche.

»Ich denke, meine Nase ist gebrochen«, sagte er so ruhig, als verläse er den Wetterbericht. Dann wurde er ohnmächtig.

Wir mussten Patrick in den Wagen tragen. Auf halbem Weg in die Notaufnahme kam er wieder zu sich und insistierte, es gehe ihm gut und er wolle zurück an die Arbeit gehen.

»Sei still, Patrick«, sagte Flynn, »sei einfach still.«

Ich hatte mir nur den Ellenbogen aufgeschürft, Patrick aber hatte eine gebrochene Nase und eine leichte Gehirnerschütterung. Er lag auf einer Liege, die ein wenig zu kurz für ihn war. Sie wollten ihn noch eine Stunde dabehalten und ihn erst dann nach Hause lassen. Flynn musste zurück zu den Haffners fahren, um das ganze Equipment abzuholen, das wir dort stehen gelassen hatten. Ich sagte, ich würde bei Patrick bleiben.

Flynn schüttelte uns beiden die Hand.

»Tut mir leid, dass ich den Rasenmäher kaputt gemacht habe, Mr Flynn«, sagte Patrick.

»Reden wir nicht mehr davon. Ruh dich aus, ja? Ihr beide, ruht euch aus. Macht morgen mal frei.«

Er verließ die Notaufnahme. Fünf Minuten später tauchte Scarlett auf, und da wusste ich, warum Patrick so unter der bevorstehenden Trennung litt.

Sie sah umwerfend aus mit ihren himmelblauen Augen und dem langen braunen Haar. Sie trug einen ärmellosen Arbeitskittel vom K-Mart, darunter war ihr Stacheldraht-Tattoo auf dem nackten Oberarm sichtbar.

Sie warf einen Blick auf die Bandage auf Patricks Nase und die dunklen Ringe unter seinen Augen und brach in Tränen aus.

»Oh, Liebling!«

Er stand mit unsicheren Bewegungen von der Liege auf. Scarlett fiel ihm in die Arme.

»Mir geht's gut, Scarlett, alles in Ordnung.«

»Deine Nase! Ist die gebrochen?«

»Ja.« Er lachte. »Ich werde jetzt nicht mehr so toll aussehen wie vorher.«

»Was ist passiert?«

Er erzählte ihr, wie er den steilen Abhang gemäht und dabei das Gleichgewicht verloren hatte und wie ich ihn zu Boden gerissen hatte, kurz bevor er mit dem Rasenmäher auf die Straße gerast wäre.

Scarlett war verwirrt. »Warum hast du den Rasenmäher nicht einfach losgelassen?«

»Ich weiß nicht. Irgendwie konnte ich es nicht.« Er zeigte auf mich. »Mickey hat mein Leben gerettet.«

»Ich habe ihm auch die Nase gebrochen«, konnte ich mir nicht verkneifen hinzuzufügen.

Scarlett drehte sich zu mir um. Wir hatten uns vorher noch nie gesehen, und plötzlich sprang sie mir in die Arme und hielt mich fest, als hätte ich sie gerade aus einem reißenden Strom ins Rettungsboot gezogen.

»Oh Gott, Mickey, danke, danke!«

»Gern geschehen.«

»Übrigens fand ich es toll, wie du dem Arschloch von *Hollywood Howl* den Stinkefinger gezeigt hast.«

Sie schaute auf die Uhr. »Ich muss zurück in den Laden. Kaum zu glauben, aber mein bescheuerter Chef hat sich geweigert, mir den Nachmittag freizugeben, obwohl ich ihm erzählt habe, was passiert ist.«

Sie küsste Patrick sanft auf die Lippen und drückte ihn zurück auf die Liege.

»Bis später, Baby. Ich liebe dich.«

»Ich dich auch.«

Und schon war sie wieder weg, so sprühend vor Energie und Lebenskraft, dass ich beinahe erwartete, sie würde aus dem Fenster fliegen wie Tinker Bell.

Patrick sah ihr mit einem kindlichen Lächeln nach.

»Siehst du das, Mickey?«, sagte er. »Siehst du, dass sie etwas ganz Besonderes ist? Siehst du, warum ich nicht einfach so auf die Purdue gehen kann?«

Mein bandagierter Ellenbogen schmerzte. Schmerztabletten hatte ich abgelehnt, und das bereute ich jetzt. Ich bedeutete Patrick, die Füße zur Seite zu nehmen, damit ich mich mit auf die Liege setzen konnte. Ich wollte ihm nahe sein für das, was ich jetzt sagen wollte.

»Du Arschloch«, begann ich.

KAPITEL 31

Patrick war vollkommen vor den Kopf gestoßen. So hatte ich noch nie mit ihm geredet.

»Mickey?«

»Mach mir nichts vor, Patrick. Ich weiß, was du getan hast.«

Er breitete die Arme aus. »Was habe ich denn getan?«

»Du hast nicht wirklich das Gleichgewicht verloren. Du bist diesen Hügel absichtlich runtergestolpert.«

»Ja, alles klar.«

»Patrick. Komm schon, mir kannst du es sagen. Keine Geschichten jetzt. Was zum Teufel ist da oben auf dem Hügel passiert?«

Er versuchte, mir so lange in die Augen zu starren, dass ich den Blick abwenden musste, aber ich hielt länger durch, so lange, bis seine Augen feucht wurden von Tränen. Er schlug die Hände vors Gesicht.

»Es ist alles vorbei, Mickey«, schluchzte er durch seine Finger.

Ich legte eine Hand auf seine Schulter. Er zitterte am ganzen Körper.

»Du solltest das doch verstehen; wenn es jemand versteht, dann du«, sagte er. »Ich liebe dieses Mädchen. Ich kann sie nicht verlassen. Das werde ich nicht tun.«

»Es ist deine Entscheidung.«

»Ja?« Er zog die Nase hoch. »Manchmal kommt es mir vor, als würden dauernd andere für mich entscheiden. Meine Eltern. Mr Flynn. Mein Trainer.«

»Und Scarlett«, fügte ich hinzu, »vergiss Scarlett nicht.«

Er zog die Augenbrauen hoch. »Was meinst du?«

»Sie versucht doch auch, deine Entscheidungen zu beeinflussen, oder?«

Sein Gesicht wurde so weiß wie seine Bandage. »Moment mal, wir lieben uns wirklich, Mick.«

»Das weiß ich. Aber manchmal bringt einen die Liebe dazu, dumme Sachen zu machen.«

»Du denkst, ich wollte mich vor den Laster stürzen?«

»Irgendwo ganz tief drinnen … ja, Patrick. Das glaube ich. Du hast gedacht, wenn du dich verletzt, vielleicht dein Knie zertrümmerst, dann kannst du nicht mehr Football spielen. Ist es nicht so? Du müsstest die schmerzliche Entscheidung nicht mehr treffen. Du könntest einfach in Little Neck bleiben, als verdammter Krüppel.«

Er streckte mir den Zeigefinger direkt ins Gesicht. »Was weißt du schon.«

»Hey, du hast recht. Wer bin ich, um dir einen Rat zu geben? Schau mich an. Schau, wie beschissen es für mich gelaufen ist. Ich habe ein Vermögen gemacht und wieder verloren. Ich lebe bei meinen Eltern und trauere immer noch einem Mädchen nach, das ich vor zwanzig Jahren verloren habe.«

»Also weißt du, wie ich mich fühle!«

»Ja, Patrick, ich weiß, wie du dich fühlst. Es hat dich voll erwischt wie mich damals. Ich habe das Mädchen verloren und bin daran zerbrochen. Das ist nun mal passiert. Ich kann es nicht mehr ändern.«

Ich war überrascht, als ich spürte, wie Tränen in meinen Augen aufstiegen. Ich blinzelte sie zurück.

»Aber eine gute Sache habe ich gemacht, Patrick – ich habe mein Lied gesungen. Ich habe es geschrieben und gesungen, und es gehört ganz allein mir, egal, wer die Rechte daran besitzt. Ich bin ein Loser, aber ich habe diese eine gute Sache zustande gebracht, die nur ich tun konnte.«

»Es ist ein tolles Lied«, sagte Patrick eifrig.

Ich nickte und leckte mir über die Lippen. »Ich habe das Gefühl, dass für dich das Footballspielen so etwas ist wie für mich der Song. Das ist es, was dich besonders macht. Was ich damit sagen will: Willst du dein Lied nicht singen? Und wie wirst du dich fühlen, wenn du es nicht einmal versuchst?«

Patrick sah mich lange unverwandt an.

»Scarlett wird nicht weglaufen, wie es mein Mädchen getan hat«, sagte ich. »Wenn die Liebe echt ist, wird sie das überstehen. Du musst entscheiden, was du tun willst, aber ich wollte dir zumindest sagen, was ich darüber denke.«

Patrick umarmte mich, beinahe fest genug, um meine Lunge zum Bersten zu bringen.

»Du bist kein Loser«, flüsterte er.

»Na ja, da würden dir so einige Leute widersprechen. Lass mal ein bisschen locker, Patrick, ich werde gleich ohnmächtig.«

In dem Moment kamen Patricks Eltern, und ich war entsetzt zu sehen, dass sie nicht viel älter waren als ich. Patricks Vater war um die einsachtzig groß und ziemlich untersetzt, er hatte ausdünnendes blondes Haar und einen Händedruck, der mir sagte, dass er wohl auch nicht wenige Footballspiele bestritten hatte.

Ich war überrascht zu sehen, dass Patricks Mutter klein und dunkelhaarig war. Im ersten Moment dachte ich, dass ihr Junge ihr überhaupt nicht ähnlich sah, bis ich bemerkte, dass ihre Ohren auf die gleiche Weise abstanden.

»Mein Junge«, schluchzte sie immer wieder, während sie ihn umarmte, »mein Junge!«

»Es geht mir gut, Mama«, sagte Patrick, aber sie wollte ihm offenbar nicht glauben. Während seine Eltern ihn umarmten und drückten, winkte ich Patrick zu und schlüpfte hinaus aus der Notaufnahme auf den Parkplatz.

Ich brauchte frische Luft. Ich brauchte eine Schmerztablette. Ich brauchte Lynn.

Und plötzlich wurde mir klar, dass ich für Letzteres eigentlich an der richtigen Adresse war, nämlich in dem Krankenhaus, in dem ihre Mutter lag.

Ich ging um das Gebäude herum zum Haupteingang und eilte am Empfang vorbei, als wäre ich spät dran für eine Verabredung. Niemand hielt mich auf. Und wenn ich je geglaubt hatte, dass Gott einen eigenartigen Sinn für Humor besaß, dann in diesem Moment, denn just als ich Mrs Mahoneys Zimmer betrat, waren sie dabei, die Laken von dem Bett abzuziehen, in dem sie gelegen hatte.

Eine erschöpft aussehende, tränenüberströmte Lynn saß auf dem Stuhl, auf dem sie in den letzten Tagen so viele Stunden verbracht hatte, und füllte ein Formular auf einem Clipboard aus.

Es gibt eine Menge Papierkram zu erledigen, wenn die Eltern sterben.

KAPITEL 32

Wir fielen uns in die Arme. Auch wenn sie mich nicht wollte, Lynn Mahoney hatte nun niemanden mehr außer mir. Meine Umarmung musste ihr reichen.

Sie fühlte sich zerbrechlich an und fiebrig, und sie zitterte wie ein frisch geschlüpftes Küken.

»Es tut mir so leid, Lynn.«

»Danke …«

»Komm, lass uns nach Hause fahren.«

»Zu dir?«

»Ja.«

»Zu Donna?«

»Lynn, ich gebe es nur ungern zu, aber in diesen Dingen ist sie Spezialistin. Sie weiß genau, was zu tun ist.«

»Zu tun?«

»Was die Beerdigung angeht und so.«

»Oh …«

Wir verließen das Krankenhaus und gingen Hand in Hand die Glenwood Street hinunter. Sie bemerkte meinen Verband

»Was ist mit deinem Ellenbogen passiert, Mickey?«

»Kleiner Arbeitsunfall. Keine große Sache.«

Wir hielten uns immer noch an der Hand, als wir die Küche betraten, in der meine Mutter stand und über dem Waschbecken Karotten schälte. Sie drehte sich zu uns um und ließ das Schälmesser sinken, wie um Lynn zu bedeuten, dass sie ihr nichts Böses wolle.

Ich gab der unangenehmen Stille keine Chance, sich auszubreiten.

»Mama, Mrs Mahoney ist gerade gestorben.«

Meine Mutter legte eine Hand an den Hals. »Oh, mein Gott. Lynn. Das tut mir so leid.«

»Mir auch, Mrs DeFalco.«

Sie kam auf uns zu und breitete die Arme aus, um uns beide in eine Umarmung zu schließen.

»Lynn … Michael …«

Sie nahm uns jeden in einen Arm und überraschte mich, indem sie Lynn einen zärtlichen Kuss auf die Wange gab.

»Hassen Sie mich noch, Mrs DeFalco?«

Meine Mutter zögerte. Einen Moment lang dachte ich, sie wolle leugnen, sie jemals gehasst zu haben, aber es war Zeit für die Wahrheit.

»Nicht mehr.«

»Warum nicht?«

Meine Mutter zuckte mit den Schultern. »Was würde das denn bringen?«

Lynn schluckte. »Das ist ziemlich großzügig von Ihnen.«

»Nein, das ist es nicht. Es ist das einzig Richtige. Früher oder später erkenne ich immer, was das Richtige ist. Meistens später.«

»Danke, Mrs DeFalco.«

»Nenn mich Donna. Ich bin jetzt gar nicht mehr so viel älter als du.«

Sie hatte recht. Wir waren jetzt alle erwachsen. Wir wussten alle, wie schlimm es war, einen Schicksalsschlag zu erleiden, und wie schwierig, wieder auf die Beine zu kommen.

Und doch steht man immer wieder auf. Was soll man auch sonst tun?

Meine Mutter drückte ihre Hand sanft gegen Lynns Wange. »Tut mir leid um deine Mutter. Sie war ein guter Mensch.«

Lynn legte ihr Gesicht an die Schulter meiner Mutter und weinte. Meine Mutter streichelte ihr Haar.

»Schon gut, meine Liebe. Ich kümmere mich um alles.«

Die meisten Leute fühlen sich wie gelähmt, wenn ein geliebter Mensch stirbt. Was muss man tun? Wie funktioniert das alles? Meine Mutter wusste, wie alles funktionierte. Sie war diejenige, die dafür sorgte, dass es funktionierte, sie war die Schmiere, die die vielen komplizierten Zahnräder der Trauermaschinerie am Laufen hielt. Sie bettete Lynn auf die Wohnzimmercouch, zog ihre Schuhe aus, deckte sie mit einer dünnen Decke zu und sagte, sie brauche mich in der Küche.

»Schäl mal die Karotten für mich fertig, ja, Michael?«

Das tat ich, während sie das Telefon bediente wie ein Börsenmakler und alles arrangierte, vom Sarg bis zum Grabstein, ohne Pause. Lynn werde keinen Penny zahlen müssen, flüsterte sie mir heimlich zu, sie werde dafür sorgen, dass alle Ausgaben vom Versicherungsbudget der Feuerwehrwitwen abgedeckt wurden.

»Mach dir keine Sorgen«, sagte sie und zwinkerte mir zu. »Ich passe gut auf dein Mädchen auf.«

Mein Mädchen.

Als ich die Karotten fertig geschält hatte, schlief Lynn tief und fest wie ein Kindergartenkind beim Mittagsschlaf. Ich setzte mich auf die Armlehne der Couch und streichelte ihr übers Haar, ganz vorsichtig, um sie nicht zu wecken. In der Küche hörte ich meine Mutter sagen: »Da können Sie mir aber schon noch ein bisschen entgegenkommen«, und ich wusste, dass sie mit dem Floristen sprach und dabei war, den Preis eines gemischten Nelkenkranzes für Mrs Mahoneys letzten Abschied zu drücken.

Und inmitten dieses ganzen Wahnsinns gab es ein Baby irgendwo in Massachusetts, ein Baby, dessen Mutter nicht mehr lebte und dessen Vater wahrscheinlich ich war.

Das konnte ich Lynn nicht erzählen. Noch nicht.

Bald.

Der Tag der Totenwache.

Ruth Brady Mahoney lag in einem einfachen grauen Kleid in ihrem Sarg, ein Lächeln auf ihrem Gesicht, das ich zu Lebzeiten nie an ihr gesehen hatte. Es waren nicht viele Leute da, und die, die kamen, stürmten schnell herein, um ihr die letzte Ehre zu erweisen, und verschwanden wieder, als hätten sie alle in zweiter Reihe geparkt. Mrs Mahoney war eine kleine Kuriosität. Der Nachruf in der Lokalzeitung präsentierte sie als die Witwe des legendären *Burning Angel* und als Mutter von vier Feuerwehrmännern, die alle in demselben schrecklichen Feuer umgekommen waren.

So kamen auch ein paar völlig Unbekannte, um einen Blick auf dieses menschliche Sammelbecken für Leid und Elend zu erhaschen, so wie sie auch anhalten würden, um ein Autowrack am Straßenrand zu begaffen.

Lynn saß genau so vor dem Sarg, wie sie am Krankenhausbett ihrer Mutter gesessen hatte. Sie schien eigenartig ruhig, und ich fragte mich, ob sie vielleicht ein Beruhigungsmittel genommen hatte.

Ich setzte mich neben sie. In dem Moment waren wir beide allein im Zimmer, abgesehen von der Leiche.

»Kann ich dir was bringen?«

Sie schüttelte den Kopf und sah mich an. »Schöner Anzug.«

Ich trug einen dunkelgrauen Anzug, den ich zuletzt in der Highschool getragen hatte. Die Hosenbeine waren ein bisschen zu kurz geworden, aber meine Mutter hatte den Saum herausgelassen.

Ich streckte die Arme aus, sodass meine Hemdsärmel sichtbar wurden. »Gefällt er dir wirklich?«

»Steht dir wirklich gut.«

»In dem Anzug wollte ich mit dir zum Abschlussball gehen.«

Ihre Augen weiteten sich. »So alt ist der schon?«

»Riechst du nicht die Mottenkugeln?«

»Mit wem bist du denn zum Ball gegangen?«

»Ich war nie auf irgendeinem Abschlussball.«

»Ich auch nicht.«

»Na ja, ich bin sicher, da haben wir nicht viel verpasst.«

Sie wandte ihren Blick zu dem Sarg. »Komisch, kein einziger meiner Brüder hat je geheiratet. Meine Mutter hatte keine Schwiegertöchter, keinen Schwiegersohn, keine Enkel. Nur noch ich bin übrig. Der letzte Mahoney-kaner.«

Sie streichelte meine Wange. »Lass mich einen Moment allein, ja, Mickey?«

Das tat ich, und im Flur lief ich Carmine Eruzione über den Weg. »Mickey!« Ein geisterhaftes Lächeln erhellte sein Gesicht. »Lang nicht gesehen!«

Eruzione war dünn wie ein Windhund. Seine Augen sahen aus wie vergilbte Tischtennisbälle und lagen tief in ihren knochigen Höhlen, die Wangen waren eingefallen. Er sah mürrisch aus wie jemand, der immer das Schlechteste von den Menschen erwartet. Die wenigen verbliebenen Strähnen grauen Haars an den Seiten des Kopfes waren zurückgegelt. Er konnte sechzig Jahre alt sein oder neunzig.

Man sah ihn an und hätte schwören können, dass er höchstens noch eine Woche zu leben hatte, nur dass er schon seit fünfundzwanzig Jahren so aussah. Gevatter Tod, so schien es, ließ diesen Bestatter immer wieder von der Schippe springen. Sie waren ja quasi Kollegen.

Er streckte mir zur Begrüßung eine Hand hin, die nur noch aus Haut und Knochen bestand. Es war, als griffe man in einen Beutel voll Wäscheklammern. Ich hoffte, dass er nicht bemerkte, wie ich erschauerte.

»Wie geht es dir, Junge?«

»Es geht mir gut, Mr Eruzione«, log ich.

Meine Stimme zitterte. Ich konnte es nicht ändern. Auch jetzt fürchtete ich mich noch vor ihm. Sein Geruch hüllte mich ein wie ein Nebel, ein süßes, fruchtiges Eau de Cologne und die Pfefferminznote seiner Drops. So schlimm er auch aussah, er roch gut. Er legte eine Hand auf meine Schulter.

»Was für ein Schlag, nicht wahr?«

»Ja, es ist schlimm.«

»Nun ja, wir müssen alle irgendwann sterben, habe ich recht?«

»Sie müssen es ja wissen.«

»Hey, willst du mal was Lustiges hören? Nichts zum Lachen, aber komisch im Sinne von eigenartig?«

»Klar.«

»Sie ist am gleichen Tag gestorben, an dem damals ihre Söhne umgekommen sind. Elf Jahre später, auf den Tag. Erinnerst du dich an den Tod dieser vier Feuerwehrmänner? Madonna, das war ein Wahnsinn. Der Laden war gerammelt voll. Ich musste zusätzliche Stühle besorgen. Überall liefen Fernsehteams rum … du warst damals nicht da, oder, Mickey?«

Es war, als redete er über ein denkwürdiges Footballspiel.

»Ich habe es verpasst«, sagte ich.

»Wie auch immer, das ist bloß einer dieser ironischen Zufälle im Leben.«

»Sagen Sie es nicht Lynn. Wenn Sie es nicht schon getan haben.«

»Keine Sorge. Es ist mir nur aufgefallen, weil ich die Unterlagen der Familie durchgeblättert habe. Ich sage kein Wort.«

Er machte eine Geste, als verschlösse er seinen Mund mit einem Reißverschluss, zwinkerte mir zu, was grauenvoll aussah, und grinste so breit, dass ich sehen konnte, wie weit das Zahnfleisch sich schon von seinen langen Pferdezähnen zurückgezogen hatte. Dann glitt er davon, und ich war ein wenig überrascht, dass er keinen Umhang umhatte und keine Sichel bei sich trug.

Er würde gleich das sechste Mitglied der Familie Mahoney begraben, und nur eines war noch übrig.

Ich wandte mich hastig zum Gehen und stieß mit meiner Mutter zusammen.

Die ganze Zeit hatte sie sich um alles gekümmert – den Trauernden Wassergläser gebracht, Taschentücher verteilt, Blumenarrangements zurechtgerückt …

»Mama. Wie machst du das?«

Sie legte verwundert den Kopf schief. »Was meinst du?«

Ich zeigte auf die Tafel mit den weißen Buchstaben, aus denen sie am Vormittag den Namen »Mahoney« zusammengestellt hatte, darunter ein kleiner Pfeil, der den Weg wies.

»Tagein, tagaus so etwas zu tun. Macht dich das nicht fertig?«

»Natürlich tut es das.«

»Warum machst du es dann?«

»Weil ich es kann, und die meisten Leute können es nicht.«

Ich starrte sie an. Sie war entweder genial oder vollkommen irre, kalt wie ein Fisch oder warmherziger, als ich es je verstehen konnte, ein Soldat, der weitermarschierte, egal, was geschah. Aber neben allem anderen war sie auch noch meine Mutter. Sie hatte mich auf die Welt gebracht, ob es mir gefiel oder nicht, und so schlimm war das vielleicht gar nicht.

»Geh zu Lynn«, sagte meine Mutter. »Sie braucht dich.«

Ich ging in das Zimmer und sah Lynn von hinten, die ihren Kopf an die Schulter eines Mannes gelehnt hatte. Ich spürte eine stechende Eifersucht, bis ich realisierte, dass der Mann mein Vater war.

Steady Eddie sah elegant und adrett aus in Jackett und Krawatte, aber er war angespannt. Das war das Revier seiner Frau, und er war nur ein widerstrebender Besucher.

Er steckte einen Finger in seinen Kragen und zog daran. »Diese Krawatte bringt mich noch um«, sagte er zu Lynn. »Wie machen die anderen das nur?«

»Ich weiß nicht, Mr DeFalco.«

»Eddie, nenn mich Eddie, um Himmels willen.«

»Okay, Eddie. Ich weiß nicht, wie die Leute das machen.«

»Das ist ein Galgenstrick, ich schwöre bei Gott. Ich kenne wirklich keinen vernünftigen Grund, warum man eine Krawatte tragen sollte. Ich schätze, dass ich darum nie zur Führungskraft aufgestiegen bin.«

Lynn musste, gegen seine Brust gekuschelt, tatsächlich kichern. Ich wusste, was los war. Sie fühlte sich sicher bei meinem Vater. Er brachte sie zum Lachen, lenkte sie ab von der schrecklichen Sache, wegen der wir hier waren.

Er tat, was ich hätte tun sollen, was ich schlau genug hätte sein sollen zu tun. Er verhielt sich wie ein Mann.

Plötzlich spürte ich eine Hand auf meinem Ellenbogen, und meine Mutter führte mich in eine Ecke des Raumes, wo das Kondolenzbuch lag.

»Ist es bald vorbei, Mama?«

»Ja, bald.«

»Spricht noch ein Priester ein Gebet oder so was?«

»Nein. Du wirst stattdessen dein Lied singen.«

Sie sagte es, als wäre es die vernünftigste Sache der Welt.

»Mama. Bist du verrückt?«

»Habe ich dir je gesagt, wie sehr ich dein Lied mag, Michael?«

Das war vielleicht eine Frage. In all den Jahren hatte sie nie eine Meinung über *Sweet Days* geäußert. Sie hatte darum herumgeredet, gesagt, dass ich mein musikalisches Talent von ihrer Seite der Familie geerbt hatte und solche Dinge, aber sie hatte nie etwas Gutes über den Song selbst gesagt.

»Wenn ich darüber nachdenke, Mama, nein, hast du nicht.«

»Das war falsch von mir, Michael. Dein Lied ist wunderschön. Es ist zärtlich und ergreifend, und es drückt viel besser den Verlust eines geliebten Menschen aus, als es ein Priester könnte.« Sie berührte meine Wange.

»Sing es. Sing aus tiefstem Herzen.«

»Ich kann nicht.«

»Doch, das kannst du. Du hast dein Herz zurück, also nutz es. Und sing.«

»Mama …«

»Vertrau mir. Vertrau mir einfach.«

»Es gibt keine Musik.«

»Ich denke, es funktioniert auch ohne Musik. Der Text ist beinahe wie ein Gebet. Was meinst du, Michael?«

Ich meinte gar nichts mehr. Ich ließ es geschehen. Meine

Mutter trieb die Trauergäste in einer kapellenartig gestalteten Ecke in der Nähe des Eingangs zusammen. Sie hob die Hand, damit das Murmeln verstummte.

»Normalerweise beenden wir diese Abende mit einem Gebet«, begann sie. »Aber heute tun wir das mit einem Lied meines Sohnes.«

Sie winkte mich zu sich nach vorn, fasste mich an den Schultern, um mich genau an der richtigen Stelle zu positionieren wie ein Schulfotograf, der einen schüchternen Schüler vor der Kamera platziert, und dann war sie verschwunden.

Alles wartete. Ich räusperte mich und sang das Lied, das ich mich für Rosalind Pomer zu singen geweigert hatte, das Lied, das ich mich für Eileen Kavanaghs »sterbenden« Enkel zu singen geweigert hatte, das Lied, das mich berühmt gemacht und zerstört hatte.

Meine Stimme war über die Jahre tiefer und rauer geworden, und zum ersten Mal fürchtete ich nicht, dass ich den Text vergessen könnte. Ich war dieses Lied.

Alle starrten mich an. In dem Moment betrat Patrick Wagner den Raum, in Anzug und Krawatte und Hand in Hand mit Scarlett. Und auch John Flynn tauchte auf, den Arm um Charlottes Hüfte gelegt.

Mein Vater hatte seinen Arm um Lynns Schultern gelegt. Tränen liefen über sein Gesicht, und auch in Lynns Augen schwammen Tränen. Sie sah mich an, in mich hinein, durch mich hindurch …

Als ich mit Singen aufgehört hatte, stand ich einfach nur da und schaute sie alle an. Einen schrecklichen Moment lang dachte ich, sie würden vielleicht applaudieren, aber das taten sie nicht. Es herrschte Stille, und ich meine, totale Stille – kein Husten, kein Räuspern, nichts. Nach ein paar Sekunden ließ ich den Kopf sinken und schloss die Augen, und das nahmen sie als Signal, auseinanderzugehen.

Mein Vater klopfte mir auf den Rücken, und dann sagte Lynn etwas Merkwürdiges und zugleich sehr Wahres.

»Jetzt bist du endlich erwachsen, nicht wahr?«

»Ich schätze schon, Lynn.«

»Danke, Mickey. Das hat mir viel bedeutet.«

Ich stellte Lynn Patrick und Scarlett vor. Patrick hatte jetzt eine kleinere Bandage auf der Nase, und sein blaues Auge war dunkler als am Tag zuvor. Er sah aus wie ein Waschbär auf Steroiden, groß und stark und ein bisschen benommen nach der Gehirnerschütterung.

»Mein herzliches Beileid«, sagte er zu Lynn, was etwas einstudiert klang.

Auch John Flynn drückte Lynn sein Beileid aus, zog sie zum Abschied in eine Umarmung und sagte dann zu Patrick und mir, dass wir etwas unter sechs Augen zu besprechen hätten. Wir gingen in die Männertoilette, ein makellos sauberer Raum aus Porzellan und schwarz-weißen Fliesen im Schachbrettmuster. Er steckte die Hand in die Tasche und zog zwei Bündel mit Geldscheinen heraus, mit einem Gummiband darum.

»Euer Geld, Jungs.«

Es war Freitag, Zahltag. Wir waren an dem Tag nicht bei der Arbeit gewesen, aber Flynn war es wichtig, dass alles Geschäftliche korrekt ablief.

Meinen Lohn während einer Totenwache zu erhalten irritierte mich ein wenig, aber noch irritierender war die Dicke der Geldbündel. Es waren viel zu viele Scheine. War der Mann emotional so aufgewühlt, dass er nicht mehr richtig zählen konnte?

»Das ist viel zu viel«, sagte ich.

»Ja, Mr Fynn, das ist doppelt so viel wie normalerweise«, fügte Patrick hinzu.

Flynn räusperte sich. »Es ist eine Woche Abfindung dabei, zusätzlich zu dem, was ich euch schulde.«

»Abfindung?«

Flynn nickte, seine Hängebacken wackelten dabei wie die einer Bulldogge. »Es ist vorbei, Jungs. Ich habe heute alle Kunden angerufen und ihnen gesagt, dass ich aus dem Geschäft raus bin. Die Saison ist sowieso gerade vorbei.«

Ich brauchte einen Moment, bis seine Worte zu mir durchdrangen. Ich war also wieder arbeitslos.

»Warum?«

»Ich bin müde, Mick. Ich weiß, ich tue nicht viel, aber ich bin es leid, die Beschwerden der Kunden anzuhören, ich bin es leid, dem Geld hinterherzulaufen, bin die Leute leid, die mir immer wieder versichern, der Scheck wäre in der Post … ich weiß auch nicht.« Er strubbelte Patrick durchs Haar. »Der Gedanke ist mir gestern gekommen, als ich dachte, dieser Schwachkopf würde unter dem Truck landen. Das Leben ist zu kurz. Charlotte und ich machen uns auf nach Florida, sobald wir das Haus verkauft haben.«

Patrick und ich starrten Flynn an. Dann streckte Patrick ihm die Hand mit dem Geldbündel entgegen.

»Ich schulde Ihnen was für den Rasenmäher, den ich geschrottet habe, Mr Flynn.«

Flynn ignorierte das Geld und zog eine Augenbraue hoch. »Gehst du nun auf die Purdue, oder nicht?«

Patrick holte tief Luft und straffte die Schultern wie ein Marineoffizier. »Ja, Sir, das werde ich.«

»Gut. Dann muss ich dich nicht umbringen.«

Er wandte sich zu mir und zeigte streng auf mich. »Sieh zu, dass in deinem Leben etwas vorangeht. Verstehst du? Verschwinde aus Little Neck, zum Teufel.«

»Das werde ich.«

»Sonst komme ich zurück und trete dir in den Hintern.«

Er umarmte Patrick, dann mich. »Übrigens«, sagte er, »dieser Song war das Schönste, was ich je gehört habe.«

Mit diesen Worten war Flynn verschwunden. Patrick steckte sein Geld ein, dann drehte er sich mit rotem Gesicht zu mir um.

»Dann arbeiten wir wohl nicht mehr zusammen, was, Mick?«

»Wohl nicht.«

»Dann ist das der Abschied, oder?«

»Sieht so aus.«

Er streckte die Hand aus, um meine zu schütteln. »Es war toll, mit dir zu arbeiten … Schreibst du mir mal?«

Ich schüttelte seine Hand, dann zog ich ihn in eine Umarmung. »Viel Glück, kleiner Bruder. Geh und zeig diesen Pfeifen in Indiana, wie man richtig spielt.«

Ich küsste seine Wange. Er löste sich aus der Umarmung und verließ sichtlich bewegt die Toilette.

Ich ging ans Waschbecken, spritzte mir kaltes Wasser ins Gesicht und dachte, dass ein Bestattungsinstitut eigentlich ein passender Ort war, um zu erfahren, dass man seinen Job verloren hatte. Das Licht flackerte, ein Zeichen dafür, dass sie zumachen wollten.

Ich ging hinaus und sah meine Eltern mit Lynn am Rand des Parkplatzes stehen.

»Nun, Michael«, sagte meine Mutter, »ich würde sagen, das mit dem Lied hat gut funktioniert.«

»Stimmt.«

Sie war nicht zu bremsen und sagte uns auch jetzt, wo es langging.

»Eddie, du holst das Auto«, forderte sie meinen Vater auf. »Michael, du bleibst heute Nacht bei Lynn. Sie sollte nicht allein sein.«

Lynn äußerte keine Einwände, und ich hatte auch nichts dagegen. Ich hoffte nur, dass die Instinkte meiner Mutter bei den Lebenden genauso gut funktionierten wie bei den Toten.

KAPITEL 33

Eddie und Donna wünschen uns eine gute Nacht, als hätten sie uns gerade zum Abschlussball gefahren. Wir schauen ihnen nach, wie sie wegfahren, bevor wir ins Haus gehen.

»Wir wär's mit einem Drink, Mickey?«

»Gute Idee.«

Sie holt die Whiskeyflasche hervor. Wir sitzen nebeneinander auf der Wohnzimmercouch. Ich löse meine Krawatte, nehme einen kleinen Schluck Whiskey, nur so viel, um meine Lippen anzufeuchten. In dieser Nacht steht für mich alles auf dem Spiel, und ich werde jede einzelne Gehirnzelle brauchen.

Lynn nippt ein paar Mal von ihrem Whiskey; sie behält ihn eine Weile im Mund, bevor sie runterschluckt. Ich bin dabei, für meine Märchenerzählung von einem Mann, einer Frau und einem Baby, die glücklich zusammenleben bis ans Ende ihrer Tage, Mut und Kraft zu sammeln. Doch sie kommt mir zuvor.

»In ein paar Tagen fahre ich weg. Für immer.«

Ich bin entsetzt, aber ich hätte damit rechnen müssen. Lynn hatte nie vorgehabt, länger in Little Neck zu bleiben.

»Wo willst du hin?«

»Weit weg von hier.«

»Und was passiert mit dem Haus?«

»Das ist seit heute Abend offiziell auf dem Markt.« Sie reicht mir eine Visitenkarte. »Sie hat wirklich keine Zeit verloren.«

Eileen Kavanagh Realty stand auf der Karte.

»Das ist ziemlich geschmacklos.«

Lynn zuckt mit den Schultern. »Eine Totenwache ist auch etwas ziemlich Geschmackloses. Lauter Leute, die sich um eine Leiche versammeln und darüber reden, was sie später essen wollen.«

»Warum hast du es dann so gemacht?«

»Ich weiß nicht. Deine Mutter hat die ganze Sache irgendwie einfach übernommen, und ich habe es geschehen lassen. Ich schätze, es hat mir einfach gutgetan, dass sich mal jemand um mich kümmert. Es ist lange her, dass sich jemand …«

Sie kann den Satz nicht beenden. Sie nippt wieder an ihrem Whiskey und blinzelt die Tränen zurück. »Deine Mutter ist in Ordnung.«

»Da hast du recht. Ich habe bis jetzt gebraucht, um das zu erkennen.«

»Da hast du Glück. Die meisten Leute erkennen es nie.«

Ich lege meine Arme ausgebreitet auf die Rückenlehne der Couch und hoffe, dass Lynn sich an mich lehnt. Aber das tut sie nicht. Sie lehnt sich weg von mir. Ich schaue in die andere Richtung, lasse meinen Blick durch das Zimmer schweifen. Überall stehen Sachen herum, ein riesiges Durcheinander.

»Ziemlich viel zum Einpacken.«

»Nein. Es bleibt alles hier außer meiner Kleidung. Das ist der Deal, den ich mit Eileen Kavanagh geschlossen habe. Sie kümmert sich um alles.«

»Sie wird einen Hinterhofflohmarkt veranstalten.«

»Nein, wird sie nicht.«

»Nein?«

Lynns Gesicht verdunkelt sich und nimmt einen eigenartigen Ausdruck an. In ihr tobt ein Sturm. Dann nickt sie, als stimmte sie den Worten zu, die ihr ein unsichtbarer Dämon ins Ohr flüstert.

»Ich habe meine Meinung geändert«, sagt sie. »Es wird keinen Hinterhofverkauf geben. Es wird überhaupt keinen Verkauf geben.«

»Wovon zum Teufel redest du, Lynn?«

Sie schaut mich an, wie um abzuschätzen, ob sie mir anvertrauen kann, was nun kommt.

»Ich habe eine bessere Idee«, sagt sie schließlich.

Sie geht zur Hintertür hinaus und kommt eine Minute später mit einem großen roten Kanister zurück. Er ist so schwer, dass sie ihn nur mit Mühe tragen kann. Sie stellt ihn auf den Boden und schraubt den Deckel ab. Dann hebt sie den Kanister wieder an und verschüttet den Inhalt entlang der Fußleisten.

Es ist Benzin. Natürlich.

»Heiliger Himmel, Lynn, bist du verrückt?«

»Lass es mich tun, Mickey!«

Ich reiße ihr den Kanister aus den Händen. Sie versucht, ihn mir wieder wegzunehmen.

»Jetzt sind alle tot!«, schreit sie. »Lass mich dieses beschissene Mausoleum niederbrennen!«

Sie schafft es nicht, mir den Kanister aus den Händen zu winden, also gibt sie auf und schlägt mir stattdessen ins Gesicht, einmal, zweimal, dreimal, bei jedem Schlag ein bisschen weniger kräftig. Dann gibt sie sich geschlagen und sinkt auf die Couch. Das Zimmer stinkt nach Whiskey und Benzin. Das Zeug auf dem Boden verdunstet bereits.

Ich drehe den Deckel wieder auf den Kanister, trage ihn zur Hintertür und werfe ihn so weit wie möglich in den Dschungel des Gartens hinaus. Dann gehe ich zurück ins Wohnzimmer und öffne alle Fenster.

»Du wirst dieses Haus nicht anzünden«, sage ich so ruhig wie möglich. »Hier hat es oft genug gebrannt.«

»Ich werde es tun, sobald du weg bist.«

»Ich gehe nicht weg.«

»Doch, das wirst du.«

»Du hast recht. Ich gehe weg. Aber ich habe eine Neuigkeit für dich, Baby, du kommst mit.«

Ihre Augen sind rot und klar. Es ist offensichtlich, dass sie keine Kraft mehr hat.

»Gib auf, Mickey, bitte. Das ist das Beste für uns beide. Gib auf, es ist zu spät.«

»Hör mir zu, Baby. Gib mir nur noch ein paar Minuten.«

Ich trage das Foto des kleinen Aaron in der Hemdtasche bei mir, und ich kann es kaum erwarten, es ihr zu zeigen, es ihr einfach zu reichen, ohne ein weiteres Wort, aber bevor ich meinen Sohn ins Spiel bringen kann, muss ich die Sache zwischen Lynn und mir klären, und die Worte, die ich dafür wähle, sind ziemlich simpel.

»Lynn, ich will mit dir bis ans Ende unserer Tage zusammen sein.«

Sie schließt fest die Augen und schüttelt den Kopf. »Lass es gut sein, Mickey«, sagt sie sanft. »Um deiner selbst willen, lass es gut sein.«

Aber das kann ich nicht, genauso wenig, wie ich nicht aufhören kann zu atmen.

»Hör zu. Flynn hat den Laden dichtgemacht. Ich bin frei. Siehst du? Wir sind beide gleichzeitig frei, zu gehen. Das ist Schicksal.«

»Du weißt ja nicht mal, wo ich hinwill.«

»Egal wohin, Hauptsache weg aus Little Neck.«

»Mickey. Bitte hör auf zu träumen.«

»Genau das versuche ich ja. Ich habe endgültig die Nase voll davon, immer nur von dir zu träumen. Ich will das wahre Leben. Wir sind so nah dran, Lynn.«

Sie starrt blicklos in die Weite, als betrachtete sie einen weit entfernten gefährlichen Stern, den meine Augen nicht wahrnehmen können.

»Lynn, schau mich an. Ich könnte es wirklich nicht ertragen, wenn du mich noch einmal verlässt.«

Sie wendet mir den Blick zu und schaut mich durchdringend an. Was immer es ist, was sie so lange für sich behalten hat, jetzt kann sie es nicht mehr verstecken.

Das entfernte, schwermütige Pfeifen des Zuges der Long Island Railroad nach Manhattan durchdringt die Stille. Wenn man einen Zug so deutlich pfeifen hört, bedeutet das, dass die Wolken tief hängen, dass es bald regnen wird, und kurz darauf beginnt es tatsächlich zu regnen, ein zartes, beinahe knisterndes Geräusch auf dem wuchernden Rasen im Garten der Mahoneys. Dieses Geräusch gibt den Anstoß, dass Lynn mir endlich erzählt, was sie all die Jahre verschwiegen hat.

»Mickey«, beginnt sie, »ist dir je der Gedanke gekommen, dass ich versucht habe, dir etwas zu ersparen?«

»Was denn?«

»Schreckliche Dinge, die du nicht verdient hast. Dinge, mit denen du nicht hättest umgehen können.«

»Womit ich nicht umgehen konnte war, dass du einfach verschwunden bist, als hätte ich für dich aufgehört zu existieren.«

Sie zittert. »Tut mir leid.«

»Mir auch. Aber wir können das hinter uns lassen.«

Sie schüttelt den Kopf, und die Tränen, die vorher in ihren Augen geschwommen haben, strömen ihr jetzt über die Wangen.

»Erinnerst du dich, dass du gesagt hast, dass wir die wirklich wichtigen Dinge voneinander wissen müssen? Nun, die wirklich wichtigen Dinge weißt du von mir nicht.«

Ich traue mich, ihr übers Haar zu streicheln. Sie lässt es zu.

»Erzähl es mir einfach, Lynn. Es ist der richtige Moment dafür. Die Zeit ist gekommen. Rede mit mir, als ginge morgen die Welt unter, okay? Denn wenn ich dich noch einmal verliere, dann ist es genau das, was für mich passiert.«

Sie sieht mich an, dann hält sie sich die Nase zu. »Ich ertrage den Gestank hier drinnen nicht. Lass uns rausgehen. Nimm den Whiskey und die Gläser mit.«

Wir setzen uns auf die Türschwelle, wie wir es früher oft getan haben. Der Regen hat schon wieder aufgehört. Lynn gießt sich Whiskey nach. Sie sieht ein bisschen aus wie eine Schauspielerin in einem Film aus den Vierzigern, eiskalt, Bette Davis, die kurz davorsteht, jemandem eine Kugel zwischen die Augen zu jagen.

Doch das ist nur ihr Äußeres; ihre Stimme klingt ganz anders. Sie spricht leise, aber deutlich. Sie klingt wie die Stimme in einem Traum, in einem Albtraum.

Es ist die Stimme eines Kindes im Dunkeln.

Manchmal beginnen die schlimmsten Dinge auf der Welt ganz alltäglich. Sie geschehen nicht, vielmehr tauchen sie plötzlich auf, zeigen ihr wahres Gesicht, und man fragt sich, wie das Leben war, bevor es zur Horrorshow wurde.

Als Lynn Mahoney fünfzehn Jahre alt war, verabscheute sie ihren Vater dafür, wie er die drei wichtigsten Menschen in ihrem Leben behandelte – ihre Mutter, ihren Bruder Brendan und mich.

Walter Mahoney war nicht irgendein Feuerwehrmann, der hoffte, seine zwanzig Jahre bis zur Rente unbeschadet zu überstehen. Er war ambitioniert. Er hatte seinen Ruhm als *Burning Angel* für eine steile Karriere bei der Feuerwehr genutzt. Das preisgekrönte Foto von ihm, wie er einen kleinen Jungen in Sicherheit bringt, während sein eigener Körper in Flammen steht, war in der ganzen Welt abgedruckt worden. Mit nicht mal dreißig Jahren wurde er Kapitän. Und wenn über ihn als *Burning Angel* berichtet wurde, zeigte er sich immer mit seiner Frau und den Kindern. Zumindest auf den Bildern waren sie eine intakte Familie.

»Während ich da draußen bin und Feuer lösche«, pflegte er zu sagen, »ist meine Frau hier und kümmert sich um das Feuer im Herd.«

Das war tolles Pressematerial. Er hatte ein großes Talent für die Selbstvermarktung. Alle liebten die Mahoneys. Und von Anfang bis Ende war alles nur eine große Farce.

Der Kapitän missbrauchte seine Frau, war ein aggressiver Alkoholiker und die Art von Vater, der von seinen Kindern erwartet, dass sie tun, was man ihnen sagt, dass sie beim ersten Wort spuren, wenn nicht schon vorher.

Seine Frau hatte für die Mahlzeiten zur Verfügung zu stehen, für die Wäsche und den Sex, nicht unbedingt in dieser Reihenfolge. Die Mahoneys waren der typische Fall von dem Highschool-Pärchen, das heiratete, weil es keinen triftigen Grund gab, nicht zu heiraten. Walter redete mit seiner Frau, als betrachte er sie als eine niedrige unkündbare Angestellte. Und sie hatte sich darein gefügt.

Walter Mahoney war nicht glücklich, aber er hielt sich für einen guten Katholiken, und darum war eine Scheidung undenkbar. Ruth hatte ihm fünf kräftige, gesunde Kinder geboren. Er blieb bei ihr, egal, was geschah.

Was ihm nie in den Sinn kam, war der Gedanke, dass Ruth vielleicht nicht bei ihm bleiben wollte.

Sie war zu bewundern. Eine Frau in den Vierzigern, die plötzlich beschloss, dass sie genug Elend ertragen hatte. Sie hatte nur einen Highschoolabschluss und überhaupt keine Berufserfahrung, aber Ruth Brady Mahoney war bereit, ihn zu verlassen, wild entschlossen, lieber eine Reise ins große Unbekannte zu wagen, als für den Rest ihres Lebens an der Seite des *Burning Angel* die Zähne zusammenzubeißen. Sie hatte einen Schlag zu viel abbekommen, körperlich und seelisch.

Eines Nachts packte sie tatsächlich ihre Taschen und war fest entschlossen, den Bus nach Scranton, Pennsylvania, zu nehmen, wo ihre Schwester wohnte, um dort ein neues Leben anzufangen. Die drei ältesten Söhne waren inzwischen auch bei der Feuerwehr und waren in eine eigene Wohnung gezogen, nicht weit von der Feuerwache in der Bronx entfernt, wo sie stationiert waren. Lynn und Brendan, die Jüngsten, waren jetzt die einzigen Kinder im Haus. Wenn Ruth in Scranton untergekommen war, wollte sie sie holen – in ein, spätestens zwei Wochen.

Es war ihr ernst, und das spürte der Kapitän. Er spielte ihr an dem Tag die beste Komödie seines Lebens vor und bettelte sie an, bei ihm zu bleiben – nicht für immer, nur so lange, bis seine nächste Beförderung abgesegnet war. Walter Mahoney wollte alles. Er wollte es bis nach ganz oben schaffen, zum Branddirektor für ganz New York.

Es ging ihm nicht nur um den Ruhm, den die Beförderung bedeutete. Er wollte auch das Geld. Die neue Stelle beinhaltete einen großen Gehaltssprung, der seine zukünftigen Rentenbezüge so weit erhöhen würde, dass sie damit ihrer beider Leben unabhängig voneinander finanzieren könnten.

Doch würde ein so prominenter Posten niemals mit einem Mann besetzt, der in Scheidung lebte. Bis die Beförderung durch war, mussten sie darum zusammenbleiben, um den schönen Schein zu wahren.

Ruth ließ sich auf den Deal ein, aber sie stellte eine unverhandelbare Bedingung: Der Kapitän würde nicht länger das Bett mit ihr teilen. Sie würde kochen und saubermachen wie vorher, aber Sex war der Teil der Scharade, den sie sich weigerte fortzusetzen.

Der Kapitän akzeptierte. Was sollte er anderes tun? Er richtete sich mit einer Liege, einem alten Schreibtisch und einer Leselampe im Keller ein. Er hätte auch eines der ehemaligen Zimmer seiner drei ältesten Söhne beziehen können, aber er wollte nicht, dass sie erfuhren, was los war, wenn sie überraschend zum Abendessen kamen. Sie idealisierten ihren Vater und waren blind für seine Fehler.

Nur Lynn und Brendan kannten die Wahrheit. Lynn fand, dass der alte Bastard genau das bekam, was er verdiente, aber Brendan hatte Mitleid mit seinem Vater, trotz der qualvollen Jahre, die er durchlitten hatte, dafür, dass er nur widerwillig boxte, ein katastrophaler Baseballspieler war und rundum eine komplette Enttäuschung als Sohn.

»Meine andere Tochter«, spottete der Kapitän manchmal, wenn er von Brendan sprach.

Trotz der Grausamkeit seines Vaters blieb Brendan loyal wie ein Collie. In der ersten Zeit, nachdem der Kapitän in den Keller gezogen war, ging er abends runter zu ihm, um zu schauen, ob er etwas brauchte, aber Walter hatte sich üblicherweise schon mit seinem Whiskey in einen frühen Schlaf getrunken. Er trank jetzt mehr denn je und tauchte verkatert bei der Arbeit auf, manchmal so sehr, dass er kaum seinen Job machen konnte.

Walter Mahoney war noch keine fünfzig und bei guter Gesundheit, abgesehen von den Schäden, die der Alkohol möglicherweise in seinem Körper anrichtete. Ein anderer Mann in der gleichen Situation hätte sich vielleicht eine Freundin gesucht, aber das kam für Walter Mahoney nicht in Frage. Egal, wie vorsichtig er war, irgendwer würde davon Wind bekommen. Er würde entdeckt werden. Und als Ehebrecher würde er es nie zum Branddirektor bringen.

Nein, der *Brennende Engel* musste einen anderen Weg finden, seine körperlichen Bedürfnisse zu befriedigen, einen Weg, der seine Karriere nicht gefährden würde, einen Weg, von dem die Welt nie etwas erfahren würde.

Es musste in den Wänden seines Hauses bleiben, an dem Ort, wo er sich selbst nicht nur als Kapitän oder Direktor fühlte.

Hier war er der König.

Es begann, nachdem er in den Keller gezogen war. Lynn fühlte es zuerst an den langen intensiven Blicken, die er ihr zuwarf. Doch sie sagte sich, dass das nur Einbildung sein konnte.

Dann kam der Kapitän eines Abends aus dem Keller hoch in die Küche, um eine kleine Unterhaltung mit seiner Tochter zu führen, nachdem ich sie nach Hause gebracht hatte.

»Hallo, Prinzessin.«

Seine Worte erschreckten sie. Er wollte mit ihr reden, als hätten sie eine enge Beziehung. Die vertrauliche Ansprache eines Fremden an der Bushaltestelle wäre ihr weniger unangenehm gewesen.

»Papa. Warum bist du noch auf?«

»Ich kann nicht schlafen …«

Ihre Mutter und Brendan waren längst zu Bett gegangen. Es war nach Mitternacht. Sie roch Whiskey im Atem ihres Vaters, aber er schien nicht betrunken, wie er da auf Socken an der

Kellertreppe stand mit seinen um die Knie baumelnden roten Hosenträgern. Er trug immer rote Hosenträger, egal, ob zu Hause oder bei der Arbeit.

»Und, wie geht es dem DeFalco-Jungen?«

Lynn fragte misstrauisch: »Seit wann interessiert dich Mickey, Papa?«

»Ich interessiere mich für dich. Darum frage ich.«

Lynn hätte laut lachen können, als er das sagte, aber das tat sie nicht.

»Es ist alles in Ordnung, danke«, sagte sie schließlich.

»Die Hauptsache ist, dass du aufpasst. Du passt doch auf, oder?«

»Papa, darüber will ich nicht sprechen.«

»Bitte, sag deinem armen alten grauhaarigen Vater, dass du aufpasst, damit ich ruhig schlafen kann.«

Lynn dachte darüber nach. Wir hatten nie Sex gehabt, also war es bis jetzt nicht nötig gewesen, Vorkehrungen zu treffen. Aber wenn sie ihm das sagte, würde er es wahrscheinlich nicht glauben und versuchen, mehr Informationen aus ihr herauszuquetschen. Also entschied sie sich für den einfachsten Weg.

»Ja, Papa«, seufzte sie, »wir passen auf.«

Ein erleichterter Ausdruck trat in seine glasigen Augen, und ein leichtes Lächeln umspielte seine Lippen.

»Die jungen Leute heutzutage sind anders«, sagte er. »Zu meiner Zeit hatte man keinen Sex vor der Ehe.«

»Papa. Bitte.«

»In Ordnung, reden wir nicht darüber … worüber willst du dann reden?«

»Mit dir? Über gar nichts.«

»Na gut, dann rede ich. Ich werde dir eine Geschichte über den *Burning Angel* erzählen, aber du darfst mit niemandem darüber reden. Warte hier, ich bin gleich zurück.«

Er ging hinunter in den Keller und kam mit dem gerahmten preisgekrönten Foto von sich und dem geretteten kleinen Jungen zurück. Es war wirklich ein außergewöhnliches Foto, der

Mund des Jungen stand weit offen, er schrie vor Angst, in den großen Augen von Kapitän Mahoney leuchteten Hoffnung und Entschlossenheit. Und die Flammen, die an seinen Schultern und Ärmeln leckten …

»Tolles Bild, was?«

»Ja, Papa.«

»Es gibt eine Geschichte zu dem Bild.«

»Was denn?«

Der Kapitän kicherte. »Das Ganze ist nur gestellt.«

Lynn war sprachlos. »Wovon redest du?«

»Ich habe den Jungen gerettet, das schon. Es war ein guter Einsatz. Aber wir haben bei dem Bild ein bisschen nachgeholfen, wenn du verstehst, was ich meine.«

»Nein, ich weiß nicht, was du meinst.«

Der Kapitän seufzte. »Der Fotograf ist ein guter Freund von mir. Er stand vor dem Gebäude, als ich reingegangen bin. Ich hab ihm gesagt, dass ich das Gefühl habe, dass in der Nacht etwas Spektakuläres passiert.«

»Dad, sag bloß …«

»Hör einfach nur zu. Wenn das Haus von solchen armen Schluckern brennt, ist die Küche oft voller Fett. Sie kochen viel mit billigem Fett, diese Leute, weißt du? Also brennen überall kleine Fettfeuer.«

Der Kapitän wurde rot, entweder vor Scham oder heimlichem Stolz. »Ich habe ein bisschen von dem brennenden Fett auf meine Schultern geschmiert, bevor ich den Jungen gegriffen habe. Ich wusste, das würde ein super Foto.«

Er unterdrückte ein Lachen. »Ich konnte allerdings nicht wissen, dass es so gut werden würde.«

Lynn traute ihren Ohren kaum. »Daddy. Gütiger Gott.«

Das Gesicht des Kapitäns wurde weich. »Sei nicht böse auf mich, Süße. Ich war jung und ehrgeizig. Der Typ, der das Foto gemacht hat, hat den Pulitzer-Preis dafür bekommen. Den verdammten Pulitzer-Preis!«

Lynn stand da und starrte ihn an, ungläubig, entsetzt und

angewidert. Ihr Vater hatte wertvolle Sekunden in einem brennenden Haus verloren, um sich für das Foto zurechtzumachen! Was, wenn diese Sekunden den Jungen das Leben gekostet hätten?

Es war, als hätte sie die Frage laut gestellt.

»Ich wusste, was ich tat, Lynn«, sagte der Kapitän. »Niemand wurde verletzt, und ein Held war geboren.« Er kicherte. »Die Welt braucht ihre Helden, oder nicht? Also habe ich gedacht, warum nicht mich.«

Lynn sagte nichts. Sie stand still wie ein Fels und wartete, dass ihr Vater sie in Ruhe ließ. Aber er ging nicht. Er schien noch stolzer auf seine kleine Schmierenkomödie zu sein, als wenn das Foto echt gewesen wäre.

»Wie auch immer, der Fotograf ist vor Kurzem gestorben, jetzt bist du die Einzige, die mein Geheimnis kennt. Nur wir beide. Nicht mal deine Mutter weiß davon.«

»Dad. Warum erzählst du mir das?«

»Warum?« Er lachte leise, während er sich Lynn näherte und ihre Wange streichelte. »Weil ich will, dass wir uns nahe sind. Sehr nahe.«

Sie brachte kein Wort heraus und starrte ihn ungläubig an.

Er küsste sie auf die Stirn. »Deine Mutter fährt nächstes Wochenende weg. Gute Nacht, meine Süße.« Er zwinkerte ihr zu und zog sich in den Keller zurück wie ein Vampir im ersten Morgengrauen.

An wen sollte Lynn sich wenden? Ihre älteren Brüder waren keine Option. Sie würden ihr nicht glauben. Ihrer Mutter konnte sie es nicht sagen. Mir konnte sie es nicht sagen. Brendan konnte sie es nicht sagen.

Sie konnte selbst kaum glauben, dass es wirklich geschehen könnte. Doch dann drohte es Wirklichkeit zu werden, an einem Morgen im August, an dem Tag, als Lynn und ich zum letzten Mal zusammen zum Jones Beach fuhren.

Lynn suchte ihre Strandsachen in der Küche zusammen, als

sich der Kapitän plötzlich von hinten an sie heranschlich und sie umarmte. Sie drehte sich um und schubste ihn weg, ein Versuch, der ihn zu amüsieren schien.

»Daddy!«

Er breitete unschuldig die Arme aus. »Ich umarme nur meine Tochter! Kann ich nicht ein bisschen nett zu meiner eigenen Tochter sein?«

»Daddy, tu das nicht.«

»Du verstehst mich nicht, Prinzessin.«

»Ich denke schon.«

Jetzt waren die Fronten geklärt. Der Kapitän, ordentlich angezogen in seiner Uniform, frisch rasiert, duftend nach Eau de Cologne, war die Verkörperung einer Führungsperson, eines wichtigen Mannes unter Männern. Er goss sich nonchalant eine Tasse Kaffee aus der Kanne ein, die seine Frau gekocht hatte, bevor sie übers Wochenende zu ihrer Schwester nach Scranton gefahren war.

Der einzige andere Mensch im Haus war der zwölfjährige Brendan, der fest in seinem Zimmer schlief. Das Timing des Kapitäns war perfekt.

Der Kapitän trank seinen Kaffee aus, spülte die Tasse und stellte sie auf das Abtropfgitter.

»Prinzessin …«

»Und nenn mich nicht Prinzessin. Das konnte ich noch nie leiden.«

Er schien ehrlich überrascht. »Wirklich? Auch nicht, als du ein kleines Mädchen warst und ich dich auf den Schultern durch die Gegend getragen habe?«

Lynn nahm ihre Strandtasche und ging zur Tür. Der Kapitän versperrte ihr den Weg. Er griff ihre Handgelenke. Die Strandtasche fiel zu Boden, als der Kapitän seine Tochter zum Küchentisch zerrte und sie in einen Stuhl drückte. Dann setzte er sich Lynn gegenüber auf den Stuhl, dabei hielt er weiterhin ihre Handgelenke umklammert.

»Lass mich los!«

»Bleibst du sitzen, wenn ich loslasse?«

Sie nickte. Er ließ sie los. Sie blieb sitzen.

»Ich will, dass du heute Nacht bei mir im Keller schläfst.«

»Mein Gott, Daddy. Mein Gott.«

Der Kapitän lehnte sich über den Tisch.

»Ich kann heute Nacht nicht alleine da unten sein. Ich … kann einfach nicht.«

Lynn schlang die Arme um den Körper, als wäre die Temperatur in der Küche auf den Gefrierpunkt gefallen. Er zog seine Taschenuhr hervor, sah nach der Uhrzeit und ließ sie wieder in die Tasche gleiten.

»Hör zu, ich muss zur Arbeit. Wir sehen uns später.«

Als hätten sie gerade eine ganz normale, alltägliche Unterhaltung geführt!

Er zwinkerte Lynn noch einmal zu und grinste breit. »Viel Spaß am Strand, Prinzessin.«

Dann verließ er pfeifend das Haus.

Das war es, was Lynn Mahoney an unserem letzten gemeinsamen Tag am Jones Beach mit sich herumtrug, an dem Tag, der mich zu meinem Song inspiriert hatte. Und ich hatte mich gefragt, ob sie mich nicht mehr liebte.

Sie hatte einen Strandtag lang Zeit, um darüber nachzudenken, was sie tun sollte. Sie konnte zur Polizei gehen, aber was dann? Wahrscheinlich würden sie ihr nicht glauben. Das Wort eines hormongeschüttelten Teenagers würde gegen das des großen Helden stehen. Wahrscheinlich würde sie am Ende zum Therapeuten geschickt.

Sie wusste, dass sie niemandem aus ihrer Familie davon erzählen konnte – aber was war mit mir? Lynn und ich erzählten einander alles, aber das war etwas anderes. Würde ich davon erfahren, würde es mich für immer verändern, so wie es schon sie für immer verändert hatte. Nie wieder würde sie sich so fühlen können wie vorher. Sie hatte den Glauben an das Gute verloren.

Und das wollte sie mir ersparen.

Also behielt sie alles für sich, sie wusste, je tiefer die Sonne am Horizont sank, desto näher kam sie der größten, dunkelsten Entscheidung ihres Lebens. Sie wusste nicht, was sie tun würde, aber eines wusste sie – sie würde Brendan da raushalten.

Sie rief ihren Bruder von einer Telefonzelle aus an und sagte ihm, er solle bei seinem Freund Jeffrey übernachten.

Der Kapitän kam erst kurz vor Mitternacht nach Hause. Er war auf einer tagfüllenden Konferenz über die neuesten Brandbekämpfungstechniken in Manhattan gewesen, gefolgt von einem Bankett in einem Hotel, bei dem auch hohe Feuerwehrbeamte aus dem Großraum New York anwesend gewesen waren.

Lynn saß in der Küche und wartete auf ihn. Sie trug Jeans und einen Pullover, obwohl die Nacht warm war. Der Kapitän betrat leise das Haus, wie er es immer tat, sogar wenn er betrunken war.

»Hallo, Prinzessin.«

Sie konnte den Whiskey in seinem Atem riechen. Er lächelte sie beinahe schüchtern an, als er seine Krawatte löste.

»Brendan schläft?«

»Er ist heute Nacht bei Jeffrey.«

Sie sah den Funken des Triumphs in seinen Augen. Es funktionierte genau so, wie er es geplant hatte. Er streckte die Hand aus wie ein Junge auf einer Party, der ein Mädchen zum Tanzen auffordern will.

»Bereit?«

»Ja, Daddy.«

Er ging voran zu der Tür, die in den Keller hinunterführte. Lynn war seit Jahren nicht dort unten gewesen. Schon als kleines Mädchen hatte ihr der Raum Angst gemacht.

Der Kapitän öffnete die Tür und zog an der Schnur, um das Licht einzuschalten. Die Lampe beleuchtete die blanken Schlackensteine.

»Pass auf die Stufen auf, mein Mädchen, sie sind steil.«

Das waren die letzten Worte, die sie je von ihm hörte. Lynn zog ihre Hand aus seiner und stieß ihren Vater mit aller Kraft die Treppe hinunter.

Die Stufen waren tatsächlich steil, zwanzig hölzerne Stufen, die auf einem Zementboden endeten, ziemlich genau in dem Winkel, in dem ein Feuerwehrmann seine Leiter gegen ein brennendes Gebäude lehnen würde. Der Kapitän vollführte einen halben Salto in der Luft, bevor sein Rücken auf den untersten Stufen aufschlug, mit einem Rums, der das ganze Haus erzittern ließ. Er gab keinen Ton von sich, als er auf den Boden rollte und dort auf dem Rücken zu liegen kam. Blicklos schaute er gegen die Decke.

Lynns Herz hämmerte, als sie ihn von der Türschwelle aus betrachtete. Er bewegte sich nicht. Er konnte tot sein, aber sie war sich nicht sicher. Auf keinen Fall würde sie die Stufen hinuntersteigen, um nachzusehen.

Sie warf einen letzten Blick auf ihren Vater, machte das Licht aus und ging hinauf in ihr Zimmer, wo sie schnell ihre Tasche packte. Dann verschwand Lynn Mahoney in die Nacht. Sie war sicher, dass sie nie mehr zurückkommen würde, denn sie glaubte, eine flüchtige Mörderin zu sein.

Doch das war sie nicht.

Spät am nächsten Vormittag kam Lynns Mutter nach Hause. Sie hörte die Schmerzlaute, die der Kapitän von sich gab, seit er irgendwann mitten in der Nacht das Bewusstsein wiedererlangt hatte. Sie rief einen Krankenwagen, der Minuten später da war. Sie schnallten den Kapitän auf eine Trage, nachdem sie seinen Nacken fixiert hatten, um Verletzungen der Wirbelsäule zu vermeiden.

Doch dafür war es zu spät. Mehrere Wirbel im unteren Rückenbereich waren zertrümmert. Er würde nie wieder gehen können.

Aber sprechen konnte er noch, und die Geschichte, die er

sich zurechtgelegt hatte, war einfach. Er hatte zu viel getrunken, das Gleichgewicht verloren und war die Treppe hinuntergefallen. Jedem, der Walter Mahoney kannte, fiel es schwer, die Geschichte zu glauben, denn der Mann hatte einen Gleichgewichtssinn wie eine Katze. Niemand hatte ihn je stolpern oder straucheln gesehen.

»Ich habe das Gleichgewicht verloren«, insistierte er. Und der einzige Mensch, der außer ihm die Wahrheit kannte, saß in einem Greyhound-Bus auf dem Weg zu einem Ort weit, weit weg von zu Hause.

Es war schon dunkel, als auffiel, dass Lynn nirgends zu finden war. Sie war nicht bei der Arbeit, und sie war nicht bei mir. Das waren die einzigen Orte, an denen man sie suchte. Sie war nie viel unterwegs gewesen. Sie war ein Kleinstadtmädchen, das plötzlich verschwunden war wie in einer Rauchwolke. Eine Ausreißerin ohne ein überzeugendes Motiv.

Die Beförderung des Kapitäns blieb aus. Die Stadt hätte noch eher einen ehebrecherischen Branddirektor akzeptiert als einen querschnittsgelähmten.

Aber es gab große Artikel in den Zeitungen (*Gefallener Engel* lautete die Schlagzeile in der *New York Post*). Und die Stadt baute ihm die Rampe vor der Haustür und wünschte ihm alles Gute für seinen wohlverdienten Ruhestand.

Lynn zog von Stadt zu Stadt, von Bundesstaat zu Bundesstaat. Sie blieb nirgendwo viel länger als ein Jahr. Sie hatte flüchtige Beziehungen mit Männern, die nie länger als ein paar Monate dauerten. Sie hatte immer den Drang, in Bewegung zu bleiben, körperlich und emotional.

Als sie einundzwanzig war, ließ sie sich sterilisieren. Sie wollte niemals einen Enkel dieses Mannes in die Welt setzen. Eine Blutlinie wie diese musste man unterbrechen, sagte sie sich. Sie war mutterseelenallein in der Welt und traf eine Entscheidung aus Schmerz und Verzweiflung. Später bereute sie es, aber da war es bereits geschehen.

Lynn meldete sich nie bei jemandem aus ihrer Familie. So

lange der Kapitän noch lebte, war es unmöglich. Sie wohnte gerade in einem Vorort von Boston, als sie vom Tod des *Burning Angels* in der Lokalzeitung las. Und als sie sich endlich entschloss, ihre Mutter zu besuchen, war diese durch einen Schlaganfall bereits sehr geschwächt.

Als Lynn am Ende ihrer Erzählung anlangt, ist die Whiskeyflasche leer.

»Das ist eine Geschichte, was, Mick?«

Ich zittere. So sehr, dass mir tatsächlich die Zähne klappern.

»Vergebung!«, schreit Lynn in den Himmel. »Als du ihn die Rampe raufgeschoben hast, hat er gesagt, dass er mir vergebe. Ich frage mich, was er gemeint hat: dass ich weggelaufen bin oder dass ich ihn die Treppe runtergestoßen habe.«

»Das werden wir nie wissen.«

»Zur Hölle mit ihm, so oder so.« Sie kniff die Augen zusammen. »Meine Mutter wird verbrannt. Sie wird nicht bis in alle Ewigkeit neben diesem Bastard im Grab liegen.«

Endlich hat sich der Nebel gelichtet, mit dem ich all die Jahre gelebt habe. Und jetzt muss ich mich fragen, was ich von dem Licht halte, das da ins Dunkel gefallen ist, denn es zeigt die einzige Frau, die ich je geliebt habe, in sich zusammengekauert auf der Türschwelle wie einen dieser Käfer, die sich zusammenrollen, wenn man sie berührt. Lynn hatte die Stirn auf die Knie gelegt und umarmte ihre Beine wie ein Kind, das eine Arschbombe von einem Sprungbrett macht.

»Du hast das Richtige getan, Lynn«, sage ich. »Du hast das Einzige getan, was du tun konntest.«

»Nein, das habe ich nicht. Ich wollte ihn umbringen. Es wäre viel besser gewesen, wenn ich ihn umgebracht hätte. Ich wollte nicht, dass meine Mutter neunzehn Jahre lang hinter seinem Rollstuhl gehen muss.«

»Hast du ihr gesagt, was du getan hast?«

»Es weiß niemand außer dir, Mickey. Niemand außer dir wird es jemals erfahren.«

Ich versuche zu schlucken, aber meine Kehle ist trocken. Jetzt, endlich, weiß ich alles von der Frau, die ich liebe, und plötzlich habe ich die Worte einer anderen Frau im Kopf, die ich nie geliebt habe. Den Rat von Rosalind Pomer, die mir gesagt hat, was ich in genau dieser Situation zu tun habe, in der ich mich jetzt befinde: sie zu lieben wie ein Mann, nicht wie ein kleiner Junge.

Was würde ein Mann tun? Er würde kämpfen, um alles wieder in Ordnung zu bringen. Ich bin bereit, es zu versuchen.

»Lynn. Er hat es nicht geschafft, dich kaputt zu machen.«

Ich bin nicht sicher, ob sie mich überhaupt hört. Ich rutsche näher an sie heran und lege meine Arme um sie. Sie lässt mich, aber hält weiterhin sich selbst umklammert, und sie zittert, heftig, als säße sie auf einem Elektrischen Stuhl.

»Ich habe versucht, meinen Vater umzubringen.«

»Er hat es verdient.«

»Aber ich habe versagt. Stattdessen habe ich das zerstört, was vom Leben meiner Mutter und meinem eigenen Leben noch übrig war.«

»Dein Leben ist nicht zerstört! Das werde ich nicht zulassen. Verstehst du? Ich werde es nicht zulassen!«

Sie hebt den Kopf, um mich anzuschauen, als säße ich in einem Rettungsboot und ihr selbst fehlte die Kraft, an Bord zu klettern. Ihre Augen sind weit, weit geöffnet, sie verstecken nichts. Genau so wie damals, als ich sie zum ersten Mal gesehen habe, als sie die Tür aufgemacht hat, um den nervösen Zeitungsjungen zu bezahlen.

»Du solltest Kinder haben, Mickey«, flüstert sie. »Du wärst ein guter Vater, genau wie Eddie. Das kann ich dir nicht geben.«

»Gut, dass du davon sprichst, Lynn. Sehr gut.«

Die Zeit ist gekommen. Ich zeige ihr das Foto von Aaron. Im Licht der Verandabeleuchtung studiert sie es verwundert. Ich erzähle ihr von ihm und seiner Mutter und meinem verrückten Plan für uns drei. Aber vielleicht ist der Plan gar nicht so verrückt. Vielleicht ist es das einzig Richtige.

Lynn hört sich die ganze Geschichte an, und als ich meine Erzählung beende, sehe ich ein Leuchten in ihren Augen. Sie kommt wieder zurück ins Leben. Es wird ihr wieder gut gehen. Zwischen uns wird alles wieder werden wie früher.

»Lynn? Bist du dabei, Baby?«

»Bist du sicher, dass ich … du weißt schon … seine Mutter sein soll?«

»Seine Mutter? Natürlich bin ich sicher!«

Sie starrt lange auf das Foto. Dann schüttelt sie den Kopf.

»Weißt du, was wirklich seltsam ist, Mickey?«

»Was denn?«

Sie schluckt und unterdrückt ein Schluchzen. »Er hat meine Augen.«

Sie fällt mir in die Arme, erschöpft, erleichtert, ermattet. Es gibt keine Geheimnisse mehr, keine offenen Fragen. Trotz allem, was geschehen ist, werden wir es schaffen. Ich glaube daran. Und sie glaubt daran.

Und alle, die nicht daran glauben könnten, sind tot.

Wir gehen zurück ins Haus. Das Wohnzimmer ist inzwischen durch den Nachtwind, der von Fenster zu Fenster bläst, stark ausgekühlt. Der Benzingeruch ist verflogen. Lynn durchläuft ein Schauer.

»Mickey, wir müssen ein Feuer machen.«

Mein Herz sinkt. »Lynn, bitte, wir können das Haus nicht anzünden.«

»Nein, nein. Wir verkaufen das Haus und fangen mit dem Geld neu an.« Sie schluckt und erschauert noch einmal.

»Aber wir müssen diese Rampe verbrennen. Können wir das machen? Können wir sie heute Nacht verbrennen und sie dann für immer vergessen?«

Und ob wir das können.

Ich gehe zurück nach draußen und beginne die Rampe zu zerlegen. Die Nägel sind inzwischen nur noch rostige Stäbe, und die morschen Bretter lassen sich leicht über dem Knie brechen. Lynn knüllt im Haus Zeitungspapier zusammen und füllt den Boden des Kamins damit aus, und Stück für Stück werfen wir die schreckliche Rampe ins Feuer.

Es dauert nicht lange. Das Zeug brennt wie Zunder. Es lodert laut und stolz, und jedes Knacken ist wie der Schrei eines sterbenden Geistes. Bald schmort das letzte Brett im Kamin. Jetzt bleibt nur noch eines zu tun.

»Los, Mickey.«

Sie muss nicht aussprechen, was ich als Nächstes tun soll. Ich nehme das Foto des Kapitäns vom Kaminsims und lege es mit dem Gesicht nach unten in die Flammen. Das Feuer züngelt um die Ecken des Rahmens, und dann springt das Glas, und das Bild dieses Monsters schrumpelt zusammen wie ein Herbstblatt. Dann tue ich das Gleiche mit dem Foto vom *Brennenden Engel*.

Schließlich schmilzt das Feuer zu einem Haufen roter Glut zusammen, die bis zum Sonnenaufgang erkaltet sein wird. Ich stelle den Schirm zurück vor den Kamin und drehe mich zu Lynn um, die inzwischen auf dem Sofa eingeschlafen ist. Es war ein anstrengender Exorzismus.

Ich hebe sie hoch und trage sie zur Treppe. Ich denke, dass es mir gefallen wird, ein Mann zu sein.

Sie öffnet die Augen, erstaunt, aber nicht erschrocken, dass sie getragen wird.

»Ich liebe dich, Mickey.«

Die Worte, auf die ich so lange gewartet habe … für einen Moment machen sie mich schwach in den Knien. Ich muss kurz stehen bleiben und Kräfte sammeln, bevor ich den Weg nach oben fortsetze.

»Nun«, sage ich, »das ist auch höchste Zeit.«

»Aber heute will ich nur noch schlafen.«

»Gut. Ich auch. Lass uns einfach nebeneinander einschlafen wie ein altes Ehepaar.«

Sie kichert. »Sind wir das?«

»Ja, genau das sind wir. Wir waren verheiratet von dem Moment an, als wir uns zum ersten Mal sahen. Nur kommen die Flitterwochen zwanzig Jahre zu spät.«

»Können wir irgendwann mit deinem Jungen mal nach Italien fahren?«

»Klar können wir das.«

»Ich will sein Gesicht sehen, wenn er die Sixtinische Kapelle sieht.«

»Und ich will dein Gesicht sehen, wenn du sie siehst.«

Wir ziehen uns aus und kuscheln uns aneinander wie zwei Kinder, Rücken an Rücken. Sie schläft zuerst ein, dann ich. Aber irgendwann mitten in der Nacht streckt sie die Hände nach mir aus oder vielleicht auch ich nach ihr oder vielleicht wir beide nach einander.

Jedenfalls geschieht es. Endlich geschieht es, genau so, wie es geschehen soll, so natürlich wie die Gezeiten des Meeres aufeinanderfolgen.

KAPITEL 34

Am nächsten Tag rief ich Belacheck, den Privatdetektiv, an. Er nahm beim ersten Klingeln ab, und als er meine Stimme erkannte, lachte er.

»Hey, das Testergebnis ist da!«

»Haben Sie den Umschlag schon geöffnet?«

»Nein, ich habe ihn erst vor fünf Minuten bekommen. Ich wollte ihn erst öffnen, wenn Sie sich melden.«

Meine Zunge fühlte sich salzig an. Ich musste schlucken, bevor ich wieder sprechen konnte.

»Mr Belacheck«, flüsterte ich, »bitte machen Sie den Umschlag nicht auf. Ich will das Kind.«

Am anderen Ende herrschte für einen Moment absolute Stille. Ich dachte schon, die Leitung wäre vielleicht unterbrochen worden, aber dann drang Belackecks Stimme durch den Hörer, laut und deutlich.

»Das«, sagte er, »hatten wir noch nie. Ehrlich gesagt, weiß ich nicht, was ich jetzt tun soll.«

Aber ich wusste, was zu tun war, vielleicht zum ersten Mal in meinem erbärmlichen Leben war ich mir einer Sache absolut sicher.

»Schauen Sie, Ihr Job war es, mich zu finden, richtig?«

»Ja …«

»Das ist Ihnen gelungen. Den DNA-Test haben wir nur zu meiner Sicherheit gemacht, richtig?«

»Ja …«

»Weiß sonst jemand etwas von diesem Test?«

»Nur Sie und ich.«

»Dann tun wir einfach so, als hätte es ihn nicht gegeben.«

»Wie bitte?«

»Tun wir einfach so, als hätte ich Aaron direkt als meinen Sohn akzeptiert, ohne Test. Ich habe ja auch keinen Grund, es nicht zu glauben. Ich hatte ungeschützten Sex mit Sharon auf dem Schiff, und sie ist schwanger geworden. Fertig. Jetzt will ich die volle Verantwortung für mein Kind übernehmen.«

Belacheck lachte. »Das ist wirklich eine Premiere in meinem Geschäft«, sagte er. »Ein Mann, der freiwillig das Risiko eingeht, ein fremdes Kind bei sich aufzunehmen. Wer hätte das gedacht?«

»Hey, Mr Belacheck. Sind wir nicht alle fremde Kinder? In dieser abgefahrenen Welt kennt niemand den anderen wirklich, auch wenn man sich noch so nahesteht.«

Er zögerte einen Moment, bevor er antwortete. Er war wohl überrascht von dem, was ich gesagt hatte.

»Ja«, stimmte er mir schließlich zu. »Ich denke, da haben Sie recht, Junge.«

»Nennen Sie mich nicht ›Junge‹, ich bin jetzt ein Vater.«

Vor Lynn wollte ich keine Geheimnisse mehr haben. Als wir ihre Sachen zusammenpackten, gestand ich ihr alles.

»Lynn, hör zu, ich weiß nicht, wie das Testergebnis ausgefallen ist. Ich habe Belacheck den Umschlag nicht öffnen lassen. Ich wollte das Baby auf jeden Fall.«

Sie sah mich ungläubig an. Entweder hielt sie mich für verrückt oder für genial oder vielleicht beides.

»Mickey. Bist du sicher, dass das für dich so in Ordnung ist?«

»Sogar mehr als in Ordnung.«

»Warum?«

»Jetzt ist es ein perfektes Gleichgewicht. Das Baby ist vielleicht gar nicht meins, und es ist nicht deins. Es ist unseres.«

Sie sah mich an, stand auf und fiel mir um den Hals, als wollte sie mich nie wieder loslassen.

In meiner Zeit als erfolgreicher Sänger schenkte mir einmal die Ehefrau eines Plattenproduzenten in Beverly Hills eine diamantenbesetzte Uhr dafür, dass ich meinen Song auf der Geburtstagsfeier ihrer süße sechzehn Jahre alten Tochter sang. Ein paar Tage später ging ich auf Tour und vergaß die Uhr in irgendeinem Hotelzimmer.

Wie viel mochte sie wert gewesen sein? Zehn, vielleicht fünfzehn Riesen? Es war mir egal. Wie viel sie auch wert war, ich wollte nicht zurückblicken und unter Sofakissen nach ihr suchen. Ich rief nicht einmal das Hotel an, um zu fragen, ob sie gefunden worden war. Wer auch immer sie fand, sollte sie meinetwegen behalten.

Warum? Darüber habe ich viel nachgedacht. Wohl deshalb, weil zurückschauen so etwas war wie in die Vergangenheit zurückzukehren, und das war der Ort, an dem Lynn lebte. Es war zu schmerzhaft, diesen Ort zu besuchen.

Also drängte ich nach vorn, immer nur weiter, auch als die süßen Tage irgendwann sauer schmeckten und ich mich als Obdachloser am Strand wiederfand. Als ich am absoluten Tiefpunkt angekommen war.

Wenn man ganz unten auf dem Boden des Teiches angelangt ist, dann gibt es nur ein Gutes: Wenn man noch ein letztes bisschen Willenskraft übrig hat, kann man sich abstoßen und wieder zurück an die Oberfläche schwimmen.

Heute ist mein letzter Tag in Little Neck, unser letzter Tag in Little Neck. Wir machen uns auf den Weg in eine Stadt in den Berkshire Mountains, wo Lynn gelebt hatte, bevor sie nach Hause gekommen war, um ihre Mutter zu pflegen. Dort gibt es einen Waldbach, in den sie Ruths Asche streuen will.

Wir werden uns eine Wohnung suchen, und in den ersten Monaten werde ich mich um das Baby kümmern, während Lynn in ihren alten Job bei der örtlichen Bank zurückkehrt. Lynns Mutter hatte einen rostigen roten Dodge Dart besessen, mit dem schon seit Jahren niemand mehr gefahren war. Mein

Vater hat ihn einmal gründlich durchgecheckt – die Kontakte, die Zündkerzen, das Getriebe – und einen Satz neuer Reifen aufgezogen. Das ist sein Abschiedsgeschenk. Damit sollten wir bis nach Massachusetts kommen, wo der kleine Aaron darauf wartet, von seinen Eltern abgeholt zu werden.

Am Tag des Umzugs ist das Auto beladen mit zwei Koffern (ihre Sachen), einem grünen Seesack (meinen Sachen) und der Asche von Lynns Mutter in einer einfachen grauen Urne.

»Los, lass uns von hier verschwinden, Mickey.«

»Ich muss noch bei meinen Eltern vorbeischauen, um mich zu verabschieden.«

»Natürlich.«

Ich steuere die Glenwood Street an. Das Auto fährt sich gut. Mein Vater versteht wirklich etwas von seinem Job. Es ist Samstagmorgen und noch nicht einmal acht Uhr, aber ich bin sicher, dass ich niemanden aufwecke, als ich vor dem Haus anhalte und auf die Hupe drücke.

Meine Eltern kommen nach draußen, um sich zu verabschieden. Sie werden Eileen Kavanagh und den Verkauf des Mahoney-Hauses im Auge behalten, das als renovierungsbedürftiges Schnäppchen für Hobbyhandwerker auf den Markt kommt. Sie versprechen, uns und ihren Enkel bald zu besuchen. Soweit sie wissen, ist er ihr biologischer Enkel. Für mich ist es nicht wichtig, ob ich der biologische Vater bin. Lynn und ich sind seine Eltern. Mehr gibt es dazu nicht zu sagen, und das ist eine Wahrheit so gut wie jede andere auf der Welt.

Meine Eltern sehen aus, als ginge für sie eine lange, anstrengende Seereise zu Ende. Ich verlasse sie, und sie können ihre Erleichterung kaum verbergen. Warum sollten sie auch? Für sie wird jetzt alles wieder so sein wie vorher, bevor ich wie eine menschliche Granate bei ihnen eingeschlagen bin.

Mein Vater umarmt Lynn lange und fest, dann schüttelt er mir die Hand. Dabei sehe ich ein rundes Pflaster auf seinem Oberarm.

»Hast du dich verletzt, Papa?«

Er schüttelt den Kopf. »Deine Mutter hat mich mit Nikotinpflastern beklebt. Sie meint, das hilft mir, mit dem Rauchen aufzuhören.«

»Das ist vielleicht gar keine schlechte Idee.«

Er zuckt mit den Schultern. »Das wird nicht klappen. Ich rauche einfach weiter und bekomme die doppelte Nikotinzufuhr. Vielleicht sollte ich auch noch Nikotinzäpfchen nehmen und auf eine Dreierwette setzen. Das bringt mich auf was.«

Er legt mir einen Arm um die Schultern und schiebt mir ein Bündel Geldscheine in die Hemdtasche.

»Was ist das?«

»Ein paar Hunderter. Ich hatte gestern ein bisschen Glück auf der Rennbahn. Kauft euch einen Kinderwagen davon.«

Er umarmt mich lange, und seine Augen sind feucht, als er mich schließlich loslässt.

Meine Mutter hat gerade Lynn umarmt und wendet sich mir zu.

»Michael.«

»Mama.«

»Oh, Michael.«

»Danke, dass du dich um mich gekümmert hast, Mama.«

Sie zögert kurz, bevor sie antwortet, und räuspert sich, um das Zittern in ihrer Stimme zu unterdrücken.

»Ich habe etwas gefunden, das du vielleicht mitnehmen willst«, sagt sie und reicht mir ein altes Notizbuch mit marmoriertem Rücken. Ich schlage es auf, und da steht er, der verblasste Text für ein kleines Lied namens *Sweet Days*, den ich mit Tinte auf der Innenseite des Umschlags notiert habe.

»Danke, Mama.«

»Du weißt ja, dass ich nie etwas wegwerfe.« Sie umarmt mich und gibt mir einen Kuss auf die Wange.

»Auf Wiedersehen, Michael. Sei glücklich.«

»Bis bald, Mama. Benutz ab und zu mal das gute Silber.«

»Vielleicht heute Abend.«

Ich bin bereit für die lange Fahrt. Ich fühle mich so stark, dass ich mir nicht vorstellen kann, je wieder Schlaf zu brauchen. Niemand redet je von der Kraft, die einem Hoffnung geben kann, wahrscheinlich weil die meisten Leute niemals ihre Hoffnung zurückbekommen, wenn sie einmal verloren ist. Es ist ein wahres Geschenk, wenn man sie zum zweiten Mal erhält.

Lynn streckt sich und gähnt. »Weißt du, was toll ist, Mickey? Ich bin schläfrig.«

»Warum ist das toll?«

»Weil ich zwanzig Jahre lang nicht richtig geschlafen habe.«

»Und was bedeutet das?«

»Das bedeutet … dass ich dir vertraue.«

Ich spüre, wie ein Kribbeln durch meinen Körper läuft, bis hinunter in die Hände, die das Lenkrad halten.

»Komisch, bei mir ist es das Gegenteil. Ich habe plötzlich so viel Energie. Vielleicht weil ich jetzt endlich wach bin nach zwanzig Jahren des Träumens.«

»Wenn wir eine Chance haben wollen, dann müssen wir das irgendwie ausgleichen. Wenn du immer hellwach bist und ich immer schlafe, kann es nicht funktionieren.«

»Wir würden uns niemals streiten.«

»Da hast du auch wieder recht.«

Wir haben Little Neck noch nicht verlassen, als Lynn eindöst. Als wir den Northern Boulevard entlangfahren, sehe ich Rosie Gambardello, die zu ihrem Job im International House of Pancakes trottet. Ich winke ihr zu. Sie bleibt überrascht stehen und starrt mich an, vielleicht erwartet sie, dass ich auf die Bremse steige und sie anschreie für die dummen Sachen, die sie in *Hollywood Howl* gesagt hat, aber mein Sohn wartet auf mich und ich habe keine Zeit, alte Rechnungen zu begleichen.

Bald sind wir auf dem Highway Richtung Norden. Lynn schläft tief und fest. Die Hände hat sie gefaltet, als betete sie, und als Kissen zwischen ihr Gesicht und das Polster gelegt. Sie zieht eine Schnute, als träume sie, sie wäre ein kleines

Mädchen, ein kleines Mädchen, das keine Eiscreme bekommt, weil es sein Gemüse nicht aufessen will.

Mein Gott, sie ist wunderschön. Man könnte diesen Anblick in einem Song verewigen. Gut, dass ich jetzt ein Notizbuch bei mir habe, in das ich schreiben kann.

Sweet Days
Feel like a haze,
A summertime craze,
But it ain't just a phase.
Spoke too soon
Between the Sun and the Moon,
Words you could not stand,
While we stood in the sand.
Took the last bus home,
And I knew … I knew …
I knew that you were gonna roam.

Sweet days are gone,
But I will go on,
Knowing somehow, you care
Even though you're not there.
I'll shed a tear and be through
Knowing I have lost you.
Babe, I'm caught in a maze,
And there's just one way out.
Sweet days!

Süße Tage
Wie im Nebel,
Ein verrückter Sommer,
Aber es war für immer.
Zu früh gesagt,
Zwischen Nacht und Tag,
Worte, die dir unerträglich waren,
Unsere Füße vergraben im Sand.
Wir nahmen den letzten Bus,
und ich habe gewusst … gewusst …
Ich habe gewusst, dass du gehst.

Die süßen Tage sind vorbei,
Doch ich gebe nicht auf,
Denn ich weiß, du liebst mich,
Obwohl du weit weg von mir bist.
Ich vergieße eine Träne und weiß,
Die Zeit mit dir ist vorbei.
Ich bin gefangen in einem Labyrinth,
Und es gibt nur einen Weg hinaus.
Süße Tage!

DANKSAGUNG

Jedes Lachen ist eine Krankheit weniger, die man bekommt. Mein besonderer Dank geht an diejenigen, deren Humor mir schon viele Arztrechnungen erspart hat.

An:

Pat Cook, Dennis O'Brien, Paul Patrick, Bill Hoffmann, Charles Lachman, Bill Barrett, Phil Tangel, Kimmy Gorden, Matt Meagher, Matt DeNinno, Rob Nieto, Chris Dukas, Jimmy Malhame, Mike Pearl, Michael Shain, David Ng, Leo Standora, Arty Pomerantz, Don Halasy, Sean Delonas, Phil Spellane, Gordon Mitchell, Phil Parrish, Brian (»Dog«) Kramer, James Bohrsmann, Frank O'Mahony, Kevin O'Mahony, John Chigounis, Anthony Chigounis, Al Canaletich, Bill Kelly, Randy Glick, Gary Goldstein, Malcolm Pink, Simon (»Dr. Fellenstein«) Fell, Derek DeBowski und Darren Stewart.

Außerdem an: Tony Carillo, meinen Vater, Sal Carillo, meinen Onkel, und Rafael Richardson-Carillo, meinen Sohn. Ich schätze, es liegt uns im Blut.

Und einen Abschiedsgruß an Brian Walls und Michael Norcia, die beide viel zu früh von uns gegangen sind und die beide so verdammt lustig waren, dass ich mich oft vor Lachen gekrümmt habe. Wenn ich wieder hochkam, schienen mir meine Probleme schon nur noch halb so groß.